Adriana Popescu

Unsere Zukunft flirrt am Horizont

Für alle, die nicht verloren gegangen sind

1

Simon

Vier Monate zuvor

Die Flammen tanzen in der Dunkelheit mit sich selbst, als wüssten sie genau, dass wir staunend und leicht betrunken zuschauen. Der Beat aus Richards Handy treibt sie immer höher in den Nachthimmel. Unterwegs fressen sie sich durch das vergessene Holz und alles, was sich ihnen in den Weg stellt.

Richard und ich grölen, klatschen uns ab und tanzen unbeholfen zur Musik, die viel zu laut in meinen Ohren hallt. Aber hier hört uns niemand, hier könnten wir alles sagen und niemand würde sich daran erinnern.

Nicht mal wir.

»Das wird das geilste Jahr unseres Lebens, Alter!«

Richard legt seinen Arm um meine Schulter und sein Gesicht taucht näher als erwartet neben meinem auf.

»So geil! Alter, so saugeil!«

Seine Augen sind ganz glasig, der Atem riecht nach dem billigen Alkohol, den wir auf dem Parkplatz vor dem Supermarkt gekippt haben. Als er ein High Five einfordert, bemerke ich, dass meine Hand zittert – mein ganzer Körper zittert –, und ich verfehle seine.

»Unser ganz eigenes Silvester-Feuer!«

Er ist aufgedreht – wie im Rausch – und tanzt um mich herum, während ich noch immer versuche, meine Nerven in den Griff zu kriegen. Mein Herz hämmert so laut, nimmt es locker mit dem Beat der Hip-Hop-Nummer aus dem Handy auf, und ich kann nichts anderes sonst hören oder fühlen. Nicht mal, als Richard mir durch die Locken fährt und laut lacht.

Aber ich stehe jetzt ganz gebannt da, starre auf das immer höher steigende Feuer, verliere mich in meiner eigenen Welt, fasziniert von den Flammen.

»Ich habe nie etwas Schöneres gesehen.«

Das Traurige ist, es ist die Wahrheit. Für mich ist dieses Feuer das Highlight unserer Abenteuer. Bis Richard den Anblick ruiniert. Mit einem weiten Wurf feuert er den Plastikbenzinkanister, den wir vor nicht mal achtzehn Minuten an der Tanke gekauft und mit Benzin gefüllt haben, gegen das alte Klettergerüst am Abenteuerspielplatz meiner Kindheit, wo ihn sich die Flammen langsam mit ihren langen, glühenden Fingern holen, und dann erfüllt der Geruch von geschmolzenem Plastik die Luft.

»Davon erzähle ich mal meinen Kindern. Das bleibt unvergessen!«

Richards versonnenes Lächeln lässt ihn so viel jünger wirken, und ich frage mich im Stillen, ob ich unsere Anekdoten später auch mal meinem Nachwuchs erzählen kann. Das aufgeregte Kribbeln in meinem Bauch wird durch ein mulmiges Gefühl vertrieben.

Irgendwas liegt in der Luft. Ein beißender Geruch. Oder ist es nur das beißende Gefühl in meinem Magen? So was wie eine

Vorahnung. Ich ahne, dass dieser Abend tatsächlich für immer bleibt. *Eingebrannt in mein Gehirn.*

Und dann sehe ich die Bewegung. Oben, wo das alte Kindergerüst zu einer Art Aussichtsturm wird, rührt sich etwas. Ein Schatten am Boden der Plattform oder ein sackartiger Schemen.

»Scheiße …«

Richard sieht es erst, als ich mit ausgestrecktem Arm auf den brennenden Spielplatz zeige. Sofort hört er auf zu tanzen und scheint zu wissen, dass der großartige Plan, unsere Kindheit – und diesen Spielplatz – mit einem symbolischen Feuer hinter uns zu lassen, gerade mächtig schiefläuft.

»*Fuck!*«

Ich will einen Schritt in Richtung Feuer machen, aber Richard greift nach meinem Arm und hält mich fest.

»Bist du bescheuert? Was machst du denn?«

»Nachsehen …«

Er schüttelt den Kopf so heftig, dass es für uns beide zu gelten scheint.

»Nicht ins Feuer laufen!« Auch das ist beschlossene Sache. Er hat es entschieden und ich folge. Er will mich in Richtung der geparkten Roller ziehen, aber ich mache mich heftig los, bemerke aus dem Augenwinkel, wie dieser Sack vom Turm taumelt und auf dem Boden neben dem brennenden Gerüst landet.

»Wir müssen das löschen!«

So macht man das doch, wenn etwas brennt.

»Nein, wir müssen abhauen!« Der glasige Schimmer ist aus Richards Augen verschwunden, als wäre er nie da gewesen.

Nüchtern und bei vollem Bewusstsein starrt er mir hart ins Gesicht, und ich erinnere mich daran, wieso er der Anführer unserer kleinen Clique ist. Doch ich bewege mich keinen Zentimeter, diesmal schüttele ich den Kopf.

»Nein.«

Kurz glaube ich, er wird mir eine verpassen, aber stattdessen packt er mich an den Schultern und schüttelt mich kurz.

»Das gibt Ärger, Simon. Wir müssen abhauen, solange es noch geht.«

»Wir können nicht!« Noch nie habe ich ihm so vehement widersprochen und noch nie hatte ich so große Angst. Vor ihm und vor dem, was ab jetzt passiert.

Richard aber lässt mich einfach nur los und geht langsam rückwärts, blickt mich ungläubig an.

»Wenn du bleibst, bist du ein Idiot, Simon. Ein Idiot!«

Und obwohl mein ganzer Körper nach Flucht schreit, sehe ich nur zu, wie Richard auf seinen Roller steigt, ihn anlässt, den Helm aufsetzt und ein letztes Mal durch das geschlossene Visier zu mir schaut.

Das ist meine Chance.

Abhauen.

Nicht mehr umdrehen.

Nach uns die Sintflut.

Oder eben das Feuer.

Aber ich kann nicht.

Stattdessen sehe ich zu, wie Richard auf der Straße davondüst, und auf einmal bin ich alleine mit den Flammen. Angst pumpt durch meine Adern, blockiert klare Gedanken und jede ruhige Atmung, aber ich renne in Richtung des Feuers, das immer höher schlägt, wütender und ungezügelter als zuvor. Ihm ist egal, was ihm in die Quere kommt.

Ich sehe, wie der Schlafsack dort am Boden immer heftiger brennt. Ich stürze auf ihn zu. Er windet sich wie ein Fisch an Land, kann sich alleine nicht befreien, und so werfe ich Ladungen Sand aus dem Sandkasten auf das Feuer, ziehe dann meine Jacke aus und versuche, das zu tun, was Helden in Fernsehserien eben so machen, wenn sie in Flammen stehende Menschen retten. Mir ist warm, aber ich schwitze nicht. Mir ist kalt, aber ich friere nicht. Ich will schreien, bleibe aber stumm und kämpfe inzwischen gegen die Flammen an dem Schlafsack – ohne erkennbaren Erfolg.

Das Echo meines Hilfeschreies wird von der Stille um den alten und verlassenen Abenteuerspielplatz verschluckt. Mein Kopf fühlt sich mit einem Mal so leicht an, als wäre er gar nicht mit dem Rest meines Körpers verbunden, als könne er wie ein Ballon in den Himmel steigen und mich hier mit all dem alleine lassen.

Dann verliere ich das Bewusstsein.

2

Lia

Die Lichterkette, die sie liebevoll um das metallene Kopfende ihres Bettes gewickelt hat, leuchtet etwas unscharf im Hintergrund. Bilder von ihr und all ihren Freundinnen hängen mit hölzernen Wäscheklammern an einer Girlande, Erinnerungen an ganz besondere Momente.

Ich atme tief durch, schaue mich weiter in Hannahs Zimmer um und fühle mich hier so unfassbar fremd. Es ist offensichtlich, dass sie sich weiterentwickelt und großen Wert darauf gelegt hat, dass ich kein Teil davon mehr bin.

Ein Abend hat alles verändert, eine Entscheidung, eine Dummheit. Jetzt verbringt Hannah viel Zeit ohne mich, bevorzugt außer Haus. Verwendet Insider, über die ich nicht lachen kann, weil ich die Geschichte dazu nicht kenne oder verstehen würde.

Ist es albern, dass ich sie vermisse?

Draußen auf dem Flur höre ich die Haustür, dann polternde Schritte. Hannah ist zurück.

Fuck.

Meine kleine Schwester, die mit ihren fünfzehn Jahren gerade das Best-of aller beschissenen Pubertäten aller Generationen vor ihr durchlebt, ist seit meinem kleinen Ausrutscher nicht besonders gut auf mich zu sprechen. Gut, war sie vorher schon nicht mehr so recht, aber seitdem ist es wirklich ätzend zwischen uns.

Jetzt höre ich sie lachen, ihre beste Freundin Lena ist also auch dabei. *Wie schön.* Die beiden kriegt man aktuell ohnehin nur im Doppelpack. Hannah wird ausrasten, wenn sie mich hier in ihrem Zimmer erwischt. In ihrer kleinen Ecke heiler Welt, wo all das Drumherum bei uns mal keine Rolle spielt. Ich schiele zur Tür, warte, ob sie sich ins Wohnzimmer verziehen, aber keine zwei Sekunden später fliegt die Tür auf und meine kleine Schwester reagiert genau so, wie ich es erwartet habe.

»Was zum Teufel machst du in meinem Zimmer?«

Synchron verschränken die beiden Mädels die Arme vor der Brust, schalten direkt auf Angriff, bevor ich was erklären kann. Vor gut einem halben Jahr haben sie angefangen, sich immer ähnlicher zu werden. Der Haarschnitt, die Klamotten, die Gesten und Sprüche. Als wären sie Schwestern und nicht wir beide.

»Sorry, wollte nur …« Unsicher zeige ich auf alles um mich herum, die paar Stofftiere, die Fotos, die Bücher im Regal, auf Hannahs Leben, zu dem ich keinen Zutritt mehr habe.

»Rumschnüffeln?« Hannah ist nur dann so, wenn Lena dabei ist, weil diese wie ein Katalysator für ihre Gemeinheiten wirkt.

»Möglich. Wollt ihr also was beichten?«

Hannah kommt weiter in ihr Zimmer, den Blick auf mich gerichtet, und ich fühle mich wie unter Beschuss.

»Finger weg von meinem Zeug und raus aus meinem Zimmer.«

»Ich wollte echt nur kurz …« Ich kann ihr nicht sagen, was ich hier kurz wollte, weil sie es missverstehen wollen würde und wir direkt den nächsten Stress miteinander vom Zaun brechen würden.

»Raus.«

Das hier hat keinen Zweck, solange ihre Freundin dabei ist, also mache ich mich auf den Weg, ihrem Wunsch nach Privatsphäre nachzugeben, als Lena sich mir in den Weg stellt.

»Meine Mama sagt, du kommst nur deswegen nicht in den Knast, weil du so hübsch bist.«

»Soso.«

»*Jap*. Weil, wer so was macht, gehört eigentlich in den Knast. Sagt mein Papa.«

»Soso.«

Sie will mich provozieren, aber ehrlich gesagt, lässt mich das gerade reichlich kalt. Da habe ich in der Schule schon weitaus heftigere Kommentare abbekommen. Und die üblichen Bemerkungen von Hannah sind sowieso noch eine Spur schärfer.

»Giltst du jetzt eigentlich als vorbestraft?«

Ich lege den Kopf schief, denke angestrengt über Lenas Frage nach – obwohl ich die Antwort natürlich kenne –, und zucke schließlich gespielt ahnungslos die Schultern.

»Weiß nicht so genau. Was sagen denn deine Eltern dazu? Die scheinen ja ungefragt zu allem eine Meinung zu haben.«

Lena will irgendwas erwidern, aber sie ist nicht besonders schlagfertig, wenn sie keine fünfundzwanzig Minuten Vorlauf hatte. Ich lächele noch immer so harmlos-höflich wie immer und hoffe, dass sie nun langsam verbal den Rückzug antritt.

»Wie auch immer, dein Ruf ist eh ruiniert. Und jetzt hast du auch noch Hannah alles vermasselt.« Mit diesem Spruch macht Lena mir nun Platz und deutet auf die Tür, als wäre das hier ihr Zimmer. Kaum bin ich draußen, fliegt selbige hinter mir mit einem lauten Knall ins Schloss.

Kurz lehne ich meine Stirn von außen an das Holz und schließe die Augen. Vor ein paar Wochen hatte ich noch alles unter Kontrolle, und auch wenn sie mir immer mal wieder aus den Fingern geglitten ist, habe ich das Chaos trotzdem überblicken können. Aber nun habe ich Hannahs Leben tatsächlich auf den Kopf gestellt, das muss mir nicht erst Lena sagen, das weiß ich auch so.

Jetzt bröckelt alles, gibt nicht nur den so lange verborgenen Wasserschaden in den Wänden meines Lebens preis, sondern auch gleich noch den jahrelangen Schimmel dahinter.

Langsam gehe ich zurück in mein Zimmer, wo ich mich auf mein Bett fallen lasse. Das Gelächter aus dem Zimmer nebenan ist klar und deutlich wahrzunehmen. Getrennt durch eine Wand und doch im gleichen Alltag gefangen. Ich will mich bei Hannah entschuldigen, aber ich habe nicht die richtigen Worte.

Manchmal wünschte ich mir, dass fiese Erinnerungen auf einer Speicherkarte gesichert würden. Und wenn die voll ist, dann löscht man einfach die Dinge, an die man sich gar nicht mehr erinnern will. Bei mir wäre das jener Tag vor drei Monaten, den ich einfach für immer deleten würde.

Ich werfe einen Blick auf den Kalender neben meiner Pinnwand. Der morgige Tag ist fett rot umrandet. Morgen beginnen sie also.

Meine Sozialstunden.

3

Marcin

Ein Blick auf die Uhr.

Es ist gleich zehn und noch brennt Licht in unserer Küche. Meine Knie fangen an wehzutun, aber in dieser hockenden Position neben der großen Mülltonne habe ich alles am besten im Blick. Wenn er nicht zu spät zur Arbeit kommen will, dann müsste er so langsam mal los.

Wieder sehe ich auf die Uhr. Er wird zu spät kommen.

Seinen Arbeitsplan habe ich nicht nur im Kopf, sondern auch abfotografiert in meinem Handy. Damit ich sicher sein kann. Und wenn ich morgens das Haus verlasse, checke ich immer, ob er Urlaub oder so eingetragen hat.

Hat er nicht.

Das Licht geht aus, dafür flammt das im Hausflur auf, und ich halte die Luft an. Gleich öffnet sich die Haustür, er wird erst nach links, dann nach rechts schauen. Die Zigarettenschachtel aus der Jackentasche wühlen, sich in aller Ruhe eine Kippe anzünden und dann die Straße entlang in Richtung U-Bahn-Haltestelle gehen.

Das Feuerzeug funktioniert nicht richtig, die kleinen Funken reichen nicht, um die Zigarette anzuzünden, und ich gehe noch etwas weiter im Schatten der Mülltonnen in Deckung, als das *Bic*-Geschoss schon wütend in meine Richtung geschleudert wird. Natürlich kann er mich nicht sehen, dafür ist es zu dunkel, und ich habe meine Kleidung gut gewählt, verschmelze fast mit dem Hintergrund.

Endlich setzt er sich in Bewegung, und ich warte, bis er auch ganz sicher weit genug weg ist. Dann erst ziehe ich die Kapuze vom Kopf, atme einmal tief durch und verlasse mein Versteck.

Kaum habe ich die Haustür aufgeschlossen, geht das Licht im Treppenhaus wieder aus, und ich bleibe einen Moment am Fuß der Treppe stehen, sehe in die Dunkelheit nach oben, wo ein Stockwerk höher unsere Wohnung liegt.

Es sind genau vierzehn Stufen. Vierzehn verdammte Stufen, die ich jeden Tag nehme, und jeden Tag hoffe ich, dass es das letzte Mal ist.

Das Kribbeln ist zurück. *Nicht mehr lange.* Nicht mehr lange und ich bin weg. Einfach weg. Ich werde mal wieder warten, bis er aus dem Haus ist, aber anders als sonst werde ich dann mein Zeug holen und einfach weggehen.

Ich nehme die erste Stufe.

Erst nach Holland.

Dann die zweite.

Und dann nach Belgien.

Dann die dritte.

England.

Dann die vierte.

Wales.

Dann die fünfte.

Irland.

Das Lächeln auf meinem Gesicht wächst, als ich die nächste

Stufe überspringe und mit einem wuchtigen Satz oben ankomme.

»Und dann nach Schottland.«

Leise flüstere ich es in das Treppenhaus meines Lebens. Alles habe ich hier erlebt. Den ersten Streit, den ersten Kuss, die erste Zigarette und den ersten Abschied.

Der nächste Abschied wird besser.

Mit dem Schlüssel in der Hand drehe ich mich zu unserer Tür, als neben mir die zur Nachbarwohnung geöffnet wird und Frau Waibles Silhouette auftaucht. »Marcin?«

»Ja, Frau Waible, Entschuldigung, war ich mal wieder zu laut?«

Dabei halten sich hartnäckig Gerüchte, sie wäre so schwerhörig, dass sie den Fernseher auf volle Lautstärke stellen muss, wenn sie die Shows mit Semino Rossi anschaut. Aber ich weiß nur zu genau, dass sie alles mitkriegt. Manchmal sogar mehr, als mir lieb ist.

»Nein, nein, ich wollte nur fragen, ob alles okay ist.«

Langsam drehe ich mich zu ihr um, wie sie dasteht in ihrem Hausanzug und den Pantoffeln. Die Locken von früher sind inzwischen kraftlos, als hätte das Leben sie ausgelaugt.

»Klar. Wieso auch nicht?«

Sie zuckt die Schultern, und kurz befürchte ich, sie sieht auch im Dunkeln, dass ich mal wieder etwas verheimliche. »Es ist wohl wieder was zu Bruch gegangen. Da dachte ich, fragste mal nach.«

»Ach so. Ja. Mein Vater ist ein bisschen ungeschickt, Sie wissen ja …« Wem ich mit dieser Lüge was vormachen will, weiß ich selbst nicht so genau. Frau Waible jedenfalls weiß nämlich sehr genau, dass es nichts mit seiner angeblichen Ungeschicklichkeit zu tun hat.

»Jaja, ich weiß.« Jetzt macht sie einen Schritt ins Treppenhaus und streckt die Hand nach dem Lichtschalter aus. Wie das Blitzlicht eines ungebetenen Paparazzo flammt es schlagartig hell auf und ich knipse mein automatisches Lächeln an.

»Du kommst in letzter Zeit immer so spät nach Hause.« Keine Frage, eine Feststellung, und ich nicke.

»Ja, viel zu tun.«

»Wo treibst du dich nur rum?«

Lächeln, Marcin, lächeln! »Sie wissen doch …« Mir fällt keine Ausrede ein, in der ich nicht ein Stückchen Wahrheit verraten und damit meinen Plan in Gefahr bringen würde.

Aber Frau Waible weiß so viel über mich und nickt verständnisvoll. »Du hast eine Freundin.«

Nicht lachen, Marcin. »Ihnen entgeht aber auch nichts.«

»Deswegen bist du immer so gut gelaunt in letzter Zeit, nicht wahr?«

»Sie sind ganz schön auf Zack, Frau Waible.«

»Ach. Liebe ist schon was Großartiges.« Ihr Blick wandert an mir vorbei, weiter – und zwar sehr weit – zurück. »Der Ludwig und ich, wir waren auch immer bis in die Puppen unterwegs.«

Ludwig hieß ihr Mann, der vor einigen Jahren verstorben ist. Seitdem verlässt sie ihre Wohnung nur noch zum Einkaufen, wobei ich sogar das immer häufiger für sie übernehme.

»Wir haben früher viel getanzt. Kannst du tanzen?«

»Leider nein.«

»Wenn du Tanzstunden brauchst …« Sie breitet die Arme aus und nun muss ich wirklich lächeln.

»Dann wende ich mich natürlich an Sie.«

»Und wenn du mal wieder einen Tee und etwas Ruhe brauchst …«

Ruhe. Ja, die bräuchte ich.

»Dann klingelst du einfach.«

»Versprochen.«

»Oder du benutzt den Schlüssel.« Das flüstert sie, und ich weiß, wieso.

»Wird gemacht.«

»Gute Nacht, Marcin.« Sie tippt sich kurz an die Nase, während sie mir ungeschickt zuzwinkert, wie sie es in dem Film *Der Clou* mit Robert Redford und Paul Newman gesehen hat. Sie liebt diesen Film, wir haben ihn bestimmt schon zehn Mal zusammen geschaut.

Ich warte, bis sie in ihrer Wohnung verschwunden ist, bevor ich die Tür zu meiner endlich aufschließe und schnell ins Innere schlüpfe. Ich vermeide es gerne, dass man einen Blick darauf erhaschen kann, weil mir alles hier drinnen peinlich ist. Dabei sind die Möbel ganz okay, auch wenn sie nicht besonders modern wirken.

Schon im Flur erkenne ich die *Ungeschicklichkeit* meines Vaters. Ein Glas ist zu Bruch gegangen, die Scherben liegen auf dem rauen Teppichboden verteilt, und ich steige darüber hinweg, um in der Küche den Kehrbesen zu holen. Das dreckige Geschirr stapelt sich in der Spüle, die Kaffeemaschine ist übergelaufen und hat braune Spuren auf der Anrichte und dem Boden hinterlassen.

Das ist ihm alles egal. Nichts geht ihn etwas an. Nichts und niemand. Es sei denn, man steht im Weg, wenn er einen seiner

Wutausbrüche hat. Dann ergeht es demjenigen wie diesem Glas hier.

Die rote Plastikschaufel hole ich aus dem Schrank unter der Spüle und den Besen finde ich neben dem Kühlschrank. Erst sammele ich die Scherben ein, dann mache ich das Geschirr und träume mich dabei nach Schottland.

4

Simon

Der Zeiger der Uhr wird jede Sekunde umspringen.

Ein kleiner Satz für den Zeiger, ein großer Sprung für die Uhrzeit. Dann wird die Schulglocke läuten, alle werden hochschnellen und fluchtartig das Klassenzimmer verlassen.

Doch der Zeiger wehrt sich so vehement gegen den letzten Sprung wie ich mich gegen das Ende dieser Physik-Schulstunde. Noch bevor die Glocke ertönt, landet ein kleiner Zettel auf meinem Tisch und ich lasse ihn dort einfach liegen. Ich weiß, von wem er ist, ich weiß, was draufsteht, und ich weiß, was ich antworten werde. Mit einer schnellen Handbewegung lasse ich ihn genau dann in meinem Mäppchen verschwinden, als das schrille Klingeln das Ende der Schulstunde einläutet und der Lärmpegel sofort schlagartig zunimmt.

Ich lasse meinen Füller auf den kleinen Zettel fallen, schlage den Ordner zu, schiebe das Buch vom Tisch in den Rucksack und bemerke, dass ich der Letzte bin, der noch an seinem Platz sitzt.

Richard wartet an der Tür, so wie immer, aber ich habe es einfach nicht eilig. Für ihn beginnt der freie Nachmittag, für mich nicht. »Kommst du?« Richard schafft es noch zu lächeln, obwohl seine scheinbar harmlose Frage wie ein Befehl auf mich wirkt. Ich schultere den Rucksack und mache mich auf, ihm und den anderen nach draußen zu folgen. »Wenn du Bock hast, kannst du heute Abend zu mir kommen. Ich habe bei FIFA alle Spieler vom VfB getuned.«

Richard *tuned* alles. Seinen Roller, Cola mit Rum, seine Noten und eben einfach so den VfB.

»Mal sehen.«

Er klopft mir aufmunternd auf die Schulter. »Komm halt vorbei, das wird cool. Meine Eltern fragen schon nach dir.«

Seine Eltern. Damit kriegt er mich und er weiß es. Seit der Grundschulzeit kennen Richard und ich uns jetzt schon und das bedeutet in unserem Alter quasi das ganze Leben. So viele Nachmittage, wie ich bei ihm verbracht habe, so viele Stunden vor der Playstation und so viele Abendessen, bei denen ganz selbstverständlich für mich mitgedeckt wurde. Ich bemerke, dass er noch immer darauf wartet, dass ich seine Einladung annehme. Es wäre leicht mitzugehen, so wie immer. Aber es ist nichts mehr wie immer.

»Ja, mal sehen.«

»Das Schlafsofa ist auch frisch bezogen. Wie immer, du kennst ja meine Mutter.«

Damit legt er mir den Arm um die Schulter, als wären wir einfach noch immer die besten Freunde, als wäre Richard nicht irgendwann zu cool für mich geworden. *Oder ich zu uncool für ihn?* So genau kann ich das gar nicht mehr sagen. Er hat früh angefangen zu rauchen, dann das erste Bier ausprobiert und komische Kumpels auch, und ich wie der Klotz am Bein war immer mit dabei.

Den richtigen Moment für den Absprung habe ich verpasst,

denn wenn ich Richard je zurücklasse, dann halt auch alles andere.

Doch jetzt, wo er mich durch die Schulflure schiebt, spüre ich all die Dinge, die uns inzwischen trennen. Für Richard ist das Leben in den Monaten seit Silvester einfach so weitergegangen. Urlaub in Spanien, neue Freundin, Trennung, bisschen Party, bisschen mehr Party, überdurchschnittlich viel Party und dann eben wieder Schule. Bei mir stand derweil mal eben alles kopf, inklusive der Kontrolle über mein Leben, die ich abgeben musste, auch wenn ich darüber nicht spreche.

Doch Richards Grinsen nach zu urteilen, ist das alles nicht weiter schlimm. Im Notfall *tuned* man eben hier und da ein bisschen irgendwas.

»Lach mal wieder, Simon. Würde dir guttun.«

Er drückt mich an sich, und mir ist die plötzliche Nähe, diese Vertrautheit unangenehm, obwohl ich sie gewohnt bin. Eine Gruppe Neuntklässler beginnt zu tuscheln, als sie mich sehen, und ich weiß genau, worüber sie sprechen. Seit der Verurteilung weiß es *jeder.* Selbst die, die bisher keine Ahnung hatten, wie ich heiße oder wer ich bin.

Richard bleibt stehen, nimmt den Arm von meiner Schulter und funkelt die Kids böse an. Er kann so was gut, sieht dabei immer bedrohlich aus. »Was gibt es da zu glotzen, hm?«

Sofort löst sich die Gruppe auf, strömt in verschiedene Richtungen über den Flur, und Richard dreht sich triumphierend zu mir um.

»Immer diese kleinen Pisser.« Ich lächele, er lächelt. Damit ist alles wieder gut. Alles wie immer. »Ich sag dir, die haben Schiss vor uns.«

Darauf scheint er aus irgendeinem Grund unheimlich stolz zu sein. Er muss nur in eine bestimmte Richtung schauen, eine lässige Geste und schon teilt er die Flut an Schülern auf den Fluren wie Moses das Rote Meer. Früher, also so richtig früher, da standen *wir* auf der anderen Seite, haben Platz gemacht und zugesehen, wie andere sich über uns lustig gemacht haben. Bis Richard quasi über Nacht nicht nur einige Zentimeter an Körpergröße, sondern auch noch Bartwuchs – zumindest den Ansatz davon – dazugewonnen hat. Plötzlich mochten ihn die coolen Jungs und die noch cooleren Mädchen. Ein Nicken hier, ein *Hallo* da und irgendwann schob er mir plötzlich in Chemie die Lösungen für den nächsten Test über den Tisch zu. Er war ganz oben angekommen und hat mich mitgenommen, obwohl ich seinem Image sicher eher geschadet habe.

Jetzt, da sich aus dem Oberlippenflaum von damals echter Bartwuchs entwickelt hat und ich endlich auch gut zwanzig Zentimeter Körpergröße nachgelegt habe, sind wir wieder auf einer Ebene, auch wenn ich das insgeheim anders sehe. Richard ist nicht mehr einfach nur mein bester Freund von früher. Heute ist er für mich Richard, der Kerl, der einfach weggefahren ist.

»Also dann heute Abend bei mir!«

Jetzt klingt es nicht mehr wie eine Frage oder Einladung. Er hat das beschlossen und damit ist das Thema durch. Mein unbestimmtes Schulterzucken ignoriert er, geht in Richtung Treppe und dann nach links zum Rollerparkplatz. Dort, wo wir unsere Vespas nebeneinander abstellen. Zumindest haben wir das früher immer getan. Denn jetzt steht meine Vespa in der Garage neben dem Auto meiner Mutter, weil meine Eltern mir bis auf Weiteres den Schlüssel abgenommen haben. Also warte ich, bis Richard wirklich außer Sichtweite ist, und schlurfe erst dann die Treppen runter.

Unten angekommen, biege ich statt nach links nach rechts zum Fahrradparkplatz ab, wo mein Drahtesel treu auf mich wartet.

Weil ich degradiert wurde.

Zu einem Niemand, dessen Namen trotzdem jeder kennt.

5

Lia

Es ist schon komisch, wie schnell sich die Dinge ändern. Bis vor ein paar Monaten war ich entweder für die anderen unsichtbar oder eben Markus' Ex-Freundin. Jetzt bin ich die mit den Sozialstunden, weil ich ein Auto geklaut und eine Art Massenkarambolage mit parkenden Autos fabriziert habe. Wenn ich also wie jetzt über den Flur gehe, höre ich sie hinter mir tuscheln oder kichern, aber sie verstummen, wenn ich mich umdrehe, und mustern mich stattdessen abschätzig von oben bis unten. Heute trifft es mich mehr, als es sollte, weil ich nervös bin. Direkt nach der Schule muss ich im Seniorenheim *Schattige Pinie* auftauchen, dort wird man mir alles erklären, mich rumführen und dann kann es losgehen. Doch was wie die Einarbeitungsphase für einen Ferienjob klingt, wird sich hundertpro – laut dem sich ständig in meinem Kopf wiederholenden *Worst-Case-Scenario* – ganz anders abspielen. Ehrlich gesagt bin ich nicht besonders gut mit so was. Senioren und Rentner auf dem letzten Zwischenstopp vor dem Abschied, das klingt nicht gerade nach der perfekten Beschäftigung für mich. Okay, vielleicht ist das gar nicht so schlimm, wie ich es mir ausmale, aber ich habe nicht mal Großeltern, ich weiß nicht, wie man mit alten Menschen umgeht.

»Ist heute der große Tag?«

Natürlich hat es sich rumgesprochen. Es würde mich nicht mal wundern, wenn Lena dafür gesorgt hätte, dass die Leute sogar wissen, wo genau ich nach der Schule hinsoll. Klar geht es eigentlich niemanden etwas an, aber irgendwie hat scheinbar jeder eine Meinung zu meiner Strafakte. Und heute ist für sie alle in dieser Hinsicht der große Tag. So in etwa wie Weihnachten und Silvester zusammen und gleichzeitig auch noch Earth Day. Markus Schumacher, mein Ex-Freund, steht vor mir, die Arme vor der Brust verschränkt, der Blick streng und ein bisschen von oben herab. Markus, in den ich sogar mal wirklich verknallt war.

»Na, stecken sie dich heute in einen roten Overall?«

»Ich hoffe doch, Rot ist schließlich voll meine Farbe.« Irgendwann habe ich es mir angewöhnt, nicht mehr ernsthaft auf solche Gemeinheiten zu antworten, sondern sie einfach zu übergehen.

Leider fühlt Markus sich davon aber nun herausgefordert, mir zu folgen. »Wie lange musst du absitzen?«

Sitzen werde ich wohl nicht sehr viel, aber das ist auch okay. »Fünfzig Stunden.« Jetzt kann von mir aus auch jeder alle Details wissen. Vielleicht hören die Gerüchte dann auf.

»Bitter.« Einen kurzen Moment sieht er mich ehrlich schockiert an, und ich erkenne den Markus, mit dem ich mal zusammen war. »Und musst du das alleine durchziehen?«

Ich bin versucht, ihm die ganze Story zu erzählen. *Alles.* Von dem Anruf, der Polizei, meiner riesigen Angst … aber etwas in seinem Blick verunsichert mich. Diese Neugier – oder ist es Sensationslust – dient nur dazu, es dann den anderen erzählen zu können. Ginge es dabei nur um mich, wäre mir das egal. Aber inzwischen kriegt Hannah eine ordentliche Breitseite von der Bugwelle meiner Aktion ab.

»Mal sehen.«

»Selbst wenn es der absolute Albtraum wird – *wenn* so was jemand rockt, dann du.«

Markus hat mir seit unserer unschönen Trennung nicht mal mehr mit einem ehrlichen Lächeln begegnen können, wieso ist er dann jetzt so nett zu mir?

»Was willst du?«

Er ringt mit sich, muss sich zwischen seinen verschiedenen Images entscheiden. Ist er heute der nette Typ, den ich abseits der Schule habe kennenlernen dürfen, oder der fiese Typ, der allen möglichen Mist über mich bei seinen Kumpels rumerzählt hat?

»Ach, weißt du, Lia, manchmal denke ich …«

Ob es clever wäre, ihm zu sagen, dass die Stelle für eine gedankenverlorene Zäsur nicht besonders gut gewählt ist?

»Du hattest mit mir echt den Jackpot. Ich hätte dafür sorgen können, dass die Leute jetzt nicht so arschig zu dir sind.«

Der Preis dafür wäre nur ziemlich hoch gewesen, wenn ich an seinen Vorschlag von damals denke.

»Ich bevorzuge arschige Kommentare, danke.«

»Weil du immer alles alleine hinkriegst und niemanden nah genug an dich ranlässt?«

Ich hasse es, dass er es so genau auf den Punkt bringt.

»Wenn du irgendwann mal von deinem hohen Ross runterkommst, merkst du vielleicht, was dir deshalb durch die Lappen gegangen ist.«

Noch bevor ich etwas sagen kann, wendet Markus sich ab und marschiert davon. Er folgt dabei dem Vorbild vieler vor ihm. Die meisten Leute verabschiedeten sich *genau so* aus meinem Leben, als es richtig mies wurde.

6

Simon

Der Eingangsbereich sieht ein bisschen so aus wie in einem Hotel. Wie in einem *sehr alten* Hotel, für noch ältere Menschen. Eine Weile stehe ich nur dumm rum und hoffe, dass mich niemand anspricht, mir die Zeit hier bereits angerechnet wird und ich vielleicht einfach wieder gehen darf.

»Und du bist?« Die Frau vor mir ist entweder aus dem Nichts aufgetaucht oder sie schleicht sich gegen den Wind an.

»Simon Kampen.«

»Und du willst zu?«

Sie trägt weiße Baumwollhosen, ein weißes Poloshirt und weiße Turnschuhe. Ihre Stimme klingt ungeduldig, als hätte sie einen wichtigen Termin, als würde ich nur ihre Zeit stehlen – und ich befürchte, genau das tue ich auch.

»Zu … Ihnen?«

Mir wurde nur gesagt, ich solle mich hier melden, nicht bei wem. Der Name auf dem kleinen Schild an ihrer Brust verrät mir, dass sie Frau Schüble ist.

»Zu mir?«

Wieder nicke ich etwas benommen und klaube die korrekten Informationen in meinem Gehirn zusammen. »Ich soll hier … Sozialstunden … ableisten.«

Keine Ahnung, wieso ich flüstere, denn niemand außer uns ist hier. Und wer sollte uns schon belauschen, die schwerhörigen Senioren?

»Ach so. Hier entlang.« Sie winkt mich zu sich und geht mit schnellen Schritten einen Gang entlang, in den ich ihr folge und dabei bete, dass er mich nicht direkt in die Hölle führt.

Wir überholen einige ältere Leute, die unmotiviert auf dem Gang rumstehen, auf jemanden warten oder nicht mehr so genau wissen, wo sie eigentlich hinwollten. Ich fühle mich ihnen spontan sehr verbunden.

»Wie viele Stunden hast du abgekriegt?« Sie sieht mich nicht an, während sie die Frage stellt, weil sie ein konkretes Ziel hat und sich nicht von Blickkontakt ablenken lässt.

»Ähm. Sechzig.«

Da bleibt sie abrupt für den Bruchteil einer Sekunde stehen und mustert mich, während ich im letzten Moment bremse, bevor ich gegen sie prallen kann. Dann schüttelt sie den Kopf und murmelt: »Wow.«

Es klingt nicht so, als wäre sie wirklich beeindruckt, ganz im Gegenteil, sie sieht mich an, wie meine Mutter mich wohl hätte ansehen müssen, als sie davon erfahren hat. Frau Schüble setzt sich wieder in Bewegung und hat jetzt ein Bild von mir im Kopf, das ich nicht mehr ändern kann. Sechzig Sozialstunden, das ist Königsdisziplin, die kriegt man nicht für einen aufgebrochenen Kaugummiautomaten.

»Da drinnen kannst du dein Zeug lassen.« Sie schubst eine Tür zu einem kleinen Zimmer mit vier Schränken, einem Tisch und zwei Stühlen auf. Ein junger Mann ist gerade dabei, sich umzuziehen.

»Marcin, sei so gut und führ Simon ein bisschen rum. Er hat sechzig Sozialstunden bei uns abzuarbeiten. Du kennst das ja.«

Dann dreht sie sich zu mir, an die Strenge in ihrem Blick sollte ich mich vermutlich gewöhnen. So sehen mich einige der Lehrer auch an, weil sie sicher glauben, dadurch mein schlechtes Gewissen zu verstärken. Als müsste das noch sein.

»Das ist Marcin, er ist schon eine Weile bei uns und kann dir alles zeigen.«

Marcin, in einer dunklen Jogginghose und mit schwarzem T-Shirt, sieht genau so aus wie jemand, den meine Eltern, anders als mich, für einen klassischen Sozialstunden-Knacki halten würden. Kurz winke ich ihm zu und er nickt knapp.

»Ich warte noch auf eine junge Frau, die auch in eure Gruppe gehört. Aber ihr könnt schon mal los.«

Der Typ nickt, bevor Frau Schüble mich hier wie Ballast bei ihm zurücklässt. Etwas unsicher, wie ich mich verhalten soll, lehne ich neben der Tür und sehe mich erst mal weiter im Raum um, als gäbe es hier irgendwas zu entdecken, was man nicht schon auf den ersten Blick sehen würde.

»Willst du dich noch umziehen?« Er ist ein bisschen größer als ich, trägt seine braunen Haare so, dass sie ihm bis in die Augen hängen, und lächelt kein Stück.

»Ich habe nichts zum Umziehen dabei. Brauche ich das denn?«

»Kommt darauf an.«

»Worauf denn?« Ich wette, man kann die Unsicherheit in meiner Stimme hören.

»Ob du dich mit den Senioren anlegst oder nicht.« Ein

geheimnisvolles Augenzwinkern und dann schiebt er sich an mir vorbei auf den Flur.

Ich werfe meinen Rucksack einfach auf den Tisch und laufe ihm hinterher, bevor er um die nächste Ecke biegen kann. »Was genau muss ich denn alles machen?«

So sicher, wie er sich auf den Fluren bewegt, muss er wirklich schon seit einer ganz schönen Weile seine Stunden abarbeiten. Hier und da nickt ihm eine der Pflegekräfte zu.

»Wie alt bist du eigentlich?«

Auch er bleibt so abrupt stehen wie vorhin Frau Schüble, und ich wette, man kann meinen Bremsversuch auf dem glatten Fußboden unter meinen Sneakersohlen bis in den obersten Stock hören.

»Ich bin vor zwei Monaten siebzehn geworden.« *Und fühle mich gerade wie maximal zehn.*

»Okay. Und sechzig Stunden hast du aufgebrummt bekommen?«

Werden sie jetzt alle darauf rumhacken?

»Ja. Sechzig.«

»Wow.«

Keine Ahnung, ob er schockiert oder beeindruckt ist, aber sein prüfender Blick mustert mich noch mal von oben bis unten, und ich frage mich, in welche Schublade er mich gerade steckt.

»Du hast also richtig Mist gebaut, ja?«

Ja. »Geht so.«

»Du kriegst keine sechzig Stunden für 'ne Lappalie.« Abwartend verschränkt er die Arme und sieht mich an.

Glaubt er wirklich, ich erzähle es ihm einfach so? »Weißt du das so genau aus Erfahrung oder …?«

»Ich kenne mich aus.«

Frau Schüble meinte, er wäre schon eine Weile hier. Sofort ist meine Neugier geweckt, und ich versuche, ihn ebenso grimmig anzustarren wie er mich. »Was hast *du* denn angestellt, um hier zu landen, hm?«

Marcin verzieht bei meiner Frage keine Miene, lässt seinen schweren Blick nur weiter auf mir ruhen.

»Du bist doch auch nicht hier, weil du heute Nachmittag nichts Besseres zu tun hast. Also?« Meine Stimme verrät, dass wir keine Freunde auf den ersten Blick sind. Richard würde sich garantiert ein paar dumme Sprüche über Marcins abgetragene Jogginghose nicht verkneifen können und sein anschließendes Lachen würde man auch noch auf der anderen Straßenseite hören.

»Das würdest du wohl gerne wissen, Frischling.«

»Ja. Würde ich. Will ja 'ne Ahnung haben, mit was für Schwerverbrechern ich hier meine Zeit verbringen muss.«

Dieses Stare-off könnte noch eine kleine Weile weitergehen, wenn Frau Schüble uns nicht unterbrechen würde. »Jungs. Hier ist Lia. Sie hat euch noch gefehlt.«

Wir drehen uns synchron in ihre Richtung und ich erkenne sie natürlich sofort. Vorgestellt wurde sie mir damals als *die Freundin von Markus*, aber mir ist sie als das Mädchen mit den krassen Augen in Erinnerung geblieben. Wenn sie einen ansieht, scheint sie irgendwie gleich alles zu wissen, anders kann ich das nicht erklären. Sie trägt eine dunkelblaue Bomberjacke, die sie fast verschluckt und gleichzeitig viel wuchtiger aussehen lässt, als sie wirklich ist. Ihre dunklen Haare sind kürzer als damals, als ich sie getroffen habe. Jetzt weiß sie nicht so recht, wohin mit ihren Händen oder ihrem Blick. Ob sie mich auch erkennt? Immerhin ist unser Treffen schon eine kleine Ecke her und sie war damals nicht besonders nüchtern.

»Hi.« Sie winkt etwas ungelenk und ich reiche ihr sofort die Hand.

»Hi. Ich bin Simon. Von der Party im Kino damals.«

Keine Ahnung, wieso ich ihr gleich die Party in Erinnerung rufen will. Etwas überrumpelt nimmt sie trotzdem meine Hand an und schüttelt sie lasch, bevor sie sich kurz an Marcin wendet, der aber noch immer in der gleichen Pose dasteht. Okay, möglich, dass da jetzt ein Lächeln auf seinen Lippen ist. Aber Typen wie er imponieren Mädchen wie Lia nicht. Kann ich mir nicht vorstellen. Will ich mir nicht vorstellen.

»Wenn das Gruppenkuscheln dann mal beendet wäre, können wir dann jetzt endlich los?« Er klingt so unfassbar genervt, dass ich mich automatisch frage, wie lange er hier schon ackert, um bereits so ausgelaugt zu sein. Und ob mir so eine Laune in ein paar Wochen nicht auch als Dauerbefinden blüht.

»Klar. Zeig uns ruhig alles. Marcin ist nämlich schon 'ne Weile hier.« Damit erhoffe ich mir, vor Lia den Eindruck zu erwecken, ich wäre irgendwie nur ein Gast, der hier eigentlich nicht wirklich hingehört und bald wieder weg ist, während Marcin den Rest seines Lebens weiter Sozialstunden ableisten muss.

»Dann mal los in den Speisesaal.«

»Speisesaal?«

»Ja. Wir kümmern uns um die Essensausgabe.«

Toll. Ausgerechnet der Speisesaal.

Direkt meinen Endgegner erwischt.

7

Marcin

Ihnen sind die Haarnetze natürlich peinlich. Simon zupft die ganze Zeit daran rum, als würde man mit so was auf dem Kopf überhaupt gut aussehen können. Nicht mal Lady Gaga würde damit was hermachen.

Wobei … Kurz sehe ich zu Lia, die sich Mühe gibt, nichts vom Pudding zu verschütten, während sie ihn aus dem großen Topf in viele Schälchen löffelt. Hoch konzentriert ist sie bei der Sache, ihre Zungenspitze zwischen den leicht geöffneten Lippen und eine kleine Falte zwischen ihren Augenbrauen. *Irgendwie cute unbeholfen.*

Kopfschüttelnd mache ich mich wieder daran, die Würstchen, die es mit Kartoffelbrei als Hauptspeise für die Senioren gibt, in kleine Stückchen zu schneiden.

»Ich wollte nur mal sagen, dass die Party damals echt episch war.« Das ist Simons vierter Versuch, ein bisschen Small Talk mit Lia zu betreiben, aber besonders viel Erfolg hatte er mit diesem Vorhaben bisher noch nicht, und ich verkneife mir ein Grinsen, als sie auch diesmal nur stumm nickt und ihn weiter ignoriert. »Also, ich meine, 'ne Party in einem Kino. Das bleibt halt irgendwie hängen, oder?«

»Die Location war schon cool.«

Simon nimmt ihre Antwort als Aufforderung weiterzusprechen. »Ja, also, ich fand auch die Musik und die Leute da total cool. Hat auf jeden Fall Spaß gemacht. Und war auch toll, dich da kennengelernt zu haben.«

Wenn er das Flirten nennt, müsste man ihm dringend ein bisschen Nachhilfe geben. Doch dafür ist hier definitiv nicht der richtige Ort, und so räuspere ich mich laut, erinnere ihn dadurch an die Tatsache, dass er hier nicht bei *First Dates* ist. »Wie weit seid ihr?«

Lia dreht sich zu mir und deutet auf die zahlreichen kleinen Schalen, die sie liebevoll gefüllt hat. »Fast fertig.«

Als müsste ich mich davon persönlich überzeugen, komme ich zu ihr rüber und sehe, dass sie mit einem Löffel Mini-Herzen in die Puddings gemalt hat.

»Ich dachte, vielleicht macht das den Senioren eine kleine Freude?«

Die Idee ist sicher süß, aber für so was haben wir hier einfach keine Zeit. »Das ist ein Seniorenheim und kein hipper Coffeeshop. Deine Barista-Künste kannst du dir sparen.« Das klingt genervter als geplant, aber die beiden sind einfach viel zu langsam. Gut, okay, ist auch ihr erster Tag, aber ich habe echt keine Lust, so kurz vor Schluss noch sogenannte Verstärkung zu bekommen, die alles nur verlangsamt und mich Nerven kostet.

»Sorry, ich dachte …«

»Nee, nicht denken. Arbeiten. Wir haben einen fixen Zeitplan.«

Hauptsächlich nervt es mich, dass sie jedes Mal *mir* neue Kiddie-Straftäter an die Seite stellen, die ich dann einarbeiten soll, weil ich ja ach so viel Erfahrung damit habe. Dabei will ich nur mein Zeug fertig bekommen.

»Wieso bist du eigentlich so mies gelaunt?« Simons Frage unterbricht meine Gedanken, und ich drehe mich zu ihm, beobachte, wie er in Slow Motion Besteck sortiert. »Ich meine, was hast du Schlimmes angestellt, dass du hier gelandet bist?«

Zuerst will ich es wieder mit einem dummen Spruch abtun, aber als auch Lia sich zu mir wendet und mich abwartend ansieht, spüre ich wieder diese Enge im Hals. Als wäre Atmen für alle anderen eine vorinstallierte Einstellung, um die sie sich nicht kümmern müssen, während für mich Atmen harte Arbeit ist.

»Ratet doch mal.« Die drei Worte kann ich gerade noch über die Lippen pressen, bevor meine Lunge nach mehr Sauerstoff verlangt und ich tief einatme.

Simon nimmt meine Aufforderung dankend an, tritt einen Schritt zurück und mustert mich. Wieder betrachtet er meine Hose, die ich heute Morgen in der Eile einfach aus dem Kleiderschrank gezogen habe, und dann meine Schuhe, die ausgelatscht sein mögen, aber mich noch immer von A nach B bringen.

Und im Idealfall bis nach Schottland.

»Du hast so 'ne Art an dir …« Er legt sich gespielt nachdenklich den Finger an die Lippen. »Weiß auch nicht. *Körperverletzung?*«

Wow. Aber ich verziehe keine Miene und drehe mich zu Lia, deren Blick ebenfalls etwas Misstrauisches angenommen hat.

»Und was denkst du?«

»Ja, Simon könnte schon recht haben. Raubüberfall vielleicht?«

»Oder Drogen!«

Simon scheint sich ja richtig Gedanken über meine kriminelle Vergangenheit zu machen. Nickend lasse ich sie weiter raten, gönne ihnen den Spaß, mich probehalber in Schubladen zu stecken.

»Bist du ein Dealer?«

»Für was?«

»Gras. Bei uns an der Schule verticken die das Zeug im Fahrradkeller. Das würde zu dir passen.«

»Gras an Typen wie dich zu verkaufen, ja?«

Simon zuckt die Schultern, plötzlich nicht mehr ganz so lässig.

Lia hingegen schüttelt entschlossen den Kopf. »Nee, dafür sind deine Augen zu ehrlich. Ich glaube, du bist auf die falsche Bahn geraten, weil du jemandem was beweisen wolltest.«

Das alles erkennen sie nach einer Prüfung meiner Klamotten, meiner Frisur, der ehrlichen Augen und nach knapp dreißig Minuten zusammen mit mir in der Küche eines Seniorenheims.

»Okay, wer liegt näher dran?«

»Ach, so funktioniert das? Das Erraten meiner Geschichte ist so was wie eure *Ich-komme-aus-dem-Gefängnis-frei*-Karte und wer mit seiner Antwort näher dran ist, bekommt Sozialstundenabzug?«

Simon nickt. »Jetzt sag schon. Drogen oder Raubüberfall? Oder beides?« Das neugierige Leuchten in seinen Augen passt nicht so recht zu seinem sonst eher fahlen Gesicht.

»Ändern wir doch kurz die Spielregeln. Verrate doch du erst mal, wieso sie dir *sechzig* Stunden aufgebrummt haben?«

Die Sache ist offensichtlich nur so lange lustig, bis man Gegenfragen stellt und jetzt Simon im Fokus der Aufmerksamkeit steht. Es ist ihm peinlich, denn er sieht sofort zu Lia, will wohl wissen, ob sie ihn jetzt auch in eine Schublade steckt, und schüttelt dann nur kurz den Kopf.

»Das geht dich nichts an. Mein Anwalt hat gesagt …«

»Oh, sieh einer an, der feine Herr lässt lieber seinen Anwalt sprechen.«

Simons Gesicht nimmt nun langsam Farbe an und wirkt gleich um einiges gesünder, aber ich habe keine Lust mehr auf diese Unterhaltung und deute stattdessen wieder auf das Besteck. »Schluss jetzt mit dem Ratespaß. Weitersortieren.«

Mit einem Seitenblick zu Lia gehe ich zurück an meinen Arbeitsplatz. »Du kannst von mir aus so viele Herzen in den Pudding malen, wie du willst.«

Kinderkram. Wer sich einen Anwalt leisten kann, der hat sicher auch kein Problem, ein Flugticket nach Glasgow bezahlt zu bekommen. Direktflug. Businessclass. Ohne Übernachtungen in irgendwelchen 20-Betten-Zimmern in billigen Hostels.

»Willst du denn gar nicht wissen, wieso *ich* hier bin?« Lias Stimme ist sanft und ruhig, nicht so überheblich wie Simons oder so wütend wie meine.

»Nein.«

»Weil du es schon weißt?«

»Woher denn?«

Frau Schüble erzählt uns nie, was die Leute verbrochen haben. Bestimmt wegen so was wie Schweigepflicht, und meistens frage ich nicht nach, weil es mich nicht interessiert. Wir haben alle unsere Gründe – oder Ausreden –, wieso wir Dinge tun.

»Es stand ja in der Zeitung.«

»Lauter Promis hier also.«

Das ist nicht ganz die Reaktion, die sie sich erwartet hat, und so dreht sie mir wieder den Rücken zu und schaufelt weiter Pudding in die Schalen. Simon sortiert fleißig Besteck, und ich frage mich noch immer, was genau an mir einen *prügelnden Dealer* vermuten lässt.

8

Lia

Die älteren Herrschaften sitzen verteilt an Tischen, essen sehr langsam ihr von uns ausgeteiltes Essen und unterhalten sich mal laut, mal leise über ihren Alltag und von der Welt längst vergessene Dinge.

Simon, Marcin und ich lehnen an der Rückgabestelle für das Geschirr zur Küche und beobachten die Heimbewohner.

Das heißt, *ich* beobachte die Heimbewohner.

Marcin beobachtet mich.

Und Simon beobachtet Marcin.

»Was ist denn jetzt wieder?«, frage ich Marcin, der mir schon beim Austeilen des Essens komische Blicke zugeworfen hat.

»Muss ein richtiger Kulturschock für euch sein, oder?«

»Was genau?«

»Na das hier.«

»Wieso? Weil ich noch keine achtzig bin?« Erst jetzt lasse ich meinen Blick von einem älteren Herrn, der alleine sitzt und sich den Pudding bis zum Schluss aufgehoben hat, zu ihm wandern. Marcin grinst entspannt, was ihm auch noch ziemlich gut zu Gesicht steht.

»Auch. Aber ich wette, ihr seid sonst eher nicht so die Typen für solche Arbeit.«

»Korrekt.« *Bullshit*, wäre die bessere Antwort gewesen, aber inzwischen bin ich es leid, mich für alles rechtfertigen zu müssen. Es ist leichter, die Rolle zu spielen, für die sie mich besetzt haben. Ich kenne solche Blicke und mag sie nicht.

»Überrascht mich nicht.«

»Weil du dir schon ein Bild von mir gemacht hast, ne?«

»Ganz richtig.«

»Und verrätst du mir, welches?«

»Ihr seid alle dem Jugendknast knapp entgangen, weil Papa den Anwalt gezahlt hat, und heuchelt hier jetzt irgendwas von wegen *gelobe Besserung* und *Fehler wiedergutmachen.*«

Nichts an seinen Vorwürfen trifft mich so sehr wie das Wort *Papa*. Langsam, *zu langsam*, klatsche ich in die Hände, halte sie so davon ab zu zittern, und sehe Marcin stur ins Gesicht. »Mensch, du hast mich ja auf den ersten Blick direkt durchschaut, Marcin. Applaus.«

Es überrascht ihn, dass ich ihn nicht nur direkt ansehe, sondern auch bei seinem Namen nenne.

»Lass dir von Kollege Griesgram nicht die Laune verderben.« Simon lehnt sich an Marcin vorbei zu mir rüber und lächelt irgendwie schüchtern.

Zwar war er bei der Party im Kino damals wohl dabei, aber ehrlich gesagt kann ich mich nur noch sehr vage an alles erinnern. Nicht gerade meine Sternstunde damals. Simon passt aber nicht so recht zu Markus' Kumpels, mit denen er sonst rumhängt.

»Hast du nachher Lust, vielleicht noch irgendwo einen Happen zu essen?«

Mit seinen blonden Locken und dem strahlenden Lächeln

passt er übrigens auch nicht so recht in das vorgefertigte Bild des jugendlichen Straftäters. Nicht, dass es so was gibt, aber wir alle haben doch Klischees im Kopf, ob wir es nun zugeben wollen oder nicht.

Weswegen er wohl wirklich hier ist? »Ich muss nach der Sache hier leider direkt nach Hause. Meiner Schwester bei den Hausaufgaben helfen.« Nicht, dass Hannah so klein ist, wie ich sie gerade erscheinen lasse. Oder sie sich von mir bei irgendwas helfen ließe. Es wartet genau genommen niemand auf mich, aber mir ist es lieber, daheim zu sein, wenn Hannah nach Hause kommt.

»Ah, schade. Aber vielleicht ein anderes Mal?«

»Klar, wieso nicht.«

»Cool.« Sein Gesicht hellt sich auf, aber bevor die Situation zu entspannt werden könnte, schaltet sich Marcin dazwischen.

»Das hier ist übrigens kein Dating-Event, falls es euch noch nicht aufgefallen ist.« Sein Kommentar wird von einer Handbewegung in Richtung Speisesaal und den Senioren begleitet.

»Ist diese miese Laune bei dir eine Dauerausstellung oder kriegen wir auch mal was anderes zu Gesicht? Ich frage für eine Freundin.« Meine Retourkutsche nimmt ihm kurz den Wind aus den Segeln, und er nickt gespielt anerkennend, was mich nur noch mehr auf die Palme bringt.

»Ganz wie Ihr es wünscht, Euer Ladyschaft. Werde mal sehen, ob ich die Tage noch eine andere Präsentation für die Herrschaften aufbieten kann.« Dieser Typ trifft bei mir einen Nerv, was grade nicht so hilfreich ist.

»Okay, Marcin, du hast irgendein Problem mit mir, habe ich gecheckt. Aber es ist nicht mein Problem, dass Mama und Papa dir nicht genug Taschengeld geben und du deswegen Tankstellen oder Zigarettenautomaten ausrauben musst, okay?«

Gerade, als er Luft holt, um mir eine passende Antwort ins Gesicht zu schmettern, ruft der ältere Herr, der alleine an seinem Tisch isst, Marcins Namen und winkt ihn zu sich rüber.

»Entschuldige mich. Die Kundschaft ruft.«

Damit stößt er sich ab und geht an den Tisch hinüber, was Simon nutzt und sofort zu mir aufrückt. »Komischer Vogel, oder?«

»Wer jetzt genau? Auswahl haben wir hier genug.«

»Na Marcin.«

Dabei habe ich mir noch keine abschließende Meinung zu ihm gebildet. Er ist rau und irgendwie genervt, aber seine Augen erzählen eine ganz andere Geschichte, eine, die er nicht verraten will. Und die mich aus unerfindlichen Gründen interessiert.

»Keine Ahnung.«

»Typen wie der sorgen doch immer für Ärger.« Dabei deutet er kurz mit der Hand auf Marcin und erntet dafür von mir nur ein Kopfschütteln.

»Klar. Weil wir beide ja auch vollkommen grundlos zu Sozialstunden verdonnert wurden.«

Daraufhin sagt er nichts, sieht mich nur an, und ihn ahne, dass hinter Simons frechem Auftreten doch nur ein schüchterner Junge steckt, der eigentlich gar nicht so genau weiß, was er hier macht. Um von sich abzulenken, grinst er schief.

»Na ja, wer Autos klaut und zu Schrott fährt, der ist hier wohl schon richtig.«

Autos. Plural. Es war das Auto meiner Mutter, aber irgendwie hat das in dem Artikel niemand erwähnt, weil es so vielleicht etwas spannender klingt, wenn man behauptet, die minderjährige Straftäterin habe gleich doppelt und dreifach Mist gebaut.

»Genau. *Ich* bin hier richtig. Und *du*, Simon?«

»Das geht ja genau genommen niemanden etwas an, oder?«

»Also genießt du deinen Vorteil gegenüber uns, ja?«

»Mein Anwalt hat gesagt …« Bevor er mir den Rest dieses auswendig gelernten Spruchs reindrücken kann, kommt Marcin zu uns rüber und sieht etwas zerknirscht aus.

»Hey, Lia, Herr Kabitzke würde sich gerne mal mit dir unterhalten.« Dabei kratzt er sich unsicher am Hinterkopf und nickt zu dem älteren Herrn hin, der in seinem blütenweißen Hemd lächelnd dasitzt und mir zuwinkt.

»Hast du mir jetzt ein Date verschafft?«

Marcins Mundwinkel zucken kurz zu einem Lächeln. »Wusste gar nicht, dass du auf der Suche nach einem Date bist.«

Sofort huscht Simons Blick zu mir, aber weil ich darauf nicht antworten will, setze ich mich in Bewegung und gehe langsam auf Herrn Kabitzke zu.

»Du bist also Herzchen-Lia.«

»So nennt man mich.«

So hat man mich eigentlich noch nie genannt, aber es gefällt mir. Das freundliche Gesicht des alten Herrn und die perfekt frisierten eisgrauen Haare passen zum Rest seines Auftretens. Er strahlt Wärme aus – vielleicht auch nur deswegen, weil er nicht so recht weiß, wohin sonst damit.

»Ich wollte mich bei dir bedanken.«

»Bei mir?«

Er nickt und deutet auf die leere Schale, in der vorhin noch der Schokopudding war. »Ich bin jetzt seit knapp drei Jahren hier, aber noch nie habe ich einen so schönen Pudding gegessen.« Er zeichnet mit leicht zitternder Hand ein Herz in die Luft vor sich, bevor er sie auf Brusthöhe ablegt. »Das war eine sehr schöne Überraschung.«

»Habe ich gerne gemacht.« Kurz schieße ich einen Blick zu Marcin, der zwar noch immer etwas zerknirscht wirkt, aber dabei zumindest lächelt.

»Arbeitest du jetzt auch hier?« Herr Kabitzke mustert mich neugierig, aber nicht auf eine unangenehme Weise.

»Nur vorübergehend.«

»So wie wir alle hier.« Er macht eine allumfassende Handbewegung und ich verstehe nicht so recht. »Letzte Woche hat Ulrich noch mit mir hier gesessen. Oh, den hättest du gemocht. Ein alter Charmeur war das.«

»Wo ist Ulrich denn?«

Herr Kabitzkes Blick wird etwas leerer, seine grauen Augen wandern an mir vorbei zum Fenster, hinter dem sich die kleine Parkanlage des Seniorenheims erstreckt. »Er hat noch gesagt, dass er sich unwohl fühlt. Ein Ziehen in der Brust. Wir dachten, vielleicht hat er sich beim Boulespielen etwas überanstrengt. Er war so verbissen dabei, weißt du?«

Ich nicke.

»Und dann kam nachts der Notarzt und morgens saß ich wieder alleine beim Frühstück.«

Meine Kehle wird trocken, hektisch sehe ich zu den Tischen neben uns. Senioren, deren Gesichter ich mir noch nicht so genau angesehen habe. Manche lächeln, andere sind schon etwas starr. Vom Leben oder vom Warten. Aber auch Gelächter dringt von einem Tisch voller Frauen herüber, die sich den Pudding schmecken lassen.

»Auf jeden Fall hoffe ich, der nächste Nachtisch hält wieder eine kleine Überraschung für uns parat.«

Freundlich nicke ich und deute zu den Jungs, die noch immer darauf warten, dass der Speisesaal sich leert und wir abräumen können. »Ich muss wieder zurück.«

»Natürlich, ich wollte dich nicht aufhalten.«

»Haben Sie nicht, keine Sorge.«

Schnell gehe ich zurück zu den Jungs und lehne mich neben Simon, der mich mit einem besorgten Blick empfängt.

»Alles okay bei dir?«

Ich sehe an ihm vorbei zu Marcin, der nur schief grinsend dasteht, die Hände in den Hosentaschen.

»Er hat sich für die Überraschung im Nachtisch bedankt.«

Sofort dreht auch Simon den Kopf zu Marcin, der nur kurz die Schultern zuckt.

»Jaja, schon kapiert. Wer hat nicht gerne ein Herz im Pudding?«

9

Marcin

»Wie, heute mal nicht mit dem Ferrari unterwegs?«

Simon schließt gerade das dicke Schloss an seinem Fahrrad auf und verzieht nur kurz sein Gesicht zu einer Grimasse, die wohl Kommentar genug zu meiner Bemerkung sein soll. Lia, die ganz offensichtlich nicht mit dem Fahrrad gekommen ist, schüttelt den Kopf und motzt mich an: »Kannst du damit vielleicht mal aufhören?«

»Hm?«

»Es macht dich nicht cooler, wenn du gemein zu anderen bist.«

»Bin ich gar nicht.«

»Ach nein? Was hast du dann für ein Problem mit Simon?«

Mein Problem hat nicht mal wirklich was mit ihm zu tun, aber ein Blick auf seine neue Jeans, die teuren Turnschuhe und das schicke Fahrrad erinnert mich eben daran, dass er auch noch einen Anwalt an seiner Seite hat. Außerdem schadet es nichts, die Leute schon mal vorsorglich emotional auf eine Armlänge Abstand zu halten.

»Ehrlich gesagt …« Mit ausgebreiteten Armen drehe ich mich zu Simon und seinem Fahrrad, bei dem er gerade aufsitzt. »Bist du mir reichlich egal.«

Simon lächelt übertrieben breit und deutet eine kleine Verbeugung an. »Dann haben wir endlich eine Gemeinsamkeit gefunden. Du mir nämlich auch.« Sein Lächeln wird kleiner, dafür aber um einiges ehrlicher, als er sich zu Lia dreht und mich ausblendet. »Angebot steht. Wenn du mal was trinken willst, ich würde dich gerne einladen. Aber das weißt du ja schon.«

»Danke.«

Nur ein *Danke*. Kein *Ich komme darauf zurück* oder *Sehr gerne* oder *Morgen vielleicht*. Hart gekorbt, würde ich sagen. Nur sieht Simon das anders, winkt ihr hoffnungsvoll zu und verabschiedet sich damit. Eine kleine Weile sehen wir ihm hinterher, wie er sich in den Verkehr einfädelt und dann verschwindet.

»Du musst deiner Schwester also bei den Hausaufgaben helfen, ja?« Die Frage stelle ich in die Stille zwischen uns, während ich mein Rad aufschließe. Das Schloss hakt, und ehrlich gesagt kann ich mir nicht vorstellen, dass jemand je versuchen würde, das Rad zu klauen, so verbeult, wie es aussieht.

»Schockiert dich das, weil es nicht zu meinem goldenen Löffel im Mund passt?«

»Gibt ja Nachhilfelehrer.«

»Was du nicht sagst. Von dir kann ich ja noch richtig viel lernen.«

Ich muss ein Lächeln unterdrücken und nicke deswegen nur leicht. Sie könnte einfach gehen. Nach Hause, zu ihrer Schwester. Aber sie bleibt stehen, und es macht fast den Eindruck, als würde sie auf mich warten. Langsam schiebe ich mein Rad neben mir her und Lia setzt sich ebenfalls in Bewegung. Ganz automatisch steuere ich die U-Bahn-Haltestelle auf der anderen

Straßenseite an. Wenn sie nicht mit dem Rad hier ist, wird sie wohl die Öffentlichen nutzen.

»Dachte nur, das könnte dir noch etwas mehr Freizeit mit Simon verschaffen.«

»Es mag dich überraschen, aber ich kann mir meine Freizeit ganz eigenständig einplanen.«

Diese Bomberjacke ist ihr viel zu groß, und sie weiß das natürlich, aber vielleicht trägt sie die Jacke genau deswegen mit einer Portion Stolz. Alles an Lia wirkt irgendwie stolz und unnahbar. Ihre klaren Augen fixieren mich grimmig. Diesen Blick bin ich gewöhnt und schüttele ihn mit einem Schulterzucken ab.

»Wollte nur helfen.«

»Habe ich darum gebeten? *Nein.*«

Schmunzelnd schiebe ich mein Rad weiter neben uns her und lasse sie sich weiter in Rage reden. Manchmal brauchen wir alle einen verbalen Punchingball.

»Das ist so typisch. Du siehst eine junge Frau, die offenbar Mist gebaut hat, und schon fühlst du dich dazu berufen, sie zu retten. Klar, weil ich das alles alleine ja nicht schaffe und nur der Held in goldener Rüstung mich aus meiner Misere retten kann. Dabei kennst du mich doch gar nicht. Keine vier Worte mit mir hast du gewechselt und schon hast du diese zementierte Meinung. Dabei könntest du deine grantige Miene einfach mal wegpacken und dich tatsächlich mit mir unterhalten. Wer weiß, vielleicht würdest du dann checken, dass du mich – *oh Schreck* – sogar mögen könntest.«

An dieser Stelle muss ich sie unterbrechen. »Ich habe nicht gesagt, dass ich dich nicht mag.«

Ihre Schritte werden langsamer, bis sie schließlich stehen

bleibt und ihr diesmal fragender Blick wieder auf mir landet. »Ach, so benimmst du dich, wenn du jemanden magst?«

»Ich habe nicht behauptet, dass ich dich mag.«

»Du hast ja richtig Humor, Marcin. Kommt das bei den Frauen für gewöhnlich an?«

»Sag du es mir.«

»Irre witzig, bist du hier der Pausenclown?« Sie zeigt hinter uns, wo das Seniorenheim friedlich auf unseren nächsten Einsatz wartet.

»Wäre doch denkbar. Stell dir vor, ich wäre nur hier, um euch zu unterhalten.«

»Euch?«

»Dich und diesen Simon.«

»Den du übrigens nur deswegen nicht magst, weil er einen Anwalt hat.«

»Möglich.«

Sie legt den Kopf etwas schief. »Macht ihn das zu einem schlechteren Menschen?«

»Habe ich das gesagt?«

»Ist das noch so eine Masche von dir? Fragen immer mit Gegenfragen beantworten?«

»Nervt dich das?«

»Du bist so ein Idiot.«

Das ist leicht dahingesagt. Bei mir muss sie sich nicht im Laufe des Tages oder der Woche entschuldigen oder morgen alles zurücknehmen. Wir sind schließlich nur Durchgangsbesucher im Leben des anderen und das ist auch gut so. Eine Ablenkung – vor allem eine wie Lia – kann ich gerade gar nicht gebrauchen.

»Du musst uns gar nicht mögen, Marcin.«

»*Uns*?«

»Simon und mich.«

»Was habt ihr beide denn so gemeinsam?«

»Was?«

»Na ja, du sprichst von einem *Uns*.«

»Wir sind eben ...« Dabei deutet sie auf mich, als wäre ich die Erklärung oder auch eine Art Gegenbeispiel. »Du weißt schon ...«

»Kleinkriminelle?«

»Nein.«

»Missverstandene Kleinkriminelle?«

»Nein!«

»Freunde?«

»Nein.«

Sie verliert die Geduld mit mir, und ich muss zugeben, dass mir das hier gerade wirklich Spaß macht, trotzdem will ich den Bogen nicht direkt am ersten Tag überspannen und entscheide mich für einen Waffenstillstand. »Okay. Okay. Ich werde mir keine vorschnelle Meinung über euch bilden. Wir haben ja noch einige Stunden zusammen.«

»Ist das eine Drohung?«

»*Nope*.«

»Gut.«

»Du bist ziemlich genervt, Lia. Hat dir das schon mal jemand gesagt?«

»Ja. Täglich.«

»Deine Schwester?«

»Genau die.« Sie atmet schwer aus, ganz so als hätte die Erinnerung an ihre Schwester unseren kleinen verbalen Schlagabtausch beendet. »Ich muss echt nach Hause.«

»Zur Schwester.«

»Sie ist fünfzehn.«

»Tolles Alter.«

Und dann lächelt sie. Vielleicht nur kurz und vielleicht auch nur aus Selbstschutz, aber sie lächelt. Ihr Gesicht wirkt weicher, der Blick verliert ebenfalls an Härte, und ich frage mich, ob das nicht vielleicht die echte Lia ist, die sie so angestrengt vor uns anderen versteckt hält. »Ja, super Alter. Vollkatastrophe inklusive.«

»Dann will ich dich nicht länger aufhalten.«

Lia wirft einen Blick zur Haltestelle, wo eine Anzeige sie und alle anderen wissen lässt, dass die Bahn in wenigen Minuten einfährt. »Noch hast du etwas Zeit, mich zu nerven.«

Ganz so eilig hat sie es also nicht, nach Hause oder von mir wegzukommen.

»Welches Fach?«

»Wie bitte?«

»Die Hausaufgaben. Welches Fach?«

»Bio.«

Die Bahn fährt ein, und ich nicke rüber, lasse sie wissen, dass es Zeit wird.

»Wir sehen uns dann morgen wieder.«

»Bist du denn morgen auch da?«

Höre ich eine Spur Hoffnung aus dieser Frage?

»Wo sollte ich sonst sein?«

»Ach ja. Der gemeingefährliche Drogendealer immer im Einsatz.«

Ich hebe meine Hand zu einem imaginären High Five. »*Outlaws for life.*«

Mein Augenzwinkern entlockt ihr ein kurzes Lachen, und ich drehe mich weg, radele in die andere Richtung davon, bevor sie wieder ernst werden kann, und nehme ihr Lächeln ganz frech einfach mit.

10

Simon

Richard macht mir grinsend die Tür auf und führt mich erst mal direkt in die Küche, wo sein Vater gut gelaunt einen Tee trinkt. Um diese Uhrzeit ist mein Vater für gewöhnlich noch im Büro, aber Richards Vater ist auch einer von der coolen Sorte. Mit ihm kann man noch zum Kicken in den Park, der blamiert seinen Sohn nicht. Auch seine Klamotten sind null peinlich. War schon immer so.

»Ach, schau einer an. Unser kleiner Feuerteufel.«

Richard lacht, und ich lasse mich zu einem kurzen Grunzen hinreißen, das weder cool noch witzig klingt. »Sei nett zu ihm, Papa. Er musste heute mit den Sozialstunden anfangen.«

Es ist mir peinlich. Auf absurde Art und Weise ist es mir wichtig, was Richards Eltern von mir halten. Sie sollen mich mögen, so sehr, wie ich sie mag. Aber zu meiner großen Überraschung hat sich rein gar nichts verändert, sie behandeln mich noch immer so wie davor, und ich wünschte manchmal, ich könnte ihnen sagen, wie viel mir das wirklich bedeutet.

»Und wie ist es so?« Für die Frage stellt Herr Hofner sogar die Tasse ab und sieht mich aus aufmerksamen Augen direkt an.

»Ganz okay.« *Zumindest, wenn Lia da ist.* Diesen Marcin hätte ich jetzt nicht als Zugabe gebraucht.

»Du packst das auf jeden Fall, da bin ich mir sicher. Und bis du mit dem Studium anfängst, ist das auch aus deiner Akte gestrichen.« Herr Hofner weiß so was. Ist schließlich mein Anwalt. »Und das nächste Mal lässt du dich einfach nicht erwischen.« Augenzwinkern, Grinsen, Teetasse.

Richard legt den Arm um mich und lenkt mich sanft in Richtung Wohnzimmer. »Wir gehen dann mal 'ne Runde zocken.«

Aber das konnte sich Herr Hofner schon denken. Steht ja so auf der Tagesordnung.

Erst als wir im Flur sind, löst Richard die Umarmung auf. »Ist mein Vater der beste Anwalt, oder was?«

»Schon.«

»Seniorenheim, das wird ein Witz für dich. Die senilen Alten checken doch nicht, ob du da eine oder drei Stunden warst. Und bevor du dich verguckst, bist du da fein raus.«

Zugegeben, Herr Hofner hat dafür gesorgt, dass ich noch milde davongekommen bin und jetzt nicht irgendwo in einem Jugendknast rumhocke.

»Weiß dein Papa inzwischen …«

Richards scharfer Blick lässt mich verstummen, und ich verstehe sofort, dass wir noch nicht weit genug außer Hörweite sind, um solch brisante Dinge zu besprechen. Und so dauert es, bis er die Tür hinter uns zugemacht, die Playstation und die Anlage dafür angemacht hat, bis er sich zu mir dreht und da eine Ernsthaftigkeit in seinen Augen ist, die ich selten an Richard sehe.

»Nee, er weiß es nicht, und mir wäre sehr daran gelegen, dass das auch so bleibt.«

»Weiß ich doch.«

»Für immer.«

Auch das weiß ich. Richard will keinen Fleck auf seinem coolen Image, das ihn zum angehimmelten Helden unserer Jahrgangsstufe macht.

»Finde es echt stark von dir, dass du das so durchziehst, Simon. Wirklich. Sagt auch Papa.«

Zu gerne würde ich antworten, dass das alles sowieso kein Ding ist und ich es schon rocke, aber manchmal wird mir einfach schlecht, wenn ich auch nur an den Geruch denke. Mein Magen zieht sich vorsichtshalber sogar jetzt schon mal zusammen, dabei ist gar nichts drinnen. Seit dem Frühstück – also eine Handvoll Cornflakes, die ich mir im Gehen und ohne Milch eingeworfen habe – ist nichts nachgekommen.

»Außerdem wollten wir das ja gar nicht. War ein dummer Zufall.«

»Wir haben den Spielplatz schon absichtlich angezündet.«

»Nur das Gerüst. Woher hätten wir wissen sollen, dass da dieser Penner liegt?«

»Obdachloser.« Seit Silvester verbessere ich ihn, seit Silvester winkt er ab.

»Eigentlich haben wir der Gesellschaft einen Gefallen getan.«

»Blödsinn.« Müde vom Tag und all den neuen Eindrücken nehme ich auf dem Sitzsack vor Richards Fernseher Platz und greife nach dem Gamepad.

»Nee, ist kein Blödsinn! Weißt du, wie viel die uns Steuerzahler kosten?«

»Nee.«

»Mein Vater sagt …«

Und ab da blende ich alles aus. Mich interessieren keine Zahlen oder vermeintlichen Fakten, die Richard runterbetet. Keine Zahl, kein Betrag, kein Irgendwas löscht das Bild aus meinem Gedächtnis, wie mich diese großen, panischen Augen angesehen haben. Wie vergisst man den Geruch von brennendem Polyester und versengter Haut?

Schnell blinzele ich, verdränge die Erinnerungen, konzentriere mich auf den Startbildschirm des Spiels und sehe, wie Richards Lippen sich noch immer bewegen und er irgendwas an seinen Fingern abzählt.

»Und im Ernst, niemand hätte den Typen vermisst.« Damit beendet er sein Plädoyer, mit dem er sich selbst von seiner Unschuld überzeugen will. »Du bist also quasi ein Held. Die sollten dir 'ne Urkunde oder so verleihen, statt dich zu Sozialstunden zu verdonnern.« Damit lässt er sich in den Sitzsack neben meinem fallen und grinst so, als wäre das alles nur eine Episode aus seiner Lieblingsserie und nicht meine Realität. »Wie ist es da so?«

»Wo?«

»Na, im Seniorenheim.«

»Öde.«

»Glaub ich sofort.«

»Da ist dieses Mädchen …« Doch kaum habe ich es ausgesprochen, bereue ich es sofort, weil Richard jetzt natürlich die ganze Story hören will, dabei gibt es noch gar keine Story. Dass es sich dabei um Lia handelt, behalte ich lieber für mich. Immerhin kennt er ihren Ex Markus ziemlich gut.

»Ach. Wie alt denn?«

»Keine Ahnung. Siebzehn.«

»Hübsch?«

»Sehr.«

»Alter, dann musst du meinem Vater ja doppelt dankbar sein!«

»Wieso denn das?«

»Vercheckt dir die geilste Stelle für deine Strafarbeit und dann ist da auch noch ein Mädchen für dich als Bonus.« Er klatscht in die Hände, als würde er seinem Vater den gebührenden Respekt zollen, und klopft mir anschließend auf die Schulter. »Jetzt bin ich fast ein bisschen neidisch.«

»Kannst dich ja noch stellen und wir teilen uns die Stunden.«

Über meinen vermeintlichen Witz kann Richard nicht lachen, beugt sich zu mir rüber, und ich weiß nicht, ob es Wut oder Angst ist, die seine Augen funkeln lässt. »Hör auf mit dem Scheiß. Willst du mich jetzt erpressen?«

Vielleicht sollte ich das. Immerhin hat er sich ein wasserdichtes Neopren-Alibi für die Tatnacht zusammengebastelt, und nein, natürlich hatte er gar nichts mit der Scheißaktion zu tun, nicht mal mit der Planung. *Er* ist ja die Unschuld in Person.

Da ich nicht sofort antworte, verdreht Richard die Augen, erhebt sich aus seinem bequemen Thron und geht zu seinem Schreibtisch. »Weißt du, ich bin auf jeden Fall stolz auf dich, Simon.«

Stolz ist nicht zwingend das Wort, das mir zu unserer Aktion im Nachhinein einfällt.

»Und das nicht nur, weil du die Klappe hältst.« Mit einem zusammengefalteten Zettel in der Hand dreht er sich wieder zu mir. »Aber ich weiß natürlich auch, dass es eine Scheiß-

Situation für dich ist. Du hältst für uns den Kopf hin. Das würde nicht jeder machen.« Mit dem Zettel kommt er auf mich zu und reicht ihn mir. »Danke.«

»Was ist das?«

»Ein Zeichen meiner Anerkennung.«

Unsicher, ob er mir hier gerade seine komplette *Funko-Pop*-Figurensammlung vermacht oder seinen Erstgeborenen verspricht, nehme ich das Papier an und falte es vorsichtig auseinander. Einige der Fragen verstehe ich beim ersten Durchlesen, manche zaubern nur Fragezeichen in meinen Blick.

»Die korrekte Lösung findest du ganz unten.«

»Was zum Henker …?« Es ist der angekündigte Mathetest für die nächste Unterrichtsstunde – für den ich noch nicht gelernt habe.

»Wenn du schon deine Freizeit verballerst, sollst du nicht auch noch lernen müssen.« Fast schon schüchtern steht Richard vor mir, die Hände in den Hosentaschen, den Blick unsicher auf den Boden vor sich gerichtet.

»Wo hast du den her?«

»Ist doch egal. Wichtig ist nur, dass du ihn jetzt auch hast.«

»Danke, Mann.«

»Dafür sind Freunde doch da.«

11

Lia

Hannah ist noch nicht zu Hause.

Vermutlich ist sie bei Lena, weil es dort besser, schöner und ruhiger ist.

Mama ist auch nicht da, aber nur für den Fall, dass Hannah bei Lena noch nichts gegessen hat, setze ich Nudelwasser auf und schaue, ob alles für eine Bolognese im Kühlschrank ist.

Früher hat Mama immer vorgekocht, damit wir es nur aufwärmen müssen. Früher. Wann fängt *früher* eigentlich an?

Letztes Jahr?

Vor der Party?

Als wir Kinder waren?

Als Papa noch da war?

Die Tür öffnet sich und ich horche in den Flur. Es poltert, vermutlich, weil Hannah wieder mal ihre Turnschuhe durch den Flur kickt.

»Hallo?« Ein bisschen klinge ich wie das erste Opfer eines schlechten Teenie-Splatter-Horrorfilms, das ihrem Killer noch mal schnell ihre genaue Position verrät, damit er sie auch ganz sicher in der Wohnung findet.

Aber es ist kein Killer, es ist wie erwartet Hannah, die gelangweilt im Türrahmen zur Küche auftaucht und mich betrachtet, wie ich da mit dem Pack Hackfleisch, das schon gestern abgelaufen ist, in der Hand dastehe.

»Hast du Hunger?« Mein Friedensangebot für den Abend ist abgelaufenes Hackfleisch.

»Habe schon bei Lena gegessen.«

Wie überraschend. »Okay.«

»Außerdem kochst du beschissen.«

»Danke. Vergessen Sie nicht, uns mit 5 Sternen zu bewerten und uns bald wieder zu beehren.« Es mit bitterem Humor zu nehmen ist einfacher, als auf ihre endlosen Provokationen einzugehen. Das ärgert sie und erspart mir dennoch weitere Diskussionen, die ich so satthabe wie Hannah mein Essen.

»Wie war denn dein erster Tag?« Zu meiner Verwunderung fehlt diesmal die Gehässigkeit in ihrer Stimme, und ich lege das Hackfleisch zurück in den Kühlschrank, bevor ich mich langsam zu meiner Schwester umdrehe. Inzwischen ist sie etwas weiter in die Küche gekommen und lehnt neben dem Tisch.

»Ganz okay.«

»Ich hoffe, es wird noch richtig ätzend.«

Sofort denke ich an Simon mit seinen wilden Locken und dem schüchternen Lächeln. Und an Marcin, sein Grinsen und die spitzen Bemerkungen, mit denen er sich gegen den Rest der Welt wehrt.

»Wird es noch, keine Sorge.«

»Gut so. Hast du nämlich verdient.«

»Du bist heute ja richtig on fire.«

Davon ist sie wenig beeindruckt, verschränkt die Arme vor der Brust, und ich wünschte, sie würde endlich aufhören, mich so zu behandeln, als hätte ich eine Extraportion Katastrophe über ihr Leben geschüttet.

»Durfte mir heute in der großen Pause anhören, dass ich wohl auch auf die schiefe Bahn geraten werde.«

»Wirst du aber nicht.«

»Ja, weil ich nicht du bin. Aber alle vergleichen mich jetzt immer mit dir und das schadet mir. Sagt auch Lena.«

»Sagt Lena das, ja?«

»Allerdings.«

»Hast du ihr jetzt das alleinige Denken überlassen?« *Falscher Ansatz.* Sofort verdunkelt sich Hannahs Blick, ihr hübsches Gesicht wirkt mit einem Mal so hart und fremd.

»Eifersüchtig, weil ich noch Freunde habe?«

»Ich freue mich wirklich, dass du Freunde hast, aber …« Zögernd verlasse ich meinen Platz neben dem Kühlschrank und komme etwas auf sie zu. »… es wäre mir lieber, wenn du dir ab und an noch die Mühe machen würdest, Dinge zu hinterfragen. Und nicht einfach so dauersauer auf mich bist.«

»Du hast mein Leben ruiniert. Ich darf ja wohl noch sauer sein, selbst wenn …«

Mich trifft der leichte Geruch von Bier in ihrem Atem mehr als die Worte, die sie mir entgegenschleudern will, und ich unterbreche sie. »Hast du getrunken?«

»Was?«

»Ob du getrunken hast.«

Jetzt verdreht sie die Augen, eine Sache, die sie überaus gut beherrscht, und schüttelt den Kopf. »Lena und ich haben uns ein Bier geteilt. *So what?*«

»Du weißt, dass du keinen Alkohol trinken sollst.«

Ihr Lachen klingt schrill und schräg, passt nicht zu meiner Schwester oder in unser Leben. »Als ob *du* mir das verbieten könntest.«

»Du bist fünfzehn!«

»Ja und?«

»Was soll das, Hannah?«

»Du warst doch auch keine Heilige! Du warst nicht viel älter, als du besoffen auf der Party warst!«

Sie ist heute schon die zweite Person, die mich an die Party im Kino erinnert. Es war das letzte Mal, dass ich getrunken habe, aber das ist eine andere Geschichte.

»Darum geht es jetzt aber nicht.«

»Doch, Lia, genau darum geht es! Du baust Scheiße – und zwar so richtig –, und dann wirfst du es mir vor, wenn ich mal ein bisschen abschalten will. Gerade jetzt in dieser Scheiß-Zeit!«

»Hannah …«

Das Geräusch des Schlüssels in der Tür lässt mich verstummen, und Hannah sieht fast panisch zum Flur, als wüssten wir nicht genau, wer den dritten Schlüssel zu dieser Wohnung besitzt.

»Bin da, wer noch?« Mamas Begrüßungsspruch hat sich in all den Jahren nicht verändert und lässt uns wissen, dass sie gut gelaunt ist.

»Wir sind in der Küche.« Doch meine Antwort entpuppt sich sofort als Lüge, denn Hannah sieht mich wütend an, stößt sich vom Tisch ab und verschwindet polternd in ihr Zimmer, noch bevor Mama auftauchen kann.

»Was hat sie denn?«

»Stress mit Lena.«

Mama sieht gut aus. Heute Morgen hat sie etwas Make-up aufgetragen, das tut sie nicht mehr häufig, und auch ihre Garderobe lässt darauf schließen, dass es ihr gut geht. Alles sitzt perfekt, wie auch ihr Lächeln. Trotzdem ist da wieder dieser grummelnde Zweifel in meinem Magen.

»Und wie geht es dir?«

Es ist doch wirklich verblüffend, wie viele Versionen von *Wie war dein erster Tag als Straftäterin* es gibt und wie harmlos manche von ihnen klingen.

»Ganz gut. Ich wollte Bolognese machen …«

»Ach Schatz, ich habe unterwegs was gegessen.« Sie berührt sanft meinen Arm, und ich erkenne die Augenringe, die sich unter dem Make-up verstecken. Die Müdigkeit in ihrem Blick lässt mich wissen, dass sie keine gute Nacht und vermutlich keinen leichten Arbeitstag hatte. Aber sonst ist da nichts, was verdächtig erscheint.

»Okay. Kein Problem.«

»Ich lege mich ein bisschen hin, ja?«

»Klar.«

Ich warte, bis sie ins Wohnzimmer gegangen ist und das Blubbern des kochenden Wassers das einzige Geräusch in der Küche ist. Bis mein Handy mir durch eine kurze Vibration verrät, dass eine neue Nachricht eingegangen ist, stehe ich neben dem Herd und verliere mich in Gedanken. Meistens kontaktiert mich niemand via Instagram, aber jetzt sehe ich diese kleine rote Eins.

Simon_Kampen hat dir eine Nachricht geschickt.

12
Marcin

»Was machst du denn noch hier? Du weißt doch, dass ich dir keine Überstunden bezahlen kann.« Herr Wolkenbach taucht hinter mir auf und blickt zu mir runter, wie ich vor dem Regal mit den Dosentomaten knie und offenbar die Zeit etwas aus den Augen verloren habe.

»Ich mache das nur noch schnell fertig.«

»Marcin …«

»Passt schon, ich kann die Dosen ja kaum hier im Gang stehen lassen, oder?«

Wolkenbach atmet schwer aus, und ich hoffe, dass er einfach weitergeht. Meinetwegen in den Gang mit dem teuren Kaffee oder zum Leergut, da gibt es schließlich immer was zu tun, aber er bleibt hinter mir stehen. »Wenn du einen Ausbildungsplatz suchst …«

Langsam schiebe ich die Dose im Regal nach hinten, damit ich weiter auffüllen kann, und warte, ob er fortfährt. Was er tut, wenn auch deutlich leiser. »Wir haben erst im nächsten Halbjahr wieder freie Stellen.«

»Ich weiß.« *Aber da bin ich schon nicht mehr hier.* Da räume ich vielleicht die Konserven irgendwo in einem Supermarkt in Glasgow ein.

»Es ist nicht so, dass wir nicht viel von dir halten. Konrad ist nur schon länger hier und …«

»Ich weiß doch.«

»Du bist ein wirklich toller Mitarbeiter.«

Einer für 450 Euro. »Danke.«

Sein Knie knackt, als er sich neben mich hockt, und ich frage mich sofort, wann *er* wohl das letzte Mal Konserven eingeräumt hat. Er ist schon ewig hier Filialleiter und ist maximal an Kasse 5 zu erwischen. Sonst sitzt er viel hinten im Büro und plant Dinge, von denen wir Normalos im Supermarkt nichts mitkriegen.

»Du hattest schon vor einer Dreiviertelstunde Feierabend, Marcin.«

»Ich weiß, aber der Laden macht eh in fünfzehn Minuten zu, da kann ich doch noch schnell die Dosen hier auffüllen.«

Dann ist es nach zehn, wenn ich nach Hause komme, und Papa ist schon bei der Arbeit. Dann habe ich meine Ruhe und muss mir kein gezwungenes Gespräch mit ihm antun, in dem wir so tun, als wäre alles okay.

»Ist denn alles okay bei dir?«

Witzig. Wolkenbachs Blick ruht so stoisch auf meinem Gesicht, dass ich die Konserven kurz vernachlässige und mich zu ihm drehe.

»Bei mir?«

»Ja. Du bist immer pünktlich, machst deine Arbeit immer ordentlich und bist zu den Kunden höflich.«

»Und das ist ein Indikator dafür, dass etwas bei mir *nicht* okay ist?«

»Nun, die meisten in deinem Altern sind nicht so.«

»Die meisten in meinem Alter sind *genau* so.«

Wolkenbach zieht zweifelnd eine Augenbraue nach oben, und ich weiß exakt, woran er denkt. Sicher, ab und an haben wir hier auch mal Ärger mit minderjährigen Jugendlichen, die Alkohol kaufen wollen und dann vor dem Laden erwachsene Kunden fragen, ob die ihnen was besorgen könnten.

»Ich will einfach nur, dass du weißt, wie gerne wir dich im Team haben.«

»Danke.«

Er klopft mir auf die Schulter und stützt sich dann daran ab, um wieder aufzustehen, was wieder von einem Knacken seines Kniegelenks begleitet wird. »Räum die Konserven weg und mach dann Feierabend.« Er wartet nicht mal auf eine Antwort, sondern geht direkt weiter in den Gang mit den zig Nudelsorten, die doch alle gleich schmecken, nur verschieden aussehen.

Obwohl der Feierabend für alle Mitarbeiter zum Greifen nah ist, sind noch immer ziemlich viele Kunden im Laden, und ich gebe mir Mühe, meine Arbeit zügig zu beenden, damit ich die Kartons noch in den Container im Hof werfen kann, bevor wir zumachen.

»Quatsch, ich kauf das immer hier.«

»Sicher?«

»Logo. Wirst sehen. Freundlich lächeln und gut ist.«

»Wir können doch auch zur Tanke fahren …«

»Spinnst du? Das sind doch Apothekerpreise dort. Nee, nee. Ich weiß schon, was ich mache. Los.«

Durch die Regale sehe ich nur ihre Schuhe und Hosenbeine, aber eine der Stimmen kommt mir merkwürdig bekannt vor.

Nicht unbedingt vertraut, aber ich habe sie gerade heute erst gehört. Zum ersten Mal. Vorsichtig stehe ich auf und lasse meinen Blick an den Erbsen und Babykarotten im Glas nach oben wandern, wo ich zwischen dem Spargel und den Kichererbsen ihre Hinterköpfe sehe.

Die blonden Locken verraten ihn.

Simon aus dem Seniorenheim. Den anderen Typ kenne ich nicht, kurze braune Haare, Jeansjacke, er sieht aus wie jeder in unserem Alter. Zumindest von hinten.

»Sollen wir noch was zu essen kaufen? Chips oder Sandwiches?«

Simon zögert. »Hab eigentlich keinen Hunger.«

»Verstehe. Drei Bier sind ja auch ein Schnitzel.«

Gelächter. – Ich ziehe mich weiter in meine Deckung zurück. Außer dem rot-weißen Poloshirt lässt zwar nichts darauf schließen, dass ich hier arbeite, aber irgendwie habe ich keine Lust, dass Simon diese Info über mich bekommt, und bleibe deshalb auf meiner Position im Gang beim Gemüse stehen und schiebe den inzwischen leeren Dosenkarton mit dem Fuß zur Seite.

»Also mir reicht auch nur ein Bier.«

»Quatsch. Wir haben schließlich was zu feiern!« Jetzt legt der Typ Simon den Arm um die Schultern. »Erster Tag als Schwerverbrecher überstanden.«

»*Shhhh!* Mann ey.«

»Kein Grund für falsche Bescheidenheit.«

»Ja, muss halt nicht jeder mitkriegen.« Simon sieht sich kurz unsicher um, aber mich kann er in seinem Rücken nicht sehen.

»Hör mal, ich bin stolz auf dich, also lass mich feiern.«

»Ich finde es halt albern.«

»Quatsch. Darauf stoßen wir mit Wodka an.« Jetzt klopft er ihm auf den Rücken und sie ziehen weiter in den nächsten Gang.

Ihr erklärtes Ziel ist unsere Getränkeabteilung, wo sie sich wohl mit Wodka eindecken wollen, um dann zu feiern. Wodka geht aber nicht an Minderjährige raus.

Kopfschüttelnd bleibe ich zurück, hebe den Karton auf und suche den kürzesten Weg nach hinten ins Lager, wo auch die Spinde für uns Minijobber stehen. Kaum bin ich durch die Tür, ziehe ich mir auch schon das Shirt über den Kopf und stopfe es in den Spind, wo es auf mich für die nächste Schicht warten wird. Dann schlüpfe ich in meinen Pullover, schnappe mir den Rucksack und werfe draußen noch den Karton in die riesige Papiertonne.

Mein Rad steht artig dort, wo ich es abgestellt habe, und ich löse wieder das hakende Schloss, schwinge mich auf den Sattel und fahre langsam vom Hof. Es ist kurz vor zweiundzwanzig Uhr, wenn ich mir Zeit lasse, komme ich so gegen halb elf zu Hause an und muss mir keine Sorgen mehr um Papa machen.

Ist ja nicht so, als würde er sich welche um mich machen.

Bevor ich Simon und seinem Kumpel in die Arme radeln kann, lege ich einen Zahn zu und fahre direkt am Eingang vorbei, sehe aber nicht mehr zurück.

Nur nach vorne.

Ab jetzt geht es immer nur nach vorne.

13

Simon

»Wollen Sie damit sagen, ich sehe nicht aus wie achtzehn?« Richard grinst wie der perfekte Schwiegersohn und breitet dabei noch die Arme aus, als wolle er die Kassiererin entweder umarmen oder beweisen, dass er unbewaffnet ist.

»Ohne Ausweis darf ich euch das Zeug nicht verkaufen.«

»Ich würde Ihnen sofort meinen Ausweis vorzeigen, aber der liegt daheim.«

Eine Ausrede, die nicht zieht, das sehe ich sofort, und so wandert ihr prüfender Blick zu mir. Man sagt mir nach, ich hätte ein schönes Lächeln, und jetzt setze ich es ein, schaue dabei ein bisschen wie ein kleiner Welpe, der ganz sicher nicht die Hausschuhe angeknabbert hat, und die Augenbrauen der Kassiererin entspannen sich. Wenn sie wüsste, wo ich heute meinen Nachmittag verbracht habe, würde sie mich nicht so ansehen.

»Und wo ist dein Ausweis?«

»Ich bin leider noch nicht volljährig. Anders als mein Kumpel hier.« Kurz nicke ich in Richtung Richard.

»Der ist also schon volljährig, ja?«

»Wirklich. Ist er.« *Nicht.*

Aber er sieht zumindest älter aus als ich und kommt dadurch öfter mit dieser Lüge durch. Egal, ob er in irgendwelche

Clubs will oder – wie jetzt – die Flasche Wodka aus dem abgeschlossenen Alkoholschrank im Supermarkt verlangt.

»Also gut, dir glaube ich.« Mit einer schnellen Bewegung verlässt sie ihren Platz hinter der Kasse, den Schlüssel für den Glasschrank, wo sich die Hochprozentigen verstecken, in der Hand, und Richard grinst mich zufrieden an.

»Kinderspiel.«

Für ihn ist alles ein Kinderspiel.

»Dein Lächeln kriegt sie alle weich.« Unbemerkt boxt er mir sanft in die Seite, was Richards Art ist, seinen Respekt für mein harmlos aussehendes Gesicht zu bekunden. Aber ich fühle mich beobachtet. Von den Kameras an der Decke, den anderen letzten Kunden und allen Mitarbeitern.

Als die Kassiererin schließlich mit der Flasche Wodka zurückkommt und sie über den Scanner zieht, legt Richard ihr das Geld passend in die kleine Mulde vor sich.

»Besten Dank. Sie sind wirklich ein Engel.«

»Das nächste Mal will ich aber den Ausweis sehen.«

»Selbstverständlich.«

Lächelnd nicken wir ihr zu, während hinter uns im Supermarkt bereits der Reihe nach die Lichter ausgehen, und gehen Richtung Ausgang. Unsere Schritte sind leicht und siegessicher, weil wir einmal mehr mit einer Lüge davongekommen sind. Dabei geht es mir gar nicht um den Wodka, sondern vielmehr darum, dass das Glück wieder auf unserer Seite ist.

»Ich sag ja, du kriegst sie alle rum, Simon.«

»Na ja.« Komisch, jetzt muss ich an Lia denken und unterdrücke den Impuls, mal bei Instagram zu schauen, ob sie mir auf meine Nachricht geantwortet hat.

»Doch, doch. Du hättest meinen Vater bestimmt nicht gebraucht, du hättest vor dem Richter nur lächeln und traurig gucken müssen. Das kannst du nämlich besonders gut.« Das Thema ist mir unangenehm, aber Richard hat kein Problem damit, es anzusprechen. Nur bei ihm daheim, da ist es tabu.

»Also. Wo wollen wir anstoßen?« Er trägt den Wodka, ich den Orangensaft, vor uns steht sein Roller, bei dem ich auf dem Sozius mitfahre.

»Keine Ahnung.«

»Marienplatz? Da sind bestimmt auch die anderen.«

Die anderen. »War halt ein stressiger Tag.«

»Ja, dann entstressen wir ihn jetzt.« Er winkt mit der Flasche in der Hand, und ich nicke, will mich nicht erklären müssen. »Komm schon. Wird cool.«

Weil es mit Richard immer cool ist und weil *ich* mit Richard cool bin. Früher war das anders, aber jetzt kennt mich jeder, grüßt mich, und ich bekomme Einladungen für Partys von Leuten, die ich nicht kenne, die aber wissen, dass Richard und ich Freunde sind.

»Und ist ja nicht so, als müsstest du für den Test sooo viel lernen.« Er zwinkert mir verschwörerisch zu, öffnet das Helmfach am Roller und lässt unsere Einkäufe darin verschwinden, bevor er sich den Helm aufsetzt und ich es ihm mit meinem gleichtue.

Es sollte mich ärgern, dass meine Eltern meinen Roller bis auf Weiteres konfisziert haben, aber ehrlich gesagt habe ich mich still und heimlich sogar ein bisschen gefreut. Das war zumindest mal eine Reaktion auf die Spielplatzsache. Klar, sie haben die Strafmaßnahme sicher aus einem Forum für Eltern, die mit schwer erziehbaren Kids leben, aber immerhin haben sie damit zum Ausdruck gebracht, dass sie enttäuscht sind. Oder mich endlich wahrnehmen.

Auch wenn das nur eine vorübergehende Erscheinung war.

Ein kurzer Blick auf die Uhr, als hinter uns die rote Reklame des Supermarkts ausgeht, und ich weiß, dass es nach zehn sein muss.

Ob sie sich wohl fragen, wo ich um diese Uhrzeit bin?

14

Lia

»Hast du Freigang?«

Wäre es das erste Mal, dass ich diesen Spruch höre, könnte ich mich womöglich zu einem Lächeln hinreißen lassen, aber er wird nicht lustiger, je öfter man ihn hört.

»Ja.«

Ohne in die Gesichter der lachenden Jungs zu sehen, durchquere ich die Pausenhalle und will nur noch nach Hause. Die letzte Stunde Geschichte hat sich unendlich gezogen, der Minutenzeiger muss sich deutlich mehr als sechzig Sekunden Zeit gelassen haben, und als die Glocke das Ende des Schultages ankündigte, habe ich drei Kreuze geschlagen.

»Wieso hast du es so eilig?« Markus schiebt sich vor mich und versperrt mir den Ausgang – sein Signature-Move, wie es scheint –, lächelt mich von oben herab an.

»Ich muss nach Hause.«

»Umziehen für den Strafdienst.«

»Genau.«

»Wie läuft es?«

»Bombastisch.«

Marcin hat in den letzten sieben Tagen seine Abwehr-Taktik auf Schweigen umgestellt, Simon quasselt so viel, dass mir fast schwindelig wird, und so langsam sehe ich mich sogar am Pudding satt.

»Wie geht es deiner kleinen Schwester?«

Markus und ich waren ziemlich genau drei Monate lang ein Paar. Dann wollte er Fotos von mir, als Liebesbeweis. Als ich ihm welche geschickt habe, hat er gelächelt – nicht so wie jetzt –, mich ein kleines Dummerchen genannt und genau beschrieben, was für Fotos er im Sinn hat. Für seinen Geschmack hatte ich nämlich deutlich zu viele Klamotten an. Als ich das Gespräch und unsere Beziehung dann beendet habe, war er plötzlich nicht mehr Mister Charming. Dabei war ich so verdammt verknallt in ihn, dass ich sogar einen Moment über solche Fotos nachgedacht hatte.

Noch immer hat er diese schönen Augen, in denen man sich verlieren kann, und wenn er kurz vergisst, so arrogant zu grinsen, erkenne ich noch immer den Markus, der sich in mein Herz geschlichen hatte. Aber gerade jetzt sieht er dieser Version kein bisschen mehr ähnlich.

»Was geht dich meine Schwester an?«

Markus merkt wohl, dass er einen Nerv getroffen hat, verschränkt die Arme vor der Brust und grinst. »Richte Hannah aus, dass sie auf der Party herzlich willkommen ist.«

»Welche Party?«

»Sie weiß schon Bescheid.«

Damit verschwindet er in Richtung der Raucherecke. Meine Taktik lautet eigentlich, Kopf einziehen und warten, bis der Sturm vorbei ist. Aber so langsam werde ich das Gefühl nicht los, dass es sich nicht um ein kurzes Sommergewitter, sondern eher eine besonders langwierige Regensaison handelt.

»Hey, Markus! Ein Bild hätte ich dann doch für dich.« Er dreht sich zu mir um, blickt fragend zu mir rüber und ich strecke ihm den Mittelfinger entgegen. »Nur für dich!«

Er zieht eine Grimasse und will gerade etwas erwidern, als ich durch die Tür ins Freie trete und die Schule mit schnellen Schritten hinter mir lasse.

Manchmal spiele ich die Nacht des Unfalls in meinem Kopf noch mal durch, frage mich, wie ich hätte reagieren, was ich hätte sagen sollen, um das alles zu verhindern. Die Fotos in der Zeitung und den folgenden Shitstorm auf Hannahs Social-Media-Profilen. Zuerst dachte ich, sie würden das irgendwann sein lassen, aber weil sie auf dem Weg an mich nicht richtig rankamen, stürzten sie sich eben auf Hannah. Sie war so was wie ein kleiner aufgehender Stern am Social-Media-Himmel und die Community gewissermaßen ihr Safe Space. Bis ich das unfreiwillig kaputt gemacht habe.

Jetzt ziehe ich die Kapuze meines Pullis über den Kopf, senke den Blick und gehe stur meinen Weg nach Hause.

Hannah.

Hannah, die auf eine Party von – oder zumindest mit – Markus eingeladen ist. Das gefällt mir nicht so recht. Kurz ziehe ich mein Handy aus der Tasche, und obwohl ich mir strikt verboten habe, zu viel Zeit auf Social-Media-Kanälen zu verbringen, öffne ich jetzt Instagram und klicke mich sofort zu Hannahs Profil –

Das nicht mehr auffindbar ist.

Stirnrunzelnd bleibe ich stehen und gehe den Umweg über Facebook, wo ich auf den Link klicke und doch keinen Schritt weiterkomme.

Diese Seite ist leider nicht verfügbar.
Entweder funktioniert der von dir angeklickte Link nicht oder die Seite wurde entfernt. Gehe zurück zu Instagram.

Hannah hat mich in ihrem ehemaligen Safe Space blockiert.

15

Marcin

Lia hat schlechte Laune.

Das merkt selbst Simon, der ebenfalls nicht der strahlende Gute-Laune-Bär der letzten Woche ist, und ich muss schon fast schmunzeln. Gerade mal einer Woche hier, hat sich ihre Stimmung schon verändert, dabei hätte ich ihnen zumindest zwei Wochen zugetraut. Simons Bewegungen wirken heute etwas fahrig, er ist nicht ganz bei der Sache und stellt sich beim Suppeeinfüllen reichlich dämlich an, verschüttet zu viel und hat einen kränklichen Gesichtsausdruck. Genervt komme ich zu ihm rüber. »Hand-Augen-Koordination verloren?«

»Nee.«

Beim nächsten Versuch braucht er noch länger.

»Das ist Suppe, keine Meisterprüfung.«

Wenn ich mich nicht irre, rieche ich den Anflug von Alkohol in seinem Atem. Als er meinen musternden Blick bemerkt, bringt er etwas Abstand zwischen uns. »Ist was?«

Mir fällt sein abendlicher Abstecher neulich mit seinem Kumpel im Supermarkt ein. Ob Wodka zu seiner Standard-Feierabendbeschäftigung zählt?

»Wäre schön, wenn du das nächste Mal nüchtern hier ankommst.« Ertappt sieht er zu mir, aber ich bin bereits wieder auf dem Weg zurück zu meinem Salat, den ich in kleine Schüsseln fülle.

»Was?«

»Deine Wodkafahne riecht man auch gegen den Wind.«

Stimmt zwar nicht, aber es macht mir Spaß, ihn damit aufzuziehen. Schnell legt er eine Hand über seinen Mund und atmet geräuschvoll aus, schnuppert dann und schaut unsicher, weil er wohl nichts riecht. Ausgerechnet Lia klärt uns auf.

»Wodka riecht man doch gar nicht.« Verblüfft sehen wir zu Lia, wie sie mürrisch ihrer Arbeit nachgeht, bevor sie sich an unseren Lockenkopf wendet. »Hast du echt getrunken, oder was?«

Ihre Stimme klingt so viel genervter, als ihr Gesicht vermuten lässt. Bei der Laune haben die beiden wohl heute Morgen ihren positiven Motivationskurs ausfallen lassen. Simon sieht von Lia zu mir und dann zurück zu ihr.

»Nein!« Aber es klingt nicht sonderlich überzeugend.

Jetzt ist meine Zeit für eine Fragerunde gekommen. »Trunkenheit am Steuer?«

»Was?«

Sein panischer Blick verrät ihn und ich hake nach.

»Deswegen deine Sozialstunden?«

»Nein!« Simon lässt die Suppenkelle ein wenig zu schwungvoll zurück in den Topf fallen und spritzt sich etwas von der Tomatensuppe bis auf die Schürze. »Wirklich nicht!«

»Du hast also keinen Wodka getrunken, den du und dein Kumpel illegalerweise im Supermarkt besorgt habt?«

»Was …?«

Er ahnt, dass ich etwas weiß, aber er hat keine Ahnung, wie

ich das in Erfahrung gebracht haben kann, und es gefällt mir, diesen Wissensvorsprung zu haben.

»Warst du neulich auch am Marienplatz?« Seine Frage klingt so panisch, als hätte er dort nicht nur Alkohol getrunken.

»Nein. Du etwa?«

»Hör auf mit der Scheiße!« Dabei funkelt er mich böse an und ich hebe ganz harmlos die Hände.

»Habe doch gar nichts gesagt.«

»Außerdem bist du nicht unser Aufpasser! Also komm vom hohen Ross, Verbrecher!«

»*Körperverletzung, Raubüberfall* oder *Drogen*, ich erinnere mich.« Das waren schließlich ihre Vermutungen und nein, sie gehen mir nicht aus dem Kopf.

»Aber welches davon war es denn jetzt wirklich?«

Simon ist so irre sicher, mich durchschaut zu haben, und ich lehne mich ein bisschen in seine Richtung, schaue so böse es mir mit dem Haarnetz möglich ist und flüstere gefährlich in die wartende Stille: »Ich habe Alk an Minderjährige vertickt.«

Jetzt ist es Lia, die ihren Löffel fallen lässt und sich wütend zu mir umdreht. »Können wir verdammt noch mal bitte einfach das Thema wechseln?« Ihre Stimme überschlägt sich und ihre Augen schimmern verdächtig.

Es wäre nicht schwer, jetzt einen dummen Spruch in ihre Richtung abzufeuern, aber er will mir nicht über die Lippen kommen. Sie ist nicht einfach nur genervt von Simons und meinen Zickereien, da schwingt etwas anderes mit. Als hätte ich unbeabsichtigt auch ihr emotionales Dynamitversteck gefunden. Also nicke ich nur stumm und mache mich wieder an meine Arbeit mit dem Salat. Selbst Simon schweigt und gibt sich sogar Mühe, die Suppe ordentlich und ohne weiteres Gekleckere in die Suppenschüsseln zu füllen.

Lia verharrt noch einen Moment in ihrer Position, die Hände zu Fäusten geballt, den Blick wütend zwischen Simon und mir hin und her feuernd, aber dann entspannt auch sie sich und wendet sich dem Nachtisch zu, ist aber noch nicht fertig mit uns.

»Für euch ist das hier vielleicht nur ein albernes Spiel, wer cooler, gemeiner oder gefährlicher ist, aber ich will es einfach nur hinter mich bringen und den Scheiß vergessen.« Mit dem Löffel in der Hand zeigt sie auf mich. »Für dich bin ich die dumme Göre, die sich für was Besseres hält, es aber nicht ist.« Dann schwenkt sie zu Simon. »Und für dich bin ich die betrunkene Tussi von der Kino-Party, die man leicht abschleppen kann.«

Wie bei einer Standpauke früher als Kind stehe ich starr da und lasse ihre Worte über mich hereinbrechen, in der festen Annahme, sie auch verdient zu haben. Lia klingt viel emotionaler, als ihr lieb sein dürfte, und hier und da wackelt ihre Stimme, aber sie zieht es durch.

»Und weil ihr die Coolen seid, die mit diesen Sozialstunden vor euren Kumpels angeben können, ist das alles nur ein großer Witz für euch! Aber mein Leben ist gerade ziemlich in Schieflage geraten und ich hasse jede Sekunde davon. Wenn ihr also die Klappe halten könntet, damit ich wenigstens hier mal meine Ruhe habe, dann wäre ich euch echt dankbar. Kriegt ihr das hin?«

Kurzer Blickkontakt zwischen Simon und mir, dann nicken wir unisono und Lia atmet erleichtert aus.

»Danke.«

Die Stille, die nach ihrer Wutrede herrscht, dröhnt in meinen Ohren, vermischt sich immer wieder mit diesem einen Satz, der mir nicht mehr aus dem Kopf gehen will. *Aber mein Leben ist gerade ziemlich in Schieflage geraten und ich hasse jede Sekunde davon.*

Wenn sie wüsste, wie gut ich dieses Gefühl kenne.

16

Lia

Herr Kabitzke sitzt wieder alleine am Tisch, ein zufriedenes Lächeln auf den Lippen, während er seine Suppe löffelt. Wieder sieht er so schick aus, dass ich mir mit der Schürze total underdressed vorkomme. Ich hoffe, er wird nicht allzu enttäuscht sein, wenn er feststellt, dass ich diesmal keine Herzen in die Puddings gemalt habe. Meine Gedanken waren ganz woanders, und ich wollte die Arbeit einfach nur schnell hinter mich bringen, damit ich endlich hier rauskann.

Jetzt stehen wir wieder neben dem Ausgabetresen und warten darauf, das leere Geschirr einzusammeln und dann die Geschirrspülmaschine einzuräumen. Seit meiner kleinen Ansprache herrscht zumindest zwischen den Jungs Ruhe, wenn auch nicht in meinem Kopf.

»Ist alles okay bei dir?« Simons besorgter Blick findet mich, als ich aufsehe und feststelle, dass er unbemerkt dichter an mich rangerückt ist.

»Sicher. Wieso auch nicht? Wo doch alles *superglatt* läuft.«

»Du bist irgendwie so …« Er lächelt schüchtern, was ihn automatisch jünger wirken lässt, ihm aber auch eine gewisse Leichtigkeit verpasst, die nicht immer bei ihm zu finden ist.

»So …?«

»Ernst.«

»Tja, Überraschung, Simon, ich *bin* ernst. Das entspricht meinem Naturell.«

»Okay.«

»Hör mal, du hast mich auf der falschen Party kennengelernt. Da war ich …«

»Voller guter Laune und Energie.«

Wenn er wüsste, wie daneben er mit dieser Vermutung liegt, aber ich schüttele nur matt den Kopf. »*Betrunken*. Weil Jungs mich abgefüllt haben, was ich aber damals nicht gecheckt habe. Sie wollten mir unter das Shirt fotografieren und fanden die Aktion irre lustig.«

Er hält meinem Blick stand, aber es kostet ihn Kraft.

»Wenn du also denkst, ich war auf der Party *voller guter Laune*, dann irrst du dich gewaltig.«

»Entschuldige.« Das zumindest klingt ehrlich, und ich hoffe, wir können das Thema Party damit dort lassen, wo es hingehört. *In die Vergangenheit.*

»Angenommen. Und danke übrigens für deine DM.

»Ach die. Na ja, ich dachte nur, vielleicht brauchst du mal einen Gesprächspartner oder jemanden, der zuhört.« Wieder lächelt er so schüchtern, und ich muss gestehen, dass es ihm steht, wenn er so unter den Locken, die ihm bis in die Stirn hängen, mit seinen hellen Augen hervorlugt.

»Vielleicht komme ich ja darauf zurück.«

Simon ist groß, schlank und weiß oft nicht so recht, wohin mit seinen Händen. Immer wieder schiebt er sie in die Hosentaschen, lässt die Knöchel knacken oder kaut an den Nägeln, wenn er sich unbeobachtet fühlt. Nur sind wir gerade nicht unbeobachtet, denn Marcins Blick folgt uns seit einer Weile. Anders als Simon steht er etwas abseits und betont gelangweilt da, die dunklen Augenbrauen wie so oft zusammengezogen, als müsse er die Szenerie unfreiwillig beobachten. Und trotzdem ist da noch etwas anderes in seinen Augen. Jedes Mal, wenn Marcin mich ansieht, schauen sie, als würde er sich gleich von mir verabschieden müssen.

Zu dumm, dass ich Abschiede hasse.

»Jederzeit.« Simons Antwort holt mich zurück in die Realität und weg von Marcin, der noch immer unbeteiligt rumsteht, und ich bemerke, dass ich in Gedanken ganz woanders war.

»Ich gebe übrigens auch Nachhilfeunterricht.«

»Wie bitte?«

»Wenn deine Schwester Hilfe braucht. Bei den Hausaufgaben, meine ich.«

»Ach?«

»Also wirklich jetzt.« Fast könnte man meinen, es wäre ihm peinlich, aber ein bisschen Stolz schimmert auch in dem Blau seiner Augen, und ich nicke, obwohl ich mir Hannah nicht mit einem Nachhilfelehrer vorstellen kann. Ihre schulischen Leistungen haben im letzten Halbjahr ziemlich nachgelassen, was irgendwie verständlich und gleichzeitig irre frustrierend ist.

»Was kostest du denn?«

»Äh. Normal nehme ich zehn Euro pro Stunde. Aber ich kann auch 'ne Ausnahme machen.«

»Für fünf?«

»Für einen Pudding.« Simon hat diese Ausstrahlung, bei der man sich einfach entspannen kann, wie bei einem guten Freund, der auch das schlimmste Geheimnis nicht weitererzählt.

»Ich glaube, das lässt sich einrichten.«

Und das freut ihn. Doch bevor sein Lächeln noch breiter werden kann, ruft ihn Frau Schüble zu sich. Im hinteren Teil des Speisesaals ist es zu einem kleinen Auffahrunfall zweier Rollatoren gekommen und eine Menge koffeinfreier Kaffee wurde verschüttet.

Simon stupst mir sanft gegen die Schulter. »Mein Typ wird verlangt.« Dann verschwindet er in die Küche, wo er nach einem Wischmopp sucht.

Ich sehe ihm einen Moment zu lange nach, was natürlich auch Marcin auffällt, der jetzt seinen Posten aufgibt und zu mir rüberkommt. »Ihr seid ein echt hübsches Paar.«

Für seinen Kommentar kassiert er ein genervtes Ausatmen. »Wie gut, dass ich dich nicht um deine Meinung gefragt habe.«

»Wusste nicht, dass ich nur reden darf, wenn du es mir erlaubst.«

»So meinte ich das auch nicht.«

»Schon klar.« Er lehnt sich an die Wand neben mich, allerdings mit deutlich mehr Abstand, als Simon es eben noch getan hat. »Falls du dennoch einen Stimmungsaufheller brauchst ...«

»Vertickst du jetzt schon Drogen im Seniorenheim?« Meine Frage entlockt ihm ein Lächeln, und er reicht mir einen Teelöffel, den ich etwas irritiert annehme.

»Ein Löffel?«

»Gerüchte besagen, Besteck soll nützlich sein.«

»Wobei?«

Er greift hinter die Theke, befreit die kleine Schüssel von der Frischhaltefolie und reicht mir dann einen der letzten Schokopuddings, die übrig geblieben sind. »Beim Nachtisch.«

Marcin lächelt. Nicht so wie vorhin, sondern ganz anders. Abwartend sieht er mich an, bis ich die Schüssel annehme und den dunklen Schokopudding, den ich vorhin erst ordentlich hineingelöffelt habe, betrachte. Heute habe ich mir nicht die Mühe gemacht, irgendwelche Verzierungen hinzuzufügen.

Trotzdem entdecke ich jetzt eine leicht deformierte Herzzeichnung in meinem Pudding.

»Hast du das gemacht?«

Die Frage ist überflüssig, weil nur Marcin es gewesen sein kann, und er nickt. Wieder dieses Lächeln.

»Vielleicht hasst du diese Sekunde jetzt gerade dann nicht so sehr wie die anderen.«

17

Simon

Lia ist verschwunden, bevor ich mich wirklich verabschieden konnte, und jetzt trete ich mit Marcin zusammen aus dem Seniorenheim zurück ins Freie. In meiner Vorstellung war meine Begleitung eine attraktive junge Frau mit kurzen braunen Haaren und diesen großen Augen, die mich irgendwie durchschauen, auch wenn ich das gar nicht will. Marcins Augen hingegen sind schwer zu deuten, ich kann nicht erraten, was er denkt oder woher er manches weiß, also frage ich ihn.

»Woher wusstest du das mit dem Wodka?« Ohne Lia im Bunde darf ich das Thema wohl wieder ansprechen, auch wenn Marcin nur lässig die Schultern zuckt und mit dem Schloss an seinem Fahrrad hantiert.

»Geraten.«

»Jetzt sag halt!«

Doch Marcin schüttelt minimal den Kopf. »Du siehst nicht aus wie jemand, der Ärger machen würde.«

»Was?«

Jetzt durchleuchtet er mich auch schon mit diesem Blick, als wären all meine Geheimnisse für ihn sichtbar wie auf einem Röntgenbild. »Keine Ahnung, irgendwas an dir verrät mir, dass du niemanden überfallen oder verdroschen hast.«

»Habe ich auch nicht.« *Nein. Ich habe jemanden angezündet.* Schnell schlucke ich, bevor sich mein Mageninhalt auf einen ungebetenen Rückweg machen kann, und atme dann tief ein. Zum Glück riecht es nur nach Abgasen und ein bisschen Frühling, aber nicht nach einem Grillabend oder Essen.

»Dachte ich mir schon.«

»Weil ich nicht so tough bin wie du?«

»Wer sagt denn, dass *ich* tough bin?«

»Deine Geschichte.«

Marcin lacht kurz leise auf und schiebt dann sein Rad von den Fahrradständern weg. »Du kennst meine Geschichte doch gar nicht.«

»In Auszügen.«

»Hau raus.«

»Du warst schon hier, bevor Lia und ich angekommen sind. Du kennst im Heim alle und jeden. Und wirst auch noch dort sein, wenn wir schon längst fertig sind.« Dabei habe ich keine Ahnung, wieso er hier ist und ob es so eine gute Idee ist, ihn so offen darauf anzusprechen, aber ich suche irgendwas, womit ich gegen sein vorteilhaftes Halbwissen über meinen Alkoholkonsum auftrumpfen kann.

»Und vermutlich denkst du, ich bin nur so eine Pfeife mit reichem Vater und teurem Anwalt, aber glaub mir, wenn du die Wahrheit wüsstest …« *Was dann?* Und wieso will ich so unbedingt herausfinden, wie seine Reaktion wohl ausfiele, dass ich es ihm fast verrate? Die ganze Story, nicht nur die offiziellen Details, die inzwischen jeder zu kennen glaubt. »… würdest du einen großen Bogen um mich machen!«

Marcin sieht nicht so aus, als könnten ihn besonders viele

Dinge schocken, und mein Magen zieht sich zusammen, wenn ich mir vorstelle, wie er angewidert und schockiert den Kopf schüttelt, sobald er meine Wahrheit kennt.

»Oder ich würde dich besser verstehen.« Das sagt er einfach so, während er sich auf sein Rad schwingt und dabei den Blickkontakt hält. »Wir sehen uns, Simon.«

Mich blendet die Sonne, aber gut möglich, dass er dabei sogar gelächelt hat. Zu spät, um das herauszufinden, weil er schon in die Pedale tritt und sich nicht mal mehr umdreht. Einen Moment noch stehe ich da, mein Rad unangerührt neben mir, und sehe Marcin nach. Wieso will ich es ihm erzählen? Wieso ausgerechnet ihm, den ich nicht mal besonders mag?

Schnell schließe ich mein Fahrradschloss auf und nehme die Verfolgung auf. Besonders weit ist er noch nicht gekommen und schon an der nächsten Kreuzung habe ich ihn eingeholt.

»Was, wenn ich es dir irgendwann verrate?« Als ich so knapp neben ihm zum Stehen komme, dass unsere Lenker sich fast berühren, ist er nicht mal überrascht. Ist Marcin als Kind in einen Topf mit Coolness gefallen oder kennt er das große Geheimnis des Lebens?

»Was soll dann schon sein? Dann höre ich zu.« Langsam dreht er den Kopf in meine Richtung, aber da ist kein Lächeln. »Aber es würde nichts ändern, Simon.«

»Wegen dem Scheißanwalt, oder? Mann, meine Eltern sind sofort losgezogen, um mir einen zu besorgen. Ich wollte das ja gar nicht.«

Marcins Augen sind immer so verdammt aufmerksam, selbst wenn er nicht mehr zu mir, sondern zur Ampel über unseren Köpfen schaut, die jetzt auf Grün springt und uns die

Erlaubnis zum Weiterfahren gibt. Er wartet nicht auf mich, fährt einfach los und weiß genau, dass ich ihm folgen werde. Was ich tue. Gegen den Fahrtwind brülle ich meine Gedanken heraus, in der Hoffnung, der Wind trüge sie mit sich und sie blieben nicht so ungehört wie sonst.

»Vielleicht hätte ich mir aber gewünscht, meine Eltern hätten einfach mal …« *Vollbremsung.* Verbal und tatsächlich, weil ein kleiner Sprinter uns die Vorfahrt – und bei der Gelegenheit auch noch das Leben – nehmen wollte. Marcin flucht ihm hinterher, aber der Fahrer ignoriert uns. *Das war knapp.*

»Was hättest du dir denn nun gewünscht?« Er fährt von der Straße auf den Gehweg und bleibt an der nächsten Ecke stehen, spürt wohl intuitiv, dass ich eine Pause brauche. Auch, um meine Gedanken zu sortieren.

Dabei suche ich die richtigen Worte. »Meine Eltern sind etwas speziell.«

Sein Lachen reißt mich aus meiner Gedankenblase. »Alle Eltern sind irgendwie speziell, mein Lieber. Darauf hat niemand ein Patent. Aber wie speziell sind denn deine?«

Und plötzlich finde ich die passenden Worte. Alle Worte. »Verblendet. Ignorant. Naiv. Wütend. Und sie sehen mich nicht. Sie sehen mich einfach nicht.« Ich spüre, wie mein Kiefer sich anspannt, und nur durch Weitersprechen kann ich ihn wieder entspannen. »Sie sehen einfach nicht, was da ist! Sie sehen das, was sie sich wünschen. Weißt du, manchmal habe ich das Gefühl, sie sehen in mir nur das Potenzial, eine bescheuerte Zukunftsversion von mir, die sie sich erträumen und ich nie erfüllen werde. Aber halt nicht mich, wie ich vor ihnen stehe.« Das klingt so frustriert, aber auch wahr, und so spucke ich weiter Worte vor uns auf den Asphalt. »Und dann baue ich *einmal* Scheiße! Richtige Scheiße! Und sie organisieren sofort einen Anwalt, wollen meine Version nicht mal hören, übergeben das Problem einfach an den Nächsten und fertig.«

»Sei doch froh! Mein Vater wäre vermutlich total ausgerastet, inklusive Flugstunden für Teller und Tassen …« Jetzt bricht er ab, ein Hurrikan tobt in seinen Augen, und ich frage mich, wie oft so was bei ihm daheim wohl schon vorgefallen ist. Wie oft musste Marcin schon Tellern ausweichen? Mit einem Lächeln versuche ich die Situation etwas aufzulockern.

»Mir wäre ein wütender Polterabend lieber gewesen.«

»Echt jetzt?«

»Sie haben ja nicht mal gefragt, wieso ich es gemacht habe. Es juckt sie nicht, was los ist. Sie nehmen es hin, ignorieren das Problem. Sozialstunden und weitermachen. Hat ja mit ihnen nichts zu tun.«

Marcin schnaubt kurz. »Wenn du willst, leihe ich dir meinen Vater inklusive Ausraster gerne mal aus. Eine Pause davon wäre nämlich nicht verkehrt.«

»So schlimm?«

»Mein Vater war schon alles. Der begeisterte Fan, der liebevolle Umarmer, der enttäuschte Vater, der überforderte Kumpel, der verlassene Ehemann, der wütende Typ …«

»Fliegen dann die Tassen?«

»Manchmal nur Worte.«

»Bist du dem Geschirr schon mal in die Quere gekommen?«

Marcins Blick wird hart, sofort ist da wieder dieser Abstand, als würde uns mehr trennen als verbinden. Mir fällt die kleine Narbe an seinem Kinn auf, die an der Augenbraue.

»Nein.« Er starrt mich an, lässt mich wissen, dass das die einzige Wahrheit ist, die ich kriege und gefälligst akzeptieren soll.

»Okay.«

Knappes Nicken, dann löst er den erdrückenden Blickkontakt und sieht sich um, als wäre das hier alles eben nie passiert. Selbst ich komme mir jetzt wie ein Dealer vor, der gerade geheime Informationen ausgetauscht hat.

»Ich muss los.«

»Schon klar.«

Er dreht sein Rad in die andere Richtung und will gerade losradeln, als er wieder abbremst und einige Sekunden zögert. »Hey, Simon …«

»Hm?« Natürlich weiß ich, was jetzt kommt. *Das hier bleibt besser unter uns, es ist nie passiert* und ich soll ja nicht denken, dass wir jetzt so was wie Freunde wären.

»Ich bin vielleicht nur der Typ von deinem Sozialstundenjob, aber es würde mich trotzdem interessieren.«

»Was denn?«

»Wieso du wirklich Scheiße gebaut hast.« Erst jetzt sieht er über die Schulter zu mir, der Sturm in seinen Augen ist weg, dafür ist da jetzt sehr viel Leere und Schmerz, fast so, als würde ich in einen Spiegel schauen.

Also traue ich mich. »Um mal gesehen zu werden.«

18

Marcin

In der nächsten Seitenstraße bleibe ich stehen und warte einige Minuten, nur um sicherzugehen, dass er mir nicht folgt. Das eben war schon zu viel. *Viel zu viel.* Als wäre dieses Scheißherz in Lias Pudding nicht schon genug, muss ich jetzt auch noch mit Simon quatschen?

Aber was er gesagt hat, hat für mich Sinn ergeben. Das überrascht mich, denn seine Probleme sind ganz anders als meine, aber seine Worte haben sich trotzdem vertraut angefühlt. Weil ich sie bestimmt schon hundert Mal selber gedacht habe. Ich entscheide mich, mein Rad von hier aus ein bisschen zu schieben. Immerhin habe ich es wirklich nicht eilig, nach Hause zu kommen. Es ist viel zu früh. Papa ist bestimmt da, schläft vielleicht noch oder ist dabei, sich etwas zu essen zu machen. Vermutlich hat er auch miese Laune, und ich habe keine Lust, in die Schusslinie zu geraten.

Heute hab ich keine Schicht im Supermarkt und den restlichen Nachmittag für mich. Ich könnte unterwegs irgendwo einen Burger essen oder einfach über die Königstraße wandern, mich vielleicht nach einem neuen Rucksack umsehen. Groß muss er sein und robust. Einiges sollte er schon aushalten können.

In der Stadtmitte angekommen schließe ich mein Fahrrad ab und gehe dann zu Fuß weiter, suche den Laden mit all den Campingartikeln. Vor Jahren habe ich mir da mal einen Schlafsack gekauft, der noch immer originalverpackt unter meinem Bett liegt. Das war so ein Ausverkauf von alten Modellen, aber für mich war es der erste Schritt in die Freiheit. Damals, als der Plan nichts weiter als ein wilder Traum war.

Jetzt ist alles fix. Kein Zurück, kein Aussteigen, keine Notbremse.

Sofort muss ich an meinen absoluten Lieblingssong meiner absoluten Lieblingsband *Franz Ferdinand* denken, der mir gerade wie der perfekte Soundtrack zu meinem Leben durch den Kopf schwirrt: *Leaving my old life behind.* Und schon spüre ich das Lächeln auf meinen Lippen, während meine Schritte leichter und mein Gang schneller werden. *And so I decided to leave my old life behind. I don't need it anymore.* Mit dem richtigen Rucksack wäre es sogar möglich, Teile dieses Lebens mitzunehmen.

»Verfolgst du mich etwa?« Mitten in den geilsten Refrain des Songs mischt sich Lias Stimme und ich sehe erschrocken auf. Da steht sie, genau so wie vorhin im Seniorenheim, einen gespielt genervten Gesichtsausdruck zur Schau tragend und ein verstecktes Lächeln in den Mundwinkeln. Und in dieser albernen Bomberjacke.

»Das könnte ich dich auch fragen.«

Sie schüttelt den Kopf. »Entschuldige mal, ich gehe hier einfach nur spazieren.«

»Das könnte ich auch behaupten.«

»Also?«

»Also was?«

»Verfolgst du mich?«

»Auf einer Skala von eins bis zehn, wie enttäuscht bist du, wenn ich verneine.«

»Eine solide sechs.«

»Damit kann ich leben. Also nein, ich verfolge dich nicht.« *Aber meine Gedanken bleiben auch so viel zu oft bei dir hängen. Zählt das auch?*

Schulterzuckend sieht sie zum Schaufenster vor uns, was mir sofort bewusst macht, dass sie genau den Rucksack ansieht, den ich mir kaufen werde und auf den ich gespart habe. Damit ist sie plötzlich näher dran, als ich es jemals zulassen wollte.

»Ich hätte dich gar nicht für den Wandertypen gehalten.« Die Überraschung in ihrer Stimme lässt mich kurz schmunzeln.

»Wieso wundert mich das nicht?«

»Hm?«

»Wo du mich doch schon für einen Dealer hältst.«

»Das möchte ich an dieser Stelle übrigens revidieren.«

»Doch kein Dealer?«

»Vielleicht einer für Schokopudding, aber sonst? Nein.«

»Das gleicht einem Freispruch.«

»So weit würde ich nicht gehen.«

Wir sehen uns über die zarte Spiegelung im Schaufenster an, weil es dann leichter ist, als sich in die Augen sehen zu müssen. Aber auch so erkenne ich ihre weichen Gesichtszüge und das entspannt mich auf absurde Weise. Bis sie zum Rucksack deutet.

»Wo soll es denn hingehen?«

Glasgow. »Nach Norden.« Niemand, absolut niemand weiß

von meinem Plan, weil ich keine Lust auf Diskussionen habe. Niemand muss mir Horrorszenarien aufzeigen, in denen alles schiefgeht und ich auf der Fähre von irgendwelchen Betrunkenen abgestochen werde. Und ich will auch keine Infos darüber haben, dass ich ein Visum brauche oder nur eine bestimmte Zeit dortbleiben kann. Es interessiert mich alles nicht. Mein Plan, so löchrig er auch sein mag, steht und von da an kann ich ja immer noch weiterplanen.

»Campingurlaub?«

»Genau.«

Ich wette, sie weiß, dass ich lüge, und trotzdem nickt sie. »Ich würde den roten nehmen.«

»Der kostet fast hundert Euro mehr als die anderen.«

»Aber er ist schön.«

»Und teuer.«

»Aber wenn du im Norden verloren gehst oder eingeschneit wirst, erkennt man dich mit dem roten Rucksack vom Hubschrauber aus besser.«

Sie hat ein ganzes Szenario um diesen Rucksack und mich gesponnen, sieht mich wohl im Schnee wandern, alleine, und dann von einem frostigen Sturm überrascht werden. Dabei schneit es in Glasgow nicht so häufig, wie man vermuten könnte.

»Wer sagt denn, dass ich verloren gehe?« Immerhin habe ich einen ziemlich guten Plan.

Wieder zuckt sie die Schultern – das macht sie ohnehin recht häufig – und sieht sich in aller Ruhe die Rucksäcke an, bevor sie sich zu mir dreht. »Weil du jetzt schon ziemlich verloren aussiehst, Marcin.«

Wenn dem so ist, wieso lächelt sie dann so traurig, als wüsste sie auch nicht so genau, wohin es gehen soll?

»Da irrst du dich. Ich richte gerade meinen Kompass neu aus.«

»Nun, dann will ich dich nicht aufhalten. Eigentlich wollte ich mich nur für den Pudding bedanken.«

»Gern geschehen.« Mein Gesicht spannt, aber nicht auf unangenehme Weise. Eher so, wie wenn man zu viel am Stück gelächelt hat. *Du absoluter Volltrottel. Was machst du hier gerade?*

»Wir sehen uns.« Kurz winkt sie, dann dreht sie sich um und geht weg, lässt mich mit meinem Rucksack, der noch nicht mal mir gehört, zurück.

»Hey, Lia, warte! Hat es denn funktioniert?« Die Frage rufe ich ihr nach, und sie bleibt kurz stehen, dreht sich zu mir, und ich weiß genau, dass sie mich verstanden hat.

»Hat es.«

Ich beiße mir auf die Innenseite meiner Wange, um das Lächeln von einem weiteren Wachstumsschub abzuhalten, und nicke stattdessen nur so cool wie möglich.

»Nimm den roten, Marcin. Nur für alle Fälle.«

19

Lia

Hannah und Lena hängen zu dieser Uhrzeit gerne im Schlosspark rum. Das weiß ich deswegen so genau, weil sie früher als Anhängsel mit meinen Freundinnen und mir dort waren, bis sie irgendwann alt oder cool genug waren, allein zu gehen. Hannah hält sich vielleicht für besonders clever, blockiert mich dort, wo ich ihr in den Medien folgen könnte, informiert ihre beste Freundin aber nicht darüber, und so konnte ich in Lenas Story sehen, dass sie die letzten Sonnenstrahlen tatsächlich im Schlosspark genießen.

Daheim spricht sie nicht mehr mit mir, straft mich mit Schweigen und weiß nicht, wie sehr ich diese Ruhe genieße. Aber mir gefällt die Richtung nicht, in die sie sich bewegt, und auf meine Nachfrage, ob sie auf Markus' Party eingeladen ist, antwortet sie auch nicht. Also bleibt mir nichts anderes übrig, als sie so oft zur Rede zu stellen, bis sie endlich wieder mit mir spricht.

Die Begegnung mit Marcin auf dem Weg zum Schlosspark hatte ich allerdings nicht erwartet, als ich vom Seniorenheim direkt los bin.

Der Pudding.

Die Geste dahinter, mit der ich einfach nicht gerechnet

hatte, das alles hängt mir noch ziemlich nach. Ebenso wie der traurige Blick, als er sich die Rucksäcke im Schaufenster angesehen hat. *Sicher, die Dinger sind nicht gerade günstig, aber durchaus im Bereich des Erschwinglichen,* denke ich.

Meine Gedanken, die sich noch immer mit Marcins Augen – und seinem Lächeln – beschäftigen, werden durch fröhliches Mädchenlachen unterbrochen, und ich sehe zu einem großen Baum, unter dem Lena und Hannah sitzen, eine kleine Picknickdecke ausgebreitet und beide jeweils eine Flasche Bier in der Hand. Sofort ist da diese Wut, die sich so blitzartig in mir ausbreitet, als hätte jemand Brandbeschleuniger auf meine Emotionen geschüttet. Ohne weiter nachzudenken, gehe ich direkt auf die beiden zu, die Hände zu Fäusten geballt.

»Was soll der Scheiß?«

Lena ist überraschter, mich zu sehen, als Hannah, die nur genervt die Augen verdreht und genüsslich provokant einen beherzten Schluck aus der grünen Bierflasche nimmt.

»Hannah ...«

Bevor sie antworten oder sich erklären kann, springt Lena ihr zur Seite und sieht mich beschwichtigend an. »Chill mal, Lia! Wir haben nur ein bisschen Spaß!«

»Das sieht nicht nach Spaß aus.« Dabei tut es das irgendwie doch. Sie haben Knabbersachen, Trauben und Schokolade dabei. Aus der kleinen Musikbox kommt leise Musik, die zum schönen Wetter passt, und ihre lachenden Gesichter reiben mir nur zu deutlich rein, dass sie tatsächlich ihren Spaß haben. Trotzdem greife ich an Lena vorbei nach der Bierflasche in Hannahs Hand und nehme sie an mich, wobei ich etwas vom Bier auf der Decke verschütte.

»Hey!«

»Du bist fünfzehn, verdammt noch mal!«

»Ja und? Das sagst du immer!«

»Minderjährig!« Tatsächlich benutze ich das als Ausrede und Erklärung, wieso ich nicht will, dass sie trinkt. Hannahs Augen funkeln verletzt und wütend, als sie aufsteht.

»Was soll das, Lia? Musst du nicht irgendwo im Seniorenheim deine Sozialstunden ableisten?«

»Hör auf damit.« Ich habe Mühe, meine Stimme unter Kontrolle zu halten. *Hannah entgleitet mir.* Immer mehr und das fast täglich. Früher waren wir ein Dream-Team, haben alles zusammen gemacht, den Haushalt geschmissen, für die Schule gelernt, gemeinsam gekocht, aber seit einer kleinen Weile schlägt mir nur noch Wut entgegen. Als wäre *ich* an allem schuld.

»Du bist nicht Mama! Du hast mir gar nichts zu sagen!«

Mama.

»Wie recht du doch hast.« Damit kippe ich das Bier einfach auf den Boden, begleitet von Hannahs Protest, und lasse die Flasche dann neben uns ins Gras fallen. »Und du auch nicht.«

»Aber *du* kannst ihren Schlüssel klauen und mit dem Auto durch die Gegend fahren, ja? Du bist auch minderjährig, Lia! Vergiss das mal ja nicht!«

Lena nickt zustimmend, weil sie die Geschichte natürlich auch kennt, und ich spüre, wie mein Gesicht glüht.

»Weißt du was, mach doch, was du willst.« Ich kicke die leere Bierflasche zurück auf die Picknickdecke, aber bevor Hannah Luft für eine weitere Beleidigung oder etwas in der Art holen kann, drehe ich mich weg, bevor sie die Tränen in meinen

Augen sieht, und gehe so schnell wie möglich davon. Weiter, immer weiter, weg vom Schlosspark und der fake-guten Laune, dem Bier und Hannah.

Mein Handy vibriert in meiner Tasche, und ich ahne schon, dass mich nun ihre wütende Sprachnachricht erreicht.

Simon_Kampen hat dir eine Nachricht geschickt.

Hey, wollte nur fragen, ob alles okay ist, du bist vorhin so schnell verschwunden.
LiGrü, Simon

Während ich auf mein Handy starre, lenke ich meine Schritte im Autopilotmodus zurück in Richtung Innenstadt. Nach Hause will ich nicht, zu Freunden kann ich nicht, und Simon ist gerade das Rettungsseil, das mich davon abhält, in der Öffentlichkeit zu weinen.

Ja, alles okay, danke der Nachfrage. Bin noch in der Stadt, musste was erledigen.
L.

Der Haken verrät mir, dass er meine Nachricht sofort liest.

Bin auch noch unterwegs. Kaffee?

Simons Gesicht taucht vor meinem inneren Auge auf, wie er lächelt und seine Haare als Schutz vor neugierigen Blicken nutzt.

Gerne.

Ich tippe es, bevor ich darüber nachdenken kann, aber mein trommelndes Herz akzeptiert keine Pause, kein Stehenbleiben und vor allem kein Umkehren.

Wo finde ich dich?

Stuttgart hat kein Empire State Building, keinen Eiffelturm und kann nur mit dem ersten Fernsehturm der Welt angeben. Aber der wäre viel zu weit weg.

Pavillon am Schlossplatz.

Wenn schon nicht am Eiffelturm.

20

Simon

Schon von Weitem sehe ich sie, lässig und tough, während ich so irre nervös bin, als wäre das hier ein echtes Date und nicht nur ein Treffen unter jugendlichen Straftätern. Bei dem Gedanken muss ich grinsen und überprüfe im Schaufenster eines Handyladens noch mal schnell, ob meine Frisur sich heute gnädig zeigt und mich nicht gänzlich im Stich lässt. Das schwarze T-Shirt war heute Morgen eine gute Wahl und die kurzen Hosen sehen zumindest so aus, als könnten sie an jemandem cool aussehen. Wenn auch nicht zwingend an mir. Die nächsten vier Schritte sind nur eine Art Generalprobe, ob mir der Gang steht und nach dem fünften Schritt laufe ich doch wieder so, wie ich eben immer laufe.

Sie erkennt mich, und ich hebe die Hand zum Gruß, was sie nun auch tut, und ohne zu wissen, wie wir uns begrüßen sollen, bleibe ich vor ihr stehen.

»Hi.«

»Hallo.« Einer von uns beiden ist deutlich nervöser und das ist nicht sie. »Starbucks?« Ich nicke zu unserer Linken, wo eine der Starbucks-Filialen liegt, aber sie zuckt nur unentschlossen die Schultern.

»Mir wäre eine Cola lieber.«

»Kein Ding. Dann eben ins Café.«

»Klar.« Sie übernimmt die Führung, da ich nicht genau definiert habe, welches der zahlreichen Cafés ich gemeint haben könnte, und ich gehe neben ihr her, als wäre das einfach so das Normalste ever. »Irgendwo in den Schatten, okay?«

Von mir aus könnte sie auch vorschlagen, dass wir uns an den Nordpol setzen, mit ihr würde ich überall Platz nehmen. Doch es wird nur ein Tisch in der zweiten Reihe, direkt vor dem Schlossplatz – wie gewünscht im Schatten. Kaum rücke ich meinen Stuhl zurecht, taucht auch schon ein Kellner mit schwarzer Weste und weißem Hemd neben unserem Tisch auf. Er wirkt nicht annähernd so begeistert davon, mich mit Lia zu sehen, wie ich es mir in meinem Kopf vorgestellt habe.

»Was darf ich euch bringen?«

»Zwei Cola …« Kurzer Blick zu meiner Begleitung – *ich denke extra nicht Date* –, und sie nickt nur, den Ansatz eines Lächelns auf den Lippen.

»Kommt sofort.«

Erst als der Kellner außer Hörweite ist, lehne ich mich ein bisschen in Lias Richtung. »Danke übrigens.«

Lia lächelt ahnungslos und zieht dann fast skeptisch die Augenbrauen zusammen. »Wofür genau?«

»Na. Das hier.« Ausgesprochen klingt es ganz schräg, und natürlich versteht Lia nicht, was ich meine. »Also, weil ich dann noch nicht nach Hause muss.«

»Ah, okay. Na, dann kann ich das Dankeschön zurückgeben.«

»Auch keinen Bock auf daheim?«

Sie schüttelt stumm den Kopf, ein klares Zeichen, dass es

nicht das beste Thema für unsere Unterhaltung ist, und so lege ich es für den Moment zu den Akten.

»Ich habe mich vorhin noch kurz mit Marcin unterhalten und er scheint eigentlich ganz okay zu sein.« Ob die Erwähnung von Marcin ein besseres Thema ist, bezweifele ich zwar, ist jetzt aber auch zu spät.

»Lustig, ich habe ihn eben auch noch getroffen.« Sie deutet irgendwo die Königstraße rauf, und ich sehe in die Richtung, als erwartete ich, dass er hinter mir auftauchen und sich zu uns setzen könnte.

»Ist das nicht schräg?« Wieder weiß sie nicht, was ich meine, und ich sollte wirklich mal anfangen, mir etwas mehr Gedanken über meine Worte und Sätze zu machen. »Ich meine, vor ein paar Wochen waren wir alle noch Fremde oder maximal vage Bekannte …« Damit deute ich auf sie, obwohl ich mir noch immer nicht sicher bin, ob sie sich an mich auf der Party damals erinnert. »Und jetzt laufen wir uns ständig über den Weg.«

»Dafür habe ich eine Theorie.«

»Lass hören.«

Der Kellner bringt unsere bestellten Getränke, und Lia wartet, bis er wieder gegangen ist, bevor sie einen Schluck nimmt und mir dann ihre Theorie anvertraut. »Manche Menschen begegnen uns so oder so die ganze Zeit. Vielleicht bist du Marcin oder mir auch schon hundert Mal über den Weg gelaufen, aber es hat nie eine Rolle gespielt. Aber erst, wenn wir uns durch irgendwas mit jemandem verbunden fühlen, fällt uns dessen Gesicht auf. Ständig und überall.«

Ich nicke einfach.

»Selbst dann, wenn diese Person gar nicht mehr da ist.«

»Wie denn das?«

Sie zögert, und kurz glaube ich, sie hat vergessen, dass sie das alles laut und vor mir ausgesprochen hat, aber sie lehnt sich weiter in meine Richtung. »Kennst du das Gefühl, wenn du meinst, in der Bahn jemanden gesehen zu haben? Oder du riechst ein Parfüm und bist dir plötzlich ganz sicher, es ist jemand Bestimmtes?«

Eigentlich nicke ich nur, damit sie nicht aufhört zu reden.

»Aber dann fällt dir ein, dass die Person ja gar nicht mehr da ist und das alles gar nicht sein kann. Trotzdem suchst du immer wieder dieses eine Gesicht.«

»*Mhm.*«

»Oder klingt das total idiotisch?«

»Ein bisschen vielleicht. Aber ich verstehe schon, was du meinst.«

»Du denkst, es ist schräg.«

»Die meisten Theorien sind schräg. Das muss so sein.«

Und das reicht ihr, denn sie hält mir ihr Glas entgegen, und ich stoße mit meinem an, jetzt wächst ihr Lächeln weiter, und ich spüre, wie meine Lippen mitmachen.

»Also, Simon, erzähl mal. Was machst du so, wenn du nicht gerade im Speisesaal eines Seniorenheims arbeitest?« Sie stellt die Frage nach dem nächsten Schluck Cola, und ich überlege, wie ich mein durchschnittliches Leben in schicke Worte verpacken kann, damit sie vielleicht noch mal mit mir hier sitzen will.

»Ich hänge viel mit meinem Kumpel rum.«

»Gerade hängst du aber mit mir rum.«

»Stimmt. Ist auch irgendwie deutlich angenehmer.«

Daraufhin erwidert sie nichts, lässt ihren Blick über den Schlossplatz wandern, aber es wirkt nicht so, als ob sie jemanden Bestimmtes sucht.

»Wo ist dein Kumpel denn jetzt?«

»Keine Ahnung. Unterwegs oder daheim.«

Ihre Augen finden wieder meine und etwas in ihrem Blick erinnert mich an ein vertrautes Gefühl.

»Und *wieso* bist du nicht mit ihm unterwegs oder daheim?«

Weil daheim nicht der Ort ist, an dem ich sein will, und mir gerade nach einer Pause von Richard ist. »Weil ich jetzt eben gerne hier bin.«

Sie versteht, das sehe ich sofort. Weil auch sie nicht nach Hause oder in ihr Leben dort will und jeder andere Ort ihr lieber ist.

»Also, Lia, erzähl mal. Wessen Gesicht suchst du immer in der Menschenmenge?«

»Niemanden, den du kennst.«

Einfach so verschwindet sie wieder hinter dem ernsten Blick, der sie immer ein bisschen älter wirken lässt.

21

Marcin

»Wo hast du dich denn rumgetrieben?«

Seine Stimme erschreckt mich, sofort werfe ich einen Blick auf die Uhr. Er müsste schon bei der Arbeit sein, ich kenne seinen Dienstplan auswendig, und heute ist auch nicht sein freier Tag.

»War noch in der Stadt.«

Niemals die Angst zulassen. Tapfer schließe ich die Wohnungstür und straffe die Schultern, bevor ich ins Wohnzimmer komme, wo er auf der Couch sitzt. Er trägt noch immer seinen Jogginganzug, ist also auch nicht auf dem Sprung zur Arbeit.

Fuck. »Was machst du denn noch hier?«

Meine Frage soll harmlos klingen, trifft aber offensichtlich einen wunden Punkt. Papa breitet die Arme aus, sieht sich gespielt unsicher um, bevor er sich wieder zu mir dreht. »Ist das nicht mein Wohnzimmer in meiner Wohnung, für die ich die Miete zahle?«

»Doch. Natürlich.«

»Was für eine Klugscheißerfrage ist das dann von meinem Schlaubergersohnemann?«

Er grinst, aber bei mir löst es nur eine Gänsehaut aus, und

ich zucke die Schultern, lehne mich in den Türrahmen, bleibe auf Abstand. »Dachte nur …«

»Sollst ja nicht denken. Predige ich dir seit Jahren.« Damit erhebt er sich ruckartig von der Couch, und ich verharre in meiner Position, spüre, wie mein Körper sich anspannt, und konzentriere mich auf meinen Herzschlag, der schon wieder einen Gang höher schaltet.

Fight or flight, entscheide dich jetzt!

Papa sammelt den Teller und das leere Glas ein, bevor er auf mich zukommt.

»Habe mir was im Oberarm gezerrt. Der Arzt sagt, ich soll einfach eine Woche alles ein bisschen ruhig angehen lassen, dann wird das wieder.«

»Bist du krankgeschrieben?«

Kurz legt er den Kopf schief, mustert mich eindringlich, als wäre er sich nicht sicher, ob ich auch wirklich sein Sohn bin. Bin ich aber.

»Natürlich. Glaubst du, ich würde mir sonst hier den Arsch platt sitzen?«

»Nein.«

Eine kurze Handbewegung und ich mache ihm Platz, spüre, wie seine Schulter meine streift, als er in die Küche geht.

Eine Woche. 168 Stunden. Das sind 10.080 Minuten.

»Hast du was gegessen?« Seine Frage erreicht mich mitten in meiner Rechnung, wie viele Sekunden eine Woche sind. 604.800 by the way.

»Ja. Ich habe mir unterwegs was gekauft.« *Falsche Antwort.* Das Geschirr wird viel zu ruppig abgestellt, das verrät mir das Geräusch, dann taucht Papa hinter mir auf.

»Ach so ist das. Der feine Herr gibt unnötig Kohle aus, wo unser Kühlschrank fast vor Lebensmitteln überquillt.«

»Als ich heute Morgen reingeschaut habe, war außer einer Packung Wurst und Butter nicht viel drinnen.«

»Wie bitte?«

»Hab mir nur eine Kleinigkeit gekauft.«

»Weil Geld auf den Bäumen wächst?« Er kommt auf mich zu, seine Schritte schwer.

»Es war nur ein Sandwich.«

Wenn man bedenkt, dass er eine Zerrung im Oberarm hat, ist seine Bewegung verdammt schnell. Seine Hand packt mich im Nacken und zieht mich ruckartig zu sich rüber, quer durch die Küche bis zum Kühlschrank, den er wütend aufreißt und mein Gesicht ins Innere drückt. »Sieht der Kühlschrank für dich leer aus?«

Die Kühle schlägt mir ins Gesicht, meine Wange wird gegen das dünne Regalbrett gepresst und ich kneife ein Auge zusammen.

»Ob er leer aussieht?!« Die Frage brüllt er so laut in mein Ohr, dass ich zusammenzucke, obwohl ich es nicht will. Noch immer sehe ich nur die Butter und die Wurst, eine Marmelade steht hinten, aber das tut sie schon seit letztem Jahr.

»Nein.« *Richtige Antwort* und Papa lässt mich endlich los.

»Ein Scheißsandwich kannst du dir auch zu Hause schmieren. Oder bist du dir dafür zu schade?«

»Nein.«

»Und jetzt räum den Scheiß weg.« Damit deutet er auf die Spüle, in der sich das schmutzige Geschirr seit heute Morgen gesammelt hat. Zu meiner Erleichterung geht er in den Flur, schnappt sich seine Schlüssel und zieht die Wohnungstür viel zu laut hinter sich zu. Einen Moment verharre ich noch vor dem geöffneten Kühlschrank, nur um sicherzugehen, dass er auch wirklich weg ist, dann löse ich mich aus meiner Starre und atme tief durch.

Eine Woche. Eine verdammt lange Woche.

Und wieso ausgerechnet jetzt meine Gedanken zurück zu Lias Lächeln vor dem Schaufenster mit den Rucksäcken wandert, weiß ich nicht, aber für einen Moment tut das hier nicht mehr ganz so weh.

22

Simon

Lia umarmt mich zum Abschied und lächelte dabei. In der letzten Stunde habe ich sie in unterschiedlichen Lux-Werten lächeln sehen. Die Leuchtkraft ihres Lächelns wandelt sich je nach Thema und Vertrautheit. So zumindest erkläre ich es mir.

Nachdem wir ein bisschen über Haustiere, Musik und ihre liebste Serie – *Élite* auf Netflix, habe ich mir direkt für heute Abend vorgenommen – gesprochen haben, wurde sie sichtlich entspannter. Sogar über einige meiner Witze hat sie gelacht und mein Herz wollte dabei fast aus meiner Brust flattern. Also, vor Freude diesmal. Sie hat nicht über mich gelacht, sondern über einen tatsächlich gewollten und gut platzierten Witz.

Ein wuchtiger Aufprall erwischt mich an meiner rechten Seite, meine Rippen wollen nachgeben, entscheiden sich dann zum Glück dagegen, und trotzdem fühlt es sich so an, als ob der komplette Sauerstoff kurzzeitig aus meinen Lungen gedrückt wird. »Wieso gehst du denn nicht ans Telefon, Alter?«

Der Aufprall war Richards Sturmumarmung, die mich gerade fast von den Füßen gerissen hätte, und ich lache das Husten weg, schnappe kurz nach Luft und löse mich von ihm. »Spinner!«

»Begrüßt man so seinen besten Freund?« Er trägt ein rotes

T-Shirt und ein breites Grinsen, beides kann es nicht mal im Ansatz mit Lias 40.000-Lux-Lächeln aufnehmen, obwohl es mich gerade blendet.

»Was machst du hier?« Wobei ich eher fragen will: *Hast du gesehen, dass Lia mich umarmt hat?*

»Freies Land, freie Stadt, ich gebe Geld aus!« Dabei reibt er die Kuppe seines Daumens gegen die von Zeige- und Mittelfinger. »Hab mir 'ne Sonnenbrille geschossen.« Er greift in seine Gürteltasche, die er quer über seine Brust trägt, und reicht mir eine Pilotenbrille mit grünbläulich schimmernden Gläsern, die komplett verspiegelt sind. Ich kann erahnen, dass sie ein Vermögen gekostet hat.

»Nice.«

»Oder? Ich dachte, die kommt bei den Weibern am besten an.«

Ich will sie ihm zurückreichen, aber er winkt nur ab und grinst noch breiter.

»Kannst sie behalten.«

»Deine neue Brille?«

»Klar.«

»Du hast sie dir doch gerade erst gekauft.«

»Ja, aber …« Er legt seinen Arm um meine Schulter und setzt uns beide dann in Bewegung Richtung Bahnhof. »Machen wir uns nichts vor. Ich brauche sie nicht, um Mädels klarzumachen. Bei dir hingegen gibt es da noch Handlungsbedarf …« Richard deutet an, ich solle sie mal aufsetzen, und ich folge seiner Aufforderung. Sofort wird alles etwas gedimmter, aber auch bunter. Er nimmt mein Gesicht in seine Hände, fast liebevoll. »Alter, die steht dir.«

»Aber es ist deine.«

»Gönn ich dir. Passt schon.« Damit tätschelt er meine Wange und lässt mich dann los.

»Die war doch sauteuer.«

»Zahlt mein Vater. Du weißt doch, Taschengeld.«

Ja. Ich weiß. Außerdem klaut Richard hier und da mal was aus dem Geldbeutel seiner Mutter. Aber das ist eine ganz andere Geschichte, eine, über die er nicht spricht, nur lacht, und die ich ihm übel nehme. Wann haben wir uns eigentlich so sehr auseinandergelebt? Und wieso kann er nicht einfach wieder mein bester Freund werden, wie er es damals war, als ich mich wirklich auf ihn verlassen konnte?

»Richard, du musst mir nicht ständig irgendwas schenken …«

»Ach, Simon. Ich mach das voll gerne. Hast ja gerade echt 'ne Scheißzeit.« Sein Blick, den ich wie durch einen Instagramfilter wahrnehme, scannt zuerst mein Gesicht, dann den Rest von mir. Wenn ich es nicht besser wüsste, würde ich glatt sagen, er macht sich Sorgen. »Siehst bisschen blass aus.«

»Ändert sich nach dem Sommer.« Zum Glück trage ich die Sonnenbrille, und er kann nicht an meinen verräterischen Augen ablesen, dass ich nicht ganz ehrlich bin. Wobei, gerade jetzt, also vor ein paar Minuten noch, da hatte ich eigentlich voll die gute Zeit. Ich saß mit Lia im Café, habe sie sogar zum Lachen gebracht und ich werde sie morgen wiedersehen. Trotzdem will ich nichts davon meinem mir Brillen schenkenden bestem Freund erzählen.

»Bis dahin können wir nicht warten. Vielleicht kriegst du jetzt mit der Brille endlich mal eine rum.« Schnell nimmt er den

Arm von meiner Schulter und lässt mir wieder genug Luft zum Atmen. »Vielleicht nicht, wenn sie uns zusammen sieht …« Sein Zwinkern kann alles bedeuten, aber ich habe keine Lust, mich in Interpretationen zu verlieren. »Heute Abend wieder Marienplatz?«

»Heute ist schlecht.«

»Zoff mit deinen Erzeugern?«

»Jap.« *Schön wärs.* Aber die schweigen lieber. Nicht nur, wenn es um *den Vorfall,* wie sie es nennen, geht. Sie schweigen immer, als hätten sie verlernt, wie man Small Talk betreibt. Manchmal, wenn ich die Kraft habe, versuche ich, ein Gespräch zum Laufen zu kriegen, und komme kaum zwei Sätze weit. Es ist mühsam. *Und einsam.*

»Sei nicht traurig, Mann. Mit der Brille hast du einen eingebauten Gute-Laune-Filter.«

Tatsächlich muss ich grinsen, wenn ich mich umsehe und in die fremden Gesichter blicke, die mir ebenso viel bedeuten wie die meiner Eltern daheim. Zugegeben, das könnte alles auch noch an den Lia-Nachwirkungen liegen, denn obwohl sie inzwischen schon lange weg ist, habe ich noch immer den Duft von Pfirsichen in der Nase. Das ist entweder ihr Parfüm oder ihr Shampoo. Egal, Lia riecht nach Pfirsich. Und ich muss zur Abwechslung mal nicht kotzen, wenn ich an was Essbares denke.

»Okay?« Richard, die Arme ausgebreitet, wartet auf meine Antwort auf eine Frage, die ich verpasst habe.

»Hm?«

»Ob du dann bei der Party dabei bist!«

»Party.«

»Alter, nie mehr Wodka für dich. Die Party am Wochenende. Bei Markus.«

»Ach so.«

»Ich hol dich ab.«

Dabei habe ich weder zu- noch abgesagt, aber eine Party klingt tatsächlich viel besser als ein Abend mit meinen Eltern, an dem sie eine Doku im Fernsehen schauen und sich vermutlich fragen, wer diese komische Gestalt im Teenageralter neben ihnen auf der Couch ist.

»Freu mich.«

»Bring die Brille mit. Vielleicht hast du ja Glück.«

Kurze Umarmung, Verabschiedung und Richard geht, überheblich wie immer, einfach über die Königstraße davon, als wäre sie nach ihm benannt. Einen kurzen Moment sehe ich ihm nach, die Sonnenbrille noch immer auf der Nase, das Leben etwas freundlicher gefärbt, bevor ich sie abnehme, zurück in der Realität lande und feststelle, dass das Lächeln diesmal bleibt. Ohne Wodka, ohne Sonnenbrille und ohne Richard.

Dank ordentlich Pfirsichduft.

23

Lia

Niemand daheim und ich bin kein bisschen traurig. Hannah ist sowieso nicht gut auf mich zu sprechen, da kann ich noch eine Weile auf ihre Gesellschaft verzichten.

Mama ist arbeiten. *Glaube ich.*

Und ich bin alleine in meinem Zimmer, das Handy in der Hand, Instagram geöffnet. Das Suchfeld sieht mich leer und abwartend an. Doch auch diesmal haben all meine Versuche keine befriedigenden Antworten geliefert.

Es gibt viele Marcins, aber nicht den einen Marcin, den ich suche. Auch bei Simon habe ich vorbeigeschaut. In seiner Story ist ein neues Foto von ihm, er trägt eine Sonnenbrille, in der sich sein Handy spiegelt, und ein etwas verrutschtes Lächeln, sieht aber zufrieden aus. Ich hinterlasse ihm eine kurze Reaktion, bevor ich seine Freunde durchforste, aber auch dort keinen Marcin finde. Wobei mich das wenig wundert, denn die beiden machen auf mich nicht den Eindruck, als wären sie dafür prädestiniert, so was wie Freunde zu werden. Und trotzdem fühle ich mich bei den beiden wohler als bei den meisten anderen Menschen im Moment. Meine Theorie, auch wenn Simon sie ein bisschen blöd fand, ist nämlich alles andere als das. Sowohl Marcin als auch Simon haben Mist gebaut, über den sie nicht gerne sprechen, und das verbindet. Meine Schulkameraden – und sogar Hannah – wissen nicht, wie es ist, wenn man so was mit sich rumschleppt. Wie ein Geheimnis, das man nicht teilen darf, weil es dann alles aus den Angeln reißt. Und machen wir uns nichts vor, mein ganzes Leben hängt gerade eher provisorisch repariert in den Türangeln dieser Welt.

»Nur damit du es weißt, ich bin alt genug, um selber zu entscheiden, was ich tue, okay?« Versunken in meinen Gedanken habe ich Hannah weder in die Wohnung noch in mein Zimmer kommen hören. Die Hände in die Hüften gestemmt steht sie vor meinem Bett und sieht wütend auf mich herab. Ein Anblick, an den ich mich inzwischen gewöhnt habe und den ich ehrlich gesagt auch etwas satthabe.

»Hannah …«

»In der letzten Zeit war dir scheißegal, mit wem ich wo abhänge, und jetzt spielst du dich als große Schwester auf, ja?«

»Das ist nicht wahr und das weißt du auch.« Wenn ich ruhig bleibe, macht sie das nur noch rasender.

»*Du* hast auch getrunken! Ich habe die Videos gesehen!«

Etwas überrumpelt von dieser Bemerkung, rutsche ich weiter an die Bettkante. »Darum geht es?«

»Du kannst nicht so was machen und es mir dann verbieten!«

»Hannah, diese Party war ein absoluter Ausrutscher, und ich bin heilfroh, dass nichts Schlimmeres dabei passiert ist. Ich war so weggetreten, die hätten Gott weiß was anstellen können!«

Aber das imponiert ihr nicht.

»Ich will einfach nicht, dass dir so was passiert.«

»Und was war mit dem Unfall, hm?«

»Hannah.«

»Nee. Nicht *Hannah*. Du machst immer alles kaputt! Immer!« Sie brüllt es mir so heftig entgegen, dass mir kurz schwindelig wird.

»Sagt das Lena?« Ein billiger Versuch, ihren Worten die Härte zu nehmen, aber Hannah schüttelt nur bitter den Kopf.

»Nee. Das sage ich.«

Erst, als sie meine Zimmertür so heftig ins Schloss geschleudert hat wie eben noch ihre Wut in mein Gesicht, hole ich wieder Luft und bemerke, dass meine Hände zittern. *Wieso kann ich es ihr nicht einfach sagen? Sie umarmen und dann vielleicht endlich wieder ganz normal atmen?*

Mein Handy meldet sich mit einer kurzen Nachricht und lässt mich wissen, dass Simon mir bei WhatsApp geschrieben hat. Der Einfachheit halber haben wir Nummern ausgetauscht.

> Hi, noch mal danke für das gute Gespräch heute.
> Hatte eine tolle Zeit.
> Wollte nur mal fragen, ob du Bock hast, am Freitag vielleicht mit auf 'ne Party zu kommen? Simon

Partyeinladung. Manchmal hält sich mein Leben für wahnsinnig witzig und schlägt binnen drei Sekunden von Sturmböe in strahlenden Sonnenschein um. Dabei erwartet es natürlich auch noch, dass ich mitkomme und immer die passende Kleidung für die jeweilige Emotionswetterlage parat habe.

> Hi, klingt gut. Lass uns morgen quatschen. L.

Erst nach dem Abschicken bemerke ich, dass es kurz angebunden und wenig interessiert klingt. Schnell horche ich noch mal in den Flur, aber außer sehr lauter Musik direkt aus Hannahs Zimmer ist nichts zu hören.

> Hi, Simon, sorry, gerade viel Stress hier. Jetzt noch mal:
> Ich komme sehr gerne mit. Freue mich. Bis morgen! Lia

Das passt schon viel mehr, und ich atme durch, lege das Handy aufs Bett und mich direkt dazu.

> Viel Stress? Das klingt vertraut. Hoffe, der Sturm legt
> sich bald. Wenn ich was tun kann, lass es mich wissen.
> Bis morgen. Simon

Wenn es doch so einfach wäre. Wenn ein Außenstehender einfach so etwas an unserer Situation ändern könnte, wie schön wäre das doch. Einfach mal sagen: *Hey, kann gerade nicht mehr mein Leben oder meine Familie zusammenhalten, könntest du vielleicht für eine Schicht einspringen?*

Und so verlockend das auch wäre, diese Message schicke ich weder an Simon noch an sonst jemanden. Weil es nicht geht und weil Hannah und ich das verdammt noch mal alleine hinkriegen müssen.

Hannah und ich. Das war vielleicht mal. Unsere Trennung war schmerzhafter als die von *One Direction.*

Ohne Handy, aber mit einer ordentlichen Portion Wutlava im Bauch, schubse ich die Tür zu ihrem Zimmer auf – ohne wie sonst zu klopfen.

Sie liegt auf dem Bett, das Handy in der Hand, ihre Daumen fliegen über das Display, und ich weiß genau, wem sie ihre Versionen unserer Unterhaltung schreibt.

»Hör mal zu …« Um die Musik zu übertönen, muss ich lauter sprechen, als ich es eigentlich vorhatte. »Du reißt dich jetzt mal zusammen! Ja, unsere Situation ist, gelinde gesagt, beschissen. Aber sie wird nicht besser, indem du deine miese Laune immer an mir auslässt, verstanden?«

Sie schaut nicht mal hoch, und mir fällt auf, dass die alten Poster an ihren Wänden inzwischen von neuen Fotos anderer Gesichter abgelöst wurden. Hingen da vor ein paar Monaten noch strahlende Boybandmitglieder, schauen jetzt grimmig dreinblickende Gestalten auf uns herab, die sich wohl der Stimmung in dieser Wohnung angepasst haben.

»Du hast nämlich vollkommen recht.« Mit dieser Aussage kriege ich ihre Aufmerksamkeit, und sie setzt sich langsam auf, lässt das Handy sinken und sieht mich fragend an. »Ich bin nicht deine Mutter und habe dir nichts zu sagen, aber an unserer Situation ändert sich nichts, wenn ich die Einzige bin, die sich zusammenreißt.« Mit ausgestrecktem Zeigefinger deute ich auf sie und gebe mir Mühe, dabei so streng zu schauen wie Mama früher, wenn sie uns bei irgendwelchen Streichen erwischt hat. »Wenn du alt genug bist, im Park mit deinen Freunden Bier zu trinken, dann bist du auch alt genug, mir mit dieser Scheiße zu helfen.«

Sie will widersprechen, den Kopf schütteln und sich rausreden, aber ich bin schneller. »Und das wirst du ab sofort auch tun.«

»Ich denke nicht mal daran, Lia. Es ist deine Schuld.«

»Meine Schuld, ja?«

»Ja! Mama ging es so viel besser, nur dann musstest du dich mal wieder in den Mittelpunkt rücken!«

Das ist nicht wahr. »Mama wäre jede Ausrede recht gewesen und das weißt du.«

Hannah rutscht vom Bett und steht auf. Wann genau ist sie so groß geworden, dass sie mir nicht mehr bis zur Schulter reicht, sondern auf Augenhöhe begegnet?

»Ja, Lia, aber *du* hast ihr den perfekten Grund geboten. Also krieg es auch alleine wieder hin.«

Im Vorbeigehen schnappt sie sich ihren Schulrucksack, als ich mich ihr in den Weg zu stellen versuche. »Wo willst du hin?«

»Ich übernachte heute bei Lena.«

»Du bleibst hier.«

Aber sie lässt sich nicht beirren oder von ihrem Plan abbringen, geht, ohne auf mein Rufen zu hören, einfach immer weiter, bis die Tür ins Schloss fällt und ich alleine bin.

24

Marcin

Simon trägt heute eine neue Sonnenbrille und ein breites Lächeln. Kaum hat er sein Fahrrad neben meinem abgestellt, grüßt er mich, ohne besagte Sonnenbrille abzunehmen. »Hi.«

Seine gute Laune riecht nach Sonnenmilch und ich mustere ihn aus meinen unausgeschlafenen Augen. »Wieso bist du denn so gut drauf?«

»Ist das jetzt verboten?«

Wenn es nicht so anstrengend wäre, würde ich den Kopf schütteln, aber so sehe ich ihn einfach nur an. Alles an ihm sieht heute so frisch gewaschen aus. Das weiße T-Shirt mit der riesigen Palme als Brustmotiv, ebenso wie seine Haare, die nun noch blonder und lockiger ausschauen. Kein Vergleich zu gestern, als er so aussah, wie ich mich jetzt fühle. Nach unserem Gespräch weiß ich nicht so genau, wie ich mit ihm umgehen soll. Irgendwie weiß er zu viel von mir, aber noch immer nicht genug, um mich zu kennen.

»Nein.«

»Dann habe ich heute eben gute Laune für uns beide. Kannst mir später danken.« Freundschaftlich legt er seine Hand auf meine Schulter und merkt hoffentlich nicht, dass ich unter seiner Berührung zusammenzucke. »Ist Lia schon da?«

Wenn sie bereits hier wäre, würde ich nicht vor dem Seniorenheim rumstehen und gegen die Sonne blinzeln, sondern wäre jetzt bei ihr und würde mit ihr reden.

»Nicht, dass ich wüsste.«

»Kommt bestimmt gleich.« Das sagt er so selbstsicher, als hätten sie heute schon Kontakt gehabt, und ich kann meine Überraschung darüber offensichtlich nicht so gut überspielen wie gewollt, denn sofort erklärt mir Simon den Grund für seine Vorahnung. »Sie hat mir vorhin geschrieben, dass sie unterwegs ist.« Simon zuckt die Schultern, als wäre das nichts Besonderes. »Wir waren gestern noch zusammen was trinken.«

Das interessiert mich nicht, aber offensichtlich versteht Simon das nicht und lehnt sich neben mich an die Wand, als wären wir Freunde oder zumindest Kumpels.

»Ich mag sie echt. Irgendwas an ihr ist besonders. Und klar, ich weiß, dass ich definitiv nicht in ihrer Liga spiele, aber …«

»Wer tut das schon.«

»Hm?«

Manchmal neige ich dazu, die Dinge auszusprechen, die ich für mich behalten will, und schweige dann, wenn ich dringend was sagen sollte. »Ich meine nur, du hast recht. Irgendwas an ihr ist besonders.«

Simon mustert mich, aber ich werde ihm nicht noch mehr verraten. Er teilt seine Gefühle im Gegenzug etwas großzügiger mit mir. »Ich mag sie halt.«

Kein Wunder. »Dachte ich mir schon.«

»Glaubst du, sie mag mich auch?«

»Woher soll ich das wissen? *Du* warst doch gestern mit ihr noch was trinken.«

»Glaubst du, so als Außenstehender, dass sie mich mag?«

Außenstehender. Das bringt es auf den Punkt. Mein ganzes Leben lang habe ich mich wie ein Außenstehender gefühlt. Nur einmal nicht und das war auf dem *Franz-Ferdinand*-Konzert in München. Da war ich plötzlich wirklich mitten drinnen in meinem Leben. Wildfremde haben mit mir getanzt und gesungen und jede Textzeile war wie für mich geschrieben. Vielleicht hänge ich deswegen so sehr an dieser Band.

»Lia und du, ihr passt gut zusammen, denke ich. Ihr seid beide so ...« Simon wartet auf meine abschließende Analyse, aber mir will kein passender Ausdruck einfallen, und so sage ich das, was mir als Erstes durch den Kopf schießt. »... sauber.«

»Sauber?«

»Ja. Genau.«

»Hat dir schon mal jemand gesagt, dass du ziemlich schräg bist, Marcin?«

»Hat man.«

»Wundert mich nicht.« Aber Simon lächelt noch immer, und es fällt mir schwer, ihm die Sache übel zu nehmen. »Und hat man dir auch schon mal gesagt, dass du auf eine schräge Art und Weise auch ziemlich in Ordnung sein kannst?«

»Hat man noch nicht.«

»Dann feiern wir halt Premiere.« Simon, blass und dünn, lächelt irgendwie gelöst. Fast so, als wären die Sozialstunden gar nicht mehr das Schlimmste, was ihm jemals passiert ist. Und natürlich weiß ich, dass das nicht an mir, sondern an Lia liegt.

Lia. An der ich selber gar kein Interesse habe.

Nicht.

Mal.

Im.

Ansatz.

»Ach schau, da ist sie ja!« Er deutet an mir vorbei in Richtung U-Bahn-Haltestelle, von wo aus Lia auf uns zugerannt kommt. Ihre Haare sind wirr, ihre Wangen leicht gerötet, und als sie außer Atem vor uns zum Stehen kommt, lächelt sie entschuldigend und sieht dabei wunderschön aus. Obwohl es heute schon richtig schön warm ist, hat sie nicht auf ihre Bomberjacke verzichtet, auch wenn sie darunter nur ein T-Shirt trägt.

»Sorry, sorry, ich musste noch was erledigen.« Sie atmet einige Male tief durch und wischt sich dann die Haare aus dem Gesicht. »Habt ihr etwa auf mich gewartet?«

Simon sieht zu mir, als wolle er mir zu verstehen geben, dass ich störe, und ich schüttele matt den Kopf in Richtung Lia. »Ich nicht. Er schon.« Damit tue ich ihm den Gefallen, den er stumm von mir erwartet, und ernte einen geknickten Blick von Lia.

»Du also nicht.«

»Ich stehe hier nur dumm rum.«

»Ist das so?« Statt zu Simon und seiner nagelneuen verspiegelten Sonnenbrille sieht Lia noch immer zu mir, und ich beiße mich auf die Innenseite meiner Wange, um mein Lächeln zu verhindern.

»Sag ich doch.« Damit stoße ich mich von der Wand ab und schiebe mich an Simon und Lia vorbei in Richtung Eingang, durch den ich schon vor achtzehn Minuten hätte treten sollen. »Und jetzt gehe ich an die Arbeit.« Aber ich Vollhorst hatte ja nichts Besseres zu tun, als auf Lia – und ihr Lächeln – zu warten, während mir Simon verliebten Nonsens vorquatscht.

»Hat er schlechte Laune?« Ihre Frage höre ich, weil sie mir folgen und dabei nicht besonders viel Abstand lassen.

»Ich glaube, das ist ein Dauerzustand bei ihm.«

Mit zwei Schritten ist Lia bei mir, hat Simon abgeschüttelt und versperrt mir den Weg durch die Tür des Umkleideraums. »Ist alles okay?«

»Bist du meine Psychologin?«

»Noch nicht.«

Wieder dieses Lächeln und es funktioniert, ich lasse mich zu einer Antwort hinreißen. »Hab nur nicht besonders gut geschlafen.«

Das ist sogar die Wahrheit, aber sie gibt sich damit nicht zufrieden, lässt ihren bohrenden Blick weiter auf mir ruhen. »Ist es der rote geworden?«

Natürlich weiß ich, was sie meint, weigere mich aber, darauf zu reagieren, und ziehe fragend die Augenbrauen zusammen. »Keine Ahnung, was du meinst.«

»Das steht dir nicht, Marcin.«

Menschen habe die schräge Angewohnheit, meinen Namen übertrieben oft zu benutzen. Früher die Nachbarskinder, dann die Lehrer und jetzt Lia.

»Wir sind neunzehn Minuten zu spät. Wenn du mich noch länger aufhältst, kriegen wir Ärger, *Lia*.«

»Hast du es denn so eilig, von hier wegzukommen?« Sie lehnt sich gegen die Tür und grinst mich herausfordernd an. Hinter mir atmet Simon genervt aus und ich habe den Ansatz eines schlechten Gewissens.

»Wenn du wüsstest. Wenn es nach mir ginge, wäre ich schon letzte Woche von hier verschwunden.«

»Nach Norden?«

Sie hat es sich gemerkt.

»Und noch weiter.« Damit schiebe ich sie einfach aus dem Weg und gehe durch die Tür, aber natürlich folgen sie mir auch diesmal.

»Und hättest du dich verabschiedet?« Eine Frage, mit der ich nicht gerechnet und über die ich mir bisher auch noch keine Gedanken gemacht habe.

»Vermutlich nicht.«

»Man muss sich immer richtig verabschieden!« Das sagt sie mit so viel Nachdruck, dass ich mich schließlich doch zu ihr umdrehe. Streng und fordernd steht sie vor mir und Simon. »Immer.«

»Ich bin ja nicht weg.«

Das Wörtchen *noch* verschlucke ich gerade so.

25

Simon

»Brauchst du vielleicht Hilfe?«

Inzwischen habe ich mich sogar an das Haarnetz und die Gummihandschuhe gewöhnt. Und solange Lia in der Nähe ist, stört mich sowieso erstaunlich wenig. Jetzt, da ich neben ihr auftauche, sieht sie mich etwas irritiert an, bevor sie zu meinen bereits angerichteten Salatschüsseln sieht.

»Fertig?«

»Hab inzwischen den Dreh raus.«

»Dann kannst du vielleicht die Brownies verteilen.«

»Gerne.«

Bemüht vorsichtig hebe ich die vorgeschnittenen Brownies auf die Dessertteller. Zu meiner Überraschung riechen sie verträglich, ein bisschen nach einer Zeit vor dem letzten Winter.

Schnell lenke ich meine Gedanken zurück zu Lia. »Soll ich dich am Freitag eigentlich abholen, oder …?« Das sage ich so leise, dass nur Lia es hören kann, aber sie schüttelt den Kopf und konzentriert sich weiter darauf, den Pudding umzufüllen.

»Ist nicht nötig, schick mir einfach die Adresse.«

»Es wäre aber kein Problem, dich abzuholen.«

»Danke, aber ich finde die Adresse bestimmt auch alleine, wenn du sie mir schickst.«

Zugegeben, ich hätte gerne Richards Gesicht gesehen, wenn ich da mit Lia zusammen aufgeschlagen wäre. Manchmal macht er sich über den Mangel an Freundinnen in meinem Leben lustig, weil er ständig wechselnde Partnerinnen anschleppt und abschießt, als wäre es irgendwie ein Spiel, bei dem man Punkte sammeln kann. Mit Lia an meiner Seite würde er bestimmt erst mal für eine kleine Weile die Klappe halten.

»Okay. Dann treffen wir uns einfach dort.« Ich werde vor dem Haus oder an der Straßenecke auf sie warten. Den gemeinsamen Auftritt kriegen wir schon irgendwie hin.

»Cool.«

»Heute wieder Herzen?« Dabei deute ich auf die Kunstwerke, die sie liebevoll in jeden Pudding malt, was Herrn Kabitzke bestimmt freuen dürfte. Gerade als ich meinen Zeigefinger in einen Pudding tunken will, verpasst sie mir einen Klaps mit dem Löffel und sieht mich streng an.

»Flossen weg! Die sind nicht für dich.«

»Wobei ich mich über einen Herz-Pudding à la Lia durchaus freuen würde.« Ausgesprochen klingt es kitschig und saublöd, aber es ist zu spät, um es zurückzunehmen, und Marcins unterdrücktes Lachen hinter uns macht es nicht gerade besser. »Amüsieren wir dich?«

»Ein kleines bisschen vielleicht.«

»Gut. Spricht für deinen Humor.«

Marcin grinst zu mir zurück und deutet dann auf den Platz neben sich. »Wenn du fertig bist, hilf mir mal mit den Schnitzeln.«

Fleisch. »Ich bin doch für den Salat zuständig.«

»Ja, aber wenn du mir hilfst, geht es schneller.«

Den Panikschwarm kann ich schon spüren, bevor er ganz da ist. Wild schwirrend, genau in meinem Magen.

»Ich helfe Lia.«

Aber die fällt mir in den Rücken, indem sie abwinkt und meine Arbeitskraft damit freigibt. »Ich schaff das schon.«

Keine Ausreden mehr. Schnell schalte ich auf Mundatmung um, weil man dann weniger riecht, und setze mich langsam in Bewegung.

Du packst das. Du packst das. Doch je näher ich Marcin komme, desto schwerer wird es, die Kontrolle über meine Gedanken und meinen Körper zu behalten. Jemand schaltet meine Berechtigung für körpereigene Entscheidungen ab und ich werde zum Zuschauer degradiert. Marcin reicht mir ein Messer, das so scharf aussieht, als könnte es ganze Gliedmaße abtrennen, und ich sehe dabei zu, wie eine zittrige Hand – nämlich meine – es annimmt.

»In mundgerechte Stücke schneiden.«

Sieben Teller. Ich muss also nur sieben Schnitzel schneiden. Das kann ich. Das kriege ich hin, dann Flucht zurück zum Salat.

Marcin neben mir säbelt furchtlos durch das Fleisch, als wäre es das Leichteste auf der Welt. Vielleicht ist es das ja sogar, doch schon mein erster Schnitt geht irgendwie daneben, Fleisch bleibt an der Sehne hängen, will sich nicht abtrennen lassen, und ich schließe ganz kurz die Augen.

»Alles okay?« Marcins Hand berührt meinen Unterarm, was sich trotz Gummihandschuh so anfühlt, als würde er direkt in einer offenen Wunde pulen.

»Alles bestens.«

»Du siehst blass aus.«

»Royale Blässe, das ist der neue Trend.« Wieso fällt es mir dann so unheimlich schwer, meine Mundwinkel oben zu behalten? *Verdammte Axt, Simon, reiß dich endlich zusammen!*

Der nächste Schnitt sitzt, der Druck dahinter passt auch – nur der stechende Schmerz in meinem Daumen passt so gar nicht. Mein Blick aufs Schneidebrett verrät mir, dass ich meinen Finger erwischt habe. Blut sickert aus dem dünnen blauen Gummigewebe.

»Oh Shit.« Marcin nimmt mir sofort das Messer ab, aber das ist mein kleinstes Problem.

»Nur ein Kratzer.« Aber es hört gar nicht mehr auf zu bluten. In Panik hole ich tief Luft durch die Nase. – *Dieser unerträgliche Gestank*. Die Hitze und das feuchte Kribbeln auf meiner Haut. *Fuck*.

Nicht jetzt! Doch nicht jetzt! Es läuft doch gut! Es läuft gut! *Nicht. Jetzt.*

Übelkeit macht sich in meinem Körper breit, dabei esse ich ohnehin nicht mehr besonders viel. Meine Haut fühlt sich zu eng und zu kühl an, gleichzeitig aber auch schwitzig nass. Meine Metamorphose zur glitschigen Kröte scheint in den letzten Sekunden einen großen Schritt nach vorne gemacht zu haben, und als ich aufblicke, ist alles verschwommen, jemand hat mir die falsche Dioptrie eingestellt. Mir ist schwindelig.

»Entschuldigt mich kurz.« Verzweifelt versuche ich, mich an den Standort der Besuchertoilette zu erinnern, und hetze mit Haarnetz und einer Panikattacke durch die Tür.

Weg, einfach nur weg!

26
Marcin

»Was war das denn eben?« Lia sieht noch immer zur Tür, durch die Simon gerade geflüchtet ist.

»Ich glaube, er nennt das Flirten. Gefolgt von einem royalen Abgang.«

»Das ist nicht witzig.«

Mit einem Küchentuch wische ich die Blutflecken vom Schneidebrett und muss mir eingestehen, dass wir eines der Schnitzel nicht mehr retten können. Auf dem Weg zur Tür hat Simon noch weitere Blutspuren hinterlassen, und ich will mich gerade daran machen, sie zu beseitigen, als Lia auf mich zukommt.

»Kannst du mal nach ihm schauen?«

Kurz glaube ich, mich verhört zu haben, aber es scheint ihr ernst zu sein. »Wie bitte?«

»Komm schon. Du tust so, als hätte ich dir vorgeschlagen, auf der Autobahn spazieren zu gehen.«

»Ich glaube fast, es würde ihn mehr freuen, wenn *du* mal nach ihm schaust.«

»Marcin, sei kein Arschloch. Du sollst doch nur nach ihm sehen.«

Tief atme ich aus und massiere meine Schläfen, weil sie

natürlich recht hat. Aber ich kann nicht. Ich kann das nicht machen. Und wenn ich jetzt dem mulmigen Gefühl, dass etwas mit ihm nicht stimmen könnte, nachgebe, dann wird das alles in einem totalen Chaos enden. Vielleicht nicht für ihn, aber für mich sicher.

»Es geht ihm bestimmt gut, es war nur ein kleiner Schnitt.«

Falsche Antwort, denn Lia verschränkt die Arme vor der Brust und nagelt mich mit ihrem Blick fest. »Fällt es dir echt so schwer, dich um andere zu kümmern?«

Dieser Vorwurf trifft mich unerwartet. »Glaubst du das?«

»Keine Ahnung, aber dein Verhalten …«

Jetzt bin ich es, der die Arme verschränkt. »Du weißt *nichts* über mich, Lia. Gar nichts.«

»Und du legst viel Wert darauf, dass es auch so bleibt.«

Ganz richtig. Aber das kann sie nicht verstehen, weil in ihrer Hemisphäre alles schön und nett ist. »Wenn du dir Sorgen um deinen Boyfriend machst, dann …«

»Er ist nicht mein Boyfriend.«

»Ich vermute, er sieht das anders. Vor allem nach eurem Date gestern.«

»Du hast uns also gesehen?« Sie wirkt nicht mal im Geringsten ertappt, eher lässig unberührt.

»Nein. Er hat es mir erzählt. Brühwarm. Vorhin.«

»Bist du eifersüchtig?«

»Nein.« *Ein bisschen.*

»Wir haben uns zufällig in der Stadt getroffen und …«

»Du musst dich nicht rechtfertigen.«

»Ich rechtfertige mich nicht, ich erkläre dir etwas.«

»Es interessiert mich nicht.«

»Doch, Marcin, das tut es.« Sofort will ich widersprechen oder zumindest lachen, ich öffne sogar meinen Mund, aber es kommt kein Wort, kein Laut über meine Lippen und sie registriert diese Sprachlosigkeit mit einem zufriedenen Lächeln. »Und würdest du mir nun also den Gefallen tun und einfach kurz nach Simon sehen? Für mich?«

Sag einfach Nein. »Also gut.« Damit ziehe ich mir das Haarnetz vom Kopf und werfe es im Rausgehen zusammen mit den Gummihandschuhen in den Mülleimer neben der Tür. Selbst wenn ich in den nächsten Wochen genug Geld für den roten Rucksack zusammenkriege, er ist nicht groß genug, um auch noch irgendwelche Gefühle reinzustopfen. Und Lia ist gefährlich. Ihr Lächeln. Die Augen. Diese alberne Bomberjacke.

»Simon? Bist du da drinnen?« Meine Frage, die ich in den gekachelten Raum neben dem Fahrstuhl stelle, erübrigt sich, als mich Würgegeräusche von hinter der Kabinentür zur Toilette erreichen.

»Bin gleich da.« Er gibt sich Mühe, seine Stimme nicht zu krächzend klingen zu lassen, und ich entscheide, dass es besser ist, draußen zu warten. Besser für uns beide.

Erst nach einigen Minuten wird die Tür geöffnet und ein kreidebleicher Simon grinst mich schief an. »Sorry. Kann nicht so gut Blut sehen.«

»Sicher?«

»*Jap*. Alles cool.«

»Vielleicht solltest du nach Hause, wenn es dir so mies geht.« Aber mein Vorschlag führt nur zu noch mehr Blässe und einem semi-energischen Kopfschütteln. »Quatsch, geht schon wieder.«

»Willst du uns alle mit Magen-Darm-Scheiß anstecken?«

»Ist kein Virus.« Das hatte ich schon vermutet, und er hat nun Mühe, meinem fragenden Blick standzuhalten. »Die Sache ist kompliziert.«

Während er das sagt, kriegt er es nicht fertig, mir in die Augen zu sehen. Muss er aber auch gar nicht, ich checke auch so, dass er lügt. »Wie kompliziert?«

»So kompliziert, dass ich mich alleine beim Gedanken daran verstolpere.«

»Geh nach Hause.«

»Das geht nicht.«

Bei diesen drei Worten klingt er plötzlich wie ich und ganz automatisch nicke ich. Er mag andere Gründe haben, aber sein Zuhause ist ebenfalls kein Zufluchtsort. Ob er wohl stattdessen jemanden wie Frau Waible hat?

»Kannst du irgendwo anders hin?«

Kurzes Zögern, dann ein knappes Nicken.

»Okay. Dann geh dahin. Du musst bis Freitag wieder fit sein, sonst fällt deine Party ins Wasser.«

»Es ist nicht meine Party.«

»Aber ein Grund, nicht zu Hause zu sein.«

»Auch wieder wahr.«

Ein blasses Lächeln, und ich lege ihm vorsichtig die Hand auf die Schulter. »Wenn du reden willst …« In meinem Kopf weiß ich, wie der Satz weitergeht, über die Lippen kriege ich ihn nicht, aber Simon versteht auch so, nickt und schüttelt den Kopf. Alles irgendwie zeitgleich, und dieses zerrissene Gefühl darin – es kommt mir so vertraut vor. So vertraut, dass ich fast seinen Schmerz in meinen Muskeln spüren kann.

Wie aufs Stichwort taucht Frau Schüble vor uns im Flur auf und mustert uns. »Was treibt ihr beide hier draußen?«

»Simon hat 'ne Magenverstimmung.«

Oder zumindest so was in der Art. Er sieht ertappt zu Schüble, die sofort die Hände in die Hüften stemmt. »Dann aber ab nach Hause. Komm wieder, wenn du dich besser fühlst. Deine Sozialstunden rennen nicht weg.« Dann sieht sie zu mir. »Und du, zurück in die Küche, es wird gleich aufgetischt.« Frau Schüble mag mich, zeigt es aber auf eine sehr merkwürdige Art und Weise.

Inzwischen habe ich mich daran gewöhnt und salutiere kurz, bevor ich mich wieder in Richtung Küche bewege. Simons eiskalte Hand greift nach meinem Arm. »Könntest du Lia … also … sie muss ja nicht wissen, dass …«

»Schon klar.«

»Danke.«

Aber er lässt mich noch immer nicht los und so drehe ich mich zu ihm. »Sonst noch was?«

»Danke!«

»Nee. Ist doch klar.«

»Ist es nicht.« Ich weiß nicht genau, was er meint, nicke aber trotzdem, und er lehnt sich mit einer Mischung aus Erleichterung und Erschöpfung an die Wand. »Dann geh ich wohl besser.«

Bis er in unserem Aufenthaltszimmer verschwunden ist, sehe ich ihm nach, verfolge jeden seiner zittrigen Schritte, erst dann gehe ich zurück in die Küche, wo Lia weiter fleißig Herzen in die Nachtische der Senioren gemalt hat.

Kaum bin ich zurück, sieht sie mich fragend an und ich verpacke Simons Geheimnis in eine passable Lüge. »Es geht ihm ganz gut, aber Frau Schüble war der Meinung, er solle sich lieber daheim etwas erholen.«

»So schlimm?«

»Er hält sich tapfer und wird den Daumen behalten können.«

Lia nickt nachdenklich. »Jetzt sind es also nur noch wir beide.«

Und zum ersten Mal ist das ein *Wir*, zu dem ich offensichtlich zähle.

27

Lia

»Entschuldigen Sie bitte, Herr Kabitzke, gestern hat die Zeit keine Herzen zugelassen …« Ich reiche dem älteren Herrn mit einer großen Geste seinen Nachtisch und bekomme dafür ein breites Lächeln. Wieder sieht er top-gestylt aus, eine perfekt gebundene Fliege sitzt am blütenweißen Kragen seines Hemdes.

»Aber Lia, für Herzen muss immer Zeit sein.«

»Auch für kaputte?«

Er lächelt strahlend. »Vor allem für die kaputten.« Er deutet mit dem Teelöffel auf Marcin, der gerade an einem Tisch mit lauter Damen die Teller einsammelt. »Lass dich ja nicht von der Laune des Griesgrams anstecken.«

Kurz beobachten wir gemeinsam, wie Marcin müde lächelnd seinen Job erledigt, dann nutze ich ganz frech die Chance auf ein paar Extra-Infos über meinen Kollegen. »Sie kennen Marcin schon eine Weile, oder?«

»Allerdings. Aber es hat ziemlich lange gedauert, bis er auch mal den Mund aufgemacht hat. Die erste Zeit war er sehr still.«

»Wie lange arbeitet er denn schon hier?«

»Ich denke, so fast ein Jahr.«

»So lange schon?« Das sage ich lauter, als es geplant war, und mein Blick wandert schockiert zu Marcin zurück, der sich gerade den Flirtversuchen der Damenrunde entziehen will.

»Vielleicht auch erst ein Dreivierteljahr. In meinem Alter nimmt man das mit der Zeit nicht mehr so genau. Aber er ist ein sehr aufmerksamer junger Mann, das kann ich sagen.«

Für welche Straftat man wohl ein Jahr Sozialstunden aufgebrummt bekommt?

»Er scheint dich zu mögen.« Kabitzke flüstert jetzt, wobei seine Vermutung doppelt und dreifach in meinen Ohren hallt.

»Mich?«

»So, wie er dich immer beobachtet.«

»Er will nur sichergehen, dass ich meine Arbeit ordentlich mache.«

»Ich bin vielleicht schon etwas älter, Lia, aber ich bin nicht blind.« Verschwörerisch sieht Herr Kabitzke mich an, lehnt sich weiter in meine Richtung und lächelt breit. »Der Junge mag dich.«

»Quatsch.«

»Es waren schon einige junge Frauen hier, die hat er nie so angesehen.«

»Hat er nicht?«

»Hat er nicht.«

Marcin stapelt Teller auf den Servierwagen, nickt und grüßt auf seiner Route an den Tischen vorbei, dann kommt er schließlich auf uns zu. »Kann ich schon was abräumen, Herr Kabitzke?«

»Bis auf mein Dessertherz kannst du alles mitnehmen.« Während Marcin Besteck einsammelt, zwinkert mir Herr Kabitzke hinter seinem Rücken kurz zu, aber ich schüttele nur minimal den Kopf. »Wo ist eigentlich der Dritte im Bunde? Der blasse Lockenkopf?«

»Krank.«

»Ja, der sah gestern schon so nervös aus. Als käme er nicht gerne her.« Dann lacht er laut, über einen Witz, den Marcin und ich verpasst zu haben scheinen. Mit etwas zu viel Schwung taucht er seinen Löffel in den Pudding, mitten ins Herz. »Na ja, kann es dem Bengel nicht verübeln, wer will schon hier sein?«

»Sie sind aber doch gerne hier, Herr Kabitzke.«

Er lässt sich den Pudding schmecken, bevor er antwortet: »Es ist schön hier, sicher. Aber alt werden, mit meiner Frau an meiner Seite, im Kreise meiner Familie, das wäre schöner.«

Seine Augen schimmern verdächtig, und obwohl mir die Frage nach seiner Frau auf der Zunge liegt, schlucke ich sie runter und schenke ihm stattdessen ein herzliches Lächeln. »Nun, wir sind jedenfalls froh, dass Sie hier sind, Herr Kabitzke. Da lerne ich noch was.«

»Genieß meine Lektionen, solange ich noch da bin.«

»Wollen Sie denn weg?«

»Wollen nicht. Aber vielleicht irgendwann müssen.« Sein Augenzwinkern ist frech und jung, aber das traurige Lächeln lässt uns wissen, dass diese Seniorenresidenz die letzte Station auf seiner Reise bleiben wird.

Marcin räuspert sich in mein betretenes Schweigen hinein. »Nun, vielleicht bleiben Sie einfach noch eine kleine Weile länger, Herr Kabitzke.«

»Bis *du* weggehst?«

Jetzt ist es Marcin, der sich unter meinem Blick am liebsten in Luft auflösen würde. »Mindestens.«

»Wieso gehen denn überhaupt alle weg?«

Herr Kabitzke atmet schwer aus und lehnt sich in den Stuhl zurück, sieht auf den leeren Platz neben ihm. Aber es ist Marcin, der meine Frage beantwortet.

»Weil bleiben manchmal eben nicht geht.«

28

Marcin

Kaum haben wir abgeräumt, zückt Lia schon ihr Handy und checkt ihre Nachrichten oder Anrufe.

»Hat er sich gemeldet?«

»Wer?«

»Na, Simon.«

Aber Lia schüttelt nur den Kopf, ohne den Blick vom Handy zu nehmen. »Ehrlich gesagt habe ich gerade andere Sorgen.«

Die gerunzelte Stirn und der düstere Blick sprechen Bände und ich mache einen kleinen Schritt in ihre Richtung. »Probleme?«

Sie will den Kopf schütteln, verharrt dann aber wie in einer Schockstarre und lässt das Handy langsam sinken. »Hannah übertreibt …«

Womit oder wobei verrät sie mir nicht, aber ihr Blick sagt genug.

»Kann ich was tun?« *Was zum Henker faselst du da?* Seit wann fühle ich mich dazu berufen, der Held in irgendjemandes Geschichte zu werden?

»Es ist nur … meine Schwester …« Lia versucht es wegzulächeln, nur eben mit mäßigem Erfolg. »Sie legt es gerade darauf an, mich in den Wahnsinn zu treiben.«

»Das scheint ihr ausgesprochen gut zu gelingen.«

»Allerdings.«

»Wenn ich helfen kann …?«

»Nein danke.« Sie bemerkt, wie hart ihre Worte klingen, stopft schnell das Handy in die Jackentasche und will gehen, bleibt dann aber doch kurz stehen. »Entschuldige, ich kann so was nicht besonders gut.«

»Freundlich sein?«

»Um Hilfe bitten.« Es ist ihr unangenehm, und sie zuckt undefiniert die Schultern, aber ich erlöse sie mit einem Lächeln.

»Das kann man ja zum Glück lernen.«

»Wie denn?«

Langsam komme ich auf sie zu und deute auf die Tasche, in der sie eben ihr Handy hat verschwinden lassen. »Ich gebe dir meine Nummer, und für den Fall, dass du auf mein Angebot zurückkommen willst, kannst du mich anrufen.«

»Einfach so?«

»Einfach so.«

»Und was erwartest du als Gegenleistung?«

Offensichtlich hat sie in der Vergangenheit die Erfahrung gemacht, dass Hilfe nicht umsonst, sondern immer an eine grässliche Bedingung geknüpft ist.

»Nichts.«

»Gar nichts?«

»Vielleicht mal ein Dessertherz.«

Der zweifelnde Gesichtsausdruck wird durch ein schüchternes Lächeln vertrieben, als sie schließlich nickt. »Okay.«

Ohne zu zögern, nenne ich ihr die Zahlenfolge, die mich in ihr Handy und ihr damit näher bringt.

»Danke.«

»Ruf einfach an.«

»Okay.« Wieder will sie gehen, bleibt wieder stehen. »Ich schicke dir nachher Simons Nummer. Vielleicht rufst du ihn mal an?«

»Ich weiß nicht …«

»Und fragst, wie es ihm geht.«

»Ich glaube, es würde ihm sehr viel bedeuten, wenn *du* ihn anrufst.«

Er mag sie. Er mag sie so sehr, wie ich sie mag.

Lia nickt und zuckt die Schultern, als müsse sie sich bei mir entschuldigen. »Ich weiß. Deswegen ruf du ihn bitte an.«

Sofort hebe ich die Hände und schüttele den Kopf. »Ich werde sicher nicht den Anti-Amor spielen, der hier irgendwelche Körbe verteilt.«

»Dann ruf ihn halt als Sozialstundenkumpel an.«

Auch das sollte lieber sie übernehmen, aber mit Lia zu diskutieren, ist irgendwie, als würde man Extrarunden in einem Verkehrskreisel drehen. Man kriegt zwar Kilometer auf den Zähler, kommt aber keinen Schritt weiter.

»Ich ruf ihn an.«

»Danke. Bis morgen.« Dann hat sie es plötzlich irre eilig und lässt mich alleine im Aufenthaltsraum zurück.

Als ich gerade meinen Pulli aus dem Spind ziehe, klingelt mein Handy. »Hallo?«

»Okay, bilde dir darauf jetzt bitte nichts ein, ja?«

Das ging ja fix.

Lias Stimme klingt unsicher. Sie spricht schnell, verschluckt die Wortendungen, und ich halte mein Handy näher ans Ohr.

»Okay.«

»Zwing mich bitte nicht dazu, es noch deutlicher auszusprechen als: Könntest du mich vielleicht begleiten?«

In Eile, als müsste ich dringend zu einem Vorstellungstermin, schleudere ich die Tür des Spindes vor mir achtlos zu, setze mich sofort in Bewegung und trete wenige Sekunden später durch den Ausgang nach draußen, wo Lia steht, ihr Handy noch am Ohr, mit dem Rücken zu mir. Sie hört mich näher kommen, legt aber noch nicht auf.

»Bitte keine blöden Sprüche oder Kommentare, okay?«

Es fällt ihr wohl leichter, diese Bitte ins Handy zu sprechen, obwohl ich nun direkt hinter ihr stehe. Vielleicht, weil sie mir so nicht in die Augen schauen muss. Offenbar hat sie wirklich nicht besonders viel Übung darin, um Hilfe zu bitten.

»Versprochen.«

»Ich brauche einfach nur …« Sie beendet den Satz nicht und muss es auch gar nicht. Stattdessen legt sie einfach auf und dreht sich dann zu mir um. Ich will es ihr nicht schwerer machen, als es ihr ohnehin schon fällt.

»Wo geht's denn hin?«

»Zu einer Freundin.«

Auch wenn die Art und Weise, wie sie es sagt, nur zu deutlich macht, dass besagte Person genau das nicht ist, nicke ich und folge ihr zur Haltestelle. Mein Fahrrad lasse ich zurück, das kann ich auch später oder morgen holen. Dann brauche ich nachher vielleicht etwas länger, bis ich nach Hause komme, was ich als absolute Win-win-Situation empfinde.

Am Kartenautomaten will ich gerade Geld einwerfen, als Lia schneller ist und ich mir plötzlich blöd vorkomme.

»Das kann ich mir schon noch leisten.«

Sie lächelt. Nur kurz. »Ich weiß. Aber investiere das Geld lieber in den roten Rucksack.«

»Dieser Rucksack hat es dir ziemlich angetan, oder?«

Der Automat spuckt meine Fahrkarte aus, und Lia lehnt sich neben ihn an die dicke Plastikwand, die Wartende wie uns wohl vor Wind und Wetter schützen soll.

»Vielleicht gefällt mir auch einfach nur die Vorstellung, mir selber einen Rucksack umzuschnallen und loszumarschieren.«

Genau so hat es damals bei mir auch angefangen. Mit eben dieser Vorstellung. Da hatte ich noch kein Ziel und erst recht keinen Plan.

»Wieso machst du es dann nicht einfach?« Genau die Frage habe ich mir damals nämlich auch gestellt. *Was wäre, wenn?*

Wenn ich es einfach mache. Wenn ich mich nicht mal umdrehe. Wenn ich einfach losmarschiere.

Lia sieht an mir vorbei zur Anzeige, die alle auf dem Bahnsteig darüber informiert, wann welche Bahn als Nächstes einfährt. Wir haben nur wenige Minuten.

»Weil weggehen manchmal eben nicht geht.«

29

Simon

»Willst du auch was?« Richard steht mit dem Rücken zu mir in der Küche, schmiert Mayonnaise auf die beiden Toastscheiben und stapelt jeweils eine halbe Packung Cheddarkäse drauf.

»Nee, hab schon gegessen.«

»Im Seniorenheim oder wie?«

»Genau.«

»Was gab es? Kartoffelpüree?« Grinsend sieht er über die Schulter zu mir herüber. Ich sitze auf dem Barhocker am Frühstückstresen in seiner Küche und spiele mit der Energydrink-Dose in meiner Hand.

»Pudding.«

»Klar. Muss man auch nicht kauen.« Er lacht und wirft einen Blick in die Pfanne, die auf dem Herd vor sich hin heizt. Das Öl zischt bereits und Richard wendet sich zum Kühlschrank. »Bevor ich in so ’nem Vorfriedhofsheim lande, springe ich lieber von ’ner Brücke.«

»Quatsch.«

Aber Richard nickt überzeugt und lässt die Kühlschranktür offen stehen, während er sich an die Arbeitsplatte lehnt und mich ansieht. »Mein voller Ernst! Ich lasse mich doch nicht wegsperren.«

»Die Senioren dort sind nicht *weggesperrt.*«

»Ja, weil sie es nicht mehr checken. Wenn du senil bist, können sie dir alles verkaufen.«

»Ehrlich gesagt, so viele sind da gar nicht senil. Die machen einen ziemlich fitten Eindruck.«

Aber Richard lässt sich nicht überzeugen oder umstimmen. Immer, wenn er sich seine Meinung gebildet hat, bleibt er dabei. Vollkommen egal, was die Gegenargumente sind. »Ich rase lieber gegen einen Baum.«

»Und wenn du das schwer verletzt überlebst?«

»Bin ja nicht blöd. Werde schon zentriert einschlagen.«

»Hast dir ja echt Gedanken zu deinem Ableben gemacht.«

Fest rechne ich mit einem seiner dummen Sprüche, die ihn als unbesiegbar oder unverwundbar dastehen lassen. So, wie er sich am liebsten sieht, aber Richard bleibt erstaunlich ernst und lässt den Blick fast zu lange auf mir ruhen. Erst das laute Piepen des Kühlschranks, der sich darüber beschwert, zu lange offen vergessen worden zu sein, lenkt Richards Aufmerksamkeit endlich von mir weg.

»Man muss schon wissen, wann man gehen muss.« Für meinen Geschmack fehlt ihm gerade etwas die Leichtigkeit, die ich sonst so an ihm bewundere, aber er hat sich schon wieder dem Kühlschrank zugewandt und greift nach der Packung Schinken. »Selbstbestimmung. Kontrolle. So lautet das Zauberwort, mein lieber Simon.« Lässig wirft er eine Scheibe Schinken in das heiße Öl der überhitzten Bratpfanne.

Zischen und Rauch, Gestank und Erinnerungen. Der bittere Geschmack in meiner Kehle, so vertraut und so verhasst. Schnell schiebe ich den Barhocker zurück und stehe auf.

Richard schaltet die Dunstabzugshaube über dem Herd an, aber es ist zu spät. Alles ist wieder da. Meine Augen brennen vom Rauch. Nicht dem in der Küche, dem in meiner Erinnerung. Der Gestank von versengter Haut durchdringt alles und überlagert einfach alle anderen Gerüche, die ich jemals wahrgenommen habe. Zitternd torkele ich einige Schritte zurück, als Richard nach meiner Schulter greift und mich festhält.

»Ist nur Schinken, Alter. Nur Speck.«

Er war schon weg. Ist mit dem Roller abgehauen, obwohl er wusste, was passiert. Kein Blick zurück, keine Hilfe, nur Flucht. Aber die Gewissheit darüber, was wir getan haben, die haftet auch an ihm wie jetzt der Geruch in der Küche.

»Nur Speck.« Er schiebt mich aus der Küche in den Flur, wo es nach diesen teuren Raumdüften riecht, die man in dekorativen Fläschchen auf Kommoden abstellt und die stets den Eindruck vermitteln, man wäre irgendwo in der Toskana. Dabei war ich noch nie in der Toskana. »Atme mal tief durch.«

Dabei kann ich genau das nicht. Mein Körper gehorcht mir nicht und blockiert einfach.

Richards Ohrfeige trifft mich an der linken Wange und setzt meine Gedanken damit auf die Werkseinstellung zurück. »Alles wieder okay?«

Ich nicke, obwohl mein kompletter Körper das Gegenteil behauptet.

»Du musst dich echt mal zusammenreißen, Simon. Das kann nicht ewig so weitergehen.«

Woher will er das wissen? Er war ja am Ende nicht mehr mit dabei. Und damit für die Außenwelt überhaupt nicht. Als hätte er nie den kleinen Benzinkanister getragen, nie das Feuerzeug rumgereicht und nie in den Nachthimmel gegrölt, wie großartig er ist.

Für die Polizei, seine Eltern, meine Eltern und den Jugendrichter ist der Name Richard Hofner in dieser Geschichte nie aufgetaucht.

»Gibt es nichts Schönes, woran du denken kannst, wenn es wiederkommt?«

»Bist du jetzt unter die Psychologen gegangen?«

Richard macht einen Schritt zurück und grinst so überheblich wie immer. »Nee, aber jemand muss sich ja um meinen dauerkotzenden besten Kumpel kümmern. Mal mit deinen Eltern gesprochen?«

Ich war seit Tagen nicht mehr wirklich daheim und so verziehe ich nur das Gesicht.

»Verstehe. Also, *irgendwas* Schönes?«

Sofort denke ich an Lia, wie sie über meinen Witz gelacht und meine Einladung zur Party angenommen hat.

»Vielleicht.«

»*Oha*. Was sehe ich denn da? Ein Lächeln auf deinem Gesicht?« Richard nickt wissend, und mein Versuch, das Lächeln aufzuhalten, scheitert, weil Lias Gesicht viel zu deutlich vor meinem inneren Auge auftaucht. »Wie heißt sie?«

»Lia.« Nichts wollte ich sagen, und jetzt purzeln die Worte einfach so über meine Lippen, was ich sofort bereue und trotzdem nicht verhindern kann.

»Lia? Aber nicht Markus' Lia, oder?«

Genau deswegen wollte ich es ihm nicht erzählen. Weil sie in Richards Welt immer im Zusammenhang mit Markus stehen wird. Für mich ist sie einfach nur Lia.

»Lia halt.«

»Die von der Party im Kino?«

Auch daran will ich nicht denken.

»Einfach Lia. Sie leistet ihre Sozialstunden auch im Seniorenheim.«

»*Alter*. Bei all den langweiligen Details, mit denen du mich immer vollquatschst, ist dir nie in den Sinn gekommen, mir von ihr zu erzählen?«

»Habe ich doch.«

»Sie ist also das Mädchen dort?«

»Ja. Ich habe sie auf die Party am Freitag eingeladen.«

Richard reißt beide Arme triumphierend in die Luft und spiegelt die irren Gefühle in meinem Brustkorb damit perfekt wider. »Das sind die besten News der Woche!«

»Ich mag sie.«

»Jeder mag sie. Die macht gut Party.«

Stimmt nicht, aber das versteht er nicht. »Ich mag sie wirklich.« Wie auch bei Marcin habe ich wieder das Gefühl, es klarmachen zu müssen, dass ich sie etwas mehr mag, mehr, als ich aussprechen kann.

»Und mag sie dich?«

Zögerndes Nicken. Zumindest irgendwie, wenn auch noch nicht so richtig.

»Hey, keine Sorge, ich würde dir doch niemals die Freundin ausspannen.«

»Sie ist ja nicht meine Freundin.«

»Noch nicht. Nimm die Brille mit und das Ding ist safe.« Mit einer schnellen Bewegung legt er beide Hände an meine Wangen und drückt mein Gesicht zusammen. So wie Tanten und Onkel das tun, die man nur alle Schaltjahre zu irgendwelchen Kommunionfeiern sieht. »Du solltest mir echt dankbar sein, Alter.«

»Wegen?« Meine Antwort klingt etwas gepresst, was daran liegen könnte, dass Richard noch immer mein Gesicht fest in seinen Händen hält.

»Ohne Sozialstunden hättest du Lia da nicht getroffen.«

Das stimmt zwar, aber …

»Das war es ja wohl allemal wert.«

»Wir haben fast einen Menschen umgebracht, Richard.«

Unbewusst drückt er meine Wangen fester, so sehr, dass es wehtut und ich seine Hände wegschlagen muss. Sein Blick ist düster und wütend, weil ich das ausgesprochen habe, was wir beide denken – auch wenn er das niemals zugeben würde.

»Hör auf, so einen Scheiß zu reden.«

»Aber so ist es nun mal.«

»Halt deine Fresse!« Er baut sich vor mir auf, seine Hand erhoben und zur Faust geballt, aber ich zucke weder zusammen noch habe ich Angst. »Halt einfach deine Fresse.«

Weil ich nicht zuerst wegsehe, dreht er sich um und stapft zurück in die Küche, wo es noch immer verbrannt riecht, und lässt mich im Flur zurück.

30

Lia

Marcin hat keine Fragen gestellt, ist einfach mit mir hier im Stuttgarter Westen ausgestiegen, am Feuersee vorbeigegangen, und steht jetzt knapp hinter mir, während ich zum wiederholten Mal auf die Klingel neben dem Namen *Hausmann* drücke.

»Vielleicht ist niemand da.«

Aber die Story, die ich gerade bei Instagram gecheckt habe, ist keine drei Minuten alt.

»Doch.«

Marcin nickt und wartet weiter.

»Sie wollen nur nicht aufmachen.« Erneut versuche ich mein Glück, bleibe mit dem Zeigefinger länger auf dem Klingelknopf und atme schwer aus. Doch noch immer macht niemand Anstalten, uns in das Wohnhaus zu lassen. »*Fuck.*«

Marcin tritt einen Schritt zurück und sieht an der Fassade des Altbaus hoch. »Lass mich mal.« Er schiebt mich sanft zur Seite und entscheidet sich für die Klingel neben dem Namen *Paulsen*. Nur ein kurzes, zaghaftes Klingeln und schon knackt es in der Gegensprechanlage.

»Ja?«

»Hallo, Frau Paulsen, Herr Kolb hier …« Er deutet auf den Namen *Robert Kolb*, der neben dem Klingelschild für den fünften Stock klebt. »… ich habe mich leider versehentlich ausgeschlossen, wenn Sie mich reinlassen würden …«

Stille in der Leitung, und ich will gerade den Kopf schütteln, weil solche Aktionen maximal in Filmen funktionieren, als der Buzzer ertönt und Marcin die Tür aufschiebt, mich angrinst und mir den Vortritt lässt.

»Du machst das nicht zum ersten Mal, oder?« Meine geflüsterte Frage beantwortet Marcin erst, als wir im kühlen Treppenhaus stehen.

»Ich habe mich tatsächlich schon häufiger ausgeschlossen.«

»Outlaws for life?«

»Du willst hier rein. Ich helfe nur.«

»Deswegen die Sozialstunden? Habe ich es mit einem Einbruchsprofi zu tun?«

»Vielleicht. Doch bevor wir uns weiter strafbar machen …« Es ist nur ein Blick, eine Frage. Ich will es ihm nicht erzählen, aber er hat zumindest ein paar Infos verdient.

»Meine Schwester baut gerade mit Anlauf ziemlich viel Mist, und wenn ich nicht aufpasse, dann …« *Dann bricht das ultimative Chaos aus, und ich weiß nicht, wie ich das aufhalten oder danach wieder aufräumen soll.* »… kriegt sie richtig Ärger.«

Das muss reichen.

»Okay. Dann mal ab in den dritten Stock.«

»Hier wohnt ihre beste Freundin. Und laut Instagram haben die sich heute den ganzen Tag mit irgendwelchen Cocktails die Birne weggeschossen.«

Das ist die Wahrheit, die ich leichthin vortrage, als wäre es nur so ein typisches Teenagerding, das man halt mal anstellt, wenn man noch nicht volljährig, aber eben auch kein Kind mehr ist.

»Verstehe.«

Dabei kann er das gar nicht, weil er nicht weiß, was es für mich bedeutet. »Und das darf nicht passieren.«

»Ist es doch schon.«

»Aber es muss ja niemand mitkriegen.«

So leise wie möglich gehen wir die Treppen nach oben.

»Ich dachte, die haben das auf Instagram geteilt.«

Scheiß auf Instagram. »Niemand Wichtiges.«

»Zum Glück krieg jetzt nur ich das mit.« Marcin lächelt, und ich will etwas sagen, aber ich weiß nicht, was, und just in dem Moment wird die Tür zur Wohnung vor uns geöffnet und eine angetrunkene Lena taucht kichernd auf. Hinter ihr erkenne ich Hannah, ebenfalls deutlich angetrunken. Ihr breites Grinsen verrutscht, als sie uns erkennt, und bevor Lena die Flucht zurück ins Innere ergreifen kann, hat Marcin bereits den Fuß auf die Türschwelle gesetzt.

»Hey!« Lena will ihn zurückschubsen, aber Marcin bleibt, ungerührt von ihrem Versuch, einfach stehen.

»Wir holen nur Hannah ab.«

»Was?«

Ich schiebe mich an den beiden vorbei ins Innere, greife nach Hannahs Hand und ziehe sie zu uns in den Flur, wogegen sie sich wehren will, aber zu beschäftigt damit ist, nicht das Gleichgewicht zu verlieren.

»Das darfst du gar nicht!« Ihre Stimme ist schwer, die Worte kommen nur lallend über die Lippen.

»Ich bringe dich nach Hause.« Es kostet Kraft, meine Stimme unter Kontrolle zu halten.

»Das ist Hausfriedensbruch!« Lena brüllt Marcin direkt ins

Gesicht, was dieser geschehen lässt, und er nimmt erst dann den Fuß von der Türschwelle, als ich Hannah bereits die Treppen hinunterbugsiere. Die Gegenwehr hat nachgelassen, fast habe ich den Eindruck, sie lehnt sich etwas erleichtert gegen mich.

»Ich zeige euch an! Alle beide!«

Lenas Drohungen werden leiser, je mehr Stufen wir nach unten gehen, und als Marcin die Haustür aufschiebt und ich mit Hannah zurück ins Freie trete, habe ich Lena schon fast wieder vergessen. Wie ein nasser, schwerer Sack hängt Hannah in meinen Armen und meine Augen füllen sich mit Tränen. Zu oft habe ich genau das bereits erlebt. Zu oft habe ich geglaubt, es wäre das letzte Mal.

Ohne dass ich fragen muss, schiebt Marcin den Arm unter Hannahs Achsel und nimmt mir etwas von ihrem Gewicht ab. Ich will mich bedanken, aber meine Stimme gehorcht mir nicht und würde zu viel verraten.

Hannah lehnt ihren Kopf an meine Schulter, ein Lächeln auf den Lippen. »Weißt du, wie hübsch du bist, Lia?«

»Wir reden daheim.«

»Du bist *so so so* hübsch.« Dann lässt sie ihren Kopf an Marcins Schulter rollen. »Ist sie nicht *so so so so* hübsch?«

Er muss nicht antworten. Er soll gar nicht antworten. Tut es aber. »Das ist sie.«

Und schon rollt der Kopf wieder zu mir. »Siehst du! Der Typ findet das auch.« Hannah löst sich aus meiner stützenden Halbumarmung, damit sie mir eine Haarsträhne aus dem Gesicht streichen kann. Ihr Atem, der heiß meine Wange trifft, riecht nach süßlichem Alkohol, und mir wird fast ein wenig übel. »Alle finden dich hübsch. Du bist so tough und cool.«

Ihre Augen schimmern verdächtig, und ich möchte sie so gern fest in den Arm nehmen und ihr sagen, wie wunderschön und tough sie eigentlich ist und dass sie diesen ganzen Blödsinn nicht nötig hat, um gesehen oder gehört zu werden. Aber der anschwellende Kloß in meinem Hals versperrt den Weg für die Worte, die so dringend rauswollen.

»Und dann baust du immer Scheiße.« So schnell wie ein Sommergewitter den Sonnenschein vom Himmel vertreibt, verschwindet der liebevolle Blick aus ihren Augen und die unbändige Wut ist zurück. Doch statt mich weiterhin damit zu strafen, sieht sie zu Marcin. »Verliebe dich ja nicht in sie oder so. Lia macht nämlich immer alles Schöne kaputt.«

»Hannah …«

»Is' so! Halte dich von ihr fern, sonst macht sie dein Leben auch kaputt.«

Marcin nickt unbeeindruckt.

»Keine Sorge, ich habe nicht vor, mich in sie zu verlieben.«

Hannahs triumphierendes Lächeln kehrt zurück, als sie sich wieder auf mich stützt.

»Ein Glück! Für ihn. Markus, ihr Ex, der hat auch das Weite gesucht. Er war eh viel zu gut für sie.«

Hannahs Gemeinheiten sind ihr Schutzschild, ihre Art, mit allem umzugehen, das weiß ich ganz genau. Trotzdem treffen ihre Worte immer die gleiche Stelle, die wie eine nicht abheilende Entzündung in mir liegt, und ich beiße mir auf die Zunge, um ihr nicht all das zu sagen, was sie als Antwort auf ihre Angriffe hören sollte.

»Bringen wir dich erst mal heim.«

31

Marcin

Sie wohnt im Hallschlag, obwohl sie den ganzen Weg über behauptet, ihre Adresse läge in Bad Cannstatt. Es ist ihr so wichtig, das zu betonen, als würde ich aufgrund der Adresse schlecht von ihr denken. Hannah sitzt derweil zwischen uns in der U-Bahn und schläft. Dabei könnte es mir nicht egaler sein, wo eine Wohnung liegt, in der sich ein mir fremdes Leben abspielt. Mich interessieren nur die Menschen darin, nicht das Viertel drumrum.

»Du denkst jetzt sicher, wir sind voll die kaputte Familie.«

»Nein.«

»Doch klar. Wer sonst betrinkt sich schon tagsüber so krass?«

»Hannah testet ihre Grenzen aus. Ich fürchte, das ist relativ normal.«

»Vielleicht.«

»Außerdem kann es dir egal sein, was ich denke.«

»Ist es nur dummerweise nicht.«

»Keine Sorge, ich poste es schon nicht auf Instagram.«

Das ringt ihr zumindest den Anflug eines Lächelns ab und ich verbuche das als Erfolg. »Aber nur, weil du kein Instagram hast.«

»Vielleicht bin ich ja bei Twitter.«

Ihr Blick huscht von Hannah, die sie bisher nicht aus den Augen gelassen hat, zu mir. »Bist du?«

»Nein.«

»Hast du gar keine Social-Media-Konten?«

»Keins.«

»Und wie erreiche ich dich dann, wenn ich dich mal brauche? Muss ich dann das Batman-Symbol in den Nachthimmel projizieren?«

Jetzt muss ich lächeln. »Es hat ja offenbar mit einem einfachen Anruf funktioniert.«

»Könnt ihr mal die Klappe halten? Bei eurem Geflirte muss ich sonst echt noch kotzen.« Bisher waren wir beide der Annahme, dass Hannah tief schlafen würde, aber jetzt öffnet sie die Augen und sieht uns mit glasigem Blick an.

»Wir flirten nicht, Schwesterherz. Entspann dich.«

»Ich bin betrunken, nicht dumm, Lia. Er steht auf dich.«

Weil ich mich ertappt fühle, sehe ich lieber nach draußen, wo Stuttgart unbeteiligt an uns vorbeizieht. Lias Blick kann ich dabei nicht nur in der Spiegelung der Scheibe vor mir sehen, sondern sogar auf meiner Haut spüren, und ich wünschte, ich hätte meine Deckung nicht so leichtfertig sinken lassen.

Sobald wir aber an ihrer Haltestelle die Bahn verlassen haben, bleibt Lia stehen und sieht mir direkt in die Augen, *kein Ausweichen mehr möglich.* Die Stimmung zwischen uns hat sich verändert, fast so, als müsse jetzt sie mich künstlich auf Abstand halten. »Danke, aber ab hier schaffe ich es dann auch alleine.«

»Sicher?«

»Ja. Danke.«

Müde sieht sie aus, als hätte der Tag heute ihr vorsorglich schon mal den Schlaf der kommenden Nächte geraubt, und ich setze zu einem letzten Versuch an. »Ich kann euch auch nach Hause bringen. Ist nicht so, als hätte ich wahnsinnig viel vor.«

Als müsste sie mir beweisen, alles im Griff zu haben, legt sie ihren Arm enger um Hannah, die schlaff an ihrer Schulter lehnt. »Ich schaffe das alleine.«

»Er flirtet schon wieder mit dir.« Hannahs Stimme klingt noch immer ziemlich mitgenommen und passt damit perfekt zu ihrer fehlenden Körperspannung, aber Lia ignoriert den Einwurf ihrer Schwester diesmal.

»Danke bis hierhin, Marcin.«

Bis hierhin, aber keinen Schritt weiter.

»Wieso lädst du ihn nicht nach Hause ein?« Hannah richtet sich etwas auf und sieht zu mir, aber ihr Blick verspricht nichts Gutes. »Lia schämt sich nämlich für alles. Für Mama am meisten.«

»Ich melde mich nachher noch mal bei dir, Marcin.«

Mein Stichwort, aber ich bewege mich keinen Zentimeter, werde das Gefühl nicht los, dass Lia mich vielleicht doch noch brauchen könnte. Oder aber ich will einfach noch nicht gehen. Obwohl ich nicht so recht durchblicke, was zwischen den Schwestern alles schiefgelaufen ist, kann ich mir die fehlenden Puzzlestücke doch mehr oder weniger vorstellen.

»Sie wird dich *nie* nach Hause einladen. Selbst Markus durfte *nie* zu uns.«

»Danke für deine Hilfe.« Damit setzt Lia sich in Bewegung, und ich bleibe stehen, obwohl ich ihr am liebsten folgen möchte.

»Wenn doch was sein sollte …«

»Rufe ich an.«

Aber so, wie Lia sich jetzt benimmt, glaube ich kaum, dass ich noch mal mit einem Anruf von ihr rechnen kann. Sie geht einfach davon, mit Hannah im Arm, und mir bleibt nichts anderes übrig, als meinen kurzen Ausflug ins Heldendasein zu beenden und zurück zur Haltestelle zu laufen.

Als mich wenig später die Bahn zurück in Richtung Stadtmitte schaukelt, höre ich *Franz Ferdinand* und sie steuern einmal mehr den perfekten Soundtrack zu meinem Leben bei. Als wären sie eben dabei gewesen und hätten den Song *This fire* nur für mich geschrieben: *Eyes burning the way through me. Overwhelm, destroying so sweetly. Now there is a fire within me. A fire that burns.*

Vor dem nächsten Refrain vibriert mein Handy, und ich spiele mit dem Gedanken, es einfach zu ignorieren. Aber seitdem ich diese neue Nummer in meiner Kontaktliste habe, gewinnen Nachrichten und Anrufe plötzlich an Bedeutung und wecken meine Neugier. So gut wie nie würge ich *Franz Ferdinand* ab, aber diesmal tue ich es doch und öffne stattdessen WhatsApp.

> Marcin. Danke für heute. Danke für keine Fragen. Einfach danke. Lia.

> Gern geschehen. Hoffe, es beruhigt sich alles. M.

Sie schreibt und schreibt. Ich warte und warte.

Bestimmt.

Dieses eine Wort ist schließlich alles, was sie mir schickt, und ein mir unbekanntes Kribbeln breitet sich in meinem Inneren aus, erobert Organ um Organ, bis es schließlich die Festung meines Herzens einnimmt. Ein Wort, eine fette Lüge löst bei mir den plötzlichen Wunsch aus, all die Worte, die Lia geschrieben und wieder gelöscht hat, lesen zu dürfen.

»Das ist ein ziemlich beschissenes Timing.«

Nicht, dass mir gerade jemand zuhören würde. Weder mein Herz noch mein Verstand. Und so schreib ich ihr. Und schreibe und schreibe und schreibe. Und erkläre, wieso ich sie zwar mag, aber bald weggehe. Es geschrieben zu lesen, macht es so unfassbar real, dass es mich einen Moment lang erschreckt. Ich gehe weg. Schnell lösche ich alles wieder und öffne einen anderen Chat, der bis zu diesem Moment jungfräulich bei WhatsApp geschlummert hat.

Hi, Simon, habe deine Nummer von Lia. Sie macht sich arge Sorgen und wollte wissen, wie es dir geht. Vielleicht schreibst du ihr mal? Pass auf dich auf. Marcin

32

Lia

Vorsichtig halte ich ihre Haare zurück, während sie über der offenen Kloschüssel hängt und sich die Seele – und den Alkohol – aus dem Leib kotzt. Dabei atme ich nur durch den Mund, konzentriere mich auf die blassrosa Kacheln vor mir und blende die Geräusche, die Hannah von sich gibt, komplett aus.

Dabei habe ich darin doch Übung. Wie oft habe ich *ihr* die Haare zurückgehalten, die Kacheln gezählt und mich an schöne Urlaubsorte geträumt, die ich vielleicht ja doch nie besuchen werde.

Trotzdem tut es diesmal ganz anders weh. Es ist nicht der beißende Geruch von Galle, der mir zusetzt, sondern die Tatsache, dass es Hannahs Haare sind, die ich weich und zart zwischen meinen Fingern spüre. Es ist ihr schlaffer Körper, den ich hochziehen und über den Flur in ihr Zimmer bugsieren werde, sobald sie fertig ist. Für sie werde ich Tee kochen, den ich dann ungefragt auf das Nachtkästchen stelle, und eine Ausrede erfinden, falls jemand fragt.

Aber schon, als ich später Hannah zudecke, weiß ich genau, dass niemand fragen wird.

Nur für diesen kurzen Moment, an Hannahs Bett, zwischen schlechtem Gewissen und Enttäuschung, denke ich an Papa.

Und wie sehr ich ihn vermisse. Wie sehr ich seine Umarmung vermisse, in der man sich vor der ganzen Welt verstecken konnte. Wenn der Tag blöd gelaufen war, hat Papas Umarmung später alles nur noch halb so schlimm wirken lassen.

Was würde ich jetzt für eine Umarmung von ihm geben.

Hannah hält die Augen geschlossen, das blasse Gesicht entspannt. Wenn sie nur wüsste, wie ähnlich sie ihm sieht. Vor allem, wenn sie lächelt.

Leise schleiche ich mich zur Tür, aber weiter komme ich nicht.

»Dieser Marcin steht total auf dich.« Ihre Stimme klingt heiser und ich halte die Türklinke fest umklammert.

»Da spricht der Restalkohol aus dir.«

»Er steht auf dich. So wie immer alle auf dich stehen.«

»Wenn du das sagst.« Meine Energie reicht nicht für eine Diskussion.

»Hoffe, er fällt nicht auf dich rein. Sonst brichst du ihm auch noch das Herz und trampelst darauf herum. Immerhin ist das ja deine spezielle Choreografie bei Typen.«

»Du meinst, wie bei all seinen Vorgängern?«

Hannah weiß genauso gut wie ich, dass es niemanden gab, den ich je nah genug an mich rangelassen habe, vor allem nicht Markus. Und Marcin wird da keine Ausnahme bilden. Dabei hat er die unsichtbare Grenze mittlerweile immer wieder überschritten, ohne es zu wissen.

»Weil du Schiss hast.«

»Ruh dich ein bisschen aus.«

Aber Hannah hört auch diesmal nicht auf mich, die Bettdecke raschelt und ich muss mich nicht umdrehen, um zu wissen, dass sie sich aufgesetzt hat. »Du bist wie diese Rogue aus den *X-Men*-Filmen.«

Anders als Hannah kenne ich mich im Universum der Superheldenfilme nicht gut genug aus und weiß daher nicht, welche versteckte Beleidigung sich diesmal dahinter versteckt.

»Ist sie die Chefin der Bösewichte?«

»Nein.«

»Ist sie besonders hässlich?«

»Gar nicht.«

»Okay.« Mit verschränkten Armen drehe ich mich zu Hannah um und sehe sie an. »Was ist es dann?«

»Sie kann die Kraft eines jeden Lebewesens vorübergehend absorbieren. Dadurch zehrt sie halt ihre Opfer aus, raubt ihre Lebensenergie. Und durch jede ihrer Berührungen fügt sie quasi Schmerzen zu.«

»Wie charmant.«

»So, wie du es ständig bei Mama machst.«

Immer wieder diese Tiefschläge. »Das ist nicht fair, Hannah.«

»Das sagst du immer, aber du weißt, dass es wahr ist.«

»Schlaf deinen Rausch aus.«

»Ich hätte mir gewünscht, die Polizei wäre schneller am Unfallort gewesen. Dann wäre hier nämlich endlich Ruhe gewesen!«

Mit dieser seltsamen Bemerkung sinkt sie zurück in die Kissen, rollt sich auf die Seite und zieht die Beine an. Klassische Schutzstellung, wie ein Ball zusammengerollt, geringe Angriffsfläche. Ich stehe neben ihrem Bett und schaue auf den Menschen unter der Decke herab, der mal meine liebevolle kleine Schwester war.

Mein Handy reißt mich aus meiner Starre und erinnert mich daran, dass ich nicht ewig hierbleiben und gegen die Tränen ankämpfen kann. Ich muss das Bad sauber machen, die Spuren vernichten und alles wie einen ganz normalen Tag aussehen lassen. Nur so kann ich mir einbilden, die Kontrolle nicht gänzlich zu verlieren.

Lauter als nötig ziehe ich die Tür hinter mir zu und fische mein Handy aus der Hosentasche.

Simon.

> Hi, Lia, Marcin schreibt, du machst dir Sorgen. Wollte nur sagen, dass es mir wieder gut geht und das vorhin echt nur ein kurzer Aussetzer war. Hoffe, dir geht es auch gut & du hast die Zeit ohne mich gut rumgekriegt. LiGrü Simon

Wer seine Nachrichten mit *LiGrü* beendet, ist entweder weit über dreißig, peinlich oder beides. Bei Simon finde ich es irgendwie niedlich, weil es zu ihm und seiner schüchternen und doch frechen Art passt. Habe sogar seine Stimme im Ohr, wenn ich die Nachricht lese. Marcin hat also auch dieses Versprechen gehalten und sich bei ihm nach seinem Gesundheitszustand erkundigt.

So absurd es klingen mag, ich vermisse die Stunden im Seniorenheim mit den beiden Jungs und Herrn Kabitzke jedes Mal schon, wenn ich da rausmarschiere. Dort bin ich zumindest nicht Zielscheibe für die Wut meiner Schwester oder die Problemlöserin für Mama. Dort bin ich nur Lia.

Mit dem Badreiniger, den ich unter dem Waschbecken finde,

sprühe ich die Toilette komplett ein und lasse mich vom Zitronenduft, der alles andere als natürlich riecht, einhüllen. Aber natürlich ist in dieser Wohnung ohnehin nicht mehr viel.

Hannahs vollgekotzten Pullover schiebe ich in die Waschmaschine und kippe etwas zu viel Weichspüler dazu, weil sie den Duft so sehr mag und weil wir alle mehr Weichspüler im Leben verdient haben.

Dann sehe ich dem hellblauen Stoff dabei zu, wie er sich immer und immer wieder wild durch die Waschtrommel schleudern lässt, und nicke verständnisvoll.

Genau so fühlt sich mein Leben an.

33

Simon

»Sie fragt nach mir. Macht sich wohl Sorgen.«

Richard, der das Sandwich in der Küche verputzt hat und jetzt vor der Playstation sitzt, sieht nicht mal zu mir, während seine Footballmannschaft um einen eiförmigen Lederball kämpft.

»Sagt wer?«

»Marcin.«

»Wer?«

»Der Typ von den Sozialstunden.«

Richard drückt auf *Pause* – kein gutes Zeichen – und dreht sich zu mir. »*Marcin*?«

Mir fällt auf, dass ich über meine Sozialstundenkollegen eigentlich noch nicht wirklich viel erzählt habe, dabei gehen mir die beiden ziemlich viel im Kopf rum. Deswegen tue ich jetzt betont lässig und nicke nur leicht. »Ja.«

»Was ist das denn für ein beschissener Name?«

Ehrlich gesagt habe ich mir darüber noch nie Gedanken gemacht, außerdem finde ich, dass der Name hervorragend zu seinem Gesicht und den dunklen Augen passt. Marcin sieht aus wie ein Marcin. So wie Richard für mich auch wie ein Richard aussieht.

»Seiner.«

»Wieso heißt er nicht Martin? Das klingt doch viel besser.«

»Weil er eben Marcin heißt.«

»Und woher weiß dieser *Martin*, dass deine Süße sich Sorgen macht?«

»Er heißt Marcin. Und: keine Ahnung.«

»Pass mal auf, Simon. Wenn dieser *Martin* mit ihr rumhängt, ist das nicht cool.«

»Weil?«

»Weil er sie dir dann ausspannt.«

»Wir sind ja nicht mal zusammen.«

»Aber du stehst auf sie?«

»Ich mag sie!« *Ich will einfach für sie da sein, ihr zuhören und bin gerne in ihrer Nähe.*

»Okay. Dann kannst du keinen Martin gebrauchen, der dazwischenfunkt.«

»Tut er ja gar nicht.«

Aber Richard hebt nur seine Augenbrauen und legt den Controller zur Seite. »Lia ist 'ne Granate. Ich meine, selbst Markus hat sich an der die Zähne ausgebissen.«

»Und?«

»Und ich will dir nicht auf die Füße steigen oder so, aber du bist nicht Markus.«

»Ein Glück.«

»Und wenn sie den schon nicht rangelassen hat …«

»Richard.«

Er hebt entschuldigend die Hände. »Ich spreche nur die Wahrheit aus. Der wollte sie unbedingt flachlegen und ist gescheitert. Und jetzt hast du 'nen minimalen Vorsprung und brauchst echt keinen Martin, der dir da reinpfuscht. Gib bei der Süßen unbedingt mal ’n bisschen Gas.«

»So ist das nicht.«

»Ach so, ihr seid Kumpels, dieser Typ und du, ja?«

»Na ja, irgendwie schon. Wir arbeiten da halt zusammen und quatschen.«

»Du schließt beim Sozialstundenjob Freundschaften? Nicht der beste Umgang.«

Marcin mag ein bisschen strange sein, keine Frage, aber er ist auch irgendwie interessant. Wie diese Menschen, über die man halt einfach gerne mehr in Erfahrung bringen will. Zum Beispiel, wieso er Sozialstunden leisten muss.

»Also auf jeden Fall solltest du dafür sorgen, dass er dir nicht die Tour vermasselt. Und das sage ich als dein bester Freund.« Damit greift er nach seinem Controller und steigt wieder ins Spiel ein, während ich ihn noch immer ansehe.

Richard. Mein bester Freund.

»Vielleicht sollten wir uns diesen Martin mal genauer ansehen.«

»Wieso denn das?«

»Weiß nicht. Der Name und alles. Sozialstunden, da ist doch irgendwas im Busch.«

»Ich leiste doch auch Sozialstunden.«

»Ja, aber du bist irgendwie ein Held.«

»Weil ich dir den Arsch rette?«

Erst als Richard sich in Zeitlupe zu mir dreht, bemerke ich, dass ich die Worte tatsächlich laut ausgesprochen habe. Ich spüre, wie die Panik sich in meinem Inneren regt, sobald Richards Blick meinen findet.

»Was willst du denn noch? Ich versorge dich mit den korrekten Antworten zu kommenden Tests, ich bringe dich auf Partys und schenke dir Zeugs. Wann lässt du es endlich gut sein, hm?«

Keine Ahnung. Vielleicht, wenn ich wieder durchschlafen oder was essen kann. Oder wenn ich in der Innenstadt nicht mehr versuchen muss, die Obdachlosen auszublenden. Oder wenn dieses Gefühl von Schuld, unter dem ich noch verschüttgehen werde, irgendwann aufhört.

»Ich sag doch gar nichts.«

»Ja, aber selbst wenn du nichts sagst, machst du mir ein schlechtes Gewissen. Wieso kannst du es nicht einfach vergessen?«

»Weil das halt nicht so easy ist.«

»Quatsch. Schau mich an. Ich erinnere mich an kaum noch was davon.«

Mag sein. Aber um diesen Zustand zu erreichen, musste er auch ziemlich viel Alk in sich hineinschütten.

»Mein Vater hat dich vor dem Jugendknast bewahrt. Damit sind wir quitt.«

Es muss schön sein, wenn man die Realität so einfach durch die eigene Version davon ersetzen kann. Nur hat das dann eben nichts mehr mit der tatsächlichen Realität zu tun. Mein Blick wandert wieder zu meinem Handy, wo ich noch immer WhatsApp geöffnet habe. Ohne wirklich darüber nachzudenken, tippe ich eine Frage in mein Smartphone und sende sie an Lia.

Bock, was zu unternehmen?

Sofort tauchen die beiden Haken unter meinen Worten auf, und ich kann fast sehen, dass Lia zögert. Sie ist online, schreibt aber nicht, und nun ist es zu spät, um die Nachricht zu löschen.

Jetzt?

Mir fällt wieder ein, dass andere Menschen vielleicht tatsächlich was zu tun haben oder die Zeit mit ihrer Familie schätzen.

»Ey, der ist auch zu dämlich, um einen Eins-a-Pass zu fangen.« Richard schiebt sich zurück in meine Gedanken, beschimpft erst mal seine Teammitglieder und zeigt dem Fernseher vor sich den Mittelfinger.

Wieso nicht. Oder hast du daheim einen Termin?

Ok. Wo?

Wie wäre es mit dem Marienplatz … Aber statt meinen Vorschlag abzuschicken, lösche ich ihn dann doch wieder. Weil am Marienplatz früher oder später Richard auftauchen würde. Oder zumindest jemand, der ihn kennt und ihm dann davon erzählt.

Passt Nordbahnhof?

Es liegt auf meiner Strecke, und ich kann sicher sein, dass Richard sich niemals dorthin verlaufen würde.

Passt. Bis gleich.

»Die verkacken mir noch den Superbowl, ey!« Richards Schimpftiraden gegen seine *New England Patriots* lassen nicht nach und ich lehne mich gespielt interessiert nach vorne.

»Du weißt schon, dass Brady inzwischen für die *Buccaneers* spielt? Und Gronkowski hat seine Karriere schon beendet.«

»Klar weiß ich das, aber ich gebe doch nicht den besten Quarterback aller Zeiten her. Wie soll ich denn bitte mit Mac Jones den Superbowl gewinnen?«

»Natürlich. Mein Fehler.« Und schon stehe ich auf. »Ich muss dann auch langsam mal los.«

»Jetzt schon?«

»Ja. Meine Eltern stressen sonst rum.«

Richard verzieht kurz das Gesicht, weil er meine Eltern kennt und weiß, wie unangenehm alles bei mir daheim ist. Mit der Elternnummer komme ich immer durch.

»Alles klar. Wir sehen uns ja morgen wieder. Soll ich dich abholen?«

»Musst du nicht.«

»Will ich aber. Also.« Weil es ihm hilft, sein Gewissen zu beruhigen und mich schneller zur Schule bringt.

»Dann bis morgen.«

Aber er ist schon wieder voll in seinem Spiel versunken, bemerkt nicht mal, wie ich das Zimmer und dann das Haus verlasse. Draußen atme ich einmal tief durch und überlege, was wohl der kürzeste Weg von hier weg und zum Nordbahnhof – also Lia – ist.

34

Lia

Die Umarmung ist etwas ungelenk, aber trotzdem herzlich, als er die Arme um mich legt. Einen Moment zu lange stehen wir so da, dann bin ich es, die sich als Erste daraus löst. Simons Lächeln will fast sein Gesicht sprengen und das steht ihm erstaunlich gut.

»Voll schön, dass du Zeit hast.«

»Voll schön, dass du gefragt hast.« Weil er mich aus dem Schützengrab der Vorwürfe gerettet hat und es nicht mal weiß. Aber diese Pause, raus aus der Wohnung, weg vom künstlichen Zitronengeruch und Hannah, das brauche ich jetzt. »Keine Nachhilfe heute?«

»Nicht in Bio, nein.«

Dabei hätte Hannah so einiges zu lernen, nicht nur für die Schule, sondern vor allem über mich. Und sich.

»Also, das Angebot steht, falls du da mal Hilfe brauchst.«

Wir setzen uns in Bewegung und gehen die Treppe von der S-Bahn-Haltestelle runter. Hier gibt es weder irgendwelche Cafés noch Bars, in die wir uns zurückziehen könnten, und das gefällt mir. Keine Menschen, niemand, der mich erkennt, und keine neugierigen Blicke.

»Und dir geht es wieder besser?«

»Ja. Ich tippe auf ein abgelaufenes Hühnchensandwich. Nichts Wildes.« Das sagt er in Richtung seiner Schuhe, nicht etwa zu mir. Komisch, wie wir alle ähnliche Gesten und Gebärden haben, wenn wir lügen, und dennoch glauben, damit durchzukommen.

»Hauptsache, dir geht es besser.«

Das lässt ihn nur weiterlächeln. »Bock auf Kino?«

»Wäre auch ein Spaziergang durch den Rosensteinpark okay?«

»Klar.«

Ihm scheint alles recht, und mir drängt sich eine Frage, vielleicht sogar eine Vermutung auf, die ich mir einige Male durch den Kopf gehen lasse, bevor ich sie ausspreche. »Halte ich dich eigentlich von irgendwas ab?«

»Gar nicht. Sonst hätte ich es ja nicht angeboten. Oder hast du was anderes vor?«

»Nee. Eine Pause ist mehr als willkommen.«

»Viel Stress daheim?«

»Manchmal so viel, dass ich gar nicht mehr weiß, wie Atmen geht.«

»Das ist ätzend. Nachwirkungen vom Unfall?«

»Hannah, meine Schwester, verzeiht es mir nicht so richtig. Klar, war ja auch dumm.« Jetzt bin ich es, die mit meinen Turnschuhen spricht. »Aber … keine Ahnung, sie ist so wütend, als wäre es Absicht gewesen.« Kopfschüttelnd gehe ich neben Simon über die Straße, das Handy, auf das ich sonst fast minütlich schaue, steckt unbeachtet in der Jackentasche.

»Na ja, ein kosmischer Zufall war es ja wohl auch nicht, oder?«

»Nicht direkt.«

»War aber schon heftig, oder?«

War es. Alles lief so schnell ab, ich hatte kaum eine Chance, überhaupt eine Entscheidung zu treffen. Es war irgendwie so, als müsste ich es tun. »Mir ist nichts passiert.«

»Ein Glück. Hätte ja auch ganz anders ablaufen können.«

»Ist es ja auch.«

»Wie jetzt?«

Sag es ihm einfach. Simon hat sein Geheimnis, das er so gut hütet, als wäre es sein Hauptberuf, da wird er ja wohl ein weiteres auch noch vertragen können. Doch jedes Mal, wenn ich mir die Worte zurechtlege, formuliert irgendein innerer Schutzmechanismus alles um. So wie eine schlechte Google-Übersetzung, bei der jeglicher Sinn verloren geht. Also erwidere ich: »Ich hatte Glück, aber es war ganz alleine meine Schuld.«

Das sage ich so nachdrücklich, als müsste ich noch mal vor dem Richter meine Schuld zugeben, und diesmal sehe ich Simon dabei auch fest in die Augen, obwohl es nicht die Antwort auf seine Frage ist. Simon sagt nichts und sofort kommt die nächste Welle des schlechten Gewissens.

»Trotzdem heftig. Deine Eltern haben sich bestimmt riesige Sorgen gemacht.«

Meine Eltern. Weil man immer davon ausgeht, dass beide noch da sind, dass beide sich kümmern.

»Meine Mutter, ja.«

Mehr muss ich nicht sagen, Simon versteht und nickt.

»Und deine Schwester.«

»Ja. Und Hannah. Zumindest so lang, bis meine Katastrophe

sie ebenfalls erwischt hat. Weil ich offenbar immer alles kaputt mache.«

Meine Schritte werden länger, trotziger, fast wütend stapfe ich nun vor ihm her, da ich offensichtlich auch an Geschwindigkeit zugelegt habe. Simon berührt sanft meine Schulter.

»Ich habe auch schon viel kaputt gemacht.«

»Zum Beispiel?«

Er öffnet den Mund, sein Blick ist angespannt, aber es passiert nichts. Ich bin mir nicht mal sicher, ob er noch atmet.

»Du musst es mir nicht erzählen, wenn du nicht willst.«

»Irgendwann. Wenn du mich genug magst, um mich danach nicht zu hassen.«

»Ich könnte dich nicht hassen.«

»Na ja, meine Eltern zum Beispiel mögen mich nicht besonders.«

Zuerst will ich lachen, weil wir alle irgendwann genau dieses Gefühl verspüren, aber er bleibt so ernst, dass mir kurz kalt wird. »Niemals.«

»Du kennst meine Eltern nicht.«

»Eltern sind manchmal so. Aber ich wette, sie lieben dich. Du bist ein netter Typ.«

»Nett?« Das Kompliment scheint ihm nicht so recht zu gefallen und ich bessere etwas nach.

»Was ich damit meine: Du bist kein Arsch.«

»Schon besser.«

Sein Lächeln kehrt zurück und das freut mich. Vielleicht rede ich deswegen weiter. »Und wenn deine Eltern dich nicht mögen, sind sie selber schuld. *Ich* mag dich.«

»Das trifft sich gut, ich mag dich nämlich auch.«

Das freut mich, selbst wenn er mich anders mag als ich ihn. »Und wenn es dich beruhigt, meine Schwester mag mich auch nicht besonders. Wir haben also was gemeinsam.« Laut ausgesprochen klingt es hart, aber die Wahrheit kommt selten hübsch in einem wattierten Umschlag daher.

»Familie ist so ein absurdes Konzept.« Er spricht mir aus der Seele.

»Absolut. Wenn ich könnte, würde ich …« Aber den Gedanken spreche ich nicht aus, verbiete mir sogar, ihn zu denken, aber Simon sieht mich so abwartend an, dass es unfassbar verlockend scheint, die Worte einfach einmal rauszulassen. Nur, damit ich weiß, wie sie sich ausgesprochen anhören.

»Was würdest du?«

Aber es ist zu gefährlich, weil ich mich an den Klang der Zukunft gewöhnen könnte und dann vielleicht eines Tages den Worten Taten folgen lassen würde. Und das kann ich nicht. Ein Themenwechsel um 180 Grad muss her. »Weißt du eigentlich, weswegen Marcin Sozialstunden aufgebrummt bekommen hat?«

Die Erwähnung des Namens wischt das Lächeln aus Simons Gesicht und lässt ihn die Augenbrauen zusammenziehen. »Nein. Er rückt ja nicht mit der Sprache raus.«

Mir geht nicht aus dem Kopf, wie sehnsüchtig er diesen Rucksack im Schaufenster angesehen hat. Wie er gelächelt hat. Wie er ganz weit weg schien. So weit weg, dass ich mir nicht mal sicher war, ob er überhaupt noch wirklich hier war.

»Herr Kabitzke hat mir erzählt, dass er schon fast ein Jahr im Seniorenheim arbeitet.«

»Das ist ganz schön lange.«

»Dafür muss man richtig Mist gebaut haben, oder?«

»Ein paar kaputte Autos reichen da nicht.« Während er das sagt, stupst Simon meine Schulter mit seiner an und lächelt – ein Friedensangebot –, und auch wenn ich es nicht zugeben will, es steckt an.

»Ob er jemanden überfallen hat?«

»Keine Ahnung.«

»Oder umgebracht?«

Simons Bewegungen werden langsamer und auch etwas eckiger, da unsere Schultern sich noch immer berühren, spüre ich, wie sehr er sich anspannt. »Denke nicht.«

»Sicher nicht. Dafür scheint er nicht der Typ.«

»Du magst Marcin, oder?«

Eine einfache Frage, obwohl ich natürlich weiß, was sich dahinter wirklich versteckt. Nur so richtig darüber nachdenken will ich nicht. Muss ich jetzt aber wohl oder übel, weil Simon auf eine Antwort wartet. »Versprichst du mir, es ihm nicht zu verraten?«

»Sicher.«

»Ja, ich denke, ich mag ihn.«

»Weil er auch *nett* ist?«

»Weil er *anders* ist.«

»Anders ist besser als nett.«

»Hör mal, Simon.« Es wäre einfach unfair, wenn ich ihm nicht deutlich sagen würde, was ich denke und empfinde. Mir wird klar, dass er glaubt, Gefühle für mich zu haben, Gefühle, die ich aber nicht erwidern kann. »In meinem Leben ist so viel Chaos und so viel mehr kaputt als nur ein paar parkende Autos.« Ich denke, Simon versteht. Zumindest verändert sich sein Blick und auch sein Lächeln, aber seine Schulter berührt meine noch immer. »Da ist einfach kein Platz für noch mehr Chaos.«

»Ich will kein Chaos verursachen. Wenn da kein Platz ist, dann …«

Die Berührung zwischen uns löst sich.

»Da ist irre viel Platz für einen Freund. Wenn das für dich okay ist.«

Sein Zögern lässt mich wissen, dass das vielleicht zu viel verlangt ist, aber als er schließlich nickt, sieht er mir wieder in die Augen und da ist viel Erleichterung zu erkennen.

»Das ist okay.«

35

Simon

»Glaubst du, der Rest der Welt hält uns für verrückt?« Sie lehnt sich an den riesigen Baum und sieht zu mir rüber.

»Kommt immer ganz darauf an, wer mit *uns* gemeint ist. Und was die Welt über dieses *Uns* weiß.«

»Okay, ich konkretisiere.« Sie tätschelt den riesigen Baum, der wie erschossen auf dem Boden liegt, dabei alle Äste wie Pfoten von sich gestreckt. »Wir haben einen umgefallenen Baum in Stuttgart, der sogar auf Google Maps verzeichnet ist. Findet das irgendjemand cool?«

»Liegender Baum. Nicht umgefallen.«

Als müsse sie meinen Verbesserungsvorschlag noch mal überprüfen, betrachtet sie den nackten Baum, der für mich so aussieht, als würde er sich nur mal kurz ausruhen und dann im *Herr-der-Ringe*-Style wieder aufstehen und den Kampf gegen halb Mordor aufnehmen können.

Aber Lia ist sich nicht sicher. »Wo ist der Unterschied?«

»Wenn du umfällst, bist du gestürzt oder aus dem Tritt gekommen.«

»Oder dich hat jemand geschubst.«

Ich nicke, weil ihr Beispiel gut ist. »Ganz richtig.« Jetzt komme auch ich auf den Baum und Lia zu und berühre das raue

Holz mit meinen Fingerspitzen. »Aber wenn du dich hinlegst, dann ist das deine Entscheidung.«

»Ein Nickerchen.«

»Genau. Ich finde es schöner, mir vorzustellen, dass dieser Baum nur ein Nickerchen macht und nicht einfach erschöpft vom Leben umgefallen ist.« Natürlich spüre ich ihren Blick und die Verwunderung darin, weil nichts davon ausgesprochen viel Sinn ergibt, aber sie hat gefragt. Und darauf will ich ehrlich antworten. »Falls die Welt uns also deswegen für verrückt hält, weil wir einen liegenden Baum auf Google Maps verzeichnen, dann ist das sicher nur der pure Neid.«

»Du hast dir ganz schön viele Gedanken zu diesem Baum gemacht, Simon. Weiß nicht, ob mich das verschrecken oder amüsieren sollte.«

»Ist eben meine Theorie.«

»Ich finde das eine schöne Theorie.«

Die erwartete Ironie fehlt in ihrem Ton, und ich löse meinen Blick vom Baum, sehe stattdessen zu ihr. »Echt?«

»Glaub mir, es ist eine angenehme Abwechslung, wenn sich jemand mal Gedanken um was macht.« Dabei klingt sie etwas niedergeschlagen, und ich drehe mich so, dass ich sie richtig ansehen kann, lehne mich an das Holz und warte, ob sie mehr zu sagen hat. Aber sie schüttelt nur den Kopf und stellt ihren Blick etwas schärfer ein, nur diesmal nicht auf den schlafenden Baumriesen, sondern auf mich. »Wieso habe ich den Eindruck, du verstehst mich?«

»Keine Ahnung, vielleicht ja weil ich über Bäume nachdenke?«

»Möglich.«

Das ist mit Abstand das absurdeste Gespräch, das ich dieses Jahr geführt habe. Und das will was heißen, wenn ich an die Abendessen mit meinen Eltern denke. Lia nickt unmerklich, und ich verstehe, dass unser kurzer Zwischenstopp beim liegenden Baum damit beendet ist. Zum Abschied streiche ich noch mal über das Holz und schließe dann zu Lia auf, die sich bereits in Bewegung gesetzt hat. Wir nähern uns dem Ausgang vom Rosensteinpark, der uns hinter den Bahngleisen am Rangierbahnhof ausspuckt,und ich ahne, dass der Abschied immer näher rückt.

»Weißt du, als ich diese Sozialstunden aufgebrummt bekommen habe, da fand ich das schrecklich. Ich dachte, es wird die schlimmste Zeit meines Lebens.« Keine Ahnung, wieso ich das sage oder an damals denke, aber Lia versteht es.

»Ein mir vertrautes Gefühl.«

»Aber da war trotzdem dieser Teil in mir, der die ganze Zeit gedacht hat, eigentlich hätte es mich viel schlimmer erwischen müssen. So viel schlimmer.«

Sie sagt nichts. Vermutlich hat sie mich ohnehin schon durchschaut, was bei den Augen kein Wunder ist. Es würde mich echt nicht wundern, wenn sie schon längst wüsste, wieso ich die Sozialstunden ableisten muss. Da ist er wieder. Dieser schreckliche Drang, es endlich mal zu erzählen. Die ganze Geschichte, auch all das mit Richard und meinen Eltern und den ganzen Rest.

Der Obdachlose, der Blick, der Geruch und der Grund, wieso ich außer Cornflakes nichts mehr essen kann.

»Wieso denkst du, es hätte schlimmer kommen müssen?«

»Weil … weil ich …« *Ich kann nicht.* Wenn ich es sage, verliere ich sie. Und dann bleibt mir nur Richard. »Weil ich mir zu viele Gedanken mache.«

Sie damit abzufertigen ist lächerlich, ebenso wie mein nachgereichtes Lächeln.

»Hoffentlich strebst du keine Karriere als Schauspieler an, mein Lieber.«

»Wieso nicht?«

»Weil man dir deine Flunkerei nicht abnimmt.« Ihre Hand greift nach meinem Unterarm und berührt dabei ganz zufällig die Stelle, die noch immer wehtut, obwohl das rein medizinisch gar nicht möglich ist. Dabei zucke ich so sehr zurück, dass Lia mich sofort loslässt und entschuldigend ansieht. »Sorry. Ich wollte nicht ...«

»Nein, nein. Alles okay.« Aber ihr Gesicht ist plötzlich traurig, und ich wünschte, ich könnte das ändern. »Wirklich, alles okay.«

»Rogue.«

»*Rogue?*«

»Ist wohl eine von den X-Men.«

Mir fällt Anna Paquin ein, die die Rolle der Rogue in den *X-Men*-Filmen übernimmt.

»Kenne ich.«

»Das bin wohl ich.«

»Ähm, *nein*.«

»Meine Schwester sagt, ihre Berührungen tun den anderen weh und sie raubt die Lebensenergie anderer oder so was.«

»Ja schon, aber sie ist auch toll. Iceman mag sie zum Beispiel total gerne.«

»*Iceman?*«

»Ja. Bobby Drake aka Iceman.«

»Ach, sie haben auch ganz normale Namen?«

»Ja, sie sind ja auch ganz normale Menschen. Also Mutanten, aber halt auch normal.«

»Wie heißt denn Rogue, wenn sie normal ist?«

»Marie D'Arcanto.« Sollte es mir peinlich sein, dass ich darüber nicht mal eine Sekunde nachdenken muss?

»Schöner Name.«

»Und nur fürs Protokoll, du bist nicht wie Rogue.« Wie zum Beweis nehme ich ihre Hand in meine und halte sie fest. »Siehst du, es passiert rein gar nichts. Ich lebe.« Wenn auch nur knapp, weil mein Herz in meinem Brustkorb einen Salto mortale vollführt. Mit angehängter doppelter Schraube. Nur zur Sicherheit.

»Aber deine Hand ist ja eiskalt.«

Das weiß ich. Und das hat zur Abwechslung mal rein gar nichts mit Lia zu tun.

»Iceman halt.«

36

Marcin

Seine Schritte erkenne ich sofort. Vollkommen egal, wie viele Menschen diese Treppen hinaufsteigen, niemand geht sie wie mein Vater. Ohne länger nachzudenken, schnappe ich mir mein Handy, die Hausschlüssel und meine Schuhe und sprinte, die Turnschuhe in der Hand, aus der Wohnung. Die Tür ganz leise zumachen und dann hoch in den nächsten Stock. Das Licht bleibt aus, was mich zu einem flüchtenden Schatten werden lässt. Oben gehe ich gehockt in Deckung und halte die Luft an. Papa braucht eine Ewigkeit, bis er den richtigen Schlüssel an seinem riesigen Schlüsselbund gefunden und ihn korrekt ins Schloss gesteckt hat. Dabei atmet er schwer und genervt. Alleine daran erkenne ich seine Stimmung und weiß, dass sie nicht die beste ist. Vermutlich hätte er erneut unnötig Streit angefangen und früher oder später wäre es eskaliert.

Erst als er die Tür hinter sich ins Schloss gezogen hat, atme ich wieder durch.

Komme ich mir dumm vor? *Natürlich.* Sollte ich etwas unternehmen? *Sicher.* Aber wenn das Herz erst einmal so voller Angst schlägt, dann lähmt eben diese Angst alles. Die Gedanken, die Pläne und den eigenen Mut. Dann sitzt man barfuß im Treppenhaus und wartet, bis die Luft wieder rein ist.

Ganze zwölf Minuten harre ich aus, dann schleiche ich die Treppen so lautlos nach unten, wie ich sie vorhin nach oben geflüchtet bin. Jetzt nur noch hoffen, dass niemand außer Frau Waible die Klingel hört, und sich unter keinen Umständen umdrehen. So gelassen wie möglich stehe ich da, warte und bete, dass Papa schon auf der Couch vor dem Fernseher versumpft ist. Dann höre ich die schlurfenden Schritte und schließlich öffnet sich die Tür. Frau Waible sagt nichts, macht mir nur Platz und lässt mich eintreten. Sobald ich in ihrer Wohnung bin, schließt sie hinter uns zwei Mal ab, nur zur Sicherheit, und sieht mich ein bisschen schmerzlich an.

»Störe ich?«

»Unsinn. Ich brauche dich in meinem Rateteam.« Frau Waible schaut so unfassbar gerne Quizshows im Fernsehen, das verblüfft mich immer wieder. Früher hat sie die noch mit ihrem Mann zusammen geschaut und fleißig mitgeraten. »Hast du schon gegessen?«

»Hab ich.«

Aber sie lässt mich mit dieser Lüge nicht davonkommen und biegt mit mir in die Küche ab, während Kai Pflaume im Wohnzimmer schon die nächste Frage vorliest.

»Ich habe noch ein paar Fleischküchle, die mache ich dir schnell warm.«

»Muss aber echt nicht sein.«

Aber aufhalten lässt sie sich schon nicht mehr, bindet bereits ihre Kochschürze um und stellt die Pfanne auf den Herd. »Wusstest du, dass Honig, der schnell kristallisiert, mehr Glucose als Fructose enthält?«

»Das wusste ich tatsächlich noch nicht.«

»Und dann sagen die immer, Fernsehen macht dumm.« Sie wirft mir einen frechen Blick über die Schulter zu, und ich würde sie am liebsten dafür umarmen, dass sie keine Fragen stellt und auch sonst nie irgendwie komisch zu mir ist. Sie öffnet die Tür und lässt mich rein, weil ich sonst nirgends hinkann. Zwar habe ich auch einen Schlüssel zu ihrer Wohnung, aber der ist eher für andere Gelegenheiten gedacht. Wie Blumen gießen oder so. »Wie läuft es denn mit deiner Freundin?«

Ihre Frage trifft mich aus dem Nichts und katapultiert meine Gedanken mit Höchstgeschwindigkeit zu Lia, an die ich heute eigentlich nicht mehr denken wollte. »Ähm …«

Natürlich weiß ich, dass ich sie neulich angelogen habe, weil ich selbst mit ihr mein Leben nicht teile. Weil ich niemanden so nah ranlasse. Nicht mal Frau Waible.

»Ihr habt doch nicht etwa Streit?«

Es bricht mir das Herz, die ernste Besorgnis in ihrem Blick zu sehen, aber ich kann ihr nicht sagen, dass ich gar keine Freundin habe, und so schüttele ich lächelnd den Kopf. »Nein. Sie ist nur ziemlich beschäftigt.«

»Verstehe.«

Keine Ahnung, ob Frau Waible weiß, dass ich lüge, aber inzwischen hat sie sich wohl daran gewöhnt, dass ich in einem Rohbau aus Halbwahrheiten und Notlügen lebe. Das haben alle, schon damals in der Schule. Irgendwann geben die Leute einfach auf nachzufragen, wenn man nur stur genug bleibt. Und man sagt mir nach, ich sei ziemlich stur.

»Willst du Kartoffelsalat dazu? Da ist auch noch was übrig.«

Weil Frau Waible nach dem Tod ihres Mannes noch immer für zwei Personen kocht.

»Gerne.«

Sie stellt die Schüssel aus dem Kühlschrank vor mich auf den Tisch und ich hole mir automatisch selbst Teller und Besteck. Das verrät mir zu deutlich, wie viel Zeit ich hier verbracht habe, wenn ich mich in der Küche schon so selbstverständlich auskenne.

»Weißt du zufällig, mit welchem Hilfsmittel sich Rougepuder gleichmäßiger als mit einem Pinsel auftragen lässt? Das war eine Frage bei *Wer weiß denn so was?* und ich habe die Antwort verpasst.«

Lächelnd schüttele ich den Kopf und sehe ihr dabei zu, wie sie die Fleischküchle auf den Teller lädt.

»Ich befürchte, da fragen Sie den Falschen, Frau Waible.«

»Aber vielleicht kannst du deine Freundin fragen.«

Meine Freundin. »Klar, mache ich.«

Diese Antwort stellt sie zufrieden, und sie blickt auf den liebevoll, wenn auch flott eingedeckten Tisch. »Dann lass es dir mal schmecken.«

Bei Frau Waible wird immer in der Küche, nie vor dem Fernseher gegessen. Und zu meiner Überraschung nimmt sie mir gegenüber Platz, obwohl Kai Pflaume noch immer Fragen im Wohnzimmer vorliest.

»Sie verpassen Ihre Quizsendung.«

Sie macht eine wegwerfende Handbewegung und beginnt damit, mir Kartoffelsalat auf den Teller zu löffeln. »Der Pflaume kann warten. Aber wann habe ich schon mal beim Abendessen Gesellschaft?« Genau genommen isst sie ja nicht mit, weil es zu spät dafür ist. Aber trotzdem wirkt sie zufrieden, und sobald ich anfange zu essen, wächst ihr Lächeln noch etwas an. »Ich weiß, die Umstände könnten andere sein, aber ich freue mich immer, wenn ich dich sehe, Marcin.«

Wenn sie solche Sachen sagt, macht sie mir das Schlucken ziemlich schwer, weil der Kloß in meinem Hals zu groß wird, um auch noch das Essen daran vorbeizumogeln.

»Ich bin auch wirklich gerne bei Ihnen.« Kurze Pause, in der ich den Worten nachhänge und nicht so recht zufrieden damit bin. »Also einfach so, weil es schön bei Ihnen ist. Nicht weil …« Mit der Gabel deute ich grob hinter mich, wo die Welt, unsere Wohnung und Papa liegen. Dabei lasse ich offen, was davon genau ich meinen könnte. Aber Frau Waible versteht auch so.

»Willst du hier übernachten?«

Es war nur eine Frage der Zeit, bis sie mir das auch heute anbietet, weil sie das immer tut, und ich schäme mich ein bisschen, als ich nicke und dabei auf den gut gefüllten Teller vor mir starre.

»Ich mache die Couch schon mal fertig.« Damit erhebt sie sich leise ächzend und kommt auf ihrem Weg ins Wohnzimmer neben mir zum Stehen. Ihre Haut ist rau und irgendwie dünn, als wäre sie aus Papier. Irgendwann wird sie sich auflösen, wie auch der Rest von ihr, und dieses Gefühl macht mir einen Moment lang Angst.

»Das wird schon alles irgendwie, Marcin.«

Das sagt sie immer, und ich werde den Eindruck nicht los, dass sie das auch ein bisschen zu sich selbst sagt. Zeit, sie mit einem strahlenden Lächeln anzulügen.

»Aber sicher. Machen Sie sich um mich mal keine Sorgen.«

Frau Waible verpackt ihre Lüge ebenfalls in ein Lächeln.

»Sorgen mache ich mir nie.«

37

Lia

Wir sind inzwischen am Bahnhof angekommen, und je mehr Zeit ich mit Simon verbringe, desto weniger denke ich an Hannah und Mama. Das ist vielleicht nicht fair, aber schön.

»Zu welcher Bahn musst du?«

Es ist offensichtlich, dass sich keiner von uns wirklich verabschieden will, so lange, wie wir jetzt schon auf die Fahrpläne schauen. Dabei wissen wir beide genau, wo wir hinmüssen. Schweren Herzens deute ich auf den Plan. »U12. Und du?«

»Ich nehme eine S-Bahn. Egal welche, muss am Feuersee raus.«

Das bedeutet, wir haben keine Ausrede mehr, und ich breite die Arme für die Abschiedsumarmung aus, als ich ihn erkenne.

Zu dumm, dass er mich auch just in diesem Moment entdeckt und sein Grinsen mir verrät, dass er es nicht bei dem kurzen Blickkontakt belassen wird. Gerade, als Simon in die Umarmung eintauchen will, lasse ich die Arme wieder sinken, und er steht etwas unsicher vor mir.

Allerdings nur, bis Markus neben uns auftaucht. »Schau einer an, wen haben wir denn hier?«

Zu meiner Überraschung sieht er gar nicht zu mir, sondern zu meiner Begleitung. *Die beiden kennen sich auch noch.*

»Hallo, Simon.«

»Hi, Markus.«

Erst jetzt bin ich einen zweiten Blick wert. »Lia.«

»Arschloch.«

Aber das trifft ihn nicht, ganz im Gegenteil, sein Grinsen wird breiter, als er den Arm um Simon legt und ihn ein winziges Stückchen von mir weg in seine Richtung zieht. »Gut gemeinter und kostenloser Ratschlag: Halte dich von der Irren fern.«

Simon ist mit der Flut an kostenlosen Infos gerade deutlich überfordert, so wie er fragend zu mir rübersieht. Und ich würde ihn zu gerne aufklären, aber auch hier ist Markus schneller.

»Vermutlich hat sie dir das gar nicht erzählt, aber wir beide waren mal so was wie ein Paar.«

So was wie. Treffende Beschreibung.

»Das weiß ich doch.« Simon erinnert sich offensichtlich besser an Markus als dieser an ihn.

»Hast du ihre irre Familie schon kennengelernt?« Zwar spricht Markus mit Simon, sieht dabei aber zu mir, will wohl wissen, wie groß meine Panik ist, weil er jetzt pikante Details über mich verraten könnte. Dabei hat er Mama nur einmal getroffen, kurz und knackig, dafür aber recht heftig und zufällig.

»Ähm …« Simon schüttelt den Kopf und Markus' Arm von seiner Schulter. »Aber ich wollte sie gerade nach Hause bringen, da hole ich das dann nach. Also, man sieht sich.« Ohne auf Markus' Reaktion zu warten, schiebt Simon mich am riesigen Linienplan vorbei in Richtung Haltestelle für die U12, und ich spüre einen Anflug von Zufriedenheit.

»Moment mal, nicht so eilig. Ich kann dir Sachen über sie erzählen, da tickst du aus …«

»Kein Interesse, danke.«

Markus' Hand greift nach Simons Schulter und hält ihn ruppig auf. »Ich rede mit dir, Kampen!«

»Ja, aber ich höre nicht zu. Lass uns doch einfach in Ruhe, okay?«

Aber Markus steht so dicht vor ihm, dass ich kurz glaube, es kommt zu einem Handgemenge, obwohl dafür zu viel los ist und bestimmt irgendwo Polizisten patrouillieren. Wie immer halt am Bahnhof.

»Wenn du glaubst, sie lässt dich ran, schmink es dir ab. Die ist Jungfrau und will es bleiben.« Das sagt Markus lauter als nötig, und so teilt er diese Info nicht nur mit Simon, sondern auch mit einer Gruppe Jugendlicher, die gerade an uns vorbeigeht und mich so ansieht, als würden wir uns kennen.

»Und wenn schon? Ist doch ihre Entscheidung.« Simon macht einen Schritt von Markus weg und funkelt ihn dabei so finster an, wie ich es ihm gar nicht zugetraut hätte. Selbst Markus ist davon beeindruckt und hebt schließlich die Hände wie ein Friedensangebot.

»Ist deine Sache. Will nur nicht, dass du dir Hoffnungen machst.«

»Danke für deine Fürsorge, aber Lia und ich, wir sind nur Freunde.«

Markus will lachen und tut es schließlich auch, aber Simon lässt sich davon nicht provozieren, kommt zu mir und deutet wieder in Richtung Haltestelle. »Komm, gehen wir.«

Diesmal folgt Markus uns nicht, nur seine Stimme, als er noch einen letzten Kommentar loswerden muss. »Klar, Kampen, das erzähl mal deiner Mutter!«

Aber wir bleiben nicht stehen, gehen die Treppen nach unten zum Bahnsteig und das auch noch zum perfekten Zeitpunkt, weil meine Bahn gerade einfährt. Sobald sich die Türen öffnen, drängen alle Wartenden darauf zu, obwohl man erst mal die Leute aussteigen lassen sollte. Macht nur leider niemand.

Simon steht neben mir, angespannt und zitternd, aber ich bin so stolz auf ihn.

»Danke.«

»Was ein Idiot.«

»Das sagt dann wohl alles über meinen Männergeschmack.«

Immer mehr Leute steigen ein und bald bin ich dran. Simon sieht zu mir. »Deswegen Marcin?«

»Weswegen?«

»Weil er dir auch das Herz brechen wird?«

»Woher weißt du das?«

Aber Simon antwortet nicht und zuckt nur die Schultern. Mich beschleicht ein ganz mieses Gefühl. So, als ob er viel mehr über ihn weiß, als er zugeben will. Als ich in die Bahn steige, will ich mich mit der Frage an Simon wenden, aber der ist draußen stehen geblieben und sieht mich durch die sich schließende Tür einfach nur traurig an.

Dabei will ich mich noch für den liegenden Baum, die Gespräche und alles andere bedanken. Jetzt muss ein Abschiedswinken reichen.

Das zumindest erwidert er.

38

Simon

»Wieso wusste ich, dass du wieder auftauchst?« Richard lässt mich eintreten, sein Ausdruck ist eine Mischung aus Überheblichkeit und wissender Zufriedenheit.

»Ich wollte echt nach Hause, aber …« Das stimmt sogar, ich bin am Feuersee ausgestiegen, aber dann habe ich unser Haus gesehen, das Licht brannte hinter den Fenstern, und ich wusste, dass meine Eltern daheim sind. Da wurde mir klar, dass ich nicht nach Hause will, und bin wieder zu Richard gefahren, obwohl das auch nicht die optimale Lösung ist.

»Verstehe schon. Weißt ja, hier bist du immer willkommen.«

Früher oder später muss ich ihn darüber aufklären, wo ich war. Markus und er sind ziemlich gut befreundet, wenn ich das aus seinen Erzählungen richtig deute. Manchmal hockt Markus mit am Marienplatz, und auch wenn ich ihn nicht zu meinen Kumpels zählen würde, tut Richard das. Und Markus macht auf mich nicht den Eindruck, er wäre der Typ, der ein Geheimnis für sich behalten kann.

»Wir haben deinen Kumpel Markus vorhin getroffen.« Das sage ich so beiläufig wie möglich auf dem Weg in Richards Zimmer, wo er mich mit hochgezogenen Augenbrauen ansieht.

»Wir?«

Natürlich. »Ja, ich habe Lia zufällig in der Stadt getroffen und wir sind spazieren gewesen.«

»Spazieren?«

Beim liegenden Baum. »Ja.«

»Wie alt bist du? Siebenundvierzig?«

»Es war halt sehr spontan.«

In Richards Vorstellung sollte ein Treffen mit Lia ganz anders verlaufen, da bin ich mir sicher, aber er versteht ja auch nicht, was das Herz macht, wenn man jemanden wirklich mag. So sehr, dass man gewillt ist, nur ein guter Freund zu werden, weil es mehr weh tun würde, gar keine Rolle in ihrem Leben zu spielen.

»Hast meinen Ratschlag also angenommen und 'nen Gang hochgeschaltet bei Lia?«

Die Frage stellt er mit dem Rücken zu mir, weil er das Fenster aufmacht, und ich weiß, was jetzt folgt. *Lüften.* Erst, seit er Gras auch daheim konsumiert, ist das ein fester Teil seines Lebens geworden. Und ich behalte recht, er fischt die kleine Plastiktüte aus der untersten Schublade des Schreibtischs und beginnt damit, das Paper vorzubereiten.

»Wir haben nur gequatscht.«

»Pass auf, dass es nicht dabei bleibt. Manche machen nur auf schüchtern, andere sind einfach prüde.« Er leckt das Papier an und klebt es sorgfältig zusammen, dabei sieht er so konzentriert aus wie sonst selten. Richard nimmt kaum etwas ernst, kommt aber immer mit allem irgendwie durch. Mit der gebauten Tüte im Mundwinkel dreht er sich zu mir und lehnt sich gleichzeitig ans Fenster. »Vielleicht lässt sie dich ja ran. Du hast so 'ne sensible Seite, da stehen die Weiber drauf.«

»Vielleicht sind wir auch nur Freunde.«

»Klar.« Sein Kommentar geht im Anzünden seines Bauwerks unter, denn er nimmt den ersten Zug, immer voll auf Lunge, immer lange drinnen halten, immer Augen geschlossen. Seit dem Winter raucht Richard viel häufiger Gras als davor. Er trinkt auch mehr. Dafür spricht er weniger über die wichtigen Dinge.

»Manche Menschen will man behalten, dafür bringt man Opfer.« Wieso ich das laut ausspreche, weiß ich auch nicht. Ist ja nicht so, als würde Richard verstehen, was ich meine oder wieso ich so denke.

»Damit machst du dich halt selbst zum Opfer.« Trotzdem reicht er mir den Joint, aber ich schüttele den Kopf. Der Spaziergang mit Lia, so verwirrend er auch gewesen sein mag, wirkt noch berauschend genug, und das Gefühl will ich nicht verfälschen. »Junge, die fickt ganz schön deinen Kopf, das checkst du schon, oder?«

»Und wenn? Ist mein Kopf.«

»Aber du bist mein bester Freund.« Wieso muss er das immer und immer wieder betonen? Manche Dinge werden nicht wahrer, nur weil man sie häufig wiederholt. »Aber das ändern wir am Freitag. Du bringst sie auf die Party, ich mixe euch den besten Cocktail der Welt und achte auf die perfekte Mischung.« Sein Augenzwinkern sorgt bei mir für Magenschmerzen.

»Perfekte Mischung?«

»Du weißt schon. *Ooops*, ein bisschen zu viel Alk und schon …« Wieder dieses Augenzwinkern.

»Sei kein Arschloch, Richard.«

»Hey, nur was, das die Damen bissel entspannter macht. Außerdem hat es bei ihr auf der Party damals im Kino auch geklappt.«

»Ihr habt sie abgefüllt.«

»Na ja, so würde ich das nicht nennen. Wir haben unsere Chancen etwas erhöht.«

»Wer es nötig hat.« Damit strecke ich mich auf der Klappcouch aus, die in den letzten Monaten mehr und mehr mein Bett geworden ist, und sehe zur Decke.

»Falls du es nicht gecheckt hast, Simon, ich will dir nur helfen. Weil du dich direkt mal friendzonen lässt und dich damit zufriedengibst.«

»Wenn sie meine Gefühle nicht erwidert, dann kann man das nicht erzwingen.«

»Das ist Bullshit.«

Ich schließe die Augen. »Ist es nicht.« Immerhin weiß ich genau, wovon ich rede. Vollkommen egal, wie gut meine Noten waren, wie viele Extra-Punkte ich durch Referate und Sportleistungen nach Hause gebracht habe, die Reaktion meiner Eltern blieb immer die gleiche. Emotionsloses Nicken. Als Kind habe ich meine Mutter jedes Mal fest umarmt: zum Abschied, zur Begrüßung, auf der Couch. Weil ich dachte, wenn ich sie nur fest genug an mich drücke, könnte etwas von meiner Liebe auf sie überspringen. Aber Liebe erzeugt keine Gegenliebe. Nicht mal bei Eltern. Und sicher auch nicht bei Lia.

Ich spüre Richards Gewicht, als er sich neben mich auf die Couch setzt. »Hör mal, ich weiß, dass es gerade so aussieht, aber wenn Lia dich mal richtig kennenlernt, dann wird sie den tollen Typen in dir entdecken. Und wer weiß, wenn ihr euch

Zeit lasst, kann vielleicht was daraus werden.« Seine Stimme klingt ruhig und die Worte so, als würde er sie tatsächlich meinen. Unsicher, ob ich mir das nur eingebildet habe, öffne ich die Augen wieder und sehe als Erstes den halb gerauchten Joint, der in meine Richtung gestreckt wird. »Entspann mal. Dann wird der Rest schon.«

Die Sache mit dem Entspannen ist nur nicht so einfach, wie Richard sie klingen lässt.

Vielleicht nehme ich deswegen die Tüte an.

39

Marcin

»Hi.«

Sie hat gute Laune und das steht ihr, sogar ich muss lächeln, als ich sie ansehe und mein Rad in den Fahrradständer schiebe. »Hallo.«

»Ich habe gestern viel an dich gedacht.«

Langsam drehe ich mich zu ihr um, aber sie steht noch immer genau so da und sieht mich freundlich an. Natürlich trägt sie die Bomberjacke.

»Ist das gut oder schlecht?«

»Gut, denke ich.«

»Okay.«

»Ich würde mich gerne noch mal anständig bei dir bedanken. Auch dafür, dass du bei Simon nachgehakt hast und dich irgendwie gekümmert hast.«

»Gern geschehen.« Damit lasse ich sie zart wissen, dass ich alles nur für sie gemacht habe.

»Und ich verspreche auch, dass so was nicht wieder vorkommt.«

Die Tatsache, dass sie dabei zufrieden strahlt, macht es nicht besser, und ich stehe einen Moment einfach konsterniert da. »Okay.«

»Also, ich meine so eine Katastrophe mit Hannah.«

»Ach so.«

»Apropos Hannah. Bei ihr hast du ziemlich Eindruck gemacht.«

»Erinnert sie sich denn überhaupt noch an mich?« Immerhin war ihre Schwester gestern nicht mehr so ganz Herrin ihrer Sinne.

»Nachdem sie alles ausgekotzt hatte, wurde sie etwas klarer.«

»Und wie ist sie heute so drauf?«

»Mürrisch wie immer.«

Hier könnte das Gespräch auch beendet sein, aber mein Sprachzentrum feuert einfach so die nächste Frage raus. »Und wie geht es dir?«

»Ganz okay, denke ich. Habe mich gestern noch mit Simon getroffen.«

Schon wieder.

»Und wir sind ein bisschen rumgelaufen. Er ist gar nicht so verkehrt.«

»Freut mich für euch.«

»Vielleicht hast du ja Lust, das nächste Mal mitzukommen?«

»Und euer Date sprengen? Niemals.«

»Es war kein Date. Nicht, dass dich das was angehen würde.«

»Was war es dann?« *Und warum interessiert es mich so brennend?*

»Ein Spaziergang unter Freunden.« Sie merkt selber, wie schräg sich das anhört, und zuckt entschuldigend die Schultern. »Klingt lahm, aber mir hat es irre gutgetan.«

»Hattest gestern ja auch ziemlich Action.« Wobei sie sich heute entweder nicht mehr daran erinnert oder es nicht mehr will. Daher sehe ich den Themenwechsel kommen und sie enttäuscht mich nicht.

»Und was hast du noch so angestellt?« Ihre Frage wird von einem prüfenden Blick auf mich und meine Klamotten begleitet, und ich hoffe inständig, ihr fällt nicht auf, dass ich noch immer das Gleiche wie gestern trage.

»Abendessen mit einer Freundin.«

»Deiner Freundin?« Kaum ausgesprochen beißt sie sich schnell auf die Unterlippe und ich muss grinsen.

»Nein. Nicht, dass dich was angehen würde.«

»Entschuldige.«

»Schon gut.«

»Ich weiß nur noch immer so gar nichts über dich, Marcin.«

»Schon mal dran gedacht, dass das Absicht sein könnte?«

»Weil du lieber der mysteriöse Typ bist?«

Als mysteriösen Typen habe ich mich ehrlich gesagt gar nicht gesehen, aber es ist einfacher, die Leute auf Abstand zu halten, wenn man grimmig schaut und nur einsilbig antwortet. Dass Lia schon viel mehr über mich weiß als die meisten anderen Menschen aus meiner Umgebung, verrate ich ihr nicht. Genauso wenig, wie ich ihr die Info zukommen lasse, dass sie sich öfter, als mir lieb ist, in meine Gedanken schleicht.

»Jap, weil ich lieber der mysteriöse Typ bin.«

»Wie schön, dass ich dir immer schon die passenden Antworten mitliefere, oder?«

»Absolut passend.«

»Ist das nicht verdammt einsam?«

»Nein.«

»Ich finde es einsam.« Und so, wie sie mich ansieht, ist es

das für sie auch. Obwohl sie eine Schwester hat. Aber für mich fühlt es sich einfach nicht so an.

»Nicht, wenn man sich bewusst dafür entscheidet.«

»Und das tust du.«

»Das tue ich.«

»Lässt du *gar gar gar* keinen rein?«

Sofort denke ich an Frau Waible, die genau genommen *mich* reinlässt. In ihre Wohnung und die 79 Quadratmeter heile Welt, die mein Zufluchtsort geworden ist.

»Manchmal mache ich schon Ausnahmen.«

»Gibt es dafür 'ne Warteliste, auf die ich mich setzen lassen kann?«

»Wieso? Hättest du Interesse?«

»Hätte ich.«

»Ich schaue mal, was sich machen lässt.«

Das scheint ihr zu genügen, denn sie nickt und entlässt mich aus dem Kreuzverhör, genau zum richtigen Zeitpunkt, denn just in dem Moment taucht Simon hinter uns auf. Sein Gesichtsausdruck trifft die Mischung aus Lias guter Laune und meiner Unausgeschlafenheit ziemlich gut.

»Hi.«

»Hi.«

Es sollte mich nicht überraschen, tut es aber trotzdem, als Lia und Simon sich umarmen und er dabei sogar die Augen schließt. Als er sie wieder öffnet und sein Blick meinen findet, ist da der Anflug eines Lächelns, und ich erwidere es ganz automatisch.

»Hi, Marcin.«

Keine Ahnung, wieso ich es immer so unglaublich befremdlich finde, wenn Leute meinen Namen in Gesprächen oder

Begrüßungen benutzen. Als wüsste ich sonst nicht, dass sie mich meinen.

»Hallo, Simon.«

Lia scheint über den freundlichen Umgang begeistert und breitet die Arme aus. Kurz befürchte ich, sie will eine Gruppenumarmung einfordern, aber nichts passiert. »Jetzt, da wir komplett sind, sollten wir vielleicht mal rein, oder?«

»Wir wollen ja keinen Ärger mit der Schüble.«

Wieso sind beide heute so voller Elan und für ihre Verhältnisse gut gelaunt, was ist heute anders als noch gestern oder die Tage davor?

Trotzdem folge ich ihnen ins Innere, und nach einem kurzen Stopp in unserem kleinen Raum geht es direkt weiter in die Küche. Inzwischen wissen Lia und Simon auch ganz ohne meine Anweisung, was zu tun ist, und ich beobachte sie dabei, wie sie die Haarnetze und Gummihandschuhe überziehen und sich ans Werk machen. Es freut mich, dass die beiden noch hier sein und die Stellung halten werden, wenn ich schon auf dem Weg nach Glasgow bin.

Es wäre übertrieben, von Stolz zu sprechen, aber irgendwie kommt dieses Gefühl in meinem Inneren dem wohl am nächsten.

»Wieso grinst du so?« Simon reißt mich mit der Frage aus meinem Zukunftstraum und ich spüre auch Lias Blick auf mir.

»Ich wundere mich nur, wie schnell ihr euch hier eingelebt habt. Wenn man bedenkt, dass ihr Kleinkriminelle seid.«

»Geht das schon wieder los.«

Er will schon die Augen verdrehen, als ich schnell die Hände hebe und mich erkläre. »Das war ein Kompliment.«

»Du hast echt eine komische Art, Menschen wissen zu lassen, dass du sie magst.«

»Wer sagt denn, dass ich euch mag?«

Lia unterbricht ihre Arbeit für den Moment und widmet mir ihre gesamte Aufmerksamkeit. »Dein Lächeln.«

»Zu deiner Info, das ist ein süffisantes Grinsen, kein Lächeln.«

»Grinsen, Lächeln, am Ende egal. Du magst uns. Und je schneller du das akzeptierst, desto besser für uns alle.«

»Hm.«

»Jaja, schon klar, gehört zum Image und macht sich gut, aber weißt du, wir hängen so oder so jeden Tag hier ab. Und ehrlich gesagt …« Jetzt bezieht sie auch Simon mit ein, dafür reicht ein Blick. »… finde ich euch tatsächlich gar nicht mehr so schrecklich.«

»Ich finde euch jetzt auch nicht sooo verkehrt.« Simon sagt das definitiv mit einem Lächeln und nicht mit einem Grinsen.

»Dann bleibst ja nur noch du, Marcin.«

»Reicht es, wenn ich zugebe, dass ich euch nicht gänzlich unsympathisch finde?«

Simon reißt beide Arme in die Luft, als hätte er gerade das entscheidende Tor im Champions-League-Finale geschossen, und Lia lässt sich zu einem kurzen Applaus hinreißen. »Marcin, ich habe schlechte Nachrichten für dich.«

»Die da wären?«

»Deine harte Schale hat gerade Risse bekommen.«

Wie verdammt recht sie damit hat.

40

Lia

Immer, wenn etwas gut läuft, passiert etwas Schlechtes. Das ist wie ein physikalisches Gesetz, da kann man nichts dran drehen. Und weil das eben so ist, rutscht mir jetzt mein Herz einige Etagen tiefer, als wir aus der Küche in den tatsächlichen Speisesaal des Seniorenheims treten und drauf warten, den zweiten Teil unserer Arbeit zu übernehmen.

Wie immer sitzen die Senioren an ihren Tischen, in den üblichen Grüppchen, es ist das übliche Schnattern zu hören, das zu laute Flüstern, das Klappern von Besteck, und doch ist ein Platz heute leer. So leer, dass sich in mir alles zusammenzieht.

Kurz sehe ich auf die Uhr, aber er ist doch sonst immer pünktlich, wieso sollte er sich ausgerechnet heute ohne Grund verspäten? Bevor die Panik wie eine Welle über mir zusammenbrechen kann, greife ich nach Marcins Hand, weil er gerade neben mir steht – und weil er die Ruhe ausstrahlt, die mir gerade fehlt.

»Wo ist denn Herr Kabitzke?« Erst auf meine Frage hin lässt er seinen Blick zuerst zu Herrn Kabitzkes angestammtem Platz und dann durch den kompletten Speiseraum wandern, aber auch er findet ihn nicht. Die Panik in meinem Herzen zündet schon mal ein Tischfeuerwerk, während mir ganz kalt wird.

»Vielleicht ist er krank …?« Aber so, wie Marcin das sagt, höre ich den darin versteckten Zweifel. Außerdem wirkte er gestern kein bisschen krank. Und auch nicht die Tage davor, als er so liebevoll von seiner Frau und ihren gemeinsamen Tagen gesprochen hat.

Auch Simon bemerkt sein Fehlen und rückt zu uns auf. »Gestern wirkte er noch fit. Ich geh mal fragen.«

Marcin, dessen Hand ich noch immer in meiner halte, drückt meine kurz. »Lia, so was kann passieren.«

»Es geht ihm sicher gut.«

Er räuspert sich. »Weißt du, manchmal …«

»Es geht ihm gut, Marcin. Wir haben gestern noch gesprochen.«

So angestrengt, wie ich auf Herrn Kabitzkes leeren Platz starre, könnte man meinen, ich zaubere ihn durch pure Willenskraft her, einfach nur, weil ich es mir so sehr wünsche.

»Lia, das hier ist ein Seniorenheim.«

»Hör auf.«

»Manche von den alten Menschen …«

»Hör auf!« Heftig reiße ich mich von ihm los und funkele ihn wütend an, als wären seine Worte schuld an dem hier. »Es geht ihm gut. Er ist vielleicht einfach nur …«

Doch was genau kann er denn *einfach nur* sein? *Müde? Krank? Zu spät?* An die für diesen Ort tatsächlich naheliegende Option will ich nicht mal denken. Dabei kenne ich Herrn Kabitzke nicht wirklich gut, aber ich mag ihn.

»Lia. Ich arbeite schon eine Weile hier und manchmal verstirbt ein Heimbewohner. Das ist einfach so, aber …«

»Halt den Mund!!« Die Geräusche ringsum verstummen,

alle Blicke richten sich auf uns, genauer gesagt auf mich, und ich spüre, wie meine Hände anfangen zu zittern. Das war wohl lauter, als ursprünglich von mir geplant. Marcin steht unberührt vor mir, wie der Fels in der Brandung, an dem mein Gebrüll ebenso abprallt wie der Rest der Welt und das Fernbleiben von Herrn Kabitzke. Es macht mich nur noch wütender, dass ihn das alles so kalt lässt. Weil er das Gefühl dahinter nicht kennt. »Fühlst du überhaupt irgendwas, Marcin?«

Sein Kiefer spannt sich an, aber er antwortet nicht.

»Kommt dort noch was an?« Ich deute auf seinen Brustkorb, der sich ruhig hebt und senkt, aber Marcin antwortet nicht. »Oder ist da drinnen schon alles kalt?«

»Nur, weil ich nicht genau so ticke wie du, heißt das nicht, dass ich nichts mehr fühle.« Selbst jetzt ist seine Stimme ruhig und besonnen.

»Aber Herrn Kabitzkes Tod ist dir egal?«

»Das habe ich nicht gesagt. Abgesehen davon wissen wir nicht, ob er verstorben ist.«

»Nein, aber du kannst damit so supergut umgehen, oder?«

Er zuckt die Schultern.

»Weißt du, wieso dir das alles egal ist?«

»Ich nehme an, du wirst es mir sicher gleich verraten.«

»Weil du das Gefühl nicht kennst.«

»Aha.«

»Du weißt nicht, wie es ist, wenn du wartest und hoffst und dir sicher bist, dass er sich nur verspätet, weil er das manchmal getan hat. Aber im Leben hast du nicht daran gedacht, dass er nie wieder zurückkommt.« Marcin verschränkt die Arme vor der Brust, und ich kann dabei zusehen, wie er seine Schutzmauer wieder hochzieht, und das macht mich noch wütender. Dabei weiß ich gar nicht, wieso ich das alles sage. Wieso zu ihm und wieso in dieser Lautstärke, aber es muss ganz offensichtlich raus, weil es sich sonst in eine riesige Gefühlsatombombe verwandeln und explodieren wird. »Du hast *keine* Ahnung, wie sich das anfühlt. Weil du niemanden nah genug an dich ranlässt, dass du so was überhaupt empfinden könntest.«

»Bist du jetzt fertig?«

»Nicht mal im Ansatz!« Aber weiter komme ich nicht.

»Was ist denn hier los?« Frau Schüble, mit Simon im Schlepptau, betritt den Speisesaal und sieht streng zu mir, wie ich mit zitternden Händen, die inzwischen zu Fäusten geballt sind, vor Marcin stehe und ihn so böse anfunkele, als hätte er ganz persönlich Herrn Kabitzke auf dem Gewissen.

»Nichts. Nur ein kurzer Ausrutscher.« Marcin löst seinen Blick von mir und lächelt Frau Schüble entschuldigend an, ohne zu wissen, wie sehr mich das Wort *Ausrutscher* trifft.

»Das will ich schwer hoffen. Jemand muss Herrn Kabitzke nämlich das Essen auf sein Zimmer bringen, er ist gestern gestürzt und hat sich den Knöchel verknackst.«

Wie dumm man sich vorkommen kann, merkt man im Auge eines Wuttornados ja nie. Das checkt man immer erst, wenn alles vorbei ist und man einen Blick auf das wüste Bild wirft, in dem man gerade die größte Idiotin der Geschichte abgegeben hat. Und wenn man all die Worte nicht mehr ungesagt machen kann.

»Das übernehme dann wohl besser ich.« Indem ich mich freiwillig melde, entkomme ich dieser unfassbar peinlichen Situation vielleicht, ohne weitere Federn zu lassen – oder Marcin noch mehr wehzutun. Mein Versuch, seinen Blick aufzufangen, missglückt, weil er mir den Rücken zudreht und damit beginnt, die leeren Tische abzuwischen. Simon und seine fragend hochgezogenen Augenbrauen müssen warten. Ich muss erst mal schnell hier raus und zwar sofort.

»Ich helfe ihr lieber. Nicht, dass sie mit dem Tablett einen Sturz auf der Treppe hinlegt.« Und bevor jemand Simon darüber aufklären kann, dass es einen Fahrstuhl gibt, ist er mir schon durch die Tür zurück in die Küche gefolgt, wo er nach meiner Schulter greift. »Was war das denn? Man hat dich bis auf den Flur gehört.«

»Ich weiß auch nicht …« Ich drücke mir die Fäuste so fest in die Augenhöhlen, bis ich Sternchen sehe. Das eben hat sich so vertraut angefühlt. »Ich dachte, er wäre tot.«

»Es geht ihm gut, sagt Frau Schüble.«

»Aber irgendwann …«

»Ja, irgendwann. Aber bis dahin ist erst mal alles okay.« Als ich wieder zu Simon sehe, tanzen die Sterne noch immer vor meinen Augen, aber dazwischen meine ich zu erkennen, dass er lächelt. »Und ich wette, er freut sich, wenn du ihm sein Essen bringst.«

»Ich bin nicht besonders gut in Abschieden. Schon gar nicht in denen, die ein Wiedersehen ausschließen.«

»Das ist doch niemand.« Blass wie immer belädt Simon ein Tablett mit dem heutigen Essen und dreht sich damit zu mir. Obwohl ich sehen kann, dass es ihm nicht leichtfällt, ringt er sich noch ein Lächeln ab. »Was meinst du, könntest du deinen nächsten Ausbruch vertagen und mir helfen? Ich bin nicht besonders gut mit Essen.«

»Mit Essen?«

Simons Blick lässt vermuten, dass er gerade etwas gesagt hat, was er am liebsten sofort zurücknehmen würde. Man kann fast sehen, wie er sein Gehirn nach der passenden Ausrede durchforstet und sie auch recht schnell findet.

»Ja. Tabletts und so. Kein guter Gleichgewichtssinn.«

»Dann gib das Ding besser mir.«

Erleichtert reicht er mir das voll beladene Tablett und nickt in Richtung Tür.

»Du behältst das Gleichgewicht, ich die Nerven. Deal?«

41

Simon

Das Zimmer ist kleiner, als ich es mir vorgestellt habe, dafür aber schön eingerichtet. Auch wenn es nicht viel gibt, nur ein Bett, einen Tisch mit zwei Stühlen, einen Fernseher im Eck und einen Sessel, der schon etwas mitgenommen aussieht. An der Wand neben dem Bett hängen zahlreiche Fotos. Durch das große Fenster kann Herr Kabitzke auf den gepflegten Garten des Seniorenheims schauen, auch wenn er dafür den Sessel ziemlich weit von seinem aktuellen Platz verschieben müsste.

»Guten Tag, Herr Kabitzke, wir bringen Ihnen Ihr Essen.«

Der alte Herr sitzt auf dem Bett und sieht auf, als wir das Zimmer betreten. Natürlich nicht, ohne vorher geklopft zu haben.

»Ach, schau an. Ich kriege Besuch von meinen liebsten Essenslieferanten.« Schnell nimmt er sich die Brille ab, fast so, als wäre es ihm peinlich, dass wir ihn mit der Lesehilfe erwischt haben. Zusammen mit der Zeitschrift legt er sie neben sich auf dem Bett ab und deutet auf den Tisch, wo Lia das Tablett abstellt.

»Es gibt Fisch mit Kartoffeln und als Nachspeise …«

Ich deute zu Lia, weil das ihre Abteilung ist, und sie schenkt unserem Patienten ein strahlendes Lächeln. »Schokoladenpudding mit Sahnehaube.«

»Das klingt perfekt.«

Neben dem Bett lehnt eine Krücke, auf die Herr Kabitzke im Moment wohl angewiesen ist und die ihm deutlich weniger peinlich ist als die Lesebrille.

»Wo steckt denn Marcin?«

»Der ist unten und hält den wilden Laden bei Laune.«

»Und geht es dir besser?« Dabei sieht er mich so genau an, dass ich mir wünschte, ich hätte eine gesündere Gesichtsfarbe vorzuweisen. Trotzdem nicke ich, aber Lia schüttelt den Kopf, was Herrn Kabitzke nur zusätzlich verwirrt.

»Na das nenne ich mal eine aussagekräftige Antwort.«

»Es geht mir ganz gut.« Als müsste ich das beweisen, trete ich todesmutig an den Tisch und hebe mit einer übertriebenen Geste die Plastikhaube vom Teller, die dafür gesorgt hat, dass der Fisch auf seiner Reise von der Küche bis aufs Zimmer schön warm bleibt. Der Essensdampf hat sich darunter auch gehalten und der dringt mir jetzt direkt und ohne Umwege in die Nase. »Zum Trinken haben wir Wasser und Apfelschorle mitgebracht.«

»Ihr seid wirklich aufmerksam, das muss man euch lassen.« Er humpelt auf den Tisch zu und bekommt für die letzten Schritte Unterstützung von Lia. »Werdet ihr denn schon wieder da unten erwartet oder könnt ihr mir ein bisschen Gesellschaft leisten?«

»Marcin hat alles im Griff, wir haben Zeit.«

Bevor Lia widersprechen kann, ziehe ich ihr den zweiten Stuhl heran und überlasse ihr, ganz Gentleman, den Platz. Purer

Selbstschutz, dann kann ich mich Richtung Fenster verziehen, wo der Essensgeruch nicht so intensiv ist. Herrn Kabitzke fällt auf, dass es für mich keine Sitzgelegenheit gibt, und sieht entschuldigend zu mir.

»Es tut mir leid, Simon. Offensichtlich geht man hier davon aus, dass die Bewohner nicht von mehr als einer Person Besuch bekommen.« Sein Lächeln verblasst und wird etwas trauriger. »Ist nicht so, als hätten sie damit so unrecht.«

»Besuchen Ihre Kinder Sie denn?«

Kabitzke spießt eine klein geschnittene Kartoffel auf, bevor er antwortet. »Unsere Ehe blieb kinderlos.«

»Oh. Das tut mir leid.«

»Ach, Unsinn. Es ist ja nicht deine Schuld. Oder meine. Oder die meiner Frau. Es hat nicht sollen sein.« Mit der Gabel in der Hand deutet er auf die Fotowand hinter sich, und da ich sowieso nur rumstehe, gehe ich näher und betrachte die Bilder genauer. Sie sind alle jeweils in schlichte silberne Rahmen gefasst und erzählen eine Geschichte, die in Schwarz-Weiß beginnt und im Laufe der Jahre farbig wird, je älter die Gesichter auf den Bildern werden.

»Dank der ganzen Fotos bin ich nicht alleine. Meine Irene ist immer ein bisschen dabei.«

»Ihre Frau …«, ich deute auf ein ganz bestimmtes Foto, »… ist Motorrad gefahren?«

»Wieso klingst du so überrascht? Es mag dich schockieren, aber auch wir waren mal jung.« Sein kehliges Lachen klingt rau, als hätte er mehr als ein Leben geführt, und ich komme mir dumm vor.

»Meine Frau Irene hat es geliebt, den Wind im Gesicht zu

spüren.« Niemand im Raum interessiert sich mehr für den Fisch, der langsam, aber sicher auf dem Teller kalt wird. »Irene sagte selbst, sie sei ein echter Wildfang. Man konnte ihr nichts verbieten oder ausreden. Sie war immer voller Leben.« Herr Kabitzke sieht auf das Foto seiner Frau, wie sie neben einem schicken Motorrad lehnt, die langen Haare vom Wind zerzaust, ein Lächeln auf den Lippen, den Helm stolz unter dem Arm. »Ich habe die Aufnahme gemacht. Irene hat immer gesagt, sie will so viel Abenteuer in ihr Leben packen, dass sie nie etwas bereut, wenn sie irgendwann zurückblickt.« Kopfschüttelnd lehnt er sich in den Stuhl und legt die Hände in den Schoß. »Einmal im Jahr sind wir mit dem Wohnwagen ohne Ziel einfach durch Europa gefahren. Sie hat immer ganz spontan entschieden, wohin es als Nächstes geht. *Eine* große Reise, die wollte sie noch machen.« Herr Kabitzke muss sich räuspern, weil seine Stimme nachgibt.

So unauffällig wie möglich sehe ich zu Lia, die ebenfalls mit großer Mühe die Tränen zurückhält.

»Wer weiß, vielleicht führt mich meine letzte große Reise ja bald zu ihr.« Ganz liebevoll blickt er zur Fotowand, aber Lia schüttelt entschlossen den Kopf.

»Sie haben doch versprochen, noch etwas zu bleiben, schon vergessen?« Lia schafft es tatsächlich, dass der alte Herr fast ein bisschen rot wird.

Er stützt die Ellenbogen auf den Tisch und sieht wieder zu uns. »Jetzt aber genug von mir. Erzählt mal. Was hat euch in dieses feine Seniorenheim verschlagen?«

Die ganze Zeit schon habe ich mich gefragt, ob die Herrschaften hier wissen, wer da ihr Essen austeilt und die Tische abräumt. Angstschweiß legt sich auf meine Stirn. Lia kommt bestimmt mit einer cleveren Lüge aus der Sache raus, aber mein Gehirn ist lahmgelegt.

»Wir machen hier ein Schulpraktikum.«

Meine Dankbarkeit für ihre perfekte Ausrede, die für uns beide funktioniert, würde ich so gerne mit einer spontanen Umarmung für Lia zum Ausdruck bringen, aber ich belasse es bei einem zustimmenden Nicken und entscheide mich, weiterhin der stille Beobachter des Gesprächs zu bleiben.

»Wollt ihr denn später mal einen Pflegeberuf erlernen?«

Gerade, als ich fragen will, wieso er sich so sehr für unsere Geschichte interessiert, lacht Lia bitter auf. »Den habe ich bereits erlernt, glaube ich manchmal.«

Jetzt sehen wir sie beide etwas irritiert an, aber nur Herr Kabitzke sagt etwas dazu: »Ich dachte, du gehst noch zur Schule.«

»Ja, aber daheim …« Jetzt erst fällt ihr auf, was sie da tut, und sie wirft mir einen kurzen Hilfe suchenden Blick zu.

»Verstehe. Pflegefall in der Familie?«

»So was in der Art.«

Herr Kabitzke nickt wissend und legt sanft seine uralte Hand auf Lias. »Meine Frau war die letzten Jahre auch auf Hilfe angewiesen. Es ist nie leicht, sich hilflos zu fühlen, wenn man gebraucht wird. Am Anfang habe ich das noch alles allein übernommen. Aber irgendwann …« Er zuckt die Schultern. »War es zu viel.«

»Und was haben Sie dann gemacht?«

»Das, was ich für richtig hielt. Ich habe um Hilfe gebeten. Gut, ich habe sehr viele Telefonate geführt und Formulare ausfüllen müssen, aber dann kam ein Pflegedienst und hat mich unterstützt. Als es ihr immer schlechter ging, kam sie schließlich in ein Pflegeheim.«

Automatisch betrachte ich wieder das Foto der Frau mit dem Motorrad, die so gar nicht krank aussieht. Lia kann offenbar auch nicht glauben, dass Irene, der Wildfang, im Pflegeheim gelandet ist.

»Einfach so?«

»Sie war sehr krank.«

»Nein, ich meine, Sie haben einfach so um Hilfe gebeten?« Lia sieht ihn derart verständnislos an, als hätte er gerade erklärt, wie man ein Atom daheim am Küchentisch spaltet, und ich verfolge die Unterhaltung gespannt.

Herr Kabitzke nickt. »Ich musste einsehen, dass es das Beste für meine Frau war.«

»Aber Ihre Frau … haben Sie die denn nicht vermisst?«

»Das tue ich noch. Jeden Tag.« Hier wackelt Herrn Kabitzkes Stimme erneut. »Das erste Frühstück alleine, das war schrecklich. Ich habe wie selbstverständlich zwei Teller, zwei Tassen und ihre Lieblingsmarmelade auf den Tisch gestellt.«

Er lacht, als wäre das albern, aber ich finde das ganz und gar nicht. Ich finde es schön – und traurig.

»Aber sie war ja gar nicht mehr daheim. Also habe ich die Marmelade eingepackt und bin zu ihr gefahren. Alleine frühstücken, das konnte ich gar nicht mehr.« Er zieht eines dieser riesigen Stofftaschentücher aus seiner Hosentasche und tupft sich über die Augen. »Du siehst, es war nicht *einfach*. Aber das Leben im Pflegeheim war viel angenehmer für sie. Und gefrühstückt haben wir dennoch zusammen. Bis zum Schluss.«

Ich bin zu jung, um zu verstehen, wie schrecklich der Verlust für Herrn Kabitzke gewesen sein muss, nachdem sie ein ganzes Leben Seite an Seite verbracht haben. Aber wie liebevoll er über seine verstorbene Frau spricht, das erwischt mich. Weil es deutlich macht, was für eine gute Zeit sie zusammen hatten.

»Welche Marmelade war es denn?« Erst als Lia und Kabitzke zu mir sehen, bemerke ich, dass ich die Frage laut gestellt habe, und nehme schnell eine etwas aufrechtere Haltung an. »Die Lieblingsmarmelade Ihrer Frau, meine ich.«

Kabitzke knetet das Taschenbuch einen stillen Moment in seiner Hand, räuspert sich dann und sagt: »Erdbeer-Mirabellen-Marmelade.«

42

Marcin

»Er hat sich beim Tischtennis verletzt.« Lia klingt etwas zerknirscht, und Simon sieht auch so aus, als sie von oben zurück in die Küche kommen, wo ich inzwischen schon fast die ganze Arbeit alleine erledigt habe.

»Wird er es überleben?«

»Ja.«

»Gut.«

»Ich wollte mich entschuldigen.«

»Weil du mich vollkommen zu Unrecht einfach so verbal angegriffen hast?«

»Ganz richtig.«

Die Aktion vorhin ist ihr offensichtlich peinlich, ihr Lächeln schüchtern, und die Tatsache, dass ich mein Pokerface jahrelang perfektioniert habe, verunsichert sie zusätzlich.

»Also, nimmst du sie an?«

Ich sehe mich suchend um. »Ich sehe gar keine Blumen.«

»Die Entschuldigung.«

»Genau genommen hast du dich noch nicht wirklich entschuldigt. Du hattest es nur vor.«

»Es tut mir leid, dass ich alles an dir ausgelassen habe. Das war nicht fair.«

»Okay.«

»Manchmal reagiere ich etwas über, aber …« Sie sieht mich an, als würde ein trauriger Blick aus ihren Augen reichen und ich würde einfach nur abwinken, die Sache vergessen und ganz normal weitermachen.

Und genau das passiert. »Schon okay. Wir haben alle so unsere wunden Punkte.«

»Ich hasse Abschiede.«

Wie passend. »Habe ich inzwischen verstanden.«

»Das kann ich einfach nicht. Vor allem dann nicht, wenn jemand einfach so verschwindet.«

»Verstehe.« Und das tue ich wirklich, auf eine sehr merkwürdige Art und Weise.

Lia sieht von mir zu Simon und wieder zurück. »Wenn unser letzter gemeinsamer Arbeitstag vorbei ist, tut ihr mir dann den Gefallen und verabschiedet euch so richtig von mir?«

»Mit Blumen, Geschenken und einem Brief?«

Simons Kommentar ist als Scherz gemeint und ringt sogar mir ein amüsiertes Lächeln ab, aber Lia sieht uns ernst an. »*Genau* so. Mit allem Drum und Dran.«

»Okay.« Simon fällt seine Antwort deutlich leichter als mir, aber das liegt daran, dass er nicht weiß, wie mein Abschied aussehen wird. Er weiß nichts von dem Rucksack und der Tatsache, dass ich nicht einfach nur für ein Wochenende in den Norden zum Wandern will.

Trotzdem nicke ich, bevor Lia mich weiterhin so ansieht. »Das klingt nach ’ner richtigen Abschiedssause.« Mein Kommentar soll sie ablenken, aber ihr Blick verändert sich nicht.

Zumindest nicht, bis Simon das Haarnetz abzieht und zu uns

kommt. »Stichwort Sause, Party am Freitag. Ich habe keine Lust, da alleine hinzugehen.« Statt zu Lia sieht er zu mir. »Willst du auch mit?«

Simons Frage richtet sich direkt an mich, aber ich brauche einen Moment, um zu verstehen, dass er wirklich *mich* meint. »Auf die Party?«

»Klar. Wenn wir zusammen aufschlagen, dann wird es vielleicht lustig.«

Habe ich den Sturz durch die Erdspalte in ein Paralleluniversum verpasst? Zweifelnd sehe ich die beiden an. »Wir drei? Lustig?«

»Wieso nicht?«

»Keine Ahnung, weil wir uns bisher nicht gerade als Komödianten mit Ruhm bekleckert haben?«

»Aber dort können wir mal unabhängig von diesen Sozialstunden quatschen.«

Hab ich Lust, die beiden hier auf eine Party zu begleiten? Ein Blick zu Lia reicht, und ich kenne die Antwort, bevor sie meine Lippen verlassen hat. »Wieso nicht.«

»Ich weiß, dass du der mysteriöse grummelige Typ bist, aber könntest du nicht wenigstens so tun, als würdest du dich darauf freuen?«

»Ich freu mich doch.«

»So richtig, meine ich.«

Selbst Simon sieht mich jetzt auffordernd an, und ich muss gestehen, es ist eine Ewigkeit her, dass jemand trotz all meiner Abwehrversuche so hartnäckig versucht, mich kennenzulernen. Das Seltsame an der Sache ist eigentlich nur, dass ich mich tatsächlich darauf freue. Ein Abend weg von daheim ist ohnehin gut, aber mit Lia in der Nähe und Simon im Schlepptau könnte das wirklich toll werden. Und es ist eine Weile her, dass mir mal was Tolles passiert ist.

»Okay, okay, ich freu mich ja.«

Lia legt ihre Arme um Simon und mich, zieht uns damit ein bisschen näher an sich heran und ihre Begeisterung springt sogar auf mich über.

»*Outlaws for life* und so.«

43

Lia

Der Abschied fällt mir heute schwerer, so als wolle ich die Jungs noch nicht loslassen. Ihnen scheint es nicht anders zu gehen, wir schlendern eher und auch draußen lassen wir uns Zeit. Bis Marcin sich räuspert. »Also, ich muss leider los.«

»Nach Hause?« In Simons Nachfrage schwingt ein gewisser Zweifel mit, aber Marcin nickt sofort, nur um dann doch ein Kopfschütteln daraus zu machen.

»Nein. Ich gehe noch ein bisschen …« Kurz streift mich sein Blick. »Arbeiten.«

»Arbeiten?«

»Ja. Ich habe einen Job.« Und aus irgendeinem Grund ist ihm das unangenehm.

»Cool.«

»Ja. Total cool.«

Dabei versucht Simon wirklich, Marcin die Angespanntheit zu nehmen. »Ich arbeite ja quasi auch. Also, nicht wirklich, aber ich gebe Nachhilfe. Bisschen Geld verdienen.«

»So ähnlich, ja.«

»Wo denn?«

Er wusste, dass die Frage kommt, und ich hätte nicht gedacht, dass Marcin mal vor uns erröten würde, aber es geschehen noch Zeichen und Wunder. »Ich arbeite beim *Rewe* am Marienplatz.«

Simon klappt den Mund auf und zu wie ein Fisch und dann entscheidet er sich für ein überraschtes Grinsen. »Daher wusstest du es!«

Keine Ahnung, wovon die beiden reden.

»Ja, ich habe euch gesehen und gehört.«

»Oh Mann. Also, zu meiner Verteidigung, das war Richards Idee.«

Richard. Irgendwie klingelt bei dem Namen was, aber ich kann ihm kein Gesicht zuordnen.

»Ich weiß. Habe ja alles mitgehört.«

»Kann mich mal jemand aufklären?«

Aber die Jungs, die sich noch immer ansehen, entscheiden mit einem Blick, dass es besser ist, mich in diese Geschichte nicht einzuweihen.

»Ist nicht so wichtig. Und ich muss los.« Damit schließt Marcin sein Fahrrad auf und schwingt sich in den Sattel.

»Wir sehen uns dann morgen?« Eine inzwischen wirklich überflüssige Frage, und doch ist da dieses aufgeregte Blubbern, wenn ich daran denke, dass ich morgen schon wieder eine Auszeit hier in der *Schattigen Pinie* bekomme.

»Ich werde da sein.«

Simon hebt die Hand, als würde er sich im Unterricht mit der richtigen Antwort melden. »Und ich auch. Wo sollte ich auch sonst sein?« Sein schiefes Lächeln spricht mir aus der Seele.

Und wo sollte *ich* auch sonst sein? Höchstens bei Mama und Hannah, um auf sie aufzupassen, um dafür zu sorgen, dass nichts kaputtgeht. Hier dagegen ist meine größte Sorge, ob ich es schaffe, die Nachspeise kleckerfrei in ihre Schalen zu füllen.

»Dann bis morgen. Oder … wann auch immer ich gebraucht werde.« Den Nachsatz sagt Marcin in meine Richtung, und ich klopfe sanft auf die Tasche meiner Jacke, wo mein Handy ruht. Nur einen Anruf entfernt. Oder eben eine WhatsApp-Nachricht.

Erst als Marcin weit genug weg ist, dreht Simon sich zu mir. »Er mag dich übrigens.«

»Wieso behaupten das alle? Ich meine, wieso kriege ich das ständig zu hören?«

»Vielleicht, weil es wahr ist?«

»Ja, trotzdem.«

»Und vielleicht, weil du ihn auch magst.«

Das trifft die Sache schon eher, aber selbst jetzt schüttele ich den Kopf. »Wolltest du mich gestern nicht noch davor warnen, dass er mir das Herz brechen wird?«

»Wird er vermutlich auch.«

»Na toll.«

»Aber vielleicht nicht absichtlich.«

»Was es besser macht, oder wie?«

Simon zuckt die Schultern. »Was weiß ich? Es ist nicht so, als wäre das mein Fachgebiet.«

»Okay. Sorry. Und was steht bei dir jetzt noch so an?«

Simon muss über den als Frage getarnter Themenwechsel kurz nachdenken. »Ja, keine Ahnung. Muss noch ein bisschen lernen, aber sonst nix.«

»Lust auf einen Besuch beim liegenden Baum?«

Sein Gesicht hellt sich sofort auf und er nickt begeistert.

»Jederzeit.« Doch nach wenigen Schritten bleibt er stehen und sieht zu mir. »Könnte der liegende Baum so was wie unser Geheimnis bleiben?«

»Weil es dir peinlich ist, mit mir gesehen zu werden?«

Er lacht kurz auf. »Lia, wenn es nach mir ginge, würde ich gerne jedem erzählen, dass wir zusammen abhängen. Aber ich will nur nicht, dass sich unser Baum zu einem angesagten Treffpunkt für Hipster mausert.«

Trotzdem werde ich das Gefühl nicht los, dass er einen ganz anderen Grund dafür hat. Und je länger wir stumm nebeneinander hergehen, desto mehr verstärkt sich dieses Gefühl, dass er den Baum aus dem gleichen Grund wie ich für uns behalten will.

»Erinnerst du dich daran, wie das war, wenn man als Kind Fangen gespielt hat?« Meine Frage erreicht ihn, als wir in die U-Bahn steigen.

»Klar.«

»Da gab es doch immer diesen Ort, an dem man safe war.«

Er nickt, während wir uns auf die Plätze am Fenster setzen. »Ja, wenn man mal durchschnaufen musste, weil der Jäger viel zu schnell war.«

»Genau.« Simon versteht mich und schenkt mir ein warmes Lächeln, als ich sage: »Das soll der liegende Baum für uns sein. Ein Ort, um mal durchzuschnaufen.«

»Das klingt gut.«

Ich weiß nicht so recht, vor wem oder was Simon die ganze Zeit davonläuft, aber manchmal sieht er so gehetzt, so müde und ausgelaugt aus, als wäre der Jäger dicht an ihm dran. Zu gerne würde ich die Geschichte hinter dem blassen Gesicht kennen. Bisher war es fast wie ein Spiel: Wer errät als Erster den wahren Grund unserer Sozialstunden? Das ist mir aber inzwischen egal, ich will wissen, wieso Simon mich manchmal so gut versteht und so viel über die Welt nachdenkt.

»Unser Safe Place.« Dabei klingt er so erleichtert, dass ich einfach mitlächeln muss.

Simon entspannt sich, lehnt sich in seinen Sitz und sieht aus dem Fenster, wo es gerade schlagartig dunkel wird, als wir in den Tunnel fahren.

44

Marcin

Es ist zu früh, also kann es nicht sein, dass Papa schon schläft.

Deshalb traue ich dem Frieden nicht, den die dunklen Fenster verheißen, als ich endlich den Mut finde und über die Straße auf unser Haus zugehe, den Schlüssel in der Hand, als wäre er mein einziger Halt. Im Treppenhaus lasse ich das Licht diesmal aus, nehme jede Stufe einzeln und langsam, bereite mich darauf vor, dass er im Wohnzimmer eingeschlafen ist. So gern die Hoffnung auch in mir aufflackern will, ich weiß nur zu genau, dass er nicht ausgegangen ist. Nicht, wenn der Arzt ihn krankgeschrieben hat.

Aber die Wohnung liegt nicht nur tatsächlich im Dunkeln, sie ist auch tatsächlich leer und mein Aufatmen ist sicher in der ganzen Straße zu hören. Dessen Echo hallt noch in mir nach, und ich lehne mich gegen die Wohnungstür, plane den Rest des Abends ohne meinen Vater.

Bis ich bemerke, dass es gar nicht mein Echo ist, dass es nicht nach Erleichterung klingt, was ich da höre, sondern eher ein verzweifeltes schweres Atmen ist, ein leises Wimmern. Weiter in die Dunkelheit lauschend bemerke ich, dass das Geräusch von der anderen Seite der Tür kommt, aus dem Treppenhaus, und ich schiebe die Tür wieder auf, erwarte fast, meinen Vater zu sehen. Aber da ist nichts, nichts außer diesem erstickten Jammerlaut, und ich halte den Schlüssel wieder etwas fester in meiner Hand.

Ich taste nach dem Lichtschalter, und das grelle Flurlicht blendet mich einen Moment, aber daran bin ich inzwischen gewöhnt. Noch immer keine Spur von meinem Vater und Erleichterung flutet erneut meinen Körper.

Nur das Geräusch, es hört nicht auf – und kommt aus der Wohnung von Frau Waible. Mit zwei Schritten bin ich an der Tür, drücke mein Ohr dagegen und lausche.

»Frau Waible?«

Eine erstickte Antwort und ich bin schon wieder zurück in unserer Wohnung, weil ich in der hässlichen Vase auf dem Schuhschrank im Flur den Zweitschlüssel für ihre Wohnung versteckt habe. Den hat sie mir vor fast zwei Jahren gegeben, als sie ihre erste Knie-OP hatte und ich ihre Blumen versorgen musste.

Jetzt ziehe ich ihn mit zittrigen Fingern hervor und eile zurück in den Hausflur. »Frau Waible, ich komme jetzt rein!«

Das sagen doch die coolen Feuerwehrleute in den US-Serien immer, bevor sie durch die Tür brechen und jemanden aus den Flammen retten. Aber ich rieche weder Rauch noch sonst irgendwas, das auf Feuer hindeuten könnte.

Der Schlüssel greift, und ich schiebe die Tür vorsichtig auf, weiß nicht, was ich erwarte oder befürchte, aber als ich Frau Waible im Flur auf dem Boden liegend entdecke, schießt Panik und Adrenalin durch meine Adern.

»Frau Waible …« Ich gehe neben ihr in die Hocke, mein Herz rast und stolpert in meiner Brust, als ich vorsichtig nach ihrer Hand greife, die sie mir entgegenstreckt. An ihrer Stirn klafft eine Platzwunde, ihre Brille liegt irgendwo auf dem Boden und ihre trüben Augen mustern mich unsicher.

»Ich bin es, Marcin.« Nur für den Fall, dass sie mich nicht erkennt oder für einen Eindringling hält. »Können Sie sich aufsetzen?«

Mattes Kopfschütteln.

»Ich rufe den Rettungswagen …« Aber aufstehen kann ich nicht, weil ihre Hand meine jetzt fest umschlossen hält und ich einen deutlichen Anflug von Angst in ihren Augen erkenne. Wieso das zu einem Lächeln auf meinen Lippen führt, weiß ich nicht, aber es passiert ganz automatisch. »Keine Sorge, ich bleibe hier. Ihnen passiert nichts.«

Mit der freien Hand, in der ich bis eben noch den Schlüssel hatte, suche ich mein Smartphone und wähle die 112. So oft hatte ich die Finger schon über genau dieser Ziffernkombination, aber nie habe ich sie gedrückt. Jetzt tue ich es, warte kurz und erkläre der ruhigen Stimme am anderen Ende dann, was vermutlich passiert ist. Keine Ahnung, wie lange Frau Waible nach ihrem Sturz hier lag, aber so fest, wie sie meine Hand hält, muss das schon eine Weile her sein.

Sie versichern mir, ein Krankenwagen wäre sofort unterwegs, und ich lege wieder auf.

»Ein Glück bist du da, Marcin.« Wieder drückt sie meine Hand und ich komme mir so dumm vor. Sollte ich sie nicht am besten in eine stabile Seitenlage drehen oder zumindest ein Glas Wasser holen? »Ein Glück bist du da.«

»Der Arzt ist unterwegs.«

»Dein Vater hat mich nicht gehört …«

Nein. Mein Vater hört nichts mehr. Nur noch sich selbst und seine ganze Wut, die alles andere vernebelt und ausblendet. Traurig nicke ich und zucke gleichzeitig die Schultern, als würde es mich nichts angehen.

»Er hat gerade viel zu tun.« Ausreden für ihn finde ich viele und hasse mich mit jeder ein bisschen mehr.

»Er hat mich nicht gehört.« Dann schließt sie die Augen und ich kriege es mit einer waschechten Panik zu tun.

»Frau Waible?«

»Hm.«

»Sie dürfen jetzt aber nicht einschlafen.«

»Dann erzähl mir was.«

Was kann ich ihr erzählen, womit ich sie nicht erst recht in den Schlaf quatsche.

»Es gibt da dieses Mädchen im Seniorenheim.«

Lias Lächeln blitzt kurz auf, und Frau Waible macht ein komisches Geräusch, als hätte sie irgendwo Schmerzen.

»Sind die Leute im Seniorenheim nicht etwas zu alt für dich?«

»Sie leistet dort ihre Sozialstunden ab.«

»Ach, eine von der Sorte.« Frau Waible lächelt.

Ich auch. »Eigentlich nicht. Sie passt da gar nicht hin. Und ich glaube, sie mag mich auch nicht besonders.«

»Wieso denn nicht?«

»Weil sie … keine Ahnung. Sie macht Dinge, die ich blöd finde, und dann diskutieren wir.« Ich muss an den Pudding denken.

»Aber du magst sie.« Keine Frage, nur eine Feststellung.

»Weiß nicht.«

»Weißt du noch, wie mein Ludwig immer diese Klatschzeitschrift für mich gekauft hat?«

»Klar. Geschimpft hat er immer am Kiosk, weil da nur Quatsch drinnen steht.«

»Ganz richtig. Aber er hat sie mir jede Woche besorgt. Obwohl er es nicht gemocht hat.«

»*Mhm.*«

»Ich habe Dinge gemacht, die Ludwig blöd fand. Und er hat mich trotzdem geliebt. Bis zum letzten Tag.«

Die Sirenen des Rettungswagens kommen immer näher und ich entspanne mich etwas.

»Vielleicht magst du sie, *weil* sie Dinge tut, die du blöd findest.«

»Das ist eine ziemlich komische Logik, Frau Waible.«

»Ich habe mir vorhin ordentlich den Kopf angeschlagen, erwarte keine cleveren Ratschläge von mir.«

Und dann klingelt der Rettungsdienst.

45

Simon

Lia lehnt am liegenden Baum und sieht ein bisschen so aus, als wäre sie kurz davor, sich danebenzulegen und sich ordentlich auszuruhen.

»Wenn du mir vor ein paar Wochen erzählt hättest, dass ich freiwillig zwei Mal hintereinander diesen Baum besuche …«

Aber sie verrät mir nicht, was dann passiert wäre, und ich setze mich schließlich neben sie. Außer uns ist niemand hier, aber das überrascht mich nicht. Es freut mich.

»Weißt du, dass ich noch gar nicht bei meiner Schwester gecheckt habe, was sie heute für Unsinn treibt?«

»Und ist das gut oder schlecht?«

»Keine Ahnung. Manchmal denke ich, es ist genau das, was sie sich wünscht.«

»Und was wünschst du dir so?« Für manche Menschen ist das eine einfache Frage, die sie sofort, ohne länger nachdenken zu müssen, beantworten können, aber Lia bleibt stumm, selbst dann noch, als ich sie ansehe. »Ein Haustier vielleicht?«

Aber sie schüttelt bei meinem Vorschlag den Kopf.

»Eine Reise?«

Wieder schüttelt sie den Kopf. »Ich weiß es nicht, Simon. Ich würde mir wünschen, dass Ruhe einkehrt. Wirkliche Ruhe. Ich würde nicht nur so ein Drei-Monats-Ticket für Ruhe haben wollen, sondern ein Jahresabo.«

»Ruhe ist ein unterschätztes Luxusgut.«

»Wieso wusste ich, dass du mich verstehst?«

Sie stupst meine Schulter mit ihrer an und sofort muss ich grinsen. In Lias Nähe fühle ich mich wohl, einfach so. Dafür braucht es weder perfektes Wetter noch den richtigen Song im Hintergrund. Es reicht, dass sie da ist. »Weil es in meinem Kopf nie ruhig ist. Und weil ich keinen Ort habe, an dem es wirklich ruhig wird. Weil immer irgendwie was los ist.« *Huch.* Das war jetzt ein bisschen zu viel Wahrheit, aber ich lass sie so stehen.

»Ist jetzt auch gerade was los?«

Mein Impuls ist es, zu nicken, aber ich zögere, horche in die Stille um uns im Rosensteinpark und sogar mein Kopf scheint sich eine Kaffeepause zu gönnen.

»Jetzt gerade ist es okay. Im Ernst, ich bin echt froh, dass ich euch getroffen habe.« Kurz horche ich in meinen Bauch, wie es sich anfühlt, das laut gesagt zu haben, und stelle erfreut fest, dass mein Magen ganz ruhig bleibt. »Aber da ist auch immer diese Panik, dass ihr …« Mein Blick wandert von Lia in die Ferne, weil ich Angst habe, es auszusprechen.

»Hm?«

»Wenn ihr erst wisst, was ich verbockt habe, dann bin ich unten durch und dann war es das mit dem Safe Place und den Pausen von all dem.« Hört man meiner Stimme die zittrige Angst an?

»Das glaube ich nicht. Wir haben doch alle Mist gebaut.«

»Mein Mist ist aber echter Mist.« Mein gequälter Gesichtsausdruck lässt sie zweifellos noch offensichtlicher wissen als meine Worte, dass ich es wirklich richtig verkackt habe.

»Simon, ich mag dich wirklich gerne, und ich glaube nicht, dass dein Fehltritt daran etwas ändern wird.«

»Weil du denkst, dass ich nett bin.«

»Weil du *du* bist.«

Dabei kennt sie mich gar nicht richtig. Sie kennt meine Hobbys nicht, weiß nicht, welche Filme ich gerne schaue oder wo ich am liebsten Urlaub machen will. Sie weiß auch nicht, dass ich einen Menschen fast habe verbrennen lassen, weil der blöde Schlafsack aus billigem Polyester war und sofort Feuer gefangen hat.

Kurz muss ich husten, obwohl der Rauch sich nur durch meine Erinnerung schlängelt.

»Alles okay?«

»Alles spitze.«

»Sicher, dass das neulich nur eine kurze Magenverstimmung war?«

»Habe sicherheitshalber nichts mehr gegessen, kann also auch nichts mehr Verdorbenes drin sein.« Irgendwann wird diese Lüge auffliegen. Aber nicht heute.

Anders als bei meinen Eltern entdecke ich in ihren Augen keine Ahnungslosigkeit. Ganz im Gegenteil, sie mustern mich so eingehend, dass ich mir nackt und schutzlos vorkomme.

»Wenn du mal darüber reden willst …«

»Wir reden doch.« Auch wenn ich genau genommen gar nichts sage.

»Wenn du *wirklich* reden willst, dann höre ich gerne zu.«

»Oder willst du nur rauskriegen, was ich verbrochen habe?«

Das lasse ich wie einen flotten Witz über meine Lippen kommen und dem dann schnell ein Lächeln folgen.

»Nee, ich will wissen, was dich so bedrückt. Aber wenn du nicht reden magst, okay. Das Angebot hat kein Verfallsdatum.«

»Okay.«

Sie nickt und setzt zu einem Lächeln an, aber ihr Handy gibt den typischen WhatsApp-Sound von sich, eine neue Nachricht. Und noch eine. Und noch eine. Und noch eine. Es hört gar nicht mehr auf. Lias Gesichtsausdruck verändert sich sofort. Es liegt etwas Panik darin, aber auch das Wissen von jemandem, der einen Unfall kommen sehen kann, bevor er passiert. Sie fischt das Handy heraus und liest die Nachrichten, die noch immer im Sekundentakt eingehen.

»Alles okay?«

»Nein.«

»Was ist passiert?«

»Meine Mama ist im Krankenhaus.«

Kraftlos lässt sie die Hand mit ihrem Smartphone sinken und ich rücke näher zu ihr auf.

»Was Schlimmes?« *Dumme Frage, hätte sie sich nur einen Spreißel geholt, wäre sie wohl kaum im Krankenhaus gelandet.*

»Ich muss zu ihr.«

»In welchem Krankenhaus liegt sie denn?«

»Im Robert-Bosch.«

»Das ist gar nicht so weit von hier. Komm.« Ohne nachzudenken, greife ich nach ihrer Hand, die einen Moment wie ein toter Fisch in meiner liegt, bevor ich sie mit einem Ruck aus ihrer Lethargie und in Richtung Ausgang des Parks ziehe. Die ersten Schritte fallen ihr schwer, als müsse sie erst in den richtigen Gang schalten, aber zumindest legen sich ihre Finger jetzt fester um meine und dann lässt sie sich von meiner Geschwindigkeit mitreißen.

»Keine Sorge, alles wird gut.« Dabei habe ich keine Ahnung, woher ich diese Vermutung und die Hoffnung darauf hernehme, aber Lia dankt es mir mit einem schwachen Lächeln.

Komischerweise erkenne ich keine Angst in ihren Augen, sondern viel mehr so was wie Resignation. Und ich werde das Gefühl nicht los, dass die Nachricht über ihre Mutter sie nicht ansatzweise derart überrascht hat wie mich.

46

Marcin

Ich soll warten.

Also warte ich. Auf diesen unbequemen Stühlen, in einem nach Essigreiniger riechenden Flur, in dem grelle Neonlichter mich blenden und ständig irgendwo ein Telefon klingelt oder Geräte piepsen.

Die Schwestern, die aus Zimmern kommen und hinter irgendwelchen Türen wieder verschwinden, lächeln mir im Vorbeigehen zu, obwohl sie nicht wissen, wer ich bin oder auf wen ich warte.

Frau Waible muss untersucht und die Wunde wohl genäht werden. Unsere Nachbarin wollte meine Hand nicht loslassen, als man sie in den Krankenwagen gebracht hat, und so musste ich mitfahren und mich als ihren Enkel ausgeben. Obwohl vermutlich alle wissen, dass es eine Lüge war, darf ich jetzt hier im Krankenhaus sitzen und warten. Ein mulmiges Gefühl gibt es kostenlos zur Warterei mit dazu.

Aber selbst das ist besser, als zu Hause auf Papa zu warten.

»Was machst du denn hier?«

Die Stimme gehört nicht in ein Krankenhaus und doch ist sie da. Die Stimme und das Mädchen dazu. Als ich aufsehe, steht Hannah vor mir. Ihr Blick ist etwas klarer als neulich, ihre

Augen dafür geschwollen, sie verraten, dass sie geweint haben muss, und mein Körper spannt sich an.

»Ich warte. Was machst du denn hier?« Sofort rasen meine Gedanken zu Lia und der Frage, ob ihr etwas passiert ist.

»Meine Mama wurde eingeliefert.« Damit lässt sie sich auf den harten Plastikstuhl neben mich fallen und lehnt den Kopf an die Wand hinter uns.

»Was ist denn passiert?«

Aber sie winkt nur ab, will nicht darüber sprechen und schließt die Augen. So sieht sie ihrer Schwester verdammt ähnlich, auch wenn ihr Gesicht noch etwas zarter wirkt.

»Lia ist nicht hier.«

Dabei habe ich gar nicht nach ihr gefragt.

»Sie ist nie da, wenn so was passiert.«

Ich ahne, dass sie noch mehr zu sagen hat und ich sie nicht unterbrechen sollte. Außerdem habe ich Übung im Warten und sonst nichts vor.

»Sie hat jetzt ja diese Sozialstunden und bleibt einfach weg.« Müde öffnet sie die Augen, ihr Blick wirkt düster und verloren. »Sie ist nicht so, wie du denkst, Marcin.«

»Wie denke ich denn, dass sie ist?«

»Süß, lieb, brav, charmant, witzig und *ach-so-nett!*«

»Ich habe deine Schwester bei ihren Sozialstunden kennengelernt. Mir war schon klar, dass *süß-lieb-brav* vermutlich nicht ihre stärksten Eigenschaften sind.«

»Sie ist gemein und selbstsüchtig.«

»Weswegen ist eure Mutter im Krankenhaus, Hannah?«

Ihr Blick wird angriffslustig, als sie sich zu mir wendet. »*Ha*. Ich wette, davon hat mein Schwesterlein dir nichts erzählt, oder? Weil das nur so was wie ein Fettfleck auf ihrem makellosen Leben ist.«

Ob sie merkt, wie verkrampft sie ihre Hände zu Fäusten geballt hält?

»Mama ging es richtig gut! Sie hatte auch wieder einen Job und hat viel gelacht und dann klaut Lia ihr das Auto und baut einen Unfall. Wie kann man nur so dumm sein?«

Ob sie merkt, dass sie weint?

»Die Polizei hat sie nach Hause gebracht und gleich gesagt, dass sie mit einer fetten Strafe rechnen darf. Wer ist derart bescheuert und macht so was?«

Weil ich nicht so recht weiß, was ich darauf antworten soll, lege ich einen Arm vorsichtig um sie, wie ich es schon mal bei ihr gemacht habe, und wieder sinkt sie fast erleichtert gegen meine Schulter.

»Manchmal wünschte ich mir, sie wäre nicht mehr da.«

Es ist ein Flüstern, aber es fährt mir durch Mark und Bein.

»Du bist sauer und verletzt, aber …«

»Nein, Marcin. Wirklich. Manchmal wäre alles so viel leichter, wenn sie einfach nicht mehr da wäre.«

Die Tränen kommen immer heftiger, und ich kann nicht anders, lege meine Arme um sie und halte sie in einer sanften Umarmung, während sie weint.

So hatte ich mir den Abend ganz sicher nicht vorgestellt, auch wenn ich aufgehört habe, mir meine Abende überhaupt noch irgendwie vorzustellen. Sie sind im Moment nur etwas, das ich innerlich und im Kalender abhake. Immer mehr rote Kreuze, denn in großen Schritten nähern wir uns dem Datum, das ich seit fast drei Jahren herbeisehne.

»Hannah?«

Lia steht plötzlich vor uns. Mit Simon. Sie wirken gehetzt, sind außer Atmen.

»Marcin, was machst du denn hier?«

Bevor ich antworten kann, entzieht sich Hannah meiner Umarmung und starrt ihre Schwester an. »Wie schön, dass du es einrichten konntest.« Dann sieht sie zu Simon, der unsicher neben ihrer Schwester steht und noch immer Lias Hand hält. »Haben wir mit unserem Drama euer Date ruiniert?«

»Hannah, dafür haben wir jetzt wirklich keine Zeit. Wo ist Mama?«

Aber Hannah denkt nicht daran, zu antworten, und wendet sich stattdessen an mich. »Pass auf dich auf, Marcin.« Dann steht sie auf, funkelt Lia noch immer an und deutet schließlich mit einem Kopfnicken den Gang hinunter. »Sie liegt da drinnen. Ihr wurde der Magen ausgepumpt, anschließend hat man ihr irgendwas zur Beruhigung gegeben und jetzt schläft sie.«

»Wo hat man sie gefunden?«

»Bei den Fußballplätzen.«

Lias Unterlippe zittert, aber sie reißt sich zusammen, fährt sich kurz über das Gesicht und strafft die Schultern. »Gut. Kannst du heute bei Lena übernachten?«

»Denke schon.«

»Mach das bitte. Ruf an, wenn du angekommen bist, ja?«

»Sicher. Jetzt, wo alles geklärt ist, spielst du die Ersatzmutter. Ich melde mich, wenn ich bei Lena bin. Viel Spaß hier noch.« Mehr hat Hannah nicht mehr zu sagen und geht einfach davon, ohne sich noch mal umzudrehen.

Simon und ich wechseln einen kurzen Blick, aber auch ich

weiß nicht genau, was da gerade oder überhaupt passiert ist. Jetzt erst lässt Simon Lias Hand los und macht einen angedeuteten Schritt zurück, als wolle er gehen, aber ich gebe ihm stumm zu verstehen, dass er bleiben soll.

Lia atmet tief durch und wendet sich dann an mich. »Danke, dass du dich um sie gekümmert hast.«

»Das habe ich gar nicht.« Obwohl es eben vielleicht anders ausgesehen haben mag.

»Ich schaue mal nach meiner Mutter …«

»Ich warte hier.« Simon nimmt auf dem Stuhl Platz, wo eben noch Hannah gesessen hat, und nickt, als wäre das jetzt beschlossene Sache. Lia will widersprechen, aber sie wird uns sicher nicht so schnell los, das wird ihr wohl klar, weshalb sie knapp abwinkt und dann in die Richtung geht, die ihre Schwester eben angedeutet hat. Erst als sie ganz sicher außer Hörweite ist, sieht Simon zu mir. »Bei dir alles okay?«

»Wie meinst du das?«

»Du hockst in einem Krankenhausflur, da habe ich mal eins und eins zusammengezählt. Also?«

»Ich warte nur.« Keine Ahnung, wie ich die ganze Story mit Frau Waible erklären soll, ohne dabei zu viel über mich zu erzählen.

Aber Simon erwartet das gar nicht. »Verstehe. Du wartest also.«

Bevor er die nächste Frage abfeuern kann, wechsele ich das Thema und bugsiere stattdessen ihn in den Verhörraum. »Du und Lia …?«

Aber Simon schüttelt den Kopf, bevor ich meine Frage beenden kann. »Freunde.«

»Verstehe.«

»Nicht das erklärte Endziel, aber … Freunde.«

»Verstehe.«

»Freie Bahn für dich.«

»Nee, nee. Keine Chance.«

»Quatsch nicht rum, Marcin. Ich habe gemerkt, wie erleichtert sie war, als sie dich eben gesehen hat.«

»Ich weiß nicht.«

»Und ich hab auch gemerkt, wie erleichtert du sie angesehen hast. Wozu der ganze Tanz also noch?«

Schnell verschränke ich die Arme. »Weil ich eh bald weg bin.«

Sein Kopf schnellt in meine Richtung herum. »Wie *weg*?«

»Weg halt.«

»Ist dein Sozialscheiß etwa bald rum?«

Mein Sozialscheiß. Meint er damit meine Zeit im Seniorenheim oder die letzten Jahre mit meinem Vater?

»Jap.«

»Na dann, herzlichen Glückwunsch.«

»Danke.«

»Weiß Lia davon?«

»Wieso sollte sie?«

»Weil sie dich echt mag, du Vollidiot.«

47

Lia

Sie sieht aus, als würde sie einfach nur schlafen.

Wenn man von der ganzen Krankenzimmeroptik mal absieht.

Genau genommen tut sie das auch.

Wie ich sehen kann, bekommt Mama bereits über einen Venenzugang Flüssigkeit. Sie werden wohl ihre Herzfunktion, Sauerstoffsättigung sowie den Blutdruck und Blutzucker kontrollieren. Und wenn alles okay ist, wird sie danach wieder entlassen. Manchmal wünschte ich mir, den Ablauf nicht so genau zu kennen und zumindest von einem medizinischen Fachausdruck oder Detail überrascht zu werden. Aber Mama da so liegen zu sehen, das ist nichts Neues mehr für mich.

»Sind Sie die Tochter?« Ein Arzt taucht hinter mir auf, und ich hoffe inständig, dass er mich, Mama und unsere Geschichte noch nicht kennt. Dann kann ich meine einstudierte Lüge abspulen und hoffen, dass meine Mutter morgen im Laufe des Tages einfach wieder nach Hause darf.

»Eine davon, ja.«

»Ihre Mutter hat eine Alkoholvergiftung.« *Tu überrascht, Lia.*

»Ich weiß.« *Das klingt viel zu lässig.*

»Wir mussten ihren Magen auspumpen.« *Natürlich mussten sie das.*

»Hm.«

»Bei der Einlieferung war sie sehr aufgeregt. Wir haben ihr ein beruhigendes Medikament verabreicht.« *Das erklärt ihren entspannten Gesichtsausdruck.*

»Ist so was schon mal vorgekommen?«

Damit tritt der Arzt, der mit seinem weißen Kittel und den erschöpften Augen wie einer TV-Serie entsprungen aussieht, neben mich und fixiert mich mit einem ernsten Blick.

»Nicht so, nein.« *Doch. Genau so.*

»Die Leberwerte Ihrer Mutter sind nicht besonders gut.«

»*Mhm.*«

»Gibt es noch einen Erziehungsberechtigten? Können wir Ihren Vater erreichen?« *Meinen Vater.*

»Nein.«

Ich will mir Papa hier gar nicht vorstellen. Er hätte alles stehen und liegen gelassen und wäre sofort ins Auto gesprungen, wenn ihm jemand gesagt hätte, dass Mama im Krankenhaus liegt. Völlig verzweifelt wäre er im Krankenhaus aufgetaucht, hätte nach seiner Frau gefragt, sich sofort zu ihr bringen lassen, ihre Hand genommen und ganz sicher wäre er nicht von ihrer Seite gewichen.

»Sonst jemanden? Jemand … erwachsenen?«

Ganz automatisch straffen sich meine Schultern und ich recke mein Kinn hervor.

»Das bin dann wohl ich.«

Zumindest ist das mein Part, den ich übernehme, wenn Mama mal wieder einen solchen Ausfall hat und jemand die

Rolle der Erwachsenen übernehmen muss. Der Arzt will lächeln, aber es gelingt ihm nicht, weil er natürlich weiß, was hier passiert und was schon viel zu oft passiert ist. Und noch so oft passieren wird.

»Wie alt sind Sie, Frau Fender?«

»Ich werde in zwei Monaten achtzehn. Was Erwachseneres kann ich Ihnen leider nicht anbieten.«

Er nickt. »Wir werden Ihre Mutter über Nacht zur Beobachtung hierbehalten und dann sehen, wie es ihr morgen geht. Ein paar Testergebnisse stehen noch aus, aber wenn die gut sind, dann …«

»Werde ich meine Mutter morgen abholen. Danke für Ihre Hilfe.«

»Ihre Schwester …«

»Hannah.«

»Haben Sie jemanden, der auf Sie aufpassen kann?«

Aufpassen. Fast muss ich lachen, will aber nicht, weil ich eigentlich lieber weinen möchte, aber nicht kann. Also greife ich zu Notlüge Nummer 1.

»Ja. Unser Nachbar.«

Wie offensichtlich er meine Lüge durchschaut, weiß ich nicht, aber er nickt sehr langsam und ausgiebig. »Gut. Dann weiß ich Sie ja versorgt.«

»Absolut.«

»Die beiden jungen Herren …« Er deutet zur Tür, und ich muss mich kurz daran erinnern, dass Simon und Marcin ja noch warten. Ich bin es nicht gewohnt, dass noch jemand hier ist. Niemand außer Hannah und die ist hoffentlich auf dem Weg zu Lena. »Soll ich sie reinholen?«

»*Nein!* Die gehen sowieso gleich.«

Wieder nickt er, und ich versuche mir seinen Namen, der auf dem kleinen Schild an seinem Kittel hängt, zu merken. *Dr. Pauschert.* Er wird sich an mich hoffentlich nicht erinnern. Nur für den Fall, dass wir noch mal hier auftauchen.

»Gut. Dann lasse ich Sie alleine.«

»Danke.«

Erst als die Tür hinter mir leise wieder in Schloss gefallen ist, trete ich näher an das Krankenbett und betrachte das ruhige, schlafende Gesicht meiner Mutter. Manchmal finde ich, dass sie wunderschön ist. Vor allem, wenn sie lacht. Dann erkenne ich die junge Frau von dem Foto im Flur, auf dem auch Papa zu sehen ist. Manchmal, so wie jetzt, finde ich, dass sie unfassbar alt aussieht. Viel älter, als sie wirklich ist. Und blass.

Es ging ihr doch besser. Es ging ihr sogar gut, und jetzt liegt sie wieder hier, nur die piependen Geräte lassen mich wissen, dass sie am Leben ist. Kurz sehe ich zur Tür, nur um ganz sicher zu sein, dass ich alleine bin.

Sie ist am Leben, und manchmal, selten, wünsche ich mir so sehr, dass sie es nicht wäre. Dass es an ihrer statt Papa wäre, der noch bei uns ist. Die heißen Tränen auf meinen Wangen erinnern mich daran, was für ein schrecklicher Gedanke das ist, einer, für den mich Hannah noch ein bisschen mehr hassen würde. Falls das überhaupt noch möglich ist.

Mama schläft. Tief und fest schläft sie ihren Rausch aus. Sie kann mich nicht hören, und ich beuge mich etwas weiter in ihre Richtung, lausche dem gleichmäßigen Atem und frage mich, wann *ich* zuletzt eine Nacht durchgeschlafen habe. Wann ich zuletzt so tief geschlafen habe, nicht auf jedes verdächtige

Geräusch in unserer Wohnung gelauscht und mir erlaubt habe, tief zu schlummern, ohne zu befürchten, sonst die nächste Katastrophe zu verpassen, die ich dann sowieso nicht aufhalten kann?

»Wieso machst du das?« Meine geflüsterte Frage hört niemand, vor allem nicht Mama. »Ich vermisse ihn doch auch. So, so, so sehr.«

Ich kenne ihre Erklärung nur zu genau und habe sie auch immer gelten lassen. Aber meine Mutter weiß nicht, wie sehr *ich* Papa vermisse, wie oft ich mir wünsche, er würde einfach so zur Tür reinkommen und alles wieder komplettieren. Unsere Familie, unser Leben und unsere Herzen.

Aber Papa kommt nicht mehr nach Hause.

Schnell richte ich mich wieder auf und nehme Haltung an.

Aber Mama kommt nach Hause. Morgen, wenn die Testergebnisse gut sind.

48

Marcin

»Herr Dolmann?«

Simon wirft mir einen Blick zu, als die Schwester vor uns auftaucht und mich ansieht.

»Frau Waible wird eine kleine Weile hierbleiben müssen und lässt fragen, ob Sie vielleicht ein paar Dinge für Sie von zu Hause herbringen könnten.« Einen kleinen Zettel mit noch kleineren Buchstaben in einer sehr wackeligen Handschrift drückt sie mir in die Hand und lächelt dabei so, als wäre klar, dass ich es sofort erledige. »Das reicht auch morgen noch.«

»Klar.«

»Gut. Dann gehen Sie doch nach Hause und schlafen ein bisschen. Hier können Sie jetzt erst mal nichts mehr tun.«

Gerade, als ich antworten will, mischt Simon sich ein. »Wir warten noch auf jemanden.«

»Wenn das so ist … fröhliches Warten.«

Dann lässt sie uns alleine, weil sie irgendwo bestimmt gebraucht wird, während wir einfach sitzen bleiben und Simon sich zu mir wendet. »Also, bilde dir darauf jetzt bitte nicht zu viel ein, okay?«

»Okay.«

»Aber ich finde das ziemlich … gut von dir.«

»Okay.«

»Ich meine, ich hätte irgendwie nicht gedacht, dass du so drauf bist.«

»Wie dachtest du denn, dass ich drauf bin?«

»Keine Ahnung. Irgendwie *arschiger*.«

»Das Kompliment kann ich zurückgeben.«

Simon grinst schief und es passt gar nicht so recht zu seinem sehr symmetrischen Gesicht. Simon sieht im klassischen Sinne einfach gut aus. Sogar die wilden Locken wirken, als sollten sie genau so sein, als wüsste jede von ihnen, wo ihr Platz ist.

»Du bist in Ordnung, Simon. Kann schon verstehen, wieso Lia dich als Freund hat.«

»Ach ja?«

»Ja.«

Er sieht jetzt auf seine Schuhe, während er die nächste Frage an mich richtet: »Brauchst du vielleicht zufällig auch einen Freund?«

Bisher hätte ich das immer mit einem kühlen Nein und der Bitte um mehr Privatsphäre oder Abstand beantwortet. Umso überraschter bin ich über die Worte aus meinem Mund. »Ich denke schon.«

Simon nickt, will daraus keine zu große Sache machen, und ich bin froh darüber, dass wir das nicht mit einer Umarmung, Konfetti und vor Zeugen feiern müssen.

Erst als Lia wieder zu uns kommt, die Arme fest vor dem Oberkörper verschränkt, sehen wir von unseren Schuhen auf. Ich habe keine Ahnung, wie viel Uhr es ist oder wie lange ich hier schon sitze.

»Ihr seid ja noch da.«

Und wieder ist es Simon, der schneller antwortet. »Wo sollten wir auch sonst sein?«

Ein halbherziges Lächeln huscht über ihr Gesicht. »Ach ja, richtig. Deine Eltern mögen dich nicht besonders.« Dann wandert ihr Blick zu mir. »Und was ist deine Ausrede?«

Frau Waible, mein Vater, kein Ort, den ich wirklich und ehrlich Zuhause nennen kann. Doch nichts von dem kommt mir über die Lippen. »Ich habe einfach nur auf dich gewartet.«

Das Piepen, die stille Hektik und der Essigreiniger sind grade alles, was ich wahrnehme. Das und Lia.

Und Simon, der neben mir aufsteht. »Das war dann wohl mein Stichwort. Sehen wir uns morgen im Seniorenheim?«

»Wenn nicht das nächste Familiendrama dazwischenfunkt.«

»Cool. Kommt gut heim, ja?«

Er will schon gehen, aber Lia schnappt sich seinen Arm, und er bleibt stehen, obwohl ich sehen kann, dass er am liebsten hier rausrennen würde.

»Danke für heute.« Sie zieht ihn in eine Umarmung und hält ihn fest, was er erwidert.

»Dafür sind Freunde da.« Mir winkt er kurz zu, dann dreht er sich um und geht los, wird immer schneller, bis er am Ende beinahe rennt.

Ganz so eilig scheint Lia es nicht zu haben, denn sie sinkt auf den leeren Platz neben mir, auf dem heute sowohl ihre Schwester als auch Simon schon gesessen haben. Die einzige Konstante in diesem Warteraum bin wohl ich.

»Was ein Tag, hm?« Sie sieht auf den Zettel, den ich noch immer in meiner Hand halte. »Zahnbürste, Nachthemd, Parfüm, Foto von *Ludwig …?*«

Schnell zerknülle ich die Notiz in meiner Faust und schiebe sie in meine Hosentasche. Es ist mir unangenehm, dass sie das gelesen hat.

»Wer ist Ludwig?«

»Lange Geschichte.«

»Ist nicht so, als hätte ich heute noch was vor.«

Wieso klingt Zeitverbringen mit Lia so verdammt verlockend?

Ich stehe auf und reiche ihr die Hand. »Würdest du mich dann begleiten?«

»Wohin?«

»Zum Packen.«

49

Simon

Siebzehn Nachrichten auf meinem Handy, das ich im Krankenhaus extra auf lautlos gestellt habe. Alle von Richard. Keine von meinen Eltern und das, obwohl es bald Mitternacht ist.

Die letzte Sprachnachricht höre ich ab, während ich schnell zur Bushaltestelle gehe.

»Wo steckst du denn, Simon? Ich schreibe und schreibe und nichts kommt zurück. Hoffe ja fast, dass die Sonnenbrille dir Glück gebracht hat. Wie auch immer, melde dich, wir hängen noch am Marienplatz rum. Wenn du Bock hast, komm dazu!«

Vermutlich sind sie inzwischen schon längst daheim. Da, wo ich auch sein sollte. Zum ersten Mal an diesem Tag meldet sich mein Magen mit einem lauten Grummeln und erinnert mich daran, dass ich heute noch nicht besonders viel gegessen habe. Cornflakes, sonst nichts.

Ohne nachzudenken, rufe ich Richard an, der schon nach dem ersten Klingeln abnimmt.

»Simon!!!« Nüchtern klingt anders.

»Hi. Wollte mich nur kurz melden und sagen, dass es mir gut geht.«

»Komm vorbei, Alter! Wir hocken am Marienplatz.«

Immer noch. »Ist schon spät.«

»Ja und? Wir sind nur einmal jung! Schwing deinen Hintern her! Wir haben alles, was du brauchst!«

Dabei reicht ein Blick zurück zum Krankenhaus, um zu wissen, was ich wirklich brauche. Oder mir zumindest wünsche.

»Bin unterwegs.« Die Gewohnheit gewinnt, wenn man nicht weiß, was man tun soll.

Dem Busfahrer zeige ich meine Jahreskarte, das Handy noch immer am Ohr, und nehme ganz hinten Platz.

»Wenn du an einer Tanke vorbeikommst, bisschen Bier wäre super.« Dabei klingt Richards Zunge schon schwer genug. Wenn er mit dem Roller unterwegs ist, halte ich Biernachschub nicht für die beste Idee.

»Mal sehen.«

»Oder halt sonst was.« Er lacht, als wäre das der beste Gag, den er in letzter Zeit gerissen hat.

»Was denn zum Beispiel?« Ich halte das Gespräch nur deswegen am Laufen, damit es im Bus nicht so einsam ist.

»Setz die Brille auf und bring ein paar Mädels mit. Oder Lia.«

Lia. »Keine so gute Idee.«

»Ich bin dein bester Freund, wir teilen alles. Nicht vergessen.«

Wir teilen nicht alles. Sonst würde er morgen mit mir in die *Schattige Pinie* marschieren und dort ebenfalls seine Sozialstunden ableisten. Aber immerhin teilen wir uns seine Familie – irgendwie.

»Schon klar.«

»Da hat aber jemand miese Laune.«

»War nur ein langer Tag.«

»Wo hast du dich überhaupt rumgetrieben? So ohne mich.« In den Nachsatz legt er ordentlich Vorwurf, und ich zucke mit den Schultern, obwohl er es nicht sehen kann, lehne meinen Kopf gegen die Scheibe und betrachte meine Heimatstadt, die ebenfalls noch nicht schläft.

»War mit Lia unterwegs.«

»Schon wieder? Alter, du wirst noch zu 'ner Kopie von mir.« Schlagartig klingt seine Stimme nüchtern, fast kann ich es vor mir sehen, wie er sich aufsetzt und die Augen reibt.

»Na ja, so weit würde ich nicht gehen ... aber es war sehr nett.«

»Nett ist die kleine Schwester von Scheiße, Kollege. Für wen hält die sich? Du bist der Jackpot.«

»Wenn es nicht funkt, funkt es eben nicht.« Auch wenn es bei mir gefunkt hat. Genau genommen war es eher ein ausgewachsener Blitzschlag, der ein ganzes Viertel direkt mal von der Stromversorgung abschneiden könnte.

»Die weiß gar nicht, welches Glück sie mit dir hätte. Schlampe.«

»Hey!«

»Ist doch wahr!« Er schnaubt verächtlich, und ich würde ihm so gerne sagen, dass es schön ist, in Lias Nähe zu sein. Einfach so, ohne Druck und Erwartungen. Als ein Freund. Was, wenn es stimmt und man nicht das kriegt, was man sich wünscht, sondern das, was man braucht?

»Die wird sich noch ganz schön umschauen.« Richard redet sich weiter in Rage, während ich im Bus auf den Knopf drücke, der den Busfahrer wissen lässt, dass sein einziger Fahrgast bald aussteigen möchte.

»Reg dich nicht auf, ist alles gut so, wie es ist.«

»Ich reg mich auf, so oft und so lange ich will.«

Ja, so kenne ich Richard. Beißt sich am banalsten Zeug fest und lässt nicht mehr locker, dabei will ich mit ihm wirklich nicht über Lia sprechen.

»Bin übrigens bald da.«

»Bring Bier mit!« Das brüllt er so laut ins Handy, dass mein Busfahrer das sicher auch gehört hat und ich etwas betroffen nach vorne schaue, aber keine Reaktion bemerke.

»Jaja. Bis gleich.« Dann lege ich auf und stelle fest, dass ich zwei WhatsApp-Nachrichten bekommen habe. Diesmal nicht von Richard, sondern von Lia und Marcin, in einer neu angelegten WhatsApp-Gruppe, die den klangvollen Namen *Outlaws for life* trägt.

Hi, Simon, danke für heute und das Warten. Komm gut heim und pass auf dich auf! L.

Genau, pass auf dich auf! Wir sehen uns! Marcin.

50

Lia

»Wir müssen sehr leise sein.« Das sagt er mir jetzt zum vierten Mal, und wieder nicke ich, wie schon die drei Male davor.

»Ist das deine Art, mir auf die nette Art zu sagen, dass ich ungefähr so laut dahertrample wie eine durchgehende Büffelherde?«

Marcin lächelt – was er nicht sehr oft tut, und wenn, scheint es ihm peinlich und er unterdrückt es, bevor man ihm ein Kompliment dazu machen kann.

»Es ist nur ein sehr hellhöriges Haus, das ist alles.« Nervös spielt er mit dem losen Schlüssel in seiner Hand und sieht zum Haus vor uns. »Also bitte leise gehen, ja?«

»Wie auf Samtpfoten.«

Kurz atmet er durch, dann schließt er die Eingangstür auf und betritt den Hausflur, streckt seine Hand nach meiner aus und zieht mich über die Türschwelle ins Innere. Den Zeigefinger legt er sich an die Lippen, was ich nur deswegen sehe, weil ich so dicht neben ihm stehe. Licht schaltet er keines an und nimmt die erste Stufe so vorsichtig, als wären es marode Holzstufen und keine solide Steintreppe aus den 50er-Jahren. Ohne genau zu wissen, weshalb er unbedingt so schrecklich leise sein will, tue ich es ihm gleich. Ich kann dabei seine Nervosität spüren, fast greifen. Selbst mein Herz schlägt mir plötzlich bis zum Hals, ohne Grund.

Im ersten Stock bleib Marcin stehen, ich bin noch immer ganz dicht bei ihm, er lässt meine Hand nicht los und schließt die Tür zur Wohnung auf, lässt mir den Vortritt und atmet erst dann wieder auf, als er sich von innen gegen die Tür lehnt. Einen Moment schließt er die Augen, kleine Schweißperlen haben sich über seinen dunklen Brauen gesammelt, dabei sind wir kein einziges Stück des Weges gerannt.

»Sind wir gerade schon wieder in eine fremde Wohnung eingebrochen?« Noch immer flüstere ich, aber Marcin lächelt, diesmal sogar länger. Mit einer schnellen Handbewegung knipst er das Licht an. Es dauert einen Moment, bis sich meine Augen wieder an die Helligkeit gewöhnt haben.

»Nee, hat alles seine Richtigkeit.« Wie zum Beweis hält er den Schlüssel hoch. Ob er merkt, dass er noch immer meine Hand in seiner hält? »Frau Waible braucht ein paar Dinge für ihren Krankenhausaufenthalt und die packen wir jetzt für sie zusammen.«

»Bist du ihr Betreuer?«

Er will antworten, verkneift es sich im letzten Moment und beißt sich auf die Lippen. So fest, dass ich befürchte, er würde anfangen zu bluten. »Nur ein Bekannter.«

»Aus dir werde ich nicht schlau, Marcin.«

»Und das ist gut so.« Er lässt meine Hand los und will an mir vorbei weiter in die Wohnung, aber ich bleibe stehen, weiche keinen Zentimeter zurück und sehe ihm auffordernd ins Gesicht.

»Wer ist Ludwig?«

»Das ist Herr Waible. Ihr verstorbener Ehemann.« Er deutet an mir vorbei zu einem gerahmten Bild, das an der Wand hängt und ein junges Paar an seinem Hochzeitstag zeigt.

»Frau Waible hat keine Familie und manchmal … da schaue ich eben nach ihr.«

»Weil du so ein netter Mensch bist?«

»Weil ich so ein netter Mensch bin.«

Wir flüstern noch immer, obwohl außer uns offensichtlich niemand mehr in dieser Wohnung ist.

»Du bist wirklich ein Rätsel, Marcin.«

»Du doch auch.«

»Du weißt schon verdammt viel über mich.«

»Ich weiß eigentlich gar nichts über dich.«

»Fürs Protokoll, du weißt mehr über mich als die, die denken, alles über mich zu wissen.«

»Jetzt sprichst du in Rätseln.«

»Meine Mutter ist im Krankenhaus. Das wissen nicht viele. Die Sache mit Hannah, das wissen noch weniger, und dass ich mit dir ständig in Wohnungen einbreche …«

»Wir brechen nirgends ein.«

»Fühlt sich aber so an.«

»Komm, ich beweise es dir.«

Kurz hoffe ich, er würde wieder nach meiner Hand greifen, weil mir das Gefühl, seine Haut auf meiner zu spüren, gefallen hat, aber er geht nur sehr dicht an mir vorbei und biegt in die Küche, wo er ebenfalls das Licht anmacht.

»In diesem Schrank hat Frau Waible ihre Teesammlung, dort hinten steht das gute Geschirr, da hat sie ihre liebste Tasse …« Dann geht er weiter ins Wohnzimmer, wieder betätigt er den

Lichtschalter. »Hier saß immer Herr Waible, hat seine Zeitung gelesen oder *Tatort* geschaut. Aber am liebsten Quizsendungen. Dort ist das Nähzeug von Frau Waible, und in der Fernsehzeitschrift markiert sie immer, was sie die Woche über schauen will.« Mit ausgebreiteten Armen dreht er sich zu mir. »Du siehst, ich kenne mich hier bestens aus.«

»Bist du oft bei Frau Waible zu Besuch?«

Wieder zögert er, offenbar unsicher, ob er mir die Info anvertrauen will. »Ziemlich oft.«

»Ich wette, sie holt für dich das gute Geschirr aus dem Schrank.«

»Tut sie.«

»Wieso bekommt ein netter Kerl wie du Sozialstunden aufgebrummt?«

»Bekommt er gar nicht.«

»Wie meinst du das?«

»Ich leiste keine Sozialstunden ab, sondern mein Freiwilliges Soziales Jahr.«

»Was?«

»Ihr seid einfach davon ausgegangen, dass ein Typ wie ich etwas Schreckliches angestellt haben muss, da wollte ich eure Erwartungen nicht enttäuschen.«

Möglich, dass ich ihn einfach nur anstarre und mich dabei ein bisschen schäme. Während es mir noch immer schwerfällt, mir Simon bei einer illegalen Aktion vorzustellen, bei der auch noch die Polizei eingreifen muss, habe ich mir Marcin ohne Weiteres auf der Rückbank eines Streifenwagens vorstellen können. Dabei weiß ich gar nicht, wieso, er mag etwas abweisend sein, aber die Art, wie er mit Herrn Kabitzke umgeht oder mir einfach so mit Hannah geholfen hat, zeigt ein anderes Bild.

»Ist schon okay. Es passt wohl zu meiner gemeingefährlichen Art.«

»Entschuldige bitte.«

»Ist doch egal.«

»Nein. Das war unverschämt. Es tut mir leid, ich habe einfach gedacht …« Dabei weiß ich gar nicht, was ich gedacht habe. Ihn jetzt in dieser Wohnung zu sehen, wie er vor mir steht, lächelnd und traurig zugleich, dass versetzt mir einen Magenschwinger.

»Du hast gedacht, du kennst so Typen wie mich und die machen eben immer Ärger.«

Die Erkenntnis zwingt mich, auf dem Fernsehsessel von Herrn Waible Platz zu nehmen. »Das war nicht fair. Sorry, Marcin.«

»Ach, schon okay. Habe so viele Storys über mich gehört, da macht eine mehr oder weniger echt nichts aus.« Er nimmt mir gegenüber auf der durchgesessenen Couch Platz. »Wichtig ist nur, dass du trotz all deiner Vorurteile mit mir hier bist, oder?«

Obwohl es andere Orte gibt, an denen ich sein sollte, wünsche ich mir gerade nichts mehr, als einfach weiter hier sitzen zu können. In einer fremden Wohnung, in einem fremden Leben, mit einem quasi Fremden. Vielleicht bin ich hier auch nicht mehr wirklich Ich, sondern eine Fremde.

Das wäre schön.

51

Marcin

Lia öffnet im Bad den Spiegelschrank über dem Waschbecken und greift zielsicher nach den Dingen, die auf dem Zettel in meiner Hand stehen.

»Ich glaube, alle Menschen auf der Welt haben die gleiche Ordnung in Badezimmerschränken.« Um ihre Theorie zu bestätigen, zieht sie auch noch eine Schublade auf und fischt eine Packung Wattestäbchen heraus, wedelt damit vor meinem Gesicht. »Oder wo bewahrst du deine auf?«

»In der Schublade des Badezimmerschrankes.«

»Hiermit schließe ich die Beweisführung.« Zufrieden reicht sie mir die Packung, die ich dann in Frau Waibles Kosmetiktasche fallen lasse. »Meistens ist die linke Seite des Schrankes vom Mann belagert.«

»Ist das so?«

Sie nickt und öffnet die linke Schranktür. Einen kurzen Augenblick stehen wir einfach nur bewegungslos im Badezimmer, das übrigens genauso geschnitten ist wie unser Bad auf der anderen Seite des Treppenhauses, in dem es nur sehr viel chaotischer aussieht.

»Wie lange ist Ludwig schon tot?«

»Einige Jahre schon.«

Und dennoch sehen wir jetzt auf einen Rasierer, eine Dose Rasierschaum für empfindliche Männerhaut, Kernseife, Aftershave und Handcreme.

»So ganz hat sie sich wohl noch nicht von ihm verabschiedet.«

Ohne auf mich zu warten, löst sich Lia zuerst aus unserer Starre und geht über den Flur in Richtung Schlafzimmer, wohin ich ihr folge. Auch, wenn ich schon öfter bei Frau Waible zu Gast war, blieb das Schlafzimmer bisher immer tabu. Aber Lia drückt jetzt die Tür auf und schaltet das Licht an. Das Bett ist ordentlich gemacht, ein Glas Wasser steht auf dem Nachtkästchen der rechten Seite.

»Und auf welcher Seite schlafen Männer laut deiner Theorie bevorzugt?«

»Angeblich immer näher zur Tür. Oder in diesem Fall eben links.«

Sie deutet auf die leere linke Seite, auf dem Nachtkästchen dort steht ein gerahmtes Bild einer sehr jungen Frau Waible, während rechts das passende Gegenstück in Form von einem jungen Herrn Waible steht.

»Wie hoch ist die Wahrscheinlichkeit, dass seine Klamotten noch im Schrank sind?«

»Das werden wir gleich wissen.«

An Lia vorbei gehe ich ins Innere, direkt zum Schrank, und öffne die Türen. Alle Hemden hängen ordentlich auf den Kleiderbügeln, nach Farben sortiert. Krawatten, Hosenträger und Gürtel an der Seite, in der Schublade die Socken, Unterhosen und Unterhemden. Es riecht nach Lavendel und ein bisschen nach Mottenkugeln.

»Kannst du dir so was vorstellen?« Sie tritt hinter mich und ich kann die Wärme ihres Körpers spüren.

»Was genau?«

»Ein Leben an der Seite eines Menschen und dann, wenn er nicht mehr da ist …?«

»Alles aufheben und so tun, als wäre er noch immer hier.«

»Genau das.«

Kurz frage ich mich, was Papa wohl machen wird, wenn er bemerkt, dass ich einfach gegangen bin. Bald. Alles kann ich nicht mitnehmen, ein paar Dinge werden hierbleiben müssen. Wie lange wird es dauern, bis er sie vor die Tür stellt, verkauft oder einfach wegwirft?

»Nein.«

»Wieso?«

»Weil es albern ist. Du hältst an etwas fest, das nicht mehr da ist. Und auch nicht wiederkommt. Durch so was …«, ich deute auf den Kleiderschrank vor uns, »… erinnerst du dich doch nur täglich daran, dass es vorbei ist.«

»Oder eben auch nicht.«

»Er ist tot, oder?«

»Ja, aber die Beziehung gehört für Frau Waible offensichtlich noch immer zu ihrem Leben. Vielleicht hilft es ihr, besser durch den Tag zu kommen.«

»Am Ende bleiben wir eh allein, egal wie voll der Schrank auch sein mag.«

»Das ist eine sehr düstere Sichtweise, Marcin.«

»Ist nur die Wahrheit. All die Menschen in der *Schattigen Pinie*, wieso kommen sie dahin? Weil zu Hause niemand mehr ist.«

»In der *Schattigen Pinie* sind sie dann ja aber nicht mehr alleine.«

»Ansichtssache.« Damit schließe ich die Schranktüren etwas heftiger als nötig und spüre, wie Lia hinter mir einen Schritt zurückweicht. Entschuldigend drehe ich mich zu ihr und sehe sie an. »Ich meine nur, Frau Waible wacht jeden Tag alleine in diesem Bett auf. Ludwig ist nicht da, egal, wie sehr sie das auch hoffen mag.«

»Wenn man die Augen fest genug schließt und sich an einen bestimmten Geruch oder ein Geräusch erinnert, dann ist da aber zumindest diese Erinnerung an den Menschen. Und manchmal ist so was eben wichtig.«

So ernst, wie sie es sagt, werde ich das Gefühl nicht los, dass sie nicht mehr über Frau Waible oder Ludwig spricht.

»Woher weißt du das so genau?«

Keine Ahnung, bei welchem Gedanken ich sie gerade erwischt habe, aber es ist ihr unangenehm.

»Ich lese ganz offensichtlich zu viele Romane.«

»Natürlich.«

Um meinem Blick nicht länger standhalten zu müssen, wendet sie sich ab und geht zum Nachtkästchen, wo sie das gerahmte Foto von Herrn Waible nimmt und mir entgegenhält. »Das stand auch auf der Liste.«

Aber ich nehme es nicht an, verschränke stattdessen die Arme und lasse sie nicht aus den Augen. »Wessen Klamotten hast *du* noch immer im Schrank, Lia?«

»Wie bitte?«

»So was hier. Das kennst du alles, oder?«

»Vielleicht.«

Lia lächelt traurig, Tränen in ihren Augen. Es bedeutet, dass auch sie noch an jemandem festhält.

»Es muss nicht immer ein voller Kleiderschrank sein, Marcin. Manchmal reicht eine alte Jacke, von der man sich einfach nicht trennen kann, weil der Abschied dann endgültig real ist.«

52

Simon

»Warte! Der andere Schuh noch!« Zu flüstern und dabei doch Richards Aufmerksamkeit zu bekommen, ist gar nicht so einfach. Das Gesicht hat er im Kissen vergraben, seine Antwort – wie auch immer die ausfällt – höre ich nur gedämpft durch waschechte Daunenfedern. »Du musst den Schuh ausziehen. Richard!«

Aber er bewegt sich nicht mehr, atmet tief und ruhig, liegt ausgestreckt auf dem Bauch in seinem Bett. Ihn heil und am Stück hierherzubugsieren war schon anstrengend genug, aber dieser verdammte Doppelknoten in seinem Schnürsenkel kostet mich nicht nur die letzte Kraft, sondern auch den letzten Nerv. Nach dem fünften Versuch gebe ich auf und zerre so lange an dem verdammten Schnürsenkel, bis er abreißt, der Schuh aber noch fest an Richards rechtem Fuß steckt.

»Toll. Ganz großes Kino, Simon.«

Entnervt sinke ich auf das Fußende des Bettes und starre auf den anderen Schuh, den wir irgendwo an der Tür verloren haben. Es grenzt an ein Wunder, dass Richards Eltern von dem ganzen Gepolter auf den Treppen nicht wach geworden sind. Wobei sie sich vermutlich schon längst daran gewöhnt haben, dass ihr Sohn zu später Stunde angetrunken nach Hause kommt.

Ein Blick auf Richards schlafenden Körper erinnert mich daran, dass man bei ihm von *angetrunken* nicht mehr sprechen kann. Als ich am Marienplatz ankam, war in der Wodkaflasche nicht mehr viel drin, und als er mich überschwänglich umarmte, fiel ihm die halb leere Bierflasche aus der Hand.

»Willst du hier pennen?« Die Frage erreicht mich gedämpft und lallend, kommt aber definitiv von Richard, der sich nicht bewegt.

»Klar.«

»Weißt ja, wo alles liegt.«

Weiß ich, weil ich mir nicht nur seit Jahren ab und an das Zimmer mit ihm teile, sondern auch sein Leben. Wie oft habe ich ihn von einer Party nach Hause begleitet, weil er weder fahrtauglich noch wirklich Herr seiner Sinne war. Früher, da hat Richard ausschließlich auf Partys getrunken und auch nur in Maßen. Als er den Rollerführerschein hatte, war er so ultrastolz, dass er eine kleine Weile gar nichts mehr getrunken hat. Da hatten wir auch die besten Gespräche und den meisten Spaß. Da mochte ich ihn am liebsten, *damals* war er mein bester Freund.

Seit dem Zwischenfall ist alles irgendwie anders. Manchmal ist sein Blick schon in der Schule so glasig, dass ich wetten würde, er hat schon vor dem Frühstück was getrunken.

»Du bist ein echter Wischer, Simon, weißt du das?«

Möglich, dass ich mich verhört habe, aber als Richard sich jetzt ächzend auf den Rücken dreht und zu mir blickt – oder eben knapp an mir vorbei –, ist da eine unangenehme Gänsehaut auf meinem Körper.

»Höre ich zum ersten Mal.«

Bis jetzt halte ich es noch für einen seiner schlechten Gags, die mit einer Beleidigung anfangen und dann in einer großen Liebeserklärung an unsere Freundschaft enden. So, wie Richard das eben immer macht.

»Du machst einfach alles richtig und alle finden es geil, wie du mit der Schuld umgehst. Aber ich …«, er tippt sich heftig auf die Brust, »… ich finde es zum Kotzen.«

»Okay.«

»Wie du als Held gefeiert wirst. Weil du all den Scheiß zugegeben hast. Weil du dem Penner geholfen hast …« Mühsam versucht er, sich aufzusetzen, schlägt sich den Kopf an der Wand an und lacht dann, als wäre das alles nur ein gewaltig schlechter Scherz. »Und was kriegst du on top noch drauf?«

»Verrate du es mir.«

»Lia.« Selbst ihren Namen kriegt er nur lallend über die Lippen. Ich lache mit, weiß gar nicht wieso. »Die ist so was von nicht in deiner Liga, aber du Wichser kriegst trotzdem 'ne Chance. Weil du 'nen Menschen abgefackelt hast.« Jetzt lacht nur noch er, weil es mir im Hals stecken bleibt. »Weil du vom Bösewicht zum schillernden Helden geworden bist.« Sein Fußtritt – mit dem Turnschuh – trifft mich heftig an der Hüfte, dabei rutsche ich fast vom Bett. »Du könntest mich heute Nacht hier mit 'nem Kissen ersticken und meine Leute würden dir das Bundesverdienstkreuz anstecken. Mein Vater redet nur noch über dich. Simon hier, Simon dies, das, Ananas.« Etwas in seinem Blick verändert sich, der Frust und der Alkohol ergeben eine merkwürdige Mischung und ich kann das nicht genau deuten. »Du bist ein kleiner Wichser.«

»Ich dachte, ich bin dein bester Freund.«

»Genau. Mein *bester* Freund.« Er beugt sich zu mir, greift nach meiner Hand und zieht mich zurück auf die Bettkante. Seine Augen sind so dunkel, dass mir die Leere darin fast Angst macht. Ich muss schlucken, Richards Gesicht ist so nah an meinem, dass ich den Alkohol in seinem Atem riechen und seine Worte auf meinen Lippen spüren kann. »Mein bester Freund.«

Noch bevor er den Satz wirklich beendet hat, sinkt er zurück ins Kissen und ist weggedöst, vergisst bis morgen früh sicher all die Dinge, die er mir eben mehr oder weniger klar entgegengeschleudert hat.

»Ihr zwei wart aber lange unterwegs.« Herr Hofner ist unbemerkt an die Tür zu Richards Zimmer getreten, und ich habe keine Ahnung, wie viel er von unserem Gespräch mitgekriegt hat.

»Ja, wir … haben gelernt.«

Was ein Schwachsinn, und Herr Hofner, im klassischen Pyjama für coole Eltern, lehnt im Türrahmen, weiß genau, dass ich lüge, und nickt es doch nur lässig weg.

»Natürlich.«

»Kommt nicht wieder vor.«

»Das Lernen?«

Nein. Alles andere.

»Hör mal, Simon …« Er stößt sich vom Türrahmen ab und kommt weiter ins Zimmer. »Wenn wir mal mit deinen Eltern reden sollen …?«

»Meinen Eltern?«

»Du bist in letzter Zeit ziemlich oft hier, übernachtest auch häufiger als früher, und manchmal mache ich mir eben Sorgen.«

»Es tut mir leid, ich wollte keine Umstände machen.« *Natür-*

lich, ich bin zur Last geworden, sie setzen mich vor die Tür, weil ich eben doch nicht zur Familie gehöre, weil ich eben doch nur das unliebsame Anhängsel bin, der Junge, der an einem Silvestertag fast einen Menschen getötet hat …

»Du machst uns keine Umstände. Du bist hier willkommen, aber wir fragen uns, ob bei dir daheim alles in Ordnung ist.«

Die Erleichterung flutet meinen Körper. »Alles bestens.« Wieder glaubt er mir nicht, aber ich lächele so entspannt wie möglich. »Wirklich. Meine Eltern wissen ja, wo ich bin.« *Wenn sie mal fragen würden.*

»Gut. Das Angebot steht.«

»Danke.«

»Du bist hier immer herzlich willkommen.« Er legt mir die Hand auf die Schulter, so wie Väter das bei Söhnen tun, und lächelt mir aufmunternd zu, als wisse er zu gut, wie ich mich fühle. Nur befürchte ich, dass er genau davon keinen blassen Schimmer hat. Trotzdem bedeutet mir das hier gerade viel. Er sieht mich an, er sieht mich wirklich an, nicht nur einfach durch mich hindurch. Und vielleicht ist genau das der Grund, wieso ich noch immer für Richard lüge.

»Danke.« Ich wiederhole mich, aber solange seine Hand auf meiner Schulter liegt, kann ich keinen klaren Gedanken fassen.

»Sollen wir mal die Schlafcouch fertigmachen? Ihr habt morgen doch Schule.«

Richard, der schon mal angefangen hat, seinen Rausch auszuschlafen, wird von Herrn Hofner komplett ignoriert. Stattdessen hilft er, die Schlafcouch zu beziehen, und klopft mir zum Abschied noch mal auf die Schulter.

»Schlaf gut.«

53

Lia

»Man muss es ihm lassen, dieser Fernsehsessel ist überaus bequem.«

Marcin liegt auf der Couch, die Schuhe ausgezogen, den Kopf auf ein gesticktes Kissen gelegt, die Augen geschlossen.

»Kann mir vorstellen, wie gerne er hier gesessen hat.«

Marcins Antwort auf all mein Gerede ist immer nur ein müdes Grunzen.

»Müssen wir nicht mal langsam los?« Wir sind schon eine gefühlte Ewigkeit hier in dieser Wohnung.

»Ich kann dich heimbringen, wenn du willst.«

Dabei will ich das gar nicht und schüttele müde den Kopf. »Habe es nicht eilig. Musst du denn nicht heim?« Jetzt schüttelt auch er den Kopf, sagt aber nichts, und ich lasse den Sessel mit der kleinen Fernbedienung etwas weiter nach hinten fahren, bis auch ich mehr oder weniger eine liegende Position erreicht habe. »Du schläfst also lieber auf der Couch einer alten Dame, als nach Hause zu gehen?«

»Und du auf dem Fernsehsessel ihres verstorbenen Mannes. Das ist auch nicht besser.«

»Daheim wartet niemand auf mich, ich kann also trödeln.« Hannah ist bei Lena, das hat ihre Nachricht bei WhatsApp vorhin behauptet, und ich bin heute einfach zu müde, um das zu hinterfragen. Marcin atmet schwer aus und rollt sich auf die Seite.

»Und bei mir daheim wartet jemand auf mich, ich sollte also trödeln.«

»Deine Eltern?«

»Nur mein Vater.«

»Und deine Mutter?«

»Die ist weg.«

Weg kann vieles bedeuten, das weiß ich selber nur zu genau. Manchmal sage ich auch, Papa sei weg, weil es leichter ist, wenn das Gegenüber denkt, er könnte wiederkommen.

»Und dein Vater?«

»Der ist nicht weg.«

So emotionslos, wie er das über die Lippen presst, verstehe ich sofort, dass ihr Verhältnis wohl nicht das beste ist.

»Alles klar.«

»Ach ja?«

»Ich denke schon.«

Meine Gedanken wandern zu dem Gespräch mit Simon im Park, und mir drängt sich die Frage auf, ob es so was wie das klassische, heile Familienleben überhaupt noch gibt. Die meisten Leute, die ich kenne, haben irgendwelche Probleme daheim, und die wenigen, bei denen man denkt, dass es dort ruhiger zugeht, die sprechen nicht über zu Hause, was auch genug sagt.

»Wo ist denn eigentlich dein Vater? Es geht irgendwie immer nur um deine Schwester und deine Mutter.«

»Korrekt.«

Ein Wort, das ihm klar die Grenzen dieser Unterhaltung aufzeigen soll und die er trotzdem mit der nächsten Frage überschreitet.

»Also nur noch ihr drei?«

»Ja.«

Jetzt öffnet er die Augen, und ich wünschte, er würde es nicht tun, weil er bestimmt die Tränen in meinen sehen kann. Obwohl ich tapfer lächele, so wie damals bei Papas Beerdigung.

»Schlimm?«

Schulterzucken, weil meine Stimme die wahren Gefühle verraten würde, und Marcin setzt sich langsam auf.

»Das tut mir leid.«

»Muss es nicht.«

»Weiß ich. Tut es trotzdem.« Unsicher sitzt er da, sieht von mir auf seine Hände und schließlich wieder zurück. »Wenn du willst, bringe ich dich heim.«

»Meinst du, Frau Waible hätte was dagegen, wenn wir heute Nacht hier schlafen?«

»Bestimmt nicht. Ich habe ja auch schon oft auf der Couch hier gepennt.«

»Ach?«

Unschlüssig, ob er weitersprechen soll, wiegt er den Kopf. »Ist nicht immer einfach mit meinem Vater.«

Das dachte ich mir schon. Und ich weiß nicht, ob Marcin es bemerkt, aber sein ganzer Kiefer spannt sich an, wenn er über ihn spricht. Ebenso wie seine Schultern, als müsste er sich einen Schutzpanzer überziehen, bevor er das Thema anschneiden kann.

»Frau Waible hat öfter, als uns beiden lieb war, die Couch für mich frei gemacht.« Wie gerne hätte ich auch eine Frau Waible, die mich aufnimmt, wenn mir alles zu viel wird. Marcin deutet an mir vorbei in Richtung Flur. »Ich wohne direkt da drüben.«

»*Wow.*«

»Ja.« Umständlich kratzt er sich am Kinn, dann schleicht sich ein unsicheres Lächeln auf seine Lippen. »Damit weißt du jetzt offiziell mehr über mich als die meisten anderen Menschen.«

»Und ist das schlimm?«

»Ungewohnt.«

»Schlimm?«

»Gar nicht.«

»Mach dir keinen Kopf, ich behalte es für mich.«

Und er scheint zu ahnen, was ich im Gegenzug von ihm erwarte. Zumindest nickt er ernst. »Dito.«

»Sind wir jetzt irgendwie eine Gang oder so?«

»Eine Gang?«

»Ja. Schließlich bewachen wir die Geheimnisse des anderen.«

»*Outlaws for life.*«

»Wobei du genau genommen gar kein Outlaw bist, Mister Freiwilliges Soziales Jahr.«

»Muss ja niemand wissen, kann gerne weiterhin den Bösewicht für euch spielen.«

»Jemand muss es dir sagen, Marcin, also werde ich das tun.«

»Hm?«

»Die Rolle des Bösewichts hat dir eh niemand abgekauft.«

»Wie ärgerlich. – Sag mal, was ich dich schon die ganze Zeit fragen wollte …«

Natürlich. Ich wusste, dass die Sache einen Haken hat, und so rüste ich mich für neugierige Nachfragen, wie es sie immer gibt.

»Weißt du zufällig, mit welchem Hilfsmittel sich Rouge gleichmäßig auftragen lässt?«

Seine Frage entlockt mir ein leises Lachen, vielleicht, weil Marcin immer für eine Überraschung gut ist und mir die Anspannung nimmt.

»Du kannst einfache Haarklammern nehmen, die du in deinen Puderpinsel steckst und ihn so breiter machst. Wieso?«

»Nur so.«

Mit einem frechen Augenzwinkern legt er sich zurück auf die Couch und schließt die Augen. Ich wage nicht mal daran zu denken, wann wir wieder aufstehen müssen, weil ich es vermeide, auf das Handy oder die Uhr zu schauen. Aber egal, wie lange es auch ist, vielleicht finde ich hier, weit weg von daheim, endlich mal etwas Schlaf.

»Die Bomberjacke gehört meinem Vater.«

Das hat er sich natürlich schon gedacht, aber ich sage es trotzdem und lasse ihn das letzte Stückchen näher an mich ran.

»Gute Nacht, Marcin.«

»Gute Nacht, Lia.«

54

Simon

»Guten Morgen.« Richards Stimme klingt belegt, die Augen sind trüb und seine Schritte etwas unsicher, als er die Küche betritt, in der ich bereits mit seinen Eltern sitze.

»Morgen, Schlafmütze.«

Gähnend nimmt er neben mir Platz, schnappt sich meine Kaffeetasse und gönnt sich ungefragt einen beherzten Schluck.

»War wohl eine wilde Party, letzte Nacht.«

Kurzer Seitenblick zu mir, ob ich seinen Eltern schon irgendwelche Infos gegeben habe, und ich beantworte die stumme Frage mit einem minimalen Kopfschütteln. Richard trinkt noch immer, stellt dann langsam die Tasse ab und lächelt so, wie man es von ihm gewohnt ist. »Papa, *wilde Party* hat man vielleicht in den 80ern gesagt.«

»Was sagt man denn jetzt?«

»Wir haben für die Schule gelernt.«

Alle lachen, sogar ich, obwohl ich mich frage, ob wirklich niemand checkt, dass Richard sich gestern – mal wieder – gnadenlos abgeschossen hat.

»Na, dann wollen wir hoffen, dass die Noten am Ende eurem enormen Lernpensum entsprechen.« Herr Hofer nimmt seinen Teller und die Tasse und stellt sie im Spülbecken ab. Mit dem

Rücken zu uns spricht er weiter. »Für dich wäre es nämlich ziemlich wichtig, dass deine Noten stabil bleiben, Simon. Dann kriegen wir die Sozialstunden vielleicht nachträglich reduziert.«

»Ach, das muss gar nicht sein.« Es rutscht mir nur so raus, aber jetzt haben es alle gehört und sehen mich an. Nur Richard grinst breit.

»Simon hat jemanden kennengelernt.« Als wäre ich doch sein bester Freund und nicht der kleine Wichser, legt er den Arm um mich und erzählt seinen Eltern einfach meine Geschichte. »Da ist ein Mädchen, mit dem flirtet er, was das Zeug hält, und die scheint ihn wirklich zu mögen. Kriminalität verbindet schließlich.«

»Ach wirklich?« Frau Hofner, die eher die stille Beobachterin ist, kann sich ein Lächeln nicht mehr verkneifen, und ich will schon den Kopf schütteln, aber Richard ist schneller.

»Sie ist echt 'ne Süße. Morgen haben sie ihr erstes Date.«

»Das stimmt nicht.«

»Aber sie kommt auf die Party? Das hast du mir doch erzählt.«

Und ich hatte gehofft, dieses Detail wäre irgendwo in seinem Alkoholrausch verloren gegangen. Aber Richard erinnert sich immer an genau die Dinge, die er besser vergessen sollte, vollkommen egal, wie besoffen er auch war.

»Schon.«

»Also, Papa, so was hat man doch auch in den 80ern ein Date genannt, oder?«

»Absolut.«

»Scheiß auf Tinder! Die große Liebe trifft man jetzt beim Sozialstundendienst.«

Die Hofners wechseln einen Blick, der mir unangenehm sein sollte, es aber nicht ist. Liebevoll sehen sie zu mir, und ich will nicht rot werden, werde es aber natürlich trotzdem. Und solange Richards Arm noch um meine Schulter liegt, fühlt sich das alles tatsächlich ein bisschen wie Familie an.

»Es freut uns wirklich, dass du das mit den Sozialstunden so gut hinkriegst. So was ist nicht leicht, ich habe in meiner Karriere ja schon oft erlebt, dass sehr viele Jugendliche damit hadern. Aber du …«

Stolz. Da liegt tatsächlich Stolz in Hofners Blick und Richard zieht seinen Arm langsam zurück.

»Das macht nicht jeder so locker. Spricht für deinen Charakter.«

»Er hat aber auch fast jemanden umgebracht, das sollte man vor lauter Jubel nicht vergessen, *ne*?« Der Frust, den ich gestern Nacht aus Richards Anschuldigung herausgehört habe, schwingt jetzt abgeschwächt, aber immer noch deutlich mit.

»Dafür steht er aber gerade. Außerdem war es keine Absicht.«

»Und der Benzinkanister, hatte er den nur aus Spaß dabei?«

Herr Hofner legt den Kopf etwas schief. »Du hast die Akte aber ganz genau gelesen.«

»Du hast es mir erzählt, Papa. Und da klangst du nicht *stolz*.«

»Auf die Tat an sich sollte niemand stolz sein. Aber Simon hat sich den Konsequenzen gestellt, das sollte man ruhig anerkennen.«

»Wie du meinst.«

Damit ist das Thema vom Tisch, ebenso wie meine Tasse, die Frau Hofner zusammen mit dem leeren Teller abräumt.

»Ihr solltet los, wenn ihr nicht zu spät kommen wollt.«

Die Tatsache, dass Richards Roller noch immer am Marienplatz steht, weil er zu betrunken war, um überhaupt den Schlüssel ins Schloss zu kriegen, behalten wir für uns und schnappen uns die Rucksäcke.

An der Tür reiche ich Richard einen Kaugummi, weil ich seine Fahne noch immer rieche. »Für den Fall, dass die Lehrer dir zu nahe kommen.«

»Danke, Mann, du denkst echt an alles.« Als hätte er eben nicht mit seinem Vater über meine – *unsere* – Tat gesprochen, lächelt er mich freundlich an und schiebt sich das Kaugummi zwischen die Zähne. »Was würde ich nur ohne dich machen?«

»Weniger trinken?«

Er lacht über meine Bemerkung, hält sie wohl für einen Witz, auch wenn die darin anklingende Sorge deutlich wird. »Wir sind jung, da darf man auch mal Gas geben.«

»Schon, aber …«

»Bitte, Simon, ich habe einen ordentlichen Brummschädel, da brauche ich keine Standpauke, die eigentlich von meinen Eltern hätte kommen sollen.«

»Ich mache mir nur Sorgen.«

»Um mich?«

»Klar.«

»Da kann ich dich beruhigen, ich habe alles im Griff. Und solange du mit angezogener Handbremse feierst, lasse ich es stellvertretend für dich mitkrachen.«

Und damit ist das Thema erledigt.

55

Marcin

Frau Waibles Sachen habe ich in meinen Rucksack gepackt, Lia hat dafür gesorgt, dass ich nichts vergesse. Jetzt stehen wir im Flur der Wohnung, die nicht uns gehört, in der wir aber die Nacht zusammen verbracht haben. Nicht so, wie es sich vielleicht anhört. Aber doch.

»Müssen wir flüstern, wenn wir rausgehen?«

»Wir sollten vielleicht nicht zu viel Lärm machen.«

»Hellhöriges Haus.«

»Genau.« Zu oft habe ich bei Frau Waible übernachtet, und zu oft habe ich mich am frühen Morgen rausgeschlichen, vor allem, als ich noch auf der Schule war. Aber noch nie ist es mir so schwergefallen, aus dieser Tür zu treten wie heute, mit Lia an meiner Seite.

»Dann mal los.«

Lia ist sehr viel mutiger als ich, vielleicht weil es für sie auf der anderen Seite der Tür nicht so schlimm ist, aber wenn es nach mir ginge, würde ich gerne noch eine kleine Ewigkeit hier bleiben.

Nur so lange, bis der Rucksack gepackt ist und ich startklar bin.

Aber Lia öffnet beherzt die Tür und tritt ins Treppenhaus,

als wäre das gar nichts. Und ich folge ihr, als wäre es das Normalste auf der Welt.

»Wir sehen uns dann heute im Heim?« Sie flüstert wie besprochen, und ich nicke, weil Papa bestimmt schon wach ist. »Danke für …«

Sie weiß offensichtlich nicht, wofür sie sich bedanken soll, und bevor die peinliche Pause noch länger dauern kann, winke ich ab. »Schon klar.«

»Nein. Wirklich. Keine Ahnung, wann ich das letzte Mal so gut geschlafen habe.« Die folgende Umarmung ist fest und warm, fremd und vertraut. Es ist so lange her, dass mich jemand so umarmt hat. »Danke, Marcin.«

»Dito.«

In Lias Umarmung ist es gar nicht mehr so gruselig, in diesem Treppenhaus zu sein. Sonst muss ich mich immer an Glasgow erinnern, um es betreten zu können.

»Wen haben wir denn hier?«

So sicher habe ich mich gefühlt, dass ich seine schweren Schritte nicht gehört habe. Ebenso wenig, dass er die Tür aufgemacht und uns beobachtet hat. Reflexartig löse ich mich aus der Umarmung und schiebe Lia eine Treppenstufe nach unten, bevor ich mich umdrehe und so positioniere, dass Papa sie nicht im Blickfeld hat.

»Und ich dachte schon, dass ich die Scheißpolizei rufen muss, weil mein feiner Sohnemann nicht nach Hause kommt.«

Dabei bezweifele ich, dass er mein leeres Zimmer überhaupt bemerkt hat.

»Du treibst dich die Nacht irgendwo mit der da rum und was ist mit mir?«

»Jetzt bin ich ja da.«

Obwohl ich lieber gehen will, mache ich einen Schritt auf ihn zu und von Lia weg. Bilde so eine Schutzmauer für sie.

»Sehr witzig, Klugscheißer.«

Die Ohrfeige macht ihrem Namen alle Ehre und hinterlässt einen stechenden Schmerz, gefolgt von einem lauten Piepen in meinem Ohr.

»Hey!«

Lia will wieder nach oben kommen, aber ich strecke den Arm aus, erwische ihre Schulter und schubse sie zurück. »Du wolltest doch gerade gehen.«

Das klingt härter und kühler als gewollt, aber sie *muss* gehen. Weil es ab jetzt nicht zwingend schöner wird und sie das nicht mitkriegen muss. Auch wenn wir unsere Geheimnisse gegenseitig bewahren werden, so will ich trotzdem nicht, dass sie zu viel weiß.

»Aber er hat …«

Mit piependem Ohr und Tränen in den Augen drehe ich mich wieder zu ihr, starre sie an und hoffe, sie kann sehen, wie ernst es mir ist. »Geh einfach!«

Den Rucksack mit Frau Waibles Sachen drücke ich ihr in die Hand, weil ich keine Ahnung habe, ob ich es heute zu ihr schaffe.

»Marcin …«

»Hau endlich ab!«

Was sie tut. Schnell und ohne sich noch mal umzudrehen, aber erst als die Eingangstür hinter ihr ins Schloss fällt, wende ich mich wieder meinem Vater zu.

»Du vögelst dich durch die Nacht und ich soll hier sitzen

und alles alleine erledigen? Hast du nicht zugehört? Ich bin krankgeschrieben.«

»Ich weiß.«

»Und wieso kümmerst du dich dann nicht um deinen Vater?« Er greift nach dem Kragen meines T-Shirts und zieht mich mit einem Ruck zu sich ran. »Wenn du denkst, ich sehe dabei zu, wie du auch abhaust, hast du dich geschnitten!« Ruckartig bugsiert er mich in die Wohnung, schubst mich über den Flur, wo ich ins Stolpern komme und schließlich auf alle viere falle. »Du wirst jetzt schön Frühstück machen, dann kümmerst du dich um die Wäsche und gehst mal mit dem Staubsauger durchs Wohnzimmer. Verstanden?«

Eine rhetorische Frage, denn er erwartet keine Antwort, steigt einfach über mich hinweg, wobei ich den Kopf einziehe, als würde er mich noch mal schlagen wollen, aber ihm macht es deutlich mehr Spaß, mit meiner Angst zu spielen. Solange ich glaube, er könnte jederzeit wieder auf mich losgehen, hat er seine Unterhaltung und ich habe Angst.

»Oder muss ich deutlicher werden?« Lächelnd, als wäre nie etwas vorgefallen, als würde das Piepen in meinem Ohr nicht noch immer jedes Wort untermalen, sieht er zu mir runter, und ich nicke nur betäubt, spüre, wie sich alles etwas dreht und ich mir nicht mal sicher bin, ob der Boden unter mir stabil ist. »Du magst ihr verdammt ähnlich sehen, aber du bist wie ich. Du ziehst das durch und haust nicht ab. Du bist mein Junge!«

Wobei ich gerade daran am meisten zweifele.

Er reicht mir die Hand, und ich nehme sie an, weil man ihn in dieser Stimmung nicht weiter verärgern sollte. Mit einem

Ruck hilft er mir zurück auf die Beine, eine Erinnerung daran, wie viel Kraft er hat.

»Mein Junge.«

Er denkt sicher, ich stimme ihm zu, aber eigentlich versuche ich nur, das Piepen aus meinem Ohr zu nicken. Sobald er ins Bad verschwunden ist, biege ich in die Küche ab. Wie einfach wäre es, jetzt zu gehen. Aber solange ich noch keine achtzehn bin, müsste ich in ein Heim oder so was. Jemand vom Jugendamt würde mir Fragen stellen, so wie damals, als mein Sportlehrer die blauen Flecken entdeckte und mit mir reden wollte. Darauf habe ich keine Lust mehr, wie erkläre ich, dass ich mit siebzehn Jahren noch immer Angst vor meinem Vater habe? Oder wieso ich nie etwas gesagt habe, all die Jahre davor?

»Rührei. Mit Speck.«

Seine Bestellung ruft er mir nur im Vorbeigehen zu, und ich nicke, weil ich sein liebstes Frühstück kenne, so oft wie ich es schon für ihn zubereitet habe. Die Haut an meinem Handgelenk zeigt genug Spuren von den heißen Ölspritzern, die mir schon als Achtjährigem aus der Pfanne auf die Hand gespritzt sind. Wenn ich etwas kenne, dann die Vorlieben meines Vaters, wenn es ums Frühstück geht.

»Und den Speck schön knusprig.« Ich murmele es vor mich hin, während er es zeitgleich aus dem Wohnzimmer zu mir rüberbrüllt.

So ist das, wenn man sein Leben zu gut kennt. Genau deswegen muss ich hier raus. *Glasgow, Franz Ferdinand, die raue Küste.*

Und ausgerechnet jetzt ist da Lia.

56

Lia

Ob Marcin weiß, wie viel Angst in seinem Blick lag, als er mich eben weggeschickt hat? Und ob er weiß, wie sehr ich noch immer darüber nachdenke, wie hart die Ohrfeige seines Vaters ihn getroffen hat?

Erst in der U-Bahn bemerke ich, wie verkrampft ich meine Hände zu Fäusten geballt halte. Die Flucht in Frau Waibles Wohnung, die wenigen Dinge, die er über seinen Vater gesagt hat, sein Blick und der angespannte Kiefer, all das ergeben einen unangenehmen Kurzfilm in meinem Kopf, der meine Fantasie anschubst und mich fragen lässt, was Marcin daheim noch so alles aushalten muss.

> Hoffe, es geht dir gut. Melde dich, wann immer du kannst. Ich bringe Frau Waible die Sachen, keine Sorge.
> L.

Aber die Doppelhäkchen bei der WhatsApp-Nachricht bleiben aus, und so wechsele ich den Chat.

> Hi, Hannah, wo steckst du? Ich hoffe, du bist in der Schule. L.

Hier bekomme ich sofort die Häkchen und zu meiner Überraschung auch eine Antwort. Es ist ein Foto von ihr und Lena in der Schule, wie sie vor dem Klassensaal stehen und genervt in die Kamera schauen. Gut zu wissen, dass meine kleine Schwester mich zwar noch immer nicht besonders leiden kann, aber zumindest auf mich gehört hat. Das kam ja in letzter Zeit auch eher selten vor.

Ich selber werde etwas später in der Schule auftauchen, mir eine dämliche Ausrede einfallen lassen müssen, und eventuell kriege ich auch Ärger, aber in Anbetracht meiner aktuellen Lebensepisode ist mir das tatsächlich egal. Vielleicht wiederhole ich die Klasse sowieso. Dann bin ich auf jeden Fall ein weiteres Jahr hier, kann noch bei Hannah bleiben, bis wir die Sache mit Mama …

Mama.

Mein Blick fällt auf Marcins Rucksack, und ich stelle mir für den Moment vor, ich würde einfach nur Frau Waible im Krankenhaus besuchen und nicht auch noch meine Mutter, die mal wieder wegen Alkoholmissbrauchs dort gelandet ist. Das macht mich wütend. Es macht mich so unendlich wütend, obwohl ich natürlich weiß, dass ihre Sucht eine Krankheit ist. Das weiß ich, weil ich das halbe Internet leer gesurft habe und mehr über Alkoholismus weiß als sonst jemand in meinem Umfeld. Hannah nennt es selbst nach all den Malen noch immer *Ausrutscher* und will es entweder nicht wahrhaben oder kann es einfach nicht zulassen. Aber Mama ist krank. Und sie braucht Hilfe. Doch jedes Mal, wenn ich kurz davor bin, jemanden anzurufen, geht es ihr wieder besser, sie ist wieder *Mama* und kümmert sich ums Abendessen, bemüht sich um Struktur und einen Job. Umarmt uns wie früher, ganz ohne versteckte Alkoholfahne, und ich lasse für einen Moment los.

Und dann passiert es doch, immer und immer und immer wieder.

Aber solange ich nicht volljährig bin und Hannah noch zu jung ist … das kann ich meiner Schwester nicht antun. Sie würde mich noch mehr hassen, wenn sie in einem Wohnheim oder bei einer Pflegefamilie unterkommen müsste. Dann würde ich auch sie verlieren …

Meine Haltestelle kommt, und ich schnappe mir Marcins Rucksack, verlasse die Bahn und gehe den Rest der Strecke zum Krankenhaus zu Fuß. Das gibt mir mehr Zeit für meine ohnehin schon rasenden Gedanken, die alle gleichzeitig um meine Aufmerksamkeit buhlen.

Für den Moment wünschte ich mir so sehr, es ginge wirklich nur darum, Frau Waible ein paar Sachen zu überbringen, dass es alles wäre, was ich tun muss. Der Rest soll für die zehn Minuten Fußmarsch einfach mal keine Rolle spielen. Und wenn es doch an die Oberfläche drängt, denke ich mich in die gemütliche Wohnung einer Witwe zurück, in der ich mich sicher aufgehoben gefühlt habe. *Mit Marcin.*

Bis das Klingeln meines Telefons mich aus den wohligen Gedanken reißt und ich das Gespräch annehme, ohne die Nummer zu checken. »Hallo?«

Mein Puls gibt Vollgas. Keine Ahnung, vielleicht weil ich schlechte News gewohnt bin?

»Hi, ich bin's, Simon.«

Simon. »Hi.«

»Stör ich?«

»Gar nicht.«

»Ich wollte nur mal fragen, wie es dir so geht. Gestern war ja doch ziemlich aufregend.«

Er will nur mal nachfragen. Wie es mir geht. Mir. »Ich bin ziemlich durch irgendwie, aber es geht.«

»Das kann ich mir vorstellen.«

»Und dir?«

Meine Frage überrascht ihn, zumindest höre ich erst mal nur Stille am anderen Ende der Leitung.

»Ähnlich. Alles bisschen strange gerade. Wie geht es Marcin?«

Meine Schritte werden langsamer, bis ich schließlich stehen bleibe. Dann atme ich kurz durch, wie wenn man Anlauf nimmt, um vom Zehnmeterbrett zu springen.

»Nicht so gut.«

»Habe ich was verpasst?«

Allerdings. Aber das ist nicht meine Geschichte. »Danke, dass du anrufst.«

»Nach gestern? Ist doch klar, dass ich nachfrage.« Es klingt so selbstverständlich bei ihm, aber er weiß gar nicht, was es für mich bedeutet.

»So selbstverständlich ist das nicht.«

»Doch, schon.«

»Sehen wir uns nachher?«

»Logo. Du glaubst gar nicht, wie sehr ich mich auf die Zeit im Speisesaal freue.«

Er lacht unsicher, aber ich nicke so heftig, dass ich mir wünschte, er könnte es sehen.

»Doch, das glaube ich dir nur zu gerne.« *Außerdem werde ich dann Marcin wiedersehen.*

»Lass dich nicht runterziehen, Lia, okay?«

»Ich gebe mir Mühe.«

»Wir sehen uns. Bis dahin halten wir durch, okay?«

»Okay.«

So absurd es auch klingen mag, die Tatsache, dass ich Simon und Marcin nachher für eine kleine Weile um mich haben werde, lässt mich bei den letzten Schritten in Richtung Krankenhaus lächeln. Es fühlt sich nicht mehr so einsam an. Am Empfang angekommen frage ich zuerst nach Frau Waible und dann erst nach meiner Mutter. Es ist noch nicht mal neun Uhr, und ich bin schon wieder so müde, dass ich dringend einen Kaffee brauche. Die Schwester sieht im Computer nach und runzelt dann irritiert die Stirn.

»Ähm …« Kurzer Blick zu mir. »Ihre Mutter hat sich bereits selber entlassen.«

»Was?«

»Heute Morgen.«

Es ist doch gerade erst Morgen will ich sagen, aber ich bleibe stumm, sehe die entschuldigend lächelnde Schwester an und nicke schließlich resigniert.

»Verstehe. Okay. Dann gehe ich mal schnell zu Frau Waible und gebe alles ab. Danke.«

Bevor sie etwas fragen oder mich aufhalten kann, setze ich mich in Bewegung und versuche, die Sorgen um Mama diesmal am Empfang zurückzulassen.

Sie werden dort sicher auf mich warten.

57

Simon

»Du hast nachher Bio beim Wehning, oder?« Richard taucht neben mir auf der Treppe auf und steckt mir einen Zettel in die Jackentasche.

»Ja. Wieso?«

»Schau dir in der Pause einfach mal das kleine Geschenk an, dann wird das schon.«

»Richard …«

»Ist ja nicht so, als hättest du gestern viel Zeit zum Lernen gehabt. Musstest mich ja babysitten.« Sein Grinsen ist frech und etwas nüchterner als noch vorhin.

»Dann fall ich eben mal durch.«

»Nichts da. Du willst doch meine Eltern nicht enttäuschen, oder?«

»Das ist nicht witzig.«

»Ich weiß. Aber deinen Eltern bist du reichlich egal und meine halten dich für ein Geschenk des Himmels und daran wollen wir nichts ändern.«

Der Zettel in meiner Tasche wiegt gefühlte acht Kilo, und ich berühre ihn mit meinen Fingern, um sicherzugehen, dass es wirklich nur Papier ist.

»Kommst du nach der Schule mit, den Roller holen?«

»Ich muss aber noch …« Fast hätte ich *meine Freunde treffen* gesagt, doch das verkneife ich mir im allerletzten Moment.

Richard spinnt sich den Satz dann selber zusammen. »Ja, ich weiß schon, ein paar Rentner durch die Gegend schubsen. Ich fahr dich hin.«

»Musst du nicht!«

Aber diesmal lässt Richard sich nicht von seinem Vorhaben abbringen, schüttelt den Kopf und geht rückwärts die Treppe wieder nach unten.

»Ich fahr dich hin, keine Ausrede. Muss mir das Teil doch mal ansehen, vielleicht buche ich direkt ein Doppelzimmer für meine Eltern.«

»Richard …«

»Entspann dich. Was soll schon groß passieren? Vielleicht lerne ich ja diesen Martin kennen.«

»Er heißt immer noch *Marcin*.«

»Dann halt so. Ansehen will ich ihn mir trotzdem mal.«

»Er arbeitet im *Rewe*.« Wieso ich Volltrottel ihm das verrate, weiß ich nicht, aber zurücknehmen kann ich es auch nicht mehr.

Richards Augenbrauen schießen nach oben, sein Blick wird spöttisch. »Ach schau an, muss er seine Stütze aufstocken?«

»Er ist echt in Ordnung.«

»Der Typ, der dir die Lia ausgespannt hat, ist echt in Ordnung?«

»Zum letzten Mal, Lia und ich sind Freunde. Und Marcin ist mein Kumpel.«

»Quatsch! Das haben sie dir da in dieser Seniorenbude vielleicht erzählt. Papa hat doch schon hundert Mal von diesen

Teambuilding-Seminaren erzählt. Das ist wie Gehirnwäsche. Hör mal.« Er legt mir die Hände auf die Schulter, als müsse er mich vor der nächsten Offenbarung festhalten. »Die sind nicht deine Freunde. Und du willst auch gar nicht, dass solche Leute deine Freunde sind. Lia klaut Autos und Martin … der hat vielleicht jemanden überfahren.«

»Hat er nicht.«

Richards Griff an meinen Schultern wird etwas fester. »Hängst du lieber mit denen rum als mit mir?«

Darauf kann ich nicht antworten, ohne zu lügen, und deswegen schüttele ich nur irgendwie den Kopf.

»Würde ich dir auch geraten haben. Du wohnst seit Wochen in meiner Bude mit, meine Eltern halten dich für den Golden Boy und mir jetzt in den Rücken zu fallen wäre schon Brutus-Style.«

»*Ich* fall niemandem in den Rücken.«

Hoffentlich kann er den Vorwurf zwischen den Zeilen lesen, aber so zufrieden, wie er jetzt grinst, glaube ich das nicht. Zumindest wird sein Griff ein wenig lockerer.

»Guter Junge. Ich würde sagen, wir sehen uns nachher.«

Darauf habe ich gerade nicht so viel Lust, aber Richard hat irgendwie recht. Ich lebe mehr oder weniger bei ihm und seinen Eltern, die nicht nachfragen oder Stress machen. Ganz im Gegenteil, sein Vater hat hier und da sogar ein paar nette Worte für mich übrig, und ich müsste lügen, wenn ich behaupten würde, das gefiele mir nicht. Als Richard mich nach einer gefühlten Ewigkeit endlich loslässt, atme ich erst mal tief durch.

»Bis später, Simon! Bau solange einfach keinen Mist.«

Das ist ein Ratschlag, den du dir selbst geben solltest, denke ich, während ich mit dem mutmaßlichen Biotest-Antwortzettel in meiner Jackentasche und der mulmigen Befürchtung, dass Richard vielleicht auf Lia und Marcin treffen könnte, noch immer auf der Treppe stehe.

Er hat, ohne es zu wissen, die richtige Frage gestellt. *Verbringe ich lieber Zeit mit den anderen als mit ihm?*

Statt in meine Klasse zu gehen, fische ich mein Handy noch mal hervor und schreibe Marcin.

Hi, Marcin, Lia meinte, bei dir wäre wohl gestern noch einiges los gewesen. Kann ich was tun? Melde dich, wenn du quatschen willst oder so. LiGrü, Simon

58

Lia

»Das ist aber sehr nett von dir.« Frau Waible, ein breites, weißes Pflaster auf der Stirn, beobachtet lächelnd, wie ich ihre Kleidung in den Schrank hänge und schließlich das Foto von Ludwig auf dem kleinen Beistelltisch neben ihrem Bett platziere.

»Das mache ich gerne.«

»Und Marcin geht es gut?«

Da die Geräte in ihrem Zimmer beruhigend gleichmäßig vor sich hin piepen, will ich daran nichts ändern und nicke. »Ja, alles gut. Er hatte nur einen Termin.«

»Bestimmt hat seine Schicht angefangen.«

»Schicht?«

»Ja. Er arbeitet doch manchmal im Supermarkt.«

»Ach ja, richtig.«

Selbst ohne Marcins Anwesenheit spüre ich die große Vertrautheit zwischen den beiden. Ob ich vor ihr vielleicht gar nicht lügen müsste, wenn es um die Ohrfeige auf der Treppe geht?

»Du bist Marcins Freundin, nicht wahr?«

Blitzartig spüre ich die Hitze in meinen Wangen und könnte wetten, ich werde rot.

»Er spricht ja nicht viel darüber, aber es freut mich sehr für euch beide.«

Das lasse ich einfach mal so stehen.

»Der Junge hat es nicht einfach.«

»Nein.« *Die Ohrfeige.* Noch immer höre ich das Geräusch in meinem Kopf. Das war so viel mehr als eine Ohrfeige.

»Aber er ist ein feiner junger Mann geworden.«

»Ist er.«

Frau Waible lächelt und wirft einen Blick auf das Foto ihres verstorbenen Ehemanns. »Manchmal frage ich mich, wie lange das noch gut geht.«

»Was meinen Sie?«

»Versprichst du mir, Marcin nichts davon zu erzählen?«

»Das kann ich.« *Weil ich eine Meisterin im Verwalten von Geheimnissen bin.* Man könnte mich problemlos als Undercoveragentin für das FBI einsetzen, von mir würde nie jemand was erfahren.

»Es war nicht mein erster Sturz. Aber bisher konnte ich immer wieder alleine aufstehen und so tun, als wäre alles okay. Einmal habe ich mir die Hüfte richtig geprellt. Der blaue Fleck sah aus wie eine ganze Auberginenplantage.« Sie lacht und macht eine wegwerfende Handbewegung. »Aber keiner hat was bemerkt. Wie auch? Bin ja allein.«

»Haben Sie schon mal überlegt, vielleicht in ein ...« *Sag ja nicht Altenheim, Lia!* »... eine Seniorenresidenz zu ziehen?«

»Schon öfter. Aber was soll dann aus Marcin werden? Die Wohnung müsste ich ja wohl verkaufen.«

»Verstehe.«

Sie atmet schwer aus und zuckt hilflos die Schultern. »Niemand hat mir je gesagt, dass Altwerden so teuer ist.«

Wenn Frau Waible lächelt, strahlen ihre Augen und dann

kann ich sie mir als junge Frau vorstellen, so wie sie auf den Fotos in ihrer Wohnung aussieht.

»Aber vielleicht wäre es für Sie ja doch besser. Marcin würde Sie sicher besuchen.«

»Seit die Mutter gegangen ist, hat es der Kleine ziemlich schwer gehabt.«

Es dauert einen kurzen Moment, bis ich verstehe, dass sie damit Marcin meint, wo er doch gut einen Kopf größer ist als ich.

»Sein Vater lässt viel an ihm aus. Aber der Junge sagt nichts, hält den Mund und verlangt von mir irgendwie das Gleiche. Das bricht mir das Herz.«

»Wann ist seine Mutter gegangen?« Und was bedeutet *gegangen*? Gestorben oder abgehauen?

»Das ist etwa zehn Jahre her, wenn ich mich richtig erinnere.«

»So lange schon?«

»Ja. Aber verübeln kann man es ihr kaum. Mit diesem Mann hält es niemand für immer aus.«

Papa ist erst knapp fünf Jahre tot, aber es kommt mir manchmal so vor, als wäre es schon viel länger her. Manchmal habe ich Angst, seine Stimme zu vergessen. Ob Marcin in der Zwischenzeit noch mal Kontakt mit seiner Mutter hatte?

»Aber lässt man sein Kind zurück?«

Frau Waible legt die Hände verschränkt in ihrem Schoß ab und sieht traurig zu Ludwigs Bild, als wäre es die dritte Person im Raum und nicht nur eine alte Fotografie. »Weißt du, nicht immer kann man sich das Schicksal aussuchen.«

Das weiß ich.

»Es freut mich aber, dass Marcin so nette Freunde wie dich hat.«

»Ach, na ja.«

»Nein, wirklich. Er ist sonst immer alleine und sehr für sich. Es kann für einen jungen Mann schließlich nicht gesund sein, nur mit einer alten Frau wie mir Zeit zu verbringen.« Sie zwinkert etwas unbeholfen, aber ich kann sehen, dass sie seine Gesellschaft sehr zu schätzen weiß.

»Ich bin mir sicher, Marcin ist froh, auch Sie zur Freundin zu haben. Aber jetzt ...«, schnell drücke ich ihre Hand und nicke dann zur Tür, »... muss ich mich noch um eine andere Patientin kümmern.«

»Natürlich, ich will dich nicht aufhalten. Ihr jungen Leute seid ja immer auf dem Sprung.«

»Aber keine Sorge. Ich komme Sie wieder besuchen, wenn Sie möchten.«

»Du bist herzlich eingeladen. Und danke, dass du mir meinen Ludwig gebracht hast. Die letzte Nacht war meine erste ohne ihn seit ...« Sie versucht rückwärts zu rechnen, aber unterwegs verlässt sie entweder die Kraft oder die Erinnerung an ein genaues Datum. »... einer Ewigkeit.«

»Jetzt ist er ja wieder da, wo er hingehört.«

Weil manches eben genau so bleiben muss.

59

Simon

Marcins Rad steht noch nicht da, also habe ich vielleicht ja Glück und er verspätet sich ausgerechnet heute. Von Lia fehlt ebenfalls jede Spur, und ich atme einen Moment erleichtert auf, als ich von Richards Roller steige.

»Sieht ja nach einer verdammt schicken Einrichtung aus.« Richard mustert die *Schattige Pinie* amüsiert, und ich reiche ihm den Helm, hoffe auf seine baldige Abfahrt, aber er unternimmt keine Anstalten, wieder zu verschwinden. »Und was machst du da drinnen? Essen verteilen?«

»Ja.«

»Kriegen die nicht eh alles püriert?« Sein Lachen geht mir gegen den Strich, und ich gehe nicht darauf ein, sehe ihn nur möglichst streng an und schüttele den Kopf.

»Nicht witzig.«

»Ach komm schon. Ist ja nicht so, als ob die uns hören könnten.« Und schon lacht er wieder, noch schriller und übertrieben laut, legt es offensichtlich darauf an, mich oder die Bewohner zu ärgern. »Okay, okay, ich verstehe schon. Hier bist du seriös und voll der geläuterte Jungkriminelle.«

»Kannst ja mal mit reinkommen und schauen, was dir entgeht.« Jedes Mal, wenn ich einen solchen Kommentar in seine

Richtung abfeuere, fällt ihm wieder ein, was *wir* getan haben. Und dass er eigentlich kein Recht hat, Witze darüber zu machen.

»Nee, lass nur. Du machst das schon.«

Und gerade, als all meine Gebete erhört werden und er den Zündschlüssel drehen will, taucht Lia auf. Mit schnellem Schritt, weil sie sonst zu spät kommt, die Haare wehen im Wind, und ich hoffe, Richard sieht sie nicht. Aber dafür müsste er schon über einen besonders großen blinden Fleck in genau Lias Körpergröße verfügen.

»Hi.« Meine Stimme überschlägt sich bei diesem einen Wort so oft, dass es jedem Olympiateilnehmer im Bodenturnen Konkurrenz machen könnte.

Lia hebt die Hand, lächelt mich an und mustert dann Richard, der die Hand vom Zündschlüssel nimmt und sagt: »Na sieh einer an. Wenn heute mal nicht mein Glückstag ist.« Sofort wächst sein Lächeln an, wird charmant und überzeugend.

Ich will Lia warnen, dabei weiß ich gar nicht, wieso oder vor wem.

»Na?« Sie kommt knapp neben mir zum Stehen, als würde sie Schutz bei mir suchen, und ich straffe meine Schultern etwas, übernehme den offiziellen Part.

»Lia, das ist Richard.«

Und dieser steigt wie aufs Stichwort von seinem Roller, nimmt auch noch den Helm ab und reicht ihr die Hand.

»Hi, Lia, wir kennen uns ja schon.« Das klingt schmierig und ich würde mich am liebsten schütteln.

»Ach ja?«

Wer Richard kennt, der weiß, dass ihn das wurmt. Nicht

sofort eine bleibende Erinnerung in Lias Leben hinterlassen zu haben. Sein Lächeln wird eine Spur fieser. »Markus und ich, wir sind Freunde.«

Und sofort verschränkt Lia die Arme, reckt das Kinn etwas vor und nickt kühl. »Verstehe.«

Wenn mein Sprachzentrum gerade besser funktionieren würde, könnte ich verhindern, dass Richard noch mehr Blödsinn quatscht. Aber Fehlanzeige.

»Dem Jungen hier hast du ganz schön den Kopf verdreht.« Gönnerhaft verpasst er mir einen sanften Schlag gegen die Schulter und ich komme mir unfassbar dumm vor. Lias Gesichtsausdruck verrät, dass sie Typen wie Richard nicht besonders mag, und ich hoffe, bei ihr seinetwegen nicht ebenfalls in diese Schublade zu rutschen. Wobei das hier auch so gerade echt peinlich für mich ist. Wie eine Szene aus diesen College-Filmen. Der stille Bewunderer schickt seinen besten Freund vor, der schon mal testen soll, ob denn die Gefühle erwidert werden. Dabei haben Lia und ich alles längst geklärt. Ganz ohne Richard.

»Für mich sieht seine Kopfhaltung ziemlich unverdreht aus.«

Ich muss grinsen, weil sie sich von Richards Charme unbeeindruckt zeigt.

»Mag sein, aber ich kenne ihn besser und kann dir sagen, jemand Besseren als ihn hier findest du nirgends.« Dann deutet er auf sich. »Ich spiele ausnahmsweise außer Konkurrenz, wäre sonst ja unfair.«

»Natürlich.«

Richards Augenbrauen ziehen sich minimal zusammen, ihre Antworten gefallen ihm nicht, das spüre ich. Viele der Mädels, die er anspricht – oder anflirtet –, reagieren verschüchtert oder fühlen sich geschmeichelt.

»Komisch, Simon hat gar nicht erzählt, dass du so zickig sein kannst.«

»Komisch, wo du mich doch noch gar nicht zickig erlebt hast.«

»Du solltest nicht vergessen, dass ich einiges über dich weiß, Süße. Markus hatte Redebedarf.«

»Ich bin gar nicht deine *Süße*, Richard.« Genervt von dieser Unterhaltung wendet sie sich an mich. »Wollen wir reingehen? Sonst kommen wir noch zu spät.«

»Klar. Marcin ist noch nicht da.«

Bei der Nennung seines Namens zuckt etwas durch ihre Augen, aber ich beschließe, meine Nachfrage auf später und nach Richards Abschied zu verschieben.

»Ach, und ich lerne diesen *Martin* gar nicht kennen? Schade. Von dem habe ich nämlich auch schon so einige Schauergeschichten gehört.«

»Er heißt Marcin.«

»Klingt aber beschissen.«

»So wie Richard.« Ohne auf eine Reaktion zu warten, geht Lia auf das Seniorenheim zu und verschwindet durch die große Doppeltür in den Eingangsbereich. Mit einer Mischung aus Stolz und Ehrfurcht sehe ich ihr nach, bis Richard sich räuspert.

»Die Kleine hat Feuer. Da steckt eine richtige Bitch drin.«

»Lass gut sein, Richard.«

»Sag das nicht mir. Dieser *Martin* hat dir ohnehin schon die Tour vermasselt, nicht ich.«

»Das passt schon.«

»Dein Ernst? Du lässt dir von 'nem Polen das Mädchen ausspannen?«

»Richard, vergiss es einfach.«

»Wie du meinst. Ist eh 'ne Nummer zu scharf für dich.« Ich kenne diesen Blick, mit dem er jetzt zur Tür sieht, obwohl Lia schon längst verschwunden ist. »Die kann was …«

»Ich muss jetzt los.« Dann folge ich Lia, komme nur leider nicht ganz so weit, weil Richard mich noch mal aufhält.

»Hast du also offiziell kein Interesse mehr an ihr?«

Wenn ich mich jetzt umdrehe, weiß ich genau, welcher Ausdruck mir begegnen wird. Dieses breite Grinsen, das signalisiert, er hat sich sein nächstes *Projekt* ausgesucht.

»Wieso?«

»Frage für einen Freund.«

»Lass Lia in Ruhe. Die hat genug Sorgen.«

»Genau deswegen braucht sie vielleicht einen Typen wie mich. Um sich mal fallen zu lassen.«

Also gut. Ich drehe mich doch um, und er grinst genau so, wie ich vermutet habe.

»Lass es gut sein, Richard«, entgegne ich scharf. Das kennt er nicht. Ich übrigens auch nicht. Aber in der Vergangenheit wurde ich zu oft Zuschauer von Richards Aktionen. Wie er Mädchen um den Finger gewickelt hat, sich holte, was er wollte, und dann weiterzog. Oft genug hätte ich was sagen oder die anderen warnen sollen.

»Sag du mir nicht, was ich zu tun oder zu lassen habe, Simon.«

Trotzig setzt er sich den Helm auf, ohne den Blickkontakt zu unterbrechen, und steigt wieder auf seinen Roller. Schneller als nötig und erlaubt, braust er an mir vorbei, und obwohl die Abgase noch in der Luft liegen, atme ich tief durch.

Diesmal nicht.

60

Marcin

Es sieht gar nicht so schlimm aus. Oder? Vorsichtig betaste ich meine Wange, die noch immer rot und geschwollen wirkt. Das war eine Ohrfeige, die sich gewaschen hatte. Am meisten schmerzt es aber, dass Lia alles mit angesehen hat. Wie in Zeitlupe habe ich seinen Wutausbruch kommen sehen. Einen Moment war er unsicher, ob es die Faust oder doch die flache Hand wird, also war es eine merkwürdige Mischform, und mein Gesicht wollte unter dem Schlag schier explodieren. Oder gleich der ganze Kopf.

Es ist eine Ewigkeit her, dass er so was getan hat, vielleicht habe ich deswegen nicht damit gerechnet. Für gewöhnlich sind es Worte, die fliegen, auch wenn die nicht weniger wehtun.

Meine Hände umklammern das Waschbecken so fest, dass meine Knöchel schon weiß hervortreten. *Nicht weinen.* Nicht vor Wut, nicht vor Scham. *Nicht weinen.*

Papa ist weg.

Wie immer, wenn er so einen Aussetzer hat, tut es ihm dann irgendwann schrecklich leid, er weiß nicht, wie er sich entschuldigen soll, und haut ab. Was er in der Zeit bis zu seiner Rückkehr macht, weiß ich nicht und frage auch nie danach. Es interessiert mich einfach nicht mehr.

Schnell sehe ich wieder in den Spiegel. Der junge Mann, der zurückblickt, ist kein Kind mehr. Bald ist er sogar so erwachsen, dass er wegkann, und niemand, wirklich niemand, kann ihn aufhalten. Nicht mal irgendein Gesetz.

Niemand!

Mein Spiegelbild lächelt. Klar, einfach für ihn, der spürt auch nicht diesen Schmerz in der Wange, so wie ich. Nein, der lächelt so, weil er die Zukunft kennt und weiß, das alles hier, dieses scheußliche Badezimmer mit den blassrosa Kacheln, wird bald nicht mehr als eine bittere Erinnerung sein. *Niemand wird mich aufhalten.*

Lia.

Mein Spiegelbild zieht fragend die Augenbrauen nach oben, aber ich schüttele nur kurz den Kopf. Es muss sich keine Sorgen machen, ich lasse mich auch von ihr nicht aufhalten.

Wie schön war die Nacht in Frau Waibles Wohnung. Wir haben so lange gequatscht, und fast hätte ich ihr sogar von all dem hier erzählt, damit sie versteht, wieso ich so bald wegmuss und wieso das alles nichts mit ihr zu tun hat. Der Plan steht. Schon unendlich lange, da kann ich mich nicht auf den letzten Metern aus der Spur bringen lassen.

Während das Spiegelbild zufrieden nickt, ziehe ich mein Handy aus der Hosentasche und wähle die Nummer vom Seniorenheim. Wenn ich da jetzt so aufkreuze, werden Fragen gestellt, aber ich muss mir die passenden Antworten erst noch zusammenbasteln.

»Ja, hallo, Marcin Dolmann hier … genau … ich wollte mich nur für heute krankmelden …« Das Spiegelbild nickt, aber sein kritischer Blick durchbohrt mich und schubst meine Gedanken immer wieder zu Lia zurück. »Nein, nichts Schlimmes, aber ich befürchte, ich habe mich bei Simon angesteckt. Mein Magen spielt total verrückt.« Wer hätte gedacht, dass Simons Gekotze mir heute so perfekt in die Karten spielt? »Ja. Danke. Nein, keine Sorge, ich habe Tee hier. Danke. Ja. Tschüss.«

Und Ende, auflegen, Handy stumm schalten, bevor Lia oder Simon nachfragen können.

Fast erwarte ich, dass mein Spiegelbild mir zur nächsten Lüge meines Lebens gratuliert oder zumindest Applaus spendet, aber nichts passiert. Und weil mir sein Blick nicht so recht gefällt, verlasse ich das Badezimmer und verschwinde in meinem Zimmer.

Obwohl ich genau weiß, dass Papa vor heute Abend nicht wieder auftauchen wird, werfe ich einen prüfenden Blick zur Tür, bevor ich die Matratze anhebe und die kleine Mappe hervorhole, die ich auf dem Lattenrost versteckt halte. Das dümmste Versteck aller Zeiten, aber nicht, wenn man meinen Vater kennt.

Zugtickets, Reiseplan, Reiseführer, das Foto von Mama, Postkarten, ein bisschen Geld – aber nicht alles. Das verstecke ich woanders. Nur für alle Fälle.

Wenn ich meine Sammlung so ansehe, fühlt es sich real an. So, als könnte ich jetzt schon los, weg, nur weg.

Das mit Frau Waible. Das wird schwer. Und Herrn Kabitzke, dem muss ich das auch noch irgendwie erklären. Aber dann kann ich los. Gut, Lia sollte ich das auch irgendwie erklären. Und Simon? Vielleicht. Wieso werden es ausgerechnet jetzt immer mehr?

Bevor ich die Matratze wieder in ihre ursprüngliche Position schiebe, nehme ich alles mit, schnappe mir meine Kopfhörer, den grauen Kapuzenpulli und verschwinde. Wenn auch noch nicht nach Glasgow. Manchmal fühlt sich der kurze Weg bis über den Hausflur zu Frau Waibles Wohnung trotzdem wie ein Vorgeschmack an.

Alles ist wie immer und doch fehlt etwas.

Auf dem Fernsehsessel, wo gestern noch Lia gesessen hat, nehme ich Platz und setze mir die Kopfhörer auf. Wenn Papa nicht im Haus ist, könnte ich *Franz Ferdinand* auch ruhig das ganze Haus zusammenbrüllen lassen, aber wenn ich ihre Songs über Kopfhörer höre, fühlt es sich an, als würden sie das alles nur für mich singen. Und bei diesem Song ist es vermutlich sogar so.

Mit fest geschlossenen Augen singe ich mit, fühle mich verstanden: *And you leave me here on my own. You leave me here on the floor. You can't feel it. You can't feel it. You can't feel it. You can't feel anymore …*

61

Simon

»Sorry wegen Richard. Der kann ein ziemlicher Idiot sein.«

Lia steht mit Haarnetz in der Küche, in der für uns bereits alles vorbereitet ist, und ich lächele sie entschuldigend an, als würde das irgendwas ändern.

»Dann passt er ja ganz gut zu Markus.« Ein kritischer Blick streift mich. »Und nicht so sehr zu dir.«

»Er ist mein bester Freund.« Das sprudle ich automatisch hervor; er hat es in letzter Zeit so oft gesagt, dass ich es inzwischen auswendig kann.

»Wirklich?«

»Ja.«

»Okay. Dann muss er irgendwelche guten Eigenschaften haben.«

»Hat er auch.« Ich darf bei ihm übernachten und er versorgt mich mit den korrekten Lösungen zu den Schultests. Ist das nicht die Definition von *beste Freunde*?

Lia sieht mich noch immer an, als würde sie darauf warten, dass ich ihr Beispiele für Richards gute Seiten aufzähle, aber selbst die, die mir einfallen, kann und will ich nicht laut aussprechen.

»Er passt auf mich auf.« Auch wenn ich mir nicht sicher bin, ob das noch der Wahrheit entspricht, immerhin haben sich in der Beziehung die Fronten eindeutig verschoben.

»Dann macht er aber keinen besonders guten Job.«

»Wieso?«

Lia zuckt unsicher die Schultern, mustert mich besorgt, und ich weiß genau, dass es nicht mehr lange dauert, bis sie mich durchschaut. Weil man solche Geheimnisse eben einfach nicht für immer verbergen kann.

»Du siehst nicht besonders glücklich aus, das ist alles.«

»Wieso sagst du so was?«

»Weil ich mir Sorgen mache.«

»Um mich?«

Lia nickt.

»Du musst dir keine Sorgen machen. Es geht mir super.«

»Seitdem wir uns kennen, habe ich dich nicht einmal was essen sehen. Du wirst immer blasser und deine Augenringe …«

»Das geht dich alles nichts an.« Meine Worte treffen Lia, das kann ich sehen, aber gleichzeitig nickt sie auch, will weder Streit noch eine Diskussion. Obwohl sie nichts mehr sagt, beginne ich damit, mich zu rechtfertigen. »Zu deiner Info, ich war schon immer so schlank!« *Dabei hat sie gar nichts zu meiner Figur gesagt.* »Und vielleicht habe ich ja eine Lebensmittelunverträglichkeit und esse hier deswegen nicht so viel. Oder ich mache eine spezielle Diät!«

»Du hast recht, es geht mich nichts an.«

»Ich kommentiere deinen Körper ja auch nicht!« Mir fällt selber auf, wie sehr ich in Abwehrhaltung gehe und alles, was sie ja nicht mal gesagt hat, zu kontern versuche.

»Entschuldige bitte, Simon.«

Mein Puls rast, und das Blut rauscht in meinen Ohren, nur langsam beruhige ich mich wieder und sehe auf den Salat, der noch unberührt darauf wartet, dass ich ihn in die Schüsseln sortiere. Ohne darüber nachzudenken, nehme ich eine Handvoll und schiebe sie mir in den Mund.

»Da! Siehst du? Ich esse!« Wütend kaue ich das Grünzeug klein und zwinge es runter, obwohl der Salat irgendwie nach nichts schmeckt.

»Simon ...«

»Beweis genug, ja?«

»So war das doch gar nicht gemeint.«

Aber meine Sicherungen sind bereits durchgebrannt. Mit schnellen Schritten gehe ich an Marcins Arbeitsplatz, der noch immer verlassen ist, und nehme eine volle Schöpfkelle mit Suppe.

»Ich liebe Suppe!«

Und schon nehme ich einen beherzten Schluck, vergesse dabei leider, wie heiß die Suppe noch ist, und verbrenne mir Lippen und Zunge. Erschrocken lasse ich die Kelle zurück in den Topf fallen und spritze mein Shirt von oben bis unten voll.

»Hör auf mit dem Mist, Simon!« Lia taucht vor mir auf und starrt mich schockiert an. »Was soll das?«

»Ich esse! Es geht mir gut!«

»Okay, das habe ich verstanden!«

Nur glauben will sie es mir nicht.

»Richard mag ein Idiot sein, aber er passt auf mich auf.«

»Gut so. Ich wollte eure Freundschaft nicht anzweifeln.«

Nichts von dem, was ich ihr vorwerfe oder abstreite, hat sie gesagt, und doch weiß ich, dass sie das alles denkt. Und weil ich es kaum noch aushalte, richte ich meinen Blick von ihr weg auf den Raum um uns herum, wo ich panisch ein anderes Gesprächsthema suche und schließlich finde.

»Wo ist eigentlich Marcin? Der kommt doch nie zu spät!«

»Vielleicht muss er noch was erledigen.« Damit geht Lia zurück an ihren Platz und beginnt, rote Grütze in die Schälchen mit Vanillepudding zu löffeln, als wäre mein kleiner Ausraster gar nicht passiert. Auch wenn die Spuren auf meinem Shirt eine andere Geschichte erzählen.

»Machst du dir um ihn auch Sorgen?«

»Ja, Simon, ich mache mir um ihn auch Sorgen. Darin bin ich nämlich Expertin. Ich mache mir ständig Sorgen. Um meine Schwester, meine Mutter, dich und Marcin!« Jetzt ist es ihre Stimme, die lauter wird, und ich lasse sie nicht aus den Augen. »Aber irgendwie macht es die Sache damit immer nur schlimmer, wie es scheint.«

»Ich wollte eben nicht so ausrasten. Ist einfach nur mein wunder Punkt.«

»Wenn sich Leute Sorgen um dich machen?«

»Ja.«

»Nun, wenn ich jemanden mag, kann ich das leider nicht einfach so auf Knopfdruck abstellen.«

»Und wenn ich dir sage, dass du dir echt keine Gedanken um mich machen musst, weil ich alles im Griff habe?«

Sie lacht leise und schüttelt den Kopf. »Dann mache ich mir trotzdem welche.«

»Okay. Und wieso machen wir uns Sorgen um Marcin?«

»Weil er … ach, keine Ahnung. Muss die ganzen neuen Infos auch erst mal verarbeiten.«

»Kann ich dabei helfen?«

»Wieso? Glaubst du, mein Kopf ist zu klein, um das alleine zu regeln?«

»Entschuldige.«

Sie stellt den Topf mit der roten Grütze etwas zu geräuschvoll ab und stützt beide Hände auf der Arbeitsfläche ab, die Augen geschlossen. Sie atmet tief und ruhig durch, fast meine ich, sie innerlich bis zehn zählen zu hören, dann sieht sie zu mir. »Entschuldige bitte, ich bin heute ziemlich sauer und würde es gerne rauslassen, aber du hast meine miese Laune nicht verdient.«

»Lass dich von meiner schmalen Statur nicht täuschen, ich kann ziemlich gut einstecken.« Wie zum Beweis strecke ich die Arme aus und versuche, mich breiter und größer zu machen. Gar nicht so einfach, wenn man gefühlt seit Tagen nichts außer Cornflakes gegessen hat. Und diese dann auf der Schultoilette wieder ausgekotzt hat.

»Meine Mutter hat sich selber aus dem Krankenhaus entlassen, aber daheim war sie nicht. Und jetzt mache ich mir Sorgen, dass sie direkt wieder zur Trinkhalle marschiert ist, um sich dort den nächsten Drink hinter die Binde zu kippen.« Sie sagt das ganz gefasst, wütend, aber doch gefasst. Ihre Stimme zittert minimal, und ich bewundere sie dafür, wie sie die Kontrolle behält. Über alles.

»Und sie geht *natürlich* auch nicht ans Handy oder hat es nicht dabei oder der Akku ist leer oder es ist ihr alles scheißegal. Weil sie diesmal beschlossen hat, sich zu Tode zu saufen.«

»Blöde Frage, aber was ist mit der Polizei? Da mal nachgefragt?«

»Sie ist nicht lange genug vermisst, als dass die etwas unternehmen könnten. Und wenn ich zur Polizei gehe, was soll ich dann sagen? *Hey, übrigens, meine Mama ist eine Alkoholikerin.*«

»Das tut mir leid.« Das ist wohl das dümmste, was ich sagen kann, aber Lia sieht nicht zu mir, ist mit sich selbst beschäftigt.

»Laut habe ich es schon lange nicht mehr ausgesprochen.«

»Vielleicht musst du das ja aber.«

»Klar. Damit sie meiner Mutter das Sorgerecht wegnehmen?«

»Was ist mit deinem Vater?«

»Der ist nicht mehr da.«

»Das tut mir leid.« *Ja, Simon, dir tut immer alles irgendwie leid.*

»Und ich weiß genau, wie du mich ab jetzt ansehen wirst.«

Zwar befürchte ich, dass sie mich diesbezüglich ziemlich unterschätzt, aber ich will es dennoch wissen. »Ach wirklich? Wie denn?«

»So wie Markus. Als wir in der Stadt meiner Mutter in die Arme gelaufen sind. Sie war sturzbetrunken und wollte mit uns tanzen. Auf der Straße. Zu Musik, die nur sie gehört hat.«

»Ich sehe dich noch genau so an wie bisher.« *Und nur mit Mühe und Not nicht mehr ganz so verknallt*, wobei mein Herz immer noch dribbelt, als wäre es LeBron James, wenn ich sie anschaue.

»Für dich ist das alles so einfach, Simon. Deine Eltern schenken dir einen Anwalt, der dich vor dem Jugendknast schützt.«

»Lia …«

»Aber es ist nicht überall so wunderbar entspannt wie bei dir. Manche von uns haben echt Pech.«

Ihre Worte schlagen ein wie scharfe Munition, die direkt ins Schwarze trifft.

»Ich weiß schon, du meinst es bloß gut, weil Leute so was immer gut meinen. Ich wünschte mir nur, es wäre so einfach wie in eurer Vorstellung. Dass die Polizei und das Jugendamt ganz verständnisvoll nicken und der Horror danach nicht erst so richtig anfängt. Aber sie würden mir Hannah wegnehmen!« Sie blinzelt schnell und wischt sich schließlich mit dem Handrücken über die Wange, aber die Tränen laufen einfach weiter. »Und meine Mutter trinkt wieder, weil ... sie Papa vermisst und wir ihr nicht genug sind. Und dann mache ich alles nur noch schlimmer.«

»Das weißt du aber doch nicht.«

»Doch, Simon. Weil ich es schon schlimmer gemacht habe! Aber so was kannst du dir nicht vorstellen, oder?«

»Doch, Lia, das kann ich.«

»Ach ja?« Sie ist nicht *auf mich* sauer, auch wenn ich gerade alles abkriege. Aber das wird sich gleich ändern.

»Weil ich fast jemanden umgebracht habe.«

Meine Speiseröhre kribbelt, der Speichel in meinem Mund wird zu viel, und ich schlucke und schlucke, aber es ist zu spät. Ohne auf Lias Reaktion zu warten, stürme ich aus der Küche, den Flur entlang, und finde die Toilette heute sofort und ohne Umwege.

62

Lia

Simon bleibt länger weg als erwartet, und sobald ich mit meiner Arbeit fertig bin, übernehme ich seine Salatschüsseln ebenfalls. Während mir seine Worte ununterbrochen durch den Kopf gehen.

Klar, ich kenne Simon erst seit Kurzem und doch kann ich mir nicht vorstellen, dass er einen Menschen umgebracht haben soll. Oder eben fast.

Ich denke an sein Lächeln, ehrlich und schüchtern, an unser Treffen, den liegenden Baum, seine vielen Gedanken und dass er mit mir gewartet hat im Krankenhaus.

Hinter mir öffnet sich die Tür und Frau Schüble taucht auf. Ihren irritierten Blick habe ich fast erwartet und will gerade Luft holen, um das Fernbleiben meiner Kollegen zu erklären, aber sie ist schneller. »Wehe, dieser Simon steckt dich auch noch an.«

»Mich?«

»Ja. Marcin hat es erwischt, der hat sich krankgemeldet, und jetzt ist der blasse Kerl schon wieder auf dem Klo.« Kopfschüttelnd lässt sie ihren kritischen Blick über die fertig angerichteten Desserts schweifen. »Ein Virus kann ich hier im Seniorenheim gar nicht gebrauchen.«

»Keine Sorge, mir geht es bestens.«

»Gut. Falls nicht, bleib morgen gleich daheim. Deine Sozialstunden rennen nicht weg.«

Damit ist sie schon wieder verschwunden und ich zücke sofort das Handy.

Hi, Marcin, Frau Schüble sagt, du bist krank? Alles okay? Melde dich bitte, ich mache mir Sorgen! L.

Meine Nachricht an Marcin wird ebenso wenig zugestellt wie die an Mama, und manchmal hasse ich es, dass wir uns so sehr auf diese verdammte Technik verlassen. Aber viel Zeit für Frust bleibt nicht, weil Simon nun wieder hinter mir auftaucht und Frau Schübles Beschreibung von eben alle Ehre macht. *Der blasse Kerl.*

»Geht's wieder?«

»Muss ja.«

»Wirklich alles okay?«

»Nicht wirklich. Aber daran habe ich mich gewöhnt.« Sein Lächeln bleibt so blass wie sein Gesicht, als er auf mich deutet. »Und fürs Protokoll, jetzt siehst *du* mich so anders an wie alle, die es wissen.«

Wenn man seinen eigenen Blick doch nur etwas besser kontrollieren könnte. »Tue ich gar nicht.«

»Doch. Jetzt würdest du mit mir nicht mehr alleine durch den Rosensteinpark schlendern, wetten?«

»Vielleicht würde ich dich davor einfach um eine Erklärung bitten.«

»Ich wollte ihn nicht umbringen. Habe ich auch nicht

getan.« Er lehnt sich von innen gegen die Tür, bleibt genau dort, wohl für den Fall, dass er noch mal zur Toilette muss. »Aber es ist alles so schnell gegangen und dann …« Simon schließt die Augen, schüttelt den Kopf und wird noch blasser, falls das überhaupt möglich ist.

»Du musst es mir nicht jetzt erzählen, wenn du nicht magst.«

»Ich wollte es nicht. Es war ein Versehen. Es ging alles derart schnell und es war so heiß. So verdammt heiß.« Dann bricht er ab, und ich befürchte schon, er wird sich hier und jetzt noch mal übergeben, aber dann öffnet er schlagartig die Augen und sieht mich an. »Ich schwöre, ich habe ihn nicht gesehen.«

»Okay.«

»Ich würde doch nie jemanden umbringen.«

So hatte ich ihn auch nicht eingeschätzt, aber ich liege in letzter Zeit mit meiner Menschenkenntnis oft genug weit daneben.

»Und jetzt kann ich nicht mehr schlafen, ohne davon zu träumen. Ich kann nicht mal normal irgendwohin. Weil ich denke, was, wenn er da ist? Wenn er einer von denen ist, die auf der Königstraße sitzen? Wenn er mich erkennt?« Seine Atmung wird schneller, dafür aber sehr unregelmäßig, und obwohl er zu mir sieht, bemerkt er nicht, wie ich langsam auf ihn zukomme. »Weißt du, ich wollte das alles nicht! Ich war von Anfang an dagegen, aber dann ging es so irre schnell und es roch so schrecklich! Ich habe noch nie etwas derart Schreckliches gerochen.«

Kurz muss er würgen, ich greife nach seiner Hand, sie ist eiskalt. Erst als ich sie kurz drücke, scheint Simon seinen Blick scharf zu stellen und ist überrascht, dass ich genau vor ihm stehe.

»Aber es ist vorbei. Du bist jetzt hier und sagst, der Mann lebt?« Nicken, Kopfschütteln und Schulterzucken, alles in einem, und ich weiß nicht, was er damit sagen will. Wieder drücke ich seine Hand. »Du hast ihn nicht umgebracht.«

»Nein.«

»Und es war keine Absicht.«

»Aber ich habe es trotzdem getan.«

Was soll man darauf antworten? Soll ich lügen und sagen, dass es gar nicht so schlimm ist? Soll ich die Wahrheit sagen, dass ich schockiert bin? Stattdessen sage ich gar nichts, nehme ihn einfach nur in den Arm, und er klammert sich so fest an mich wie ein Ertrinkender an einen Rettungsreifen.

»Diese Angst in seinem Blick. Diese Augen. Das werde ich nie wieder vergessen.«

»Atme mal tief durch, Simon.« Ich kann spüren, wie er es versucht, aber nicht besonders weit kommt. Zitternd und weinend steht er in meiner Umarmung und kämpft um eine normale Atmung. »Soll ich Frau Schüble holen …?«

Oder jemanden, der sich mit so was besser auskennt als ich? Aber Simon schüttelt verzweifelt den Kopf, saugt die Luft so tief ein, dass ich spüren kann, wie dünn er wirklich ist.

»Okay. Dann atmen wir einfach zusammen weiter.«

Ich mache es vor, er mir nach, und langsam, ganz langsam, hört er auf zu zittern und fängt an, ruhiger zu atmen.

63

Simon

»Immer noch nichts?«

Während wir die Senioren von unseren Plätzen am Rand aus beobachten, checkt Lia erneut ihr Handy. Sie wartet so offensichtlich auf eine Nachricht von Marcin – oder ihrer Mutter –, dass die nervöse Anspannung uns beide inzwischen fest im Griff hat. Zum Glück hat sie keine weiteren Nachfragen gestellt, und jetzt warten wir darauf, alles abräumen und die Tische reinigen zu dürfen. Herr Kabitzke ist heute wieder anwesend, auch wenn die Krücke, die neben seinem Tisch lehnt, noch deutlich an seinen Sportunfall erinnert.

»Nichts.«

»An keiner Front?«

»An keiner.« Enttäuscht lässt sie das Handy sinken und sieht dann zu mir. »Wieso tun die so was, wenn sie doch wissen, dass ich mir Sorgen mache?«

»Vielleicht ist sie nur schnell einkaufen.«

»An solche Erklärungen denke ich nie, immer nur an irgendwelche Katastrophenszenarien.« Lia wirft wieder einen Blick auf ihr Handy. »Weißt du, wovor ich Angst habe?« Sie flüstert die Frage, und ich rücke etwas näher an sie heran, damit sie nicht lauter sprechen muss, wenn sie nicht will.

»Wovor?«

»Dass es mir alles irgendwann egal ist. Ich habe schon so lange Angst vor dem Tag, an dem ich sie irgendwo tot finden werde.«

»Lia …«

»Wirklich. Ich weiß nie, wann es mal zu viel sein wird oder jede Hilfe zu spät. Wann sie es endgültig übertreibt und ich nur noch ihre Leiche finde.«

Ihr Blick macht mir Angst.

»Und manchmal denke ich, wie leicht dann alles wäre. Ohne sie.«

»Ohne sie?« Das klingt so endgültig.

»Ich kann manchmal nicht mehr.«

»Das merkt man dir aber nicht an.«

Es folgt ihr müdes Lächeln, dessen Geschichte ich endlich verstehe. »Ist das nicht traurig?«

Ist es. Fast wünschte ich mir, wir alle dürften mal zeigen, wie wir uns wirklich fühlen, wie groß die Angst, wie schwer die Sorgen sind, und müssten nicht immer diese Rüstung aus Tapferkeit und Gleichmut tragen.

»Und für Hannah ist es wirklich schwer.«

Hannah, das Mädchen aus dem Krankenhaus, das mich so wütend angesehen hat.

»Vielleicht musst du doch mal um Hilfe bitten.«

»Weil das ja auch so irre einfach ist, Simon. Jeder schaut dann, als wäre es meine Schuld. Oder Mamas. Weil die Leute nicht verstehen, dass es eine Krankheit ist und sie sich das nicht ausgesucht hat.«

»Die richtigen Leute verstehen es bestimmt.«

Aber Lias Blick lässt mich wissen, dass ich keine Ahnung habe. Ich weiß nicht, wie es läuft oder was man machen muss. Und vor allem weiß ich nicht, wie viel Mut Lia braucht, um diesen Schritt zu gehen.

»Ich habe Angst.«

Zwar weiß ich nicht genau, wovor, denn alle möglichen Optionen klingen für mich ziemlich angsteinflößend, aber ich nicke dennoch, als würde ich sie verstehen.

»Das letzte Mal hat es nicht gut funktioniert. Sie hat den Entzug einfach abgebrochen, *weil sie ja alles im Griff hatte*. Und wenn es wieder schiefgeht, was dann?« Erneut sieht Lia aufs Handy, immer noch nichts.

»Hör mal, ich weiß auch nicht so recht, was man da machen kann. Aber vielleicht hat Herr Kabitzke recht und man muss einfach Hilfe einholen.«

»Das sagt ja der Richtige.«

Ihren kurzen Einwurf übergehe ich und spreche unbeirrt weiter. »Und wenn du willst, komme ich mit.«

»Wohin denn?«

»Keine Ahnung. Egal wohin. Wo auch immer du Hilfe kriegst.«

»Echt jetzt?«

»Ich will nicht einfach zusehen, wie du kaputtgehst.«

Es ist nur der Anflug eines Lächelns, aber es ist ein Anfang. »Ich habe schon oft gehört, dass ich Dinge kaputt mache. Noch nie, dass auch ich kaputtgehen könnte.«

»Wir alle können das, Lia.« Mein Grinsen ist übertrieben breit und nicht besonders überzeugend. »Schau mich an, Beweisstück A!«

Lia gibt auf, lässt das Handy in der Hosentasche verschwinden und strafft die Schultern. »Würdest du mit mir nach Hause kommen? Ich weiß nicht, ob ich das heute alleine kann.«

Weil sie nicht weiß, was sie dort erwartet.

»Klar mach ich das.« Vielleicht bin ich nicht Marcin, dem die Heldenrolle irgendwie besser steht, aber ich werde trotzdem da sein.

»Danke, Simon.«

Und bevor ich antworten kann, zieht mich Lia in eine Umarmung, die ich nur allzu gerne erwidere.

64

Lia

»Lia! Da bist du ja!«

Es duftet nach Rosmarin, Zwiebeln, Kartoffeln und Knoblauch. So gut roch es in unserer Küche seit Langem nicht mehr. Mama taucht mit einer Kochschürze und hochgesteckten Haaren im Flur auf. Niemals käme man darauf, dass sie die letzte Nacht noch mit ausgepumptem Magen im Krankenhaus gelegen hat. Und genau diese Tatsache jagt mir eine Gänsehaut über den Körper.

»Mein Schatz, hast du Hunger? Das Essen ist gleich fertig.«

Simon, der neben mir steht, blickt etwas unsicher zu der Frau vor uns, die so gar nicht aussieht, als sei sie gestern Nacht noch eine Notfallpatientin gewesen.

»Oh, du hast einen Freund mitgebracht, sehr gut, sehr gut. Ich habe mich wohl etwas in der Menge verschätzt. Weißt du denn, wo Hannah steckt? Sie müsste doch auch schon längst da sein, oder nicht?« Dann schüttelt sie den Kopf, vielleicht weil zu viele Gedanken darin rumschwirren. Schnell wischt sie sich die Hände an der Schürze ab und reicht Simon die Hand. »Wie unhöflich von mir. Ich bin Martha, Lias Mutter, schön, dich kennenzulernen.«

Simon lächelt, schüttelt Mamas Hand und tut so, als wäre

das nicht der schrägste Moment des Tages. Wobei sein Ausraster in der Küche vorhin wohl doch noch immer den Spitzenplatz belegt.

»Hallo, ich bin Simon.«

»Hallo, Simon. So schön, dass Lia mal wieder jemanden mit nach Hause bringt. Kommt, legt doch eure Schulranzen ab und kommt rein, sonst brennt mir noch was an.«

Schulranzen. – Genau, Mama. Weil wir noch fünf sind.

Kaum ist sie wieder in der Küche verschwunden, drehe ich mich zu Simon. »Es tut mir leid, das habe ich irgendwie nicht erwartet …«

»Kein Problem.«

Aber so blass, wie er aussieht, glaube ich ihm kein Wort. »Sicher?«

»Absolut. Sie macht einen sympathischen Eindruck.«

»*Mhm.*«

»Kann ich vielleicht schnell auf die Toilette? Hände waschen und so.«

Simon ist nervös, auch wenn er versucht, normal zu wirken. Ich habe jahrelange Übung darin, Menschen zu durchschauen, die vorgeben, es ginge ihnen gut.

»Direkt die zweite Tür links.«

»Perfekt. Danke.«

Den Rucksack, den meine Mutter *Schulranzen* nennt, nimmt er mit, und ich biege vorher in die Küche ab, wo Mama wie ein aufgeschrecktes Huhn hin und her rennt.

»Ob du vielleicht schnell den Salat schleudern könntest, Schatz?«

»Mama …«

»Ich habe auch dein Lieblingsdressing besorgt.« Sie zwinkert mir verschwörerisch zu und ich schüttele nur den Kopf.

»Mama …« Sie bleibt stehen, und die Küche hört auf, sich zu drehen.

»Ich weiß, ich weiß, Schatz. Es tut mir leid.« Wieder wischt sie sich die Hände an der Schürze ab und berührt dann sanft mein Gesicht. »Es war nur ein Ausrutscher.« Sie flüstert, weil Simon sonst ihre Lüge hören könnte. »Der letzte. Ich weiß jetzt, dass es nicht ewig so weitergehen kann. Euch Kindern hätte in der Zwischenzeit Gott weiß was passieren können.«

Ich hasse es, wie sie klingt, und dass sie uns *Kinder* nennt, obwohl wir schon so lange keine mehr sind. Und am meisten hasse ich es, dass ich ihr glauben will, wie all die Male zuvor.

»Was hast du deinem Chef gesagt?«

»Mag dein Freund vielleicht Bohnen zum Fleisch?«

»Mama.«

Sie legt den Kopf ein bisschen schief und schaut mich so verträumt an, als würde sie mich zum ersten Mal sehen. »Weißt du eigentlich, wie wunderschön du geworden bist, Lia. Papa wäre …«

Hastig mache ich einen Schritt zurück, von ihr weg und raus aus der unangenehmen Nähe, wobei ich gegen den Kühlschrank pralle.

»Was hast du deinem Chef gesagt?«

»Schatz, ich habe mich um alles gekümmert. Er bekommt eine Krankmeldung nachgereicht.«

»Du lügst.«

Kopfschüttelnd will sie auf mich zukommen, als Simon im Türrahmen auftaucht und ihre Aufmerksamkeit auf sich zieht.

»Simon! Magst du Bohnen zum Fleisch?«

»Ähm …«

»Mein Gott, wann hast du denn das letzte Mal was Anständiges zu Essen gekriegt?« Weil Mama kein Gefühl für Intimsphäre oder Distanz hat, stürmt sie regelrecht auf ihn zu, legt ihre Hände auf seine Schultern und mustert ihn. »Du musst essen, mein Junge.«

»Ich hab gar keinen Hunger.«

»Unsinn, ihr seid doch im Wachstum, da müsst ihr essen.« Mir wirft sie einen Blick über die Schulter zu und ich versinke fast vor Peinlichkeit im Boden. »Holst du noch einen Teller für deinen Freund.«

»Ich bin gar nicht ihr Freund.« Simon stellt das mit traurigen Augen klar, was so auch nicht stimmt, und ich entscheide mich, diese unerträgliche Situation ihm zuliebe zu ertragen.

»Doch. Simon ist mein Freund. Ein verdammt guter Freund sogar.«

Wenn auch nicht die Art Freund, die er sich vielleicht wünschen würde, so ist er doch einer der wenigen Menschen, die ich nicht nur in mein Leben lasse, sondern sogar mit nach Hause bringe.

»Wunderbar. Dann fangen wir mal an. Hannah wird sicher gleich kommen.«

Zumindest lässt meine Mutter nun von Simon ab, der darüber sehr erleichtert scheint, und eilt zurück zum Herd. Simon wagt sich einen winzigen Schritt weiter in die Küche.

»Lia, ich habe echt keinen Hunger.«

»Ich weiß doch.«

Simon hat irgendwie nie Hunger. Wenn Marcin und ich in

der Küche heimlich vom Nachtisch oder der Suppe probieren, bleibt Simon eisern. Nicht mal einen kleinen Snack habe ich ihn essen sehen. Ihm ist klar, dass ich es weiß, denn er verschränkt die Arme vor der Brust und macht sich etwas breiter, was aber alles nicht über seine schlanke Statur hinwegtäuscht. So zerbrechlich hat er sich vorhin in meiner Umarmung angefühlt. Ich weiß schon, niemand sollte von außen die Körper anderer beurteilen. Und doch stehe ich jetzt vor Simon und mustere ihn. Die Skinny Jeans, das weite T-Shirt und sein blasses Gesicht.

»Vielleicht wenigstens eine kleine Portion? Ohne Fleisch.«

Sofort will er den Kopf schütteln, zögert dann aber und lässt sich zu einem knappen Nicken hinreißen.

»Eine wirklich kleine Portion.«

Und ebenso klein fällt sein Lächeln aus.

65

Marcin

Jedes Mal, wenn jemand anruft, wird der Gesang von Alex Kapranos für einen Moment unterbrochen. In dieser Zeit muss ich entscheiden, ob ich den Anruf annehme oder ihn weiter ignoriere. Nun ist es wieder Simon, der gerade zum vierten Mal meine Musik stört, und ich kann fast hören, wie das Klingeln von Mal zu Mal panischer wird.

Mir ist nicht nach Erklärungen zumute, wieso ich nicht bei der Arbeit aufgetaucht bin oder mich nicht gemeldet habe.

Aber diese wiederholten Anrufe von ihm kommen mir wie ein Hilferuf vor.

»Ja?«

»Marcin! Du musst herkommen. Bitte.«

»Was?«

»Ich bin bei Lia daheim und es ist schrecklich. Bitte, komm und hol mich hier raus.«

Er presst die Worte gerade so hervor, klingt dabei wie mitten in einer Panikattacke, und ich setze mich langsam auf.

»Was ist denn passiert?«

»Ihre Mutter hat gekocht und ich muss mitessen. Aber ich kann nicht mehr.«

»Essen?«

»Ja.«

»Simon, im Ernst jetzt? Ich habe heute keinen so guten Tag.«

»Ich weiß nicht, wen ich sonst anrufen soll. – Bitte, Marcin!«

Wir sind nicht unbedingt der Notfallkontakt des jeweils anderen, aber obwohl ich noch immer den Kopf schüttele, bringe ich den Fernsehsessel langsam in eine aufrechte Sitzposition und schließe die Augen.

»Okay.«

»Du kommst?«

»Ja. Dauert aber ein bisschen.«

»Danke, Mann! Du weißt nicht, wie viel mir das bedeutet. Beeil dich bitte.«

Zwar weiß ich nur ungefähr, wo Lia wohnt, aber wenn ich dort bin, kann ich immer noch eine Nachricht schicken. Mein Plan war eigentlich, den ganzen Tag und vielleicht sogar die Nacht hierzubleiben, aber ein bisschen frische Luft schadet bekanntlich nicht.

»Bin unterwegs.«

Simons erleichtertes Ausatmen lässt mich ahnen, wie dankbar er dafür ist, auch wenn ich noch immer nicht so recht verstehe, was eigentlich sein Problem ist. Er klang ein bisschen so, als würde man ihn gegen seinen Willen dort festhalten, und ehrlich gesagt kann ich mir das nicht vorstellen.

Schnell schlüpfe ich in meinen Kapuzenpullover, setze die Kopfhörer auf und verlasse die Wohnung so schnell und leise wie möglich. Wenn ich ohnehin schon unterwegs bin, kann ich auf dem Rückweg vielleicht bei Frau Waible im Krankenhaus vorbeischauen. Kommt natürlich darauf an, ob mir eine gute Ausrede für mein bisheriges Fernbleiben einfällt. Sie macht sich sonst nur unnötig Sorgen und das will ich vermeiden.

Je weiter ich mich von meinem Zuhause entferne, werden meine Schritte nicht nur schneller, sondern auch leichter. Man stelle sich nur vor, wie verdammt leicht mein Gang in Glasgow sein wird, wenn der schottische Wind mich zusätzlich beflügelt. Wieso zaubern manche Gedanken so leicht ein gutes Gefühl in unseren Körper, auch wenn alles noch so weit weg scheint?

Die U12 Richtung Hallschlag erwische ich gerade so noch und sehe durch die Scheibe, wie mein Vater mit zwei Einkaufstüten die Straße entlangläuft. Obwohl die Bahn bereits losfährt, ziehe ich die Kapuze hoch und tiefer ins Gesicht, damit er mich nicht erkennen kann, und sinke in meinen Sitz.

Ich bin bald achtzehn Jahre alt und lasse mich noch immer von meinem Vater tyrannisieren. Sicher, in den letzten Jahren hat es etwas abgenommen, weil ich ihn einmal so heftig geschubst habe, dass er gegen die Schrankwand im Wohnzimmer gefallen ist. Und wie viel Kraft hat es damals gekostet, nicht weiterzumachen, als er da lag, mit der Platzwunde am Hinterkopf.

Die Gänsehaut überzieht meinen ganzen Körper.

Aber … dann hätte ich nicht mehr aufgehört. All die Wut, die ich in einen Stahlschrank gesperrt habe, sie wäre aus mir herausgebrochen und ich hätte nicht mehr aufhören können. Das weiß ich. Und deswegen lasse ich mich lieber von ihm als Feigling beschimpfen und träume mich auf eine Insel im Norden, wo es kalt und nass ist. Weil mir selbst das wärmer vorkommt als die Tage mit ihm in der Wohnung.

Bald. Ganz bald.

Doch bevor es nach Schottland geht, nennt die Durchsage in der U-Bahn erst mal meine Haltestelle.

Manchmal muss man eben einen kleinen Umweg nehmen, bevor man ans Ziel kommt. Und mein Umweg heißt Simon.

Oder eben Lia.

66

Simon

»Nanu? Noch mehr Besuch?«

Lias Mama, die mir gegenübersitzt, will schon aufspringen, als es an der Tür klingelt, doch Lia ist schneller.

»Vielleicht hat Hannah mal wieder ihren Schlüssel verlegt.«

Nur ich weiß jetzt schon, wer es wirklich ist, und spüre, wie der Klumpen in meinem Magen sich aufzulösen beginnt. Mein T-Shirt klebt mir im Rücken noch an der Haut, aber die flackernden Punkte vor meinen Augen beruhigen sich, als Lia etwas perplex Marcin in die Küche führt.

»Ach! Und wen haben wir hier?«

So nervös, wie ich mich fühle, lächelt jetzt Lias Mutter.

»Das ist Marcin.«

»Noch ein Freund?«

»Ja.«

Marcins Wange zeigt eine leichte Verfärbung. Ob er in eine Schlägerei gekommen ist? »Was ist denn da passiert?«

Er zuckt nur die Schultern und sieht zu mir. »Das könnte ich auch dich fragen.«

»Ich habe … wir haben …« Jetzt, da er hier ist, weiß ich nicht mehr, was ich mir von seinem Auftauchen erhofft habe. Ein Ablenkungsmanöver vielleicht, eine Möglichkeit zu verschwinden. Aber mein Teller ist noch immer halb voll, auch wenn das Essen mittlerweile kalt geworden ist.

»Keine Sorge, wir haben noch jede Menge Platz an unserem Tisch. Hast du Hunger, Marcin?«

»Ein bisschen.«

»Sehr gut! Ich hole etwas. Lia, steh doch nicht so rum, frag ihn, was er trinken will.«

Für meine Rettung habe ich Lia in eine unangenehme Situation gebracht, was mir schrecklich leidtut, aber ich wusste einfach nicht mehr weiter. Kaum ist ihre Mutter nebenan klappernd mit dem frischen Geschirr beschäftigt, fragt Lia Marcin: »Was machst du denn hier?«

»Gute Frage.« Marcin dreht sich zu mir. »Was mache ich hier?«

»Meinen Platz übernehmen. Ich muss los.«

»Du hast nicht mal aufgegessen.«

»Ich muss echt los.« Dringend weg aus der Küche und dem Teller voller Essen. Vor allem weg von diesem Geruch.

»Du bleibst.« Marcin will mich zurück auf meinen Stuhl drücken, aber ich greife nach seiner Hand und schüttele den Kopf.

»Nein. Ich muss weg.«

»Was ist denn los, verdammt?«

»Ich kann das …« Dabei deute ich mit zitternder Hand auf den Teller vor mir. »… ich kann das nicht. Bitte.«

Es klingt schrecklich flehend, und ich wünsche mir fast, Richard wäre hier, dem ich die Sache nicht erklären müsste, weil er es irgendwie einfach so versteht.

»Du lädst Marcin ein, damit *du* verschwinden kannst?«

»Du hast dich doch ohnehin für ihn entschieden.« Damit mache ich mich aus Marcins Griff los und stehe auf. Die Punkte vor meinen Augen feiern eine wilde Party, und ich schwanke für eine Sekunde, fange mich dann aber wieder, weil ich nur zu genau weiß, wie das geht. »Wir sehen uns dann morgen.«

»Simon …«

»Danke für alles, wirklich. Aber ihr versteht nicht. Es geht einfach nicht.«

Und bevor mich jemand aufhalten kann, schlüpfe ich aus der Küche in den Flur, wo ich meinen Rucksack nehme und zur Tür eile, den Geruch von verbranntem Fleisch hinter mir lasse und draußen erst mal einen tiefen Atemzug nehme.

Das war mit Abstand eine der schlimmsten Panikattacken meines Lebens, die Küche wurde minütlich kleiner, der Sauerstoff da drinnen reichte nie und nimmer für drei atmende Personen, und wenn ich auch nur noch einen Bissen hätte essen müssen, wäre alles wieder rausgekommen.

Marcin und Lia verstehen das nicht. Sie haben ja auch ihr Leben im Griff und wissen, was sie tun. Aber ich habe das nicht.

Immer wieder drücke ich auf den Knopf am Fahrstuhl und hoffe, dass er die Dringlichkeit dadurch erkennt und sich etwas beeilt.

»Was soll das?«

Lia ist hinter mir aufgetaucht, und ich vermeide es, sie anzusehen, drücke immer wieder auf den Knopf.

»Termine.«

»Simon.«

»Es tut mir leid.«

Noch fester drücke ich auf diesen verfluchten Knopf, aber der Fahrstuhl lässt sich Zeit.

»Simon, sieh mich an.«

Ihre Stimme klingt ruhig, aber ich kann nicht. Weil sie es dann sehen wird. Sie weiß es doch ohnehin schon.

»Simon.«

Sie berührt meine Schulter so sanft, wie ihre Stimme klingt, und ich zucke unter der Berührung zusammen.

»Es hat nichts mit dir oder deiner Mutter zu tun. Bitte denke das nicht. Das Problem bin ich. Nur ich.« Ich lasse von dem Fahrstuhlknopf ab und stoße stattdessen den Finger in meine Brust, immer und immer wieder. »Nur ich bin das Problem.«

»Bist du nicht. Sieh mich bitte an.«

Das möchte ich, so, so gerne, aber ich schaffe es nicht, den Blick von diesem gelb leuchtenden Knopf zu lösen.

»Es tut mir leid, Lia.«

»Willst du darüber reden?«

Mit einem leisen *PLING* wird die Ankunft des arschlangsamsten Fahrstuhls der Weltgeschichte angekündigt und schon gleiten seine Türen auf, bieten mir die ersehnte Fluchtmöglichkeit – aber ich bewege mich keinen Zentimeter, starre noch immer auf den Knopf.

»Verrate es bitte niemandem.« Endlich sehe ich sie an. Sie ist so hübsch, die Augen, diese Lippen, alles an ihr. »Bitte.«

»Das ist gefährlich, Simon.«

»Ich habe es unter Kontrolle.« Es ist das Einzige, was ich kontrollieren kann. Das darf sie mir nicht wegnehmen.

»Simon …«

»Mein Geheimnis für dein Geheimnis.«

Das ist Erpressung und ich weiß es. Etwas in ihrem Blick verändert sich, schafft Abstand zwischen uns und rettet mir damit womöglich das Leben.

»Wie du willst.«

Kühl klingt sie, und ich nicke, mache den rettenden Schritt in den Fahrstuhl und sehe dabei zu, wie die Tür sich schließt und Lia verschwindet.

Erschöpft lehne ich mich gegen die kühle Wand und schließe die Augen.

Das war verdammt knapp.

67

Marcin

»Weißt du, jahrelang kam nie jemand zu uns nach Hause. Nur Hannah, die bringt immer mal wieder ihre Freundin Lena mit. Kennst du Hannah?«

Lias Mama, die sich sofort als Martha vorgestellt und mir das *Du* angeboten hat, zündet sich eine Zigarette an, zieht immer wieder hastig daran, klopft fortwährend die Asche ab und redet in einem Schwall.

»Es ist verrückt, Lia bringt an einem Tag zwei Freunde mit nach Hause.« Jetzt deutet sie mit der Zigarette auf meinen Teller. »Iss ruhig. Du siehst hungrig aus. Es ist Lias Lieblingsessen. Sie liebt es, wenn ich koche.«

Nun beobachtet sie mich genau, wie ich das Essen klein schneide, zum Mund führe, kaue.

»Wo habt ihr euch denn kennengelernt? Geht ihr zusammen zur Schule? Lia ist so eine gute Schülerin. So wie Hannah. Tolle Mädchen.«

»Wir haben uns bei der Arbeit kennengelernt.«

»Lia arbeitet?«

Mein Versuch, ein potenziell brenzliches Thema zu umschiffen, hat schon mal nicht so gut funktioniert.

»In der *Schattigen Pinie.*«

Aber ihre Mutter sieht mich weiterhin völlig blank an.

»Wegen der Sozialstunden.«

Sie nickt gedankenverloren, und ich habe keine Ahnung, ob sie mir zugehört oder mich verstanden hat.

»Wir arbeiten da zusammen.«

»Ich wette, Lia ist fleißig. Sie ist immer so fleißig. Das hat sie von ihrem Vater.« Das Lachen klingt zu schrill, was ihr auffällt, woraufhin sie sofort verstummt. »Sie kommt sehr nach ihrem Vater. Kennst du ihn?«

»Nein.«

»Ein toller Mann. Wirklich ganz wunderbar.«

Zum ersten Mal sehe ich so etwas wie echtes Gefühl in ihrem Blick aufblitzen. Sie legt die Zigarette in den Aschenbecher, allerdings ohne sie auszudrücken, und so sendet der Glimmstängel weiterhin Rauchzeichen Richtung Küchendecke.

»Immer konnte ich mich auf ihn verlassen. Weißt du, wie befreiend dieses Gefühl ist? Zu wissen, dass jemand da ist und alle Probleme löst, sobald sie auftauchen?«

Natürlich nicke ich, obwohl *mir* dieses Gefühl fremd ist.

»So ist Jan.« Ihr Blick verirrt sich irgendwo zwischen den Rauchkringeln. »So *war* Jan.«

»Jetzt ist er nicht mehr so?«

Sie blinzelt irritiert. »Nein. Jetzt ist er nicht mehr.«

Ich lag mit meiner Vermutung also richtig. Lias Vater ist, anders als meine Mutter, nicht mal eben so gegangen.

»Das tut mir sehr leid.«

Sie nickt, ohne mich gehört zu haben, als zum Glück Lia die Küche wieder betritt.

»Simon lässt dir herzlichen Dank für das Essen ausrichten.«

»Na ja, viel gegessen hat er nicht gerade. Aber Marcin scheint es zu schmecken.«

Lia sinkt auf ihren Platz und sieht prüfend zu mir, aber ich habe keine echte Erklärung, wieso ich hier bin. Bevor ich mich für eine Antwortoption entscheiden kann, schiebt ihre Mutter ruckartig den Stuhl zurück.

»Nachtisch! Den habe ich ganz vergessen.«

Als ihre Mutter in Richtung Kühlschrank hechtet, nutzt Lia die Chance und beugt sich zu mir.

»Gab es noch Stress mit deinem Vater?«

Über den will ich jetzt bestimmt nicht sprechen. »Das Essen ist verdammt lecker.«

»Marcin, ich habe gesehen, wie er dich geschlagen hat.«

»Es war nur eine Ohrfeige.«

Vorsichtig deutet sie auf mein Gesicht, und ich befürchte schon, sie will mich berühren, aber sie hält Abstand.

»Das war eine deftige Ohrfeige.«

»Ich kann das ab.«

»Marcin …«

»Es ist alles okay, Lia. Mach dir keine Sorgen um mich.«

»Du flüchtest zu deiner Nachbarin, verbringst ganze Nächte dort, und ich frage mich die ganze Zeit, wie schlimm es für dich wohl daheim sein muss.«

Das ist zu nah! Sie kommt mir viel zu nah.

»Das geht dich aber nichts an.« Dabei versuche ich so freundlich wie nur möglich zu klingen und lächele entwaffnend.

»Wir sind Freunde, da geht es mich doch was an, oder?«

»Freunde?«

»Oder nicht? Gestern Nacht klang es so.«

Freunde. Ausgerechnet jetzt, so kurz vor Glasgow, kommt Lia mit Simon im Schlepptau ums Eck und in mein Leben.

»Wie ist dein Vater eigentlich verstorben?«

Selbst wenn ich Lia das Messer in meiner Hand mit voller Wucht in die Schulter gerammt hätte, könnte sie nicht verletzter schauen, als sie es jetzt tut.

»Das geht dich nichts an, Marcin.«

»Wir sind doch Freunde?«

Ich habe eine Grenze überschritten und das bewusst. Es wäre besser, jetzt zu gehen, aber Lias Mama kommt mit zwei kleinen Schalen zurück an den Tisch und stellt sie vor uns ab. Sofort erkenne ich das vertraute geschwungene Herz in der hellen Puddingmasse.

»Mit Herzverzierung, wie ich es früher für dich gemacht habe, mein Schatz.«

Lias Augen schimmern verdächtig, aber sie ringt sich ein Lächeln ab.

»Danke, Mama.«

Und plötzlich komme ich mir nicht nur dumm, sondern auch schrecklich fehl am Platz vor.

68

Lia

»Sie ist nett.« Marcin nimmt mir den Teller ab und trocknet ihn mit dem Geschirrhandtuch ab.

Mama hat sich ein bisschen hingelegt und schon habe ich einen leicht erhöhten Puls. Ich habe ihr Schlafzimmer durchsucht und keinen Alkohol gefunden. Das sollte mich entspannen, aber schließlich mache ich das regelmäßig und trotzdem ist meine Mutter gestern im Krankenhaus gelandet.

»Und das Essen war richtig lecker.«

»Ja. Sie ist eine tolle Köchin.«

»Wohin mit dem Teller?«

»Schrank über dem Herd.«

Marcin in unserer Küche zu haben, fühlt sich noch immer komisch an. Die ganze Szene vorhin war surreal und schräg, noch immer sortiere ich in meinem Kopf alles, was gesagt und getan wurde. Bevor ich auch den nächsten Teller ins lauwarme Wasser mit ordentlich Spülmittel tunke, werfe ich einen Blick auf die Uhr.

Hannah müsste schon längst hier sein.

»Glaubst du, sie ist wieder bei Lena?«

Verblüfft sehe ich zu Marcin, der sich neben mich an die Arbeitsfläche lehnt. Fast hätte ich vergessen, wie weit ich ihn schon in mein Leben gelassen habe. Er weiß, dass ich an Hannah denke. Und er weiß auch, wo ich sie vermute.

»Möglich.«

»Ruf sie doch mal an.«

»Sie hat meine Nummer geblockt.«

»Verstehe.«

Wieder reiche ich ihm einen Teller, diesmal berühren sich unsere Finger. Ich weiß noch nicht genau, was ich fühle, wenn ich in Marcins Nähe bin. Aber mein Herz hat da wohl schon so eine Vermutung, auch wenn ich die für verrückt halte.

»Es tut mir leid. Du hast recht, es geht mich nichts an. Und ja, es gab Stress mit meinem Vater.«

Er muss mich nicht ansehen, damit ich weiß, was er meint, aber als er es tut, bestätigt es mir sein missglücktes Grinsen.

»Und bevor du fragst, so was ist schon länger nicht mehr passiert. Eigentlich hat er sich inzwischen ganz gut im Griff.«

»Das habe ich gesehen.«

»Es war ein Ausrutscher.«

Genervt lasse ich den Teller zurück ins Wasser gleiten und drehe mich ganz zu ihm herum.

»Weißt du, wie oft ich diese Scheißausrede gehört habe? Nur ein *Ausrutscher*. Der wievielte? Zehnte? Fünfzehnte? Ich habe aufgehört zu zählen, und es kotzt mich an, immer und immer wieder angelogen zu werden.«

Marcin steht stumm da, hält meinem Blick stand und lässt mich meine Wutrede abfeuern.

»Natürlich weiß ich, dass sie es glauben, wenn sie es sagen. Und vielleicht strengen sie sich auch jedes Mal an. Aber wie viele Ausrutscher denn noch?« Er zuckt nur die Schultern, weil er darauf ebenso wenig eine Antwort hat wie ich. »Was machst du beim nächsten Ausrutscher, hm? Wenn er es nicht bei einer Ohrfeige belässt?«

»Keine Ahnung. Was machst du denn beim nächsten Ausrutscher?«

Obwohl meine Mutter uns nicht hören kann, spreche ich leiser weiter. »Irgendwas muss ich jedenfalls tun. Sonst verliere ich auch noch Hannah.« *Hannah.* »Wobei ich sie so oder so verlieren werde, oder?«

Er will etwas sagen, bleibt dann aber lieber stumm, greift nur nach meiner Hand, bevor er mich an sich zieht und umarmt. Sofort fühle ich mich so sicher wie gestern in Frau Waibles Wohnung.

»Quatsch.«

Aber er liefert kein Argument für seine Ein-Wort-These, hält mich dafür einfach ein bisschen fester. Ich lehne meine Wange an seine Brust und spüre den rauen Stoff seines zu oft gewaschenen Pullis. »Aber irgendjemanden werde ich verlieren, oder?«

Die Pause ist zu lang, und sein Herz verrät ihn, bevor er antworten kann. »Niemanden wirst du verlieren.«

Und weil sich die Lüge gerade zu gut anfühlt, um ihr zu widersprechen, nicke ich einfach.

»Nein, wie schön. So viel Harmonie.« Hannahs Stimme reißt mich aus der warmen Umarmung, und ich drehe mich in Marcins Armen um, bringe aber keinen Abstand zwischen unsere Körper.

»Wo warst du?«

»Bei Lena. Du hast mich doch dort hingeschickt.«

»Könntest du mich vielleicht entblocken, damit ich wieder Kontakt mit dir aufnehmen kann?«

»Könnte ich. Will ich aber nicht.«

Dann sieht sie zu Marcin, ihr Lächeln ist ehrlich und verrät, dass sie ihn mag.

»Hi.«

»Hi, Hannah.«

Als sie wieder zu mir sieht, ist ihr Lächeln verschwunden. »Wo ist Mama?«

»Hat sich hingelegt.«

»Nüchtern oder …?«

»Sie hat dir Essen aufgehoben. Falls du Hunger hast.«

»Ich habe schon bei Lena gegessen.«

»Sie hat Pudding gemacht.«

Hannah zögert. »Welchen?«

»Weiße Schokolade. Deinen Lieblingspudding.«

»Dafür sollte noch Platz sein.«

Pudding heilt also Wunden, lässt *Ausrutscher* vergessen – wenn auch nur für den Moment – und zaubert selbst meiner mürrischen kleinen Schwester ein Funkeln in die Augen. Mit einem Anflug von Freude hole ich ihre Schale aus dem Kühlschrank und reiche sie ihr. Natürlich hat Mama auch für sie ein Herz in die Oberfläche gemalt, was Hannah bemerkt und mir einen kurzen Blick zuwirft. Obwohl Marcin noch immer mit uns in der Küche steht, lässt Hannah kurz ihren sonst unüberwindlichen Schutzschild sinken.

»Wird sie sich erholen?«

»Ich denke schon.«

»Wird jetzt alles gut?« Wenn sie so etwas fragt, kommt sie

mir so viel jünger vor, und ich will sie nur noch in den Arm nehmen, aber stattdessen nicke ich tapfer.

»Sie wird sich Mühe geben.«

Eine Behauptung, die auf wackeligen Beinen steht, und weder Hannah noch ich trauen uns, an sie zu glauben. Aber gerade haben wir keine andere Wahl.

»Okay. Ich esse in meinem Zimmer.«

Bevor sie nach einem Löffel verlangen kann, reicht Marcin ihr bereits einen aus der Besteckschublade, die er gerade erst befüllt hat.

»Schön, dich zu sehen, übrigens.«

»Gleichfalls.«

Damit lässt sie uns wieder alleine, schaut wohl mal kurz bei Mama rein und schließt dann die Tür zu ihrem Zimmer am Ende des Flurs.

»Jetzt wird alles gut?« Marcin stellt die Frage mit deutlich mehr Zweifel in der Stimme, als mir lieb ist, und ich zucke nur die Schulter.

»Es muss.«

69

Simon

Unsere Wohnung liegt direkt am Feuersee im schönen Stuttgarter Westen. Früher dachte ich, der Feuersee würde uns gehören, so wie andere einen Vorgarten haben – unser privater Vorsee. Inzwischen weiß ich natürlich, dass er den dort lebenden Schildkröten gehört, die ab und an ihre Köpfe aus dem Wasser strecken, um nach dem Rechten zu sehen.

Mit dem Schlüssel in der Hand gehe ich auf das schöne Haus zu, in dem meine Familie die ersten beiden Etagen bewohnt. Dort auf dem Balkon haben wir immer Silvester gefeiert, als wären wir die Royals vom Feuersee, hoch oben über dem Volk, das seine Raketen und Böller nur für uns in den Himmel schießt. Meine Eltern haben denen unten manchmal sogar zugewinkt. Aber hinter den vermeintlichen Palastmauern wird nun nicht mehr gewinkt und noch seltener umarmt.

Um diese Uhrzeit müsste zumindest meine Mutter daheim sein, mein Vater ist sicher noch im Büro, weil es einfach einen guten Eindruck macht, Überstunden zu sammeln, selbst wenn man der Chef ist. Das erhöht den Druck auf die Mitarbeiter, die ungern vor ihrem Vorgesetzten nach Hause gehen wollen und so unnötig lange von ihrer Familie getrennt sind, weil mein Vater mittlerweile nichts mit seiner zu tun haben will.

»Hallo, Simon.« Wenn meine Mutter meinen Namen ausspricht, klingt er von Mal zu Mal fremder in meinen Ohren.

»Hi.«

Sie steht in der Küche und tunkt einen Teebeutel immer wieder in eine Tasse mit heißem Wasser. Meine Kumpels sagen, meine Mama wäre eine waschechte *Milf*, weil sie für ihr Alter noch so gut aussieht und dank des täglichen Sports auch eine Topfigur hat. Aber ich sehe nur eine mir fremd gewordene Frau, die gerne Tee trinkt.

»Wie war die Schule?«

»Geht so.«

Nach den Sozialstunden fragt sie nie, weil »das Thema beendet ist« und wir es auch nicht noch mal unnötigerweise aufbringen.

»Freut mich.« Meine Mutter lächelt so, wie sie spricht, kontrolliert und mit einem gewissen Abstand. So hat sie auch reagiert, nachdem die Polizei sie nachts angerufen und sie darüber informiert hatte, dass ihr Sohn auf dem Revier sei. Vielleicht war es zu viel verlangt, aber ich hätte mir eine Standpauke gewünscht, eine enttäuschte Mutter, die sauer darüber ist, was ihr Sohn für einen Mist baut. Stattdessen kamen meine Eltern, haben alles geklärt und mich nach Hause gebracht.

Damals stand ich weinend vor ihnen und habe gehofft, sie würden mich umarmen oder anschreien.

»Es geht mir nicht so gut, Mama.« Das habe ich damals gesagt und tue es jetzt wieder. Die wenigen Bissen Fleisch, die ich mir bei Lia daheim reingewürgt habe, wollen wieder raus, und ich habe Angst, dass ich irgendwann nicht mehr nur das Essen auskotze, sondern auch alles andere.

»Willst du einen Tee?«

Ich will, dass sie mich sieht. Wie ich gerade jetzt vor ihr stehe: verschwitzt, außer Atem und irre dünn. Ich will, dass sie fragt, was nicht stimmt, und ich ihr – und meinem Vater – endlich sagen kann, wie es mir geht.

Ich will, dass sie stolz, enttäuscht, wütend oder zufrieden mit mir sind. Hauptsache irgendwas.

»Tee klingt toll.«

»Er steht oben neben dem Kaffee deines Vaters.«

Dann nimmt sie ihre Tasse und überlässt mir die Küche – und mich meinem Problem.

Noch bevor sie wirklich im Wohnzimmer verschwunden ist, übergebe ich mich in das Edelstahlwaschbecken in der Küche, spüre den Schmerz in meiner Kehle und meinem Magen, die Tränen in meinen Augen.

Was muss denn noch alles passieren, damit sie endlich was kapieren?

Es klingelt an der Tür, und da meine Mutter jetzt Tee trinkt, ist es an mir, die Tür zu öffnen. Schnell spüle ich mir den Mund und dann das Spülbecken aus und schaffe es zum dritten Klingeln an die Tür.

»Hi.«

»Hi, Richard.«

Auch Richard verändert sich. Aber ich bin froh, dass es ihn gibt.

»Passt es gerade?«

Nein. Ich bin müde, will schlafen, mich ausruhen, meinen Gedanken und dem Magen eine Pause gönnen.

»Komm rein.«

»Will nicht stören.« Dabei ist er schon längst eingetreten und geht voran in Richtung Küche. »Dachte, du kommst vielleicht bei mir daheim vorbei.«

»Mir geht es nicht so gut.«

Richard lehnt sich neben den Kühlschrank und versucht, bis ins Wohnzimmer zu schauen, aber meine Mutter hat die Eigenschaft, sich an jede Umgebung wie ein Chamäleon anzupassen. Selbst in ihrem eigenen Wohnzimmer verschwindet sie, als sei sie Teil der Einrichtung.

»Meine Mutter ist da.«

»Dachte ich mir doch, dass es hier nach Ablehnung riecht.«

Richard mag meine Eltern nicht besonders, was auf Gegenseitigkeit beruht. Gut möglich, dass meine Freundschaft mit Richard zum Teil darauf beruht.

»Raus mit der Sprache, was ist los?« Er kennt mich und weiß alles über mich. Auch, wenn etwas nicht stimmt.

»Was meinst du?«

»Simon, hör auf, mich für dumm zu verkaufen. Dieses Rumgezicke heute wegen Lia.«

»Was ist damit?«

»Vergiss nicht, wer deine Freunde sind, nur weil ’ne heiße Braut dir vor der Nase rumwackelt.«

»Das vergesse ich schon nicht. Aber ich mag Lia eben.« Sie hat mich zu sich nach Hause mitgenommen, ich habe ihre Mutter kennengelernt und dort gegessen. Alles noch gar nicht so lange her und doch fühlt es sich an, als wären Wochen vergangen seitdem.

»Das kannst du so lange behaupten, bis du es selber irgendwann glaubst. Du *magst* sie nicht einfach nur, du bist bis über beide Ohren in sie verknallt. Du hast nur Schiss vor diesem Martin!«

»Das stimmt doch gar nicht.« *Egal, wie oft du das wiederholst.*

»Was, wenn ich mich um das Martin-Problem kümmere?«

»Da gibt es kein Problem.«

»Ich sage dir das jetzt mal als bester Freund, okay?«

»Und wenn es nicht okay ist?«

Richard grinst. »Dann sage ich es dir trotzdem. Seit *der Sache* habe ich dich noch nie so strahlen sehen, wie wenn du über diese Lia quatschst.«

Darauf erwidere ich nichts, starre ihn nur etwas ertappt an.

»Du bist immer weniger du, seit der Scheiße.« Wenigstens flüstert er jetzt, obwohl es meine Mutter im Nebenzimmer ohnehin nicht interessiert. »Egal, was ich anstelle, um dich abzulenken, du löst dich auf und ich bin live dabei. Weißt du, wie beschissen das ist? Ich kann einfach nichts machen.«

Das ist so nicht ganz korrekt, er hatte Möglichkeiten, etwas zu ändern, aber ich nehme an, das meint er nicht.

»Und dann kommt plötzlich Lia ums Eck und deine Augen leuchten wieder.« Er zeigt mit der ausgestreckten Hand auf mich. »Da! Du denkst nur an sie und musst grinsen.«

Verdammt. »Wir sind nur Freunde, nicht mehr.«

»Ich denke nicht, dass du aufgeben solltest, Simon.«

»Heute war ich bei ihr daheim.«

Wie ein animiertes GIF sieht Richard immer wieder von mir zur Tür, dann verschränkt er die Arme vor der Brust und fragt: »Wie war das?«

»Lia hat gefragt, ob ich nach den Sozialstunden mit zu ihr will.«

»Und was habt ihr dort gemacht?«

»Ihre Mutter hat gekocht.«

Jetzt sind es Richards Augen, die sich aufhellen, als er sich etwas vorbeugt. »Du hast was gegessen?«

Zaghaftes Nicken, denn Irgendwie-Ja-und-irgendwie-Nein lässt sich schwer mit einer einzigen Geste ausdrücken.

»Alter. Du stehst so was von auf sie.«

Und ich befürchte, er hat recht.

70

Marcin

»Der Fahrstuhl hier lässt immer ein bisschen auf sich warten, sorry.« Nervös deutet sie immer wieder auf den Fahrstuhl und zupft am Saum ihres Pullovers.

»Ich habe es nicht eilig.«

»Gut.«

»Ich habe mich vorhin nicht bedankt, dass du Frau Waible die Sachen gebracht hast.«

»Habe ich echt gerne gemacht.« Sie steht so dicht neben mir, dass unsere Schultern sich berühren. Dabei tritt sie ununterbrochen von einem Fuß auf den anderen, wie bei einer Choreografie, die ich nicht kenne.

»Könntest du damit aufhören? Da wird man ja seekrank.«

»Sorry. Ist nur wahnsinnig lange her, dass ich Besuch daheim hatte.«

»Es war gar nicht schlimm, Lia.«

»Na ja, Mama war irgendwie …«

»Deine Mama ist in Ordnung.«

»Findest du?«

»Sie malt dir Herzen in den Pudding.«

»Sie trinkt.«

»Sie ist krank.«

»Ich weiß. Es macht es nur nicht leichter.«

»Vielleicht braucht sie Hilfe.«

»Marcin …«

»Und vielleicht brauchst du auch Hilfe.«

»Ich komme klar.« Dabei klingt sie besonders tough, obwohl sie das gar nicht muss, weil sie hinreichend bewiesen hat, wie tough sie ist. Dafür braucht sie nicht mal die Bomberjacke ihres Vaters.

»Trotzdem, falls du mal … also, ich kenne da einen Ort, wo man gut runterkommen kann.«

Ich lehne mich ein bisschen gegen sie, weil ich die Nähe zwischen uns mag. Egal, was ich mir einreden will.

»Gut zu wissen.«

Der Fahrstuhl hat es endlich zu uns nach oben geschafft, und die Türen gleiten auf, wie die Ouvertüre zu unserem Abschied für heute.

»Danke fürs Essen, auch wenn ich mich mehr oder weniger selbst eingeladen habe.«

»Genau genommen hat Simon dich eingeladen.«

»Stimmt.«

Bevor die Türen sich schließen können, mache ich einen Schritt nach vorne und bleibe in der Lichtschranke stehen. »Trotzdem danke. Es war schön, mal wieder … na ja … irgendwo anders zu sein.« Es fallen mir keine Worte ein, die besser ausdrücken, wie sehr mir meine Mutter fehlt und wie schön es war, zumindest für einen Moment jemanden gehabt zu haben, der sich kümmert.

»Wenn du mal wieder vorbeikommen willst, dann …«

Lia beendet den Satz nicht, aber ich halte die Tür weiter

davon ab, sich zu schließen, und sehe ihr direkt in die Augen. So unsicher habe ich sie noch nie erlebt.

»Dann was?«

»Dann ruf an. Oder komm vorbei.«

»Einfach so?«

»Falls du mal einen neuen Ort suchst, an dem du runterkommen kannst.« Sie macht einen kleinen Schritt auf den Fahrstuhl und mich zu. Es wäre verlockend, doch noch etwas länger zu bleiben. Hier. Direkt hier in der Lichtschranke, wo ich das Gefühl habe, nicht nur die Tür, sondern auch die Zeit stillstehen lassen zu können.

»Vielleicht nehme ich das Angebot ja mal an.«

Lia kommt noch etwas näher. »Das würde mich sehr freuen.«

Die Tür will sich erneut schließen, aber ich strecke die Hand aus, noch bevor die Lichtschranke das Schließen verhindern kann.

»Ich habe vorhin gelogen. Du verlierst vielleicht doch jemanden.« Keine Ahnung, wieso ich das sagen muss, aber es brannte die ganze Zeit über in meiner Kehle. Zu meinem Erstaunen nickt Lia traurig.

»Dich. Ich weiß schon.«

»Woher?«

»Du gehst weg, das merkt man an deinem Blick.«

»Echt?«

Sie nickt langsam.

»Ich verstehe schon.«

»Tut mir leid, nicht das beste Timing.«

»Muss es nicht. Tu mir nur einen Gefallen.«

»Hm?«

»Verabschiede dich, bevor du gehst. Noch ein plötzliches Verschwinden kriege ich echt nicht hin.«

Ich weiß mittlerweile, über wen sie spricht.

»Versprochen.«

Die Tür will sich schließen, aber diesmal ist es Lia, die sich in die Lichtschranke schiebt. Bevor ich etwas sagen kann, stellt sie sich auf die Zehenspitzen, nimmt mein Gesicht vorsichtig in ihre Hände und küsst mich. Sie überrumpelt mich mit dem Kuss, aber nur, weil ich sie zuerst küssen wollte. Die Tür versucht erneut, sich gegen uns durchzusetzen, und schiebt Lia damit noch näher zu mir. Ich lege meine Arme um sie, halte sie fest und erwidere ihren Kuss zwischen Tür und Angel. Lasse zu, dass sie die Führung übernimmt, und spüre ihren Körper ganz dicht an meinem. Alles ist gerade unglaublich weit weg, als gäbe es nur noch uns und diesen verdammten Fahrstuhl. Die Alarmsirenen in meinem Kopf, die seit Tag eins mit Lia laut schrillen, legen eine Pause ein, kapitulieren, weil es sich gerade so gut anfühlt.

Als sie sich langsam von mir löst, nur den nötigsten Abstand zwischen uns wieder herstellt, ist ihr Lächeln trauriger als erwartet.

»Das musste sein. Ich wollte einfach wissen, wie es ist.«

»Und wie ist es?«

»Verdammt schön.«

71

Lia

»Mama schläft immer noch.« Hannah platzt ungefragt in mein Zimmer – und meine Gedanken –, bleibt aber wie immer mit einem Sicherheitsabstand an der Tür stehen.

»War ja auch ein aufregender Tag.«

Hannah nickt. »Ist das was Ernstes zwischen dir und Marcin?«

»Nein.« *Doch.* Natürlich. Nur wissen wir beide, dass es nicht klappen wird, und deswegen versuche ich mich seit dem Kuss am Fahrstuhl davon zu überzeugen, dass es endlich mal mein Ausrutscher war. Immerhin ist das in dieser Familie so was wie Tradition.

»Sah in der Küche aber anders aus.«

»Mach dir keine Sorgen, das wird nichts.«

»Also er scheint dich auf jeden Fall zu mögen.« Sie legt den Kopf ein bisschen schief. »Und du magst ihn doch auch. Das habe ich sofort gesehen.«

»Ach ja?«

»Du hast ihn mit zu Lena gebracht, als es mir nicht gut ging.«

Meine Nackenhaare stellen sich auf, und ich rutsche so weit an die Bettkante vor, bis ich die Sicherheit des festen Bodens unter meinem Fuß spüren kann.

»Was genau meinst du?«

»Na ja, als ihr mich abgeholt habt.«

»Als du betrunken warst.«

Sie schüttelt den Kopf. »Als es mir nicht gut ging.«

So nennt es Mama immer. Wenn sie rückblickend über ihren Alkoholkonsum spricht. Sie vermeidet die Worte *betrunken* oder *besoffen*, weil sie leugnet, dass ihre Alkoholsucht ein echtes Problem ist.

»Du warst *betrunken*, Hannah. Mitten am Tag.«

»Ja, aber ich hatte das alles noch im Griff. Lena und ich wollten nur ein bisschen vorglühen.«

»Vorglühen wofür?«

Hannah grinst frech, aber nicht so böse wie sonst. »Für die Hausaufgaben.«

»Das ist nicht lustig.«

»Ich weiß. Aber mach dir keine Sorgen. Ich bin nicht Mama.«

Mit einem leichten Klopfen auf die Bettdecke direkt neben mir gebe ich Hannah zu verstehen, dass sie sich zu mir setzen soll. Meine Schwester zögert einen Moment, bevor sie sich einen Ruck gibt und herüberkommt.

»Folgt jetzt die große Ansprache?«

»Nein. Nur eine kleine Bitte.«

»Ich höre.«

»Pass einfach ein bisschen auf, wenn du Alkohol trinkst.«

»Das mache ich doch eh.«

»Dann pass ein bisschen mehr auf.«

»Wieso? Weil du denkst, ich ende wie Mama?«

»Weil ich denke, es gibt einen Grund, wieso du überhaupt trinkst.«

Hannah bleibt stumm, sitzt nur da und sieht sich in meinem Zimmer um, als wäre sie noch nie hier drin gewesen. »Du selbst trinkst echt gar nicht mehr?«

Tatsächlich habe ich schon ewig keinen Alkohol mehr angerührt. Das letzte Mal auf dieser seltsamen Party mit Markus, die mein Absturz war und an die ich mich kaum noch erinnern kann. Was vermutlich auch besser so ist.

»Nein.«

»Weil du jetzt auf die gute Seite gewechselt bist?«

»Denkst du, ich war vorher auf der bösen Seite?«

»Nein, nicht wirklich, aber jetzt machst du *immer* alles richtig und bist die Vorzeigeschwester.«

»Ich dachte, ich mache immer alles kaputt.«

»Seit du diese Sozialstunden ableistest, bist du nur irgendwie strenger als vorher.«

»Ich will dich nur nicht verlieren, Hannah.«

Aber meine Schwester schüttelt den Kopf, lacht leise und lässt sich auf mein Bett sinken, die Beine von sich gestreckt. »Wie das denn? Glaubst du, ich hau einfach so ab?« Sie schließt die Augen, vielleicht, weil es leichter ist, das alles zu ertragen, wenn man es nicht sieht. »Ist ja nicht so, als ob ich nicht manchmal denke, dass es cool wäre, einfach abzuhauen.«

Ein Gedanke, der mir natürlich auch schon kam, mir aber jetzt erst mal Bauchschmerzen beschert.

»Aber dann denke ich, wo soll ich denn alleine hin? Ohne dich kriege ich doch eh nichts gebacken.«

Überrascht von ihrer Aussage lasse ich mich ebenfalls auf das Bett sinken und sehe zur Decke. Nicht, dass dort irgendwelche Antworten auf all meine Fragen stehen würden.

Hannah rückt etwas näher an mich heran und lehnt ihren Kopf an meine Schultern. »Ich bin sauer wegen der Autoaktion, aber ohne dich bricht hier alles zusammen, Lia.«

»Es tut mir echt leid.« Jetzt bin ich diejenige, die die Augen schließt. »Manchmal tut man Dinge, weil man in dem Moment denkt, sie sind richtig. Obwohl man schon weiß, dass sie es nicht sind.«

»Das ergibt null Sinn.«

Ich weiß. Aber das bedeutet nicht, dass man sie deswegen nicht trotzdem tut.

»Irgendwann, Hannah, liegt dieses Chaos weit hinter uns und wir haben unsere Ruhe.«

Zumindest hoffe ich das, weil ich nämlich wirklich keine Ahnung habe, wie lange ich das noch durchziehen kann.

»Genau so ist es für mich, wenn ich mit Lena rumhänge. Dann bin ich auch weit weg von allem hier.«

»Könntest du mit ihr rumhängen, ohne so viel zu trinken?«

Da Hannah nicht antwortet, öffne ich die Augen und sehe zu ihr, wie sie da neben mir liegt, so nah wie schon lange nicht mehr.

»Hannah?«

Sie nickt langsam, bevor auch sie mich wieder anschaut.

»Versprochen.«

72

Simon

»Heute Abend Party bei Markus.«

Richard hat so unfassbar gute Laune, dass ihm nicht mal die nachher anstehende Englischarbeit das Grinsen aus dem Gesicht wischen kann. Möglich, dass er die Aufgaben samt Lösungen schon irgendwo in seinem Fundus hat.

»Alter, das wird gut! Und Lia kommt auch, ja? Ganz sicher?«

Seit wir in der Schule angekommen sind, spricht er über nichts anderes mehr und ich nicke jetzt zum fünfzehnten Mal.

»Habe ich doch gesagt.«

»Das wird die Party des Jahrtausends! Darüber werden noch die Jahrgänge sprechen, die nach uns kommen.« Er bleibt stehen, hält mich am Ärmel fest, als wäre ihm gerade eine Eingebung gekommen, die unser Leben für immer verändern wird. »Das Woodstock dieser Generation!«

»Woodstock?«

»Du weißt schon, das Coachella der alten Leute.«

»Ich weiß, was Woodstock ist.«

Richards Grinsen wächst und wächst. »Und heute Abend wirst du es live erleben.«

»Ich weiß nicht. Die letzten Partys waren ein bisschen weird für mich.« Die ganze Zeit wurde ich angestarrt. Es kursierten so viele Versionen von dem, was an Silvester passiert ist, dass einige sogar geglaubt haben, ich hätte einen Menschen gegessen. Ständig erfand jemand neue Details, bis alle mich für ein Monster hielten. Halten. Whatever.

»Aber diesmal kommst du ja mit Lia. Da werden sie dich aus ganz anderen Gründen anstarren, vertrau mir.« Damit setzt er sich wieder in Bewegung, und ich folge ihm, auch wenn ich keine große Lust auf eine Doppelstunde Physik vor der Englischprüfung habe. »Sie sollte nur nicht so frech sein.«

»Lia?«

»Genau die. Hat sich ganz schön was rausgenommen gestern.«

»Lia ist halt so.«

»Ja, aber die meisten stehen nicht auf so vorlaute Mädels.«

»Lia ist nicht vorlaut. Sie ist einfach nur Lia.«

Irritiert sieht Richard über die Schulter zu mir, wie ich stur neben ihm die Treppen nach oben gehe.

»Echt jetzt? Bist du so verknallt, dass du ihr alles durchgehen lässt?«

»Sie ist wie sie ist. Punkt.«

»Simon, pass auf. Die Sache ist ganz easy. Willst du, dass die anderen über dich als den Feuerteufel sprechen? Oder lieber als den Typen, der Lia aka Markus' Ex flachgelegt hat?«

Mein Schlag trifft ihn an der Schulter, härter als beabsichtigt. Oder genau so heftig wie beabsichtigt, nur getarnt als freundschaftlicher Schubs. »Hör doch endlich auf, so einen Scheiß zu quatschen.«

Richard bleibt stehen, und ich kann ihm nicht ausweichen, stehe direkt vor ihm, wenn auch eine Stufe tiefer.

»Wäre es dir lieber, Martin diese Rolle zu überlassen?«

»Marcin.«

»Nenn ihn, wie du willst. *Er* wird sich die Chance nicht entgehen lassen.« Jetzt wird sein Blick etwas düsterer, sein Lächeln ist nicht mehr freundlich. So sah er damals auch aus, als wir den Benzinkanister gefüllt haben. Ein bisschen irre, ein bisschen kindisch, wie ein kleiner Junge, der eigentlich nichts ernst oder böse meint – und dann einfach so einen Spielplatz abfackelt. »Und ich würde das auch nicht tun.«

Automatisch steige ich eine Stufe nach oben, mache mich ihm gegenüber damit einen Kopf größer. »Lass Lia in Ruhe.«

Er hebt die Hände. »Ich würde nie etwas tun, was sie nicht auch will. Entspann dich.« Jetzt sieht er wieder aus wie immer, als wäre das ganze Leben nur ein riesiger Spaß und er darin bloß ein Zuschauer. »Du solltest nie vergessen, wer deine echten Freunde sind, Simon.«

Dabei fange ich an, das zum ersten Mal zu hinterfragen.

Richard legt mir die Hände auf die Schultern und schiebt mich sanft, aber bestimmt wieder die Stufe nach unten. »Denk daran, heute Abend. Woodstock.«

Und dann joggt er die Treppe hoch, lässt mich zurück und steuert seinen Klassensaal an. Als er außer Sichtweite ist, zücke ich mein Handy und öffne Lias Chat.

> Hi, hoffe, es geht dir gut. Sorry noch mal wegen gestern. Wollte nicht so abhauen. Sag mal, wegen der Party heute Abend. Ich weiß noch nicht, ob ich hingehe. Wie sieht es bei dir aus? Wir können ja auch was anderes machen. Greetz, Simon

Vermutlich ist sie auch gerade in der Schule, das Handy auf lautlos oder ganz ausgestellt, weil sie nicht nur eine leblose Hülle in einem Klassenraum voller Schüler ist.

> Hi, Simon, habe mir Sorgen gemacht. Sehen wir uns nachher in der *Pinie*? Und was heute Abend angeht, wir können gerne einfach so was machen. L.

Das wäre meine Rettung, denn Marcin und Richard, Lia und Richard, ich und Lia – in meinem Kopf ist keine der Kombinationen gerade passend.

> Wollen wir lieber zu dritt auf das Frühlingsfest? Da war ich ewig nicht mehr. Mehr Spaß als auf einer lahmen Party allemal, oder? Simon

Wobei ich auf Fahrgeschäfte, Boxautos und gebrannte Mandeln auch nicht gerade übermäßig große Lust habe. Irgendwie raucht mir der Schädel schon vor der ersten Schulstunde des Tages und das ist bekanntlich der beste Start in den Wahnsinn.

> Frühlingsfest? Klar, wieso nicht? Lass uns das in der *Pinie* besprechen! Muss los. Chemie … nicht gerade mein Paradefach. Bis nachher. L.

Ich komme gar nicht mehr zum Antworten, weil mein Lehrer, Herr Schick, vor mir auftaucht. »Herr Kampen, erwarten Sie eine schriftliche Einladung oder beehren Sie mich auch so mit Ihrer Anwesenheit in meinem Unterricht?«

Und somit muss ich die echten Sorgen des Lebens erst mal beiseiteschieben und mir Unterrichtsstoff ins Hirn pumpen lassen – nicht, dass da noch besonders viel Speicherplatz frei wäre.

73

Marcin

Wie begrüßt man jemanden, den man gestern noch geküsst hat?

Küsst man sich wieder? Vor einem Seniorenheim? Vor Simon? Das sind idiotische Fragen, aber was Nach-dem-ersten-Kuß-Regeln angeht, bin ich etwas außer Übung.

»Hi.« Zu meiner Erleichterung ist es Simon und nicht Lia, der bereits pünktlich auf einen weiteren Tag mit Küchendienst wartet.

»Hallo.«

»Ich wollte mich noch mal bedanken, dass du gestern aufgetaucht bist.«

»Du hast mich darum gebeten.«

Irritiert sieht er mich an. »Ja schon, aber …«

»Du hast Hilfe gebraucht und ich bin los. Kein großes Ding.«

»Hast du ’ne Ahnung.« Etwas in seinem Blick lässt mich wissen, dass er mehr sagen will, und so bleibe ich stumm, warte ab. »Manchmal …«

Simon sieht sich um, so wie jemand, der verfolgt wird. Und wenn ich ganz ehrlich bin, macht er immer irgendwie den Eindruck, auf der Flucht zu sein.

Ich kenne diesen Gesichtsausdruck, weil mein Spiegelbild mich manchmal so ansieht.

»Manchmal kann ich das nicht mehr.«

»Was genau?«

»Alles. Dieses ewige Funktionieren.« Er deutet auf seine Magengegend, vielleicht auch etwas höher, und zuckt dann die Schultern. »Aber ich muss, oder?«

»Funktionieren?«

»Ja.« Simons Lächeln nimmt von Tag zu Tag etwas ab. An seinem ersten Tag hielt ich ihn noch für den klassischen Sonnyboy, der grinsend und unberührt durch alle Stürme segelt. Aber inzwischen bin ich mir da nicht mehr so sicher.

»Was ist los, Simon?«

»Ich weiß es nicht.«

»Kann ich helfen?«

»Ich weiß es nicht.«

»Und was soll ich tun?«

Er sieht auf seine Füße, dann auf seine Hände und dann erst wieder in mein Gesicht. »Bleib einfach so.«

»Wie?«

»Keine Ahnung, so wie du halt bist. Ein Kumpel.«

»Das kriege ich hin.« *Zumindest vorübergehend.*

»Danke.«

Die Erleichterung ist ihm anzusehen, nicht nur im Gesicht, auch seine Körperhaltung ändert sich, wirkt entspannter und erinnert schon viel mehr an den Sonnyboy vom ersten Tag. Aber dieses unangenehme Gefühl in meinem Nacken bleibt. Simon hat echte Probleme und ich soll einfach nur zuschauen?

»Und falls ich mal was für dich tun kann, dann lass es mich wissen.«

»Da gibt es tatsächlich was …« Doch bevor ich es ganz aussprechen kann, entdecke ich Lia, die von der U-Bahn-Station zu uns geschlendert kommt. Sosehr ich mir auch einreden will, dass es gestern nur ein spontaner Kuss war, ausgelöst durch irgendeine komische Situation – mein Herz behauptet etwas anderes.

»Hi, Jungs.«

Sie kommt direkt vor uns zum Stehen und scheint sich ebenfalls zu fragen, wie sie mit mir umgehen soll. Simon bricht, ohne es zu wissen, den Bann und umarmt sie herzlich, wenn auch irgendwie ungelenk, dann bin ich dran und stehe da wie ein dummer Junge. Lia legt die Arme um mich, zieht mich zu sich ran und ich gebe nach. Ihre Lippen streifen meine Wange, und ich spüre das Kribbeln auf meiner Haut, spüre, wie es sich über meinen ganzen Körper hinweg ausbreitet und diesen fiesen Zweifel in meinen Kopf pflanzt.

Unsinn, in mein Herz. Direkt mitten rein.

»Hi.« Dabei drückt sie mich noch etwas fester und von mir aus könnte sie das für immer tun.

»Hi.«

Sie lässt mich wieder los, viel zu früh, und dann steht sie vor mir, in ihrem hellrosa Hoodie und der Bomberjacke, so wunderschön.

»Habe ich was verpasst?« Simon stellt die Frage, die ich mir ebenfalls stelle.

Lia wiegt nachdenklich den Kopf und lächelt dann erlösend. »Wir sind noch am Analysieren der Sachlage.«

Und während Lia analysiert, greift sie nach meiner Hand und verhakt unsere Finger. Simon nickt tapfer und lässt sich schließlich zu einem Lächeln hinreißen.

»Ich wusste es ja schon die ganze Zeit.«

»Was du nicht sagst.«

»Vielleicht analysiere ich einfach schneller als ihr.«

»Schlauberger.«

»So weit würde ich nicht gehen. Wollen wir los?«

»Gerne. Bevor dein Kumpel Richard wieder auftaucht. Den fand ich irgendwie gruselig.«

Simon und Lia setzen sich in Bewegung und ziehen mich aus meiner Starre heraus. »Richard?«

»Ja, der Richard.«

Ich weiß. Immerhin waren sie zusammen im Supermarkt, als sie Getränke für eine Party gekauft haben. »Kommt der auch auf die Party heute?«

»Stichwort Party. Ich würde vorschlagen, wir machen lieber was ohne den ganzen Trubel, wenn das okay ist.« Simon knetet seine Hände unsicher, während wir den kleinen Aufenthaltsraum betreten. »Frühlingsfest.«

»Das ist ja auch voll ohne jeden Trubel.«

»Na ja, halt ohne unnötigen Stress.«

Lias Augen funkeln fast aufgeregt, als sie versonnen an uns vorbeisieht. »Ich war echt ewig nicht mehr auf dem Frühlingsfest.« Dann wandert ihr Blick zu mir. »Wie sieht es aus? Lust auf eine Runde *Wilde Maus*?«

»Klingt irre verlockend, aber ich muss heute unbedingt im Krankenhaus vorbeischauen. Das habe ich Frau Waible versprochen.« Ich kann mir beides nicht so recht vorstellen. Party und Frühlingsfest, Spaß und alles vergessen. Aber es wäre schon ein schöner Abschluss. »Na okay, wir treffen uns heute Abend und fahren dann zusammen aufs Frühlingsfest.«

»Das wird gut.« Simon wirkt erleichtert und Lia lächelt ganz aufgeregt. Dabei fällt mir auf, dass sie noch immer meine Hand in ihrer hält.

»Auf zur *Wilden Maus.*«

74

Lia

Vor der *Wilden Maus* kommt aber erst mal eine Runde Sozialstunden. Die Stimmung beim Essenverteilen ist heute etwas besser, auch wenn Marcin sich bewusst im Hintergrund hält, weil ihm die leichte Schwellung im Gesicht peinlich ist.

Simon gibt sich große Mühe, bester Laune zu sein, aber ich traue seiner Inszenierung nicht so recht, auch wenn ich das gerne würde. Sie erinnert mich zu sehr an Mama, wie sie extra gute Laune markiert, sobald sie wieder nüchtern ist, obwohl ihr Blick und das müde Gesicht etwas anderes behaupten.

So auch Simon. Jeder Teller wird heute mit einem breiten Lächeln serviert, ein *Bitte* und *Gern geschehen* gibt es als Beilage, aber in meinem Hinterkopf nistet dieses verdammte Misstrauen, das mich inzwischen ständig durchs Leben begleitet.

»Wieso so nachdenklich?« Marcin taucht unerwartet dicht hinter mir auf und flüstert mir die Worte zu.

»Ach. Blöde Angewohnheit.«

Ihm habe ich noch nichts von Simons Halbbeichte und seinem Ausraster gestern erzählt, aber irgendwann muss ich mit jemandem darüber sprechen, weil ich nicht einfach zusehen kann, wie es Simon von Tag zu Tag schlechter geht. Auch wenn sein Auftritt heute wirklich überzeugend ist.

»Um wen sorgst du dich denn gerade?«

Marcins Nähe hilft mir dabei, ein bisschen loszulassen. Nicht zu viel, nur gerade so viel, dass die Rettungsleine immer schön in Greifnähe bleibt.

»Um dich.« Ich drehe mein Gesicht in seine Richtung und bemerke erst jetzt, wie dicht er wirklich neben mir steht und wie sehr ich das genieße.

»Um mich?« Er zieht die Augenbrauen zusammen und schüttelt den Kopf. »Mach dir mal um mich bloß keinen Kopf.«

»Einfacher gesagt als getan. Das passiert bei mir ganz automatisch, wenn sich jemand in mein Herz schleicht.«

»Ach so. Ich habe mich in dein Herz geschlichen?«

»Du bist eher so, ohne anzuklopfen, hineingeplatzt.«

»Dabei war das gar nicht der Plan.«

»Was war denn der Plan?«

Marcin zögert. Das tut er oft. Weil er seine Worte genau wählt, vielleicht aus Erfahrung. »Meinen Job erledigen, mich auf keinen Fall verknallen, mich von Herrn Kabitzke und Frau Waible verabschieden, den Rucksack packen und dann nichts wie weg.«

Während er spricht, drehe ich mich immer weiter zu ihm, damit ich ihm direkt ins Gesicht sehen kann. Die ganze Zeit lässt er mich keine Sekunde aus den Augen.

»Der Rucksack.«

Er nickt, sein Zeigefinger berührt sanft meine Wange. »Genau, der Rucksack.«

»Wie weit im Norden ist denn dein Norden?« Keine Ahnung, ob ich auf diese Frage überhaupt eine Antwort will.

»Weiter als du denkst, nicht so weit, wie du befürchtest.«

»Zu weit für eine Umarmung hier und da?«

»Ja.«

Ich nicke tapfer, weil ich irgendwie wusste, dass er weggeht, und ich mich zusammenreißen will. Auch wenn ich die Tränen jetzt schon spüre. »Ich hasse Abschiede.«

»Ich weiß.«

»Dabei weißt du gar nicht so viel über mich.«

Aber Marcin schüttelt entschlossen den Kopf. »Ich weiß jede Menge über dich, Lia.«

»Zum Beispiel?«

»Du hast das Herz am rechten Fleck, du kümmerst dich liebevoll um deine Schwester, du passt auf deine Mutter auf, du vermisst deinen Vater, du machst anderen gerne eine Freude, du liebst Herzen im Pudding …«

Bei jedem Punkt muss ich nicken.

»… und du warst das gar nicht in dem Auto.«

Automatisch nicke ich, weil er mit allem recht hat und ich erst zu spät merke, was er da gesagt hat. Ertappt sehe ich von Marcins Lippen in seine Augen.

»Was …?«

»Du hast das Auto nicht geklaut und du hast auch keinen Unfall damit gebaut.«

»Doch klar … ich … doch!« Aber selbst in meinen Ohren klingt der Versuch, ihn davon zu überzeugen, lahm. Um etwas Abstand zwischen uns zu kriegen, verschränke ich die Arme, halte ihn so etwas von mir weg. »Wer soll es denn sonst gewesen sein?«

Marcin antwortet nicht, aber ich ahne, dass er die Wahrheit tatsächlich kennt. Meine Wangen brennen, meine Augen auch, und ich drehe mich schnell zum Speisesaal, wo Simon noch immer seine *Glücklicher-gesunder-junger-Mann*-Show abzieht.

Doch es ist nicht Simon, der mich aus dieser Situation rettet, sondern Herr Kabitzke, der mir zuwinkt, was ich als Aufforderung verstehe, ihm kurz Gesellschaft zu leisten.

»Bin gleich zurück.«

Mir ist heiß, alles geschieht im Schnelldurchlauf, nur ich hinke mit meinen Reaktionen hinterher. Gefangen zwischen Marcins Blick, den ich im Rücken spüre, und Herrn Kabitzkes Lächeln, versuche ich meinen Platz in dieser Situation zu finden.

»Hallo, Lia.«

»Hallo.«

»Schönen Dank für die Verzierung.«

»Nie mehr ohne, Herr Kabitzke.«

Er deutet auf den Stuhl neben sich, und mir fällt auf, dass er immer alleine isst. Gerade jetzt bin ich von Herzen gerne seine Gesellschaft.

»Wieso sitzen Sie eigentlich nie bei den anderen, Herr Kabitzke?«

»Ach, gelegentlich tue ich das sogar. Aber manchmal ist mir nicht nach Gesprächen.« Er sieht sich kurz im Speisesaal um. »Und manchmal vermisse ich meine Irene.«

»Kenne ich.« Ich vermisse Papas Geschichten beim Abendessen auch manchmal.

»Und die Sache zwischen dir und Marcin, die wird ernst, ja?«

Wollte ich nicht gerade dem Thema Marcin mit meiner Flucht zu Herrn Kabitzke entgehen?

»Mal sehen.« Obwohl ich genau weiß, dass Marcin irgendwo

hinter mir an der Essensausgabe lehnt, wage ich es nicht, mich umzudrehen.

»Jaja, ihr jungen Leute, ihr bindet euch nicht mehr so schnell wie wir zu meiner Zeit.«

»Wohl nicht.«

»Ich habe Irene damals gesehen und wusste genau, mit ihr will ich alt werden.«

»Und was, wenn was dazwischengekommen wäre?«

Herrn Kabitzkes Lachen berührt mich jedes Mal auf eine merkwürdige Weise, weil es so ehrlich ist. Weil er schon ein ganzes Leben lang so gelacht hat.

»Viel mehr hätte gar nicht dazwischenkommen können, Lia. Mein Wehrdienst dauerte zwölf Monate. Irene blieb bei ihrer Familie in Stuttgart, ich musste nach Bremen.«

»Haben Sie sich da denn gar nicht gesehen?«

»Nur einmal, sonst blieben uns Briefe.«

»Wow.«

»Ich habe immer daran geglaubt, dass die Entfernung wie der Wind ist.«

»Der Wind?«

»Ja. Entfernung ist für die Liebe wie Wind für ein Feuer. Das Starke facht er an, das Schwache lässt er verlöschen.«

Und jetzt tue ich es doch. Ich drehe mich zu Marcin rum, der unverändert dasteht und zu mir blickt.

Was wird der Wind wohl mit uns machen?

Kurz lächelt er, als er meinen Blick bemerkt, und weckt damit eine Hoffnung in mir, die ich diesmal gar nicht bremsen will.

Er weiß, dass ich das Auto nicht geklaut habe.

Und lächelt trotzdem.

75

Simon

Marcin und Lia lassen sich heute irgendwie besonders viel Zeit, und wenn ich es nicht besser wüsste, würde ich behaupten, es ist Absicht. Also bleibt es diesmal an mir hängen, die Tische abzuräumen. Mein Herz klopft so heftig, dass mein Adamsapfel im Beat dazu mittanzt und ich somit nicht mehr nur auf meine Atmung – durch den Mund –, sondern auch auf meinen Puls achte.

Zerschnippelte Fleischfetzen, Soßenschmierereien auf den Tellern, auf die selbst ein Jackson Pollock neidisch blicken würde, und halb zermatschte Kartoffeln. Je mehr ich versuche, nicht auf die Essensreste zu schauen, desto mehr tue ich es. Bei jedem Blick scheinen sie größer und mehr zu werden.

Keine Ahnung, ob ich jemals wieder irgendein Essen ansehen kann, ohne mich zu ekeln oder sofort diesen schrecklichen Geruch in der Nase zu haben. Alles führt mich zurück in diese Scheißnacht an Silvester. Und jedes Mal wünschte ich, tatsächlich in diese Nacht zurückkehren zu können, Dinge anders zu machen, Richard diese dumme Idee auszureden und meinen Eltern zu sagen, wie traurig es mich schon so lange macht, dass sie mich nicht mehr wahrnehmen. Ich möchte Richard sagen, dass ich denke, jemand sitzt in diesem Holzturm und dass wir nicht einfach einen Spielplatz abfackeln können, nur weil er diesen Spielplatz seit seiner Kindheit hasst. Und dann würde ich nach Hause gehen, mir ein belegtes Brot machen und es essen. Einfach so. Ohne nachzudenken, welcher Geschmack welche Erinnerung triggert, und ohne mich in der Nacht übergeben zu müssen, weil es sich anfühlt, als könnte mein Magen kaum noch Essen aufnehmen. Ich wünsche mich zurück in eine Zeit, als ich noch über so viel mehr als nur mein Essverhalten die Kontrolle hatte.

Am letzten Tisch mache ich eine kleine Pause, stütze mich mit beiden Armen auf der Platte ab und atme für einen ganz kurzen Moment nicht durch den Mund.

Essen riecht nicht mehr nach Essen. Es riecht nach Schuld, Scham und verbranntem Menschenfleisch.

Schnell schließe ich die Augen, vertreibe die Erinnerungen und konzentriere mich auf einen Geruch, den ich noch ertrage.

Pfirsich.

Pfirsiche riechen nicht nach Grill, sondern frisch und fruchtig und vor allem nach Lia. Diese Umarmung in der Sonne am Schlossplatz vor einer gefühlten Ewigkeit, die hat sich gut angefühlt und mir war kein bisschen schlecht.

Richards Worte wollen mir nicht aus dem Kopf gehen. *Alter. Du stehst so was von auf sie.*

»Sorry, wir haben uns verquatscht.« Einen kurzen Moment lang weiß ich nicht, ob Lia gerade wirklich hier ist oder ich sie nur lauter als sonst in meinen Gedanken höre. Aber als sie mir den Teller aus der Hand nimmt und auf den Geschirrwagen zu den anderen stellt, komme ich wieder in der Realität an. »Also, wo wollen wir uns heute Abend treffen?«

»Keine Ahnung.« *Wow, das klingt kühler als im Iglu.*

»Alles okay?«

Kurz sehe ich zum Nebentisch, wo Marcin bereits mit dem Abwischen begonnen hat. »Heute Abend, da gehst du mit Marcin als Paar, oder? Ihr seid jetzt fest zusammen?«

»Simon ...«

»Und ich bin der Kumpel?«

»Wir können doch einfach alle als Freunde hingehen. Zu dritt.«

»Bei drei ist immer einer zu viel. Zwei sind ein Paar und drei ...« Meine Geste in die Luft zwischen uns ergibt keinen Sinn, aber Lia sieht mich an, als hätte sie mich genau verstanden.

»Drei sind Freunde.«

»Und was sind drei, wenn einer von ihnen nicht nur ein Freund sein will?«

»Was will er denn sein?«

Marcin ist weit genug außer Hörweite, und ich nutze die Chance, sehe ihr direkt ins Gesicht und finde den Mut, den ich brauche. »Der will vielleicht mehr sein als nur Freunde.«

Ich muss ihr zugutehalten, dass sie nicht lacht oder wegsieht, sondern den Blickkontakt hält. Auch wenn ihre Worte wehtun. »Das geht leider nicht.«

»Weil du das nicht möchtest.«

»Weil ich das nicht kann.«

»Aber bei ihm kannst du es.«

Natürlich weiß sie, dass ich Marcin meine. Das sehe ich in ihren Augen, weil ihr Blick für den Bruchteil einer Sekunde zu ihm huscht und selbst das reicht. Selbst in dieser Kürze sieht sie ihn so anders an als mich.

»Das ist etwas anderes.«

»Wieso?« Meine Stimme ist etwas zu schrill, obwohl ich leise spreche.

»Gefühle kann man nicht steuern oder erklären, Simon.«

»Verstehe.« Zumindest versuche ich das. »Na ja. Dann knicken wir das mit dem Frühlingsfest lieber.«

Lias Blick ist schwer. Schwer auszuhalten, aber ich bleibe stur und warte, was sie als Nächstes tut.

»Okay.«

Das war nicht die Reaktion, die ich erwartet habe. Ich wollte, dass sie mich bittet, doch mit ihr – und Marcin – hinzugehen.

»Okay.«

Etwas ruppiger als nötig schiebe ich den Geschirrwagen an ihr vorbei, streife ihre Schulter und kriege gerade genug von diesem verdammten Pfirsichduft ab, um den Anflug eines Lächelns in meinen Mundwinkeln zu spüren. Aber der bittere Geschmack in meinem Rachen verdrängt es, und ich schiebe den Wagen weiter in Richtung Küche, wo ich fast Marcin über den Haufen fahre.

»Oh, Vorsicht.«

»Aus dem Weg, ich habe Vorfahrt.«

»Was ist dir denn über die Leber gelaufen?«

»Du.«

Marcin erwartet einen Scherz oder die Auflösung der Situation, aber ich denke nicht daran.

»Ich? Kannst du das etwas spezifizieren?«

»Deine Anwesenheit.«

»Heute oder generell?«

Wieso klingt er so cool und kein bisschen verärgert oder

nervös? Wieso haben sich all diese Emotionen ausschließlich in meinem Brustkorb festgekrallt?

»Richard hatte recht. Du hast mir die Tour versaut.«

»Sagt Richard das?«

»Ja. Du spielst dich hier auf, als würde dir der Laden gehören, schnappst dir Lia mit deiner mysteriösen Geschichte, tauchst immer dann auf, wenn dich keiner erwartet oder dabei haben will.«

»Oder mich jemand verzweifelt anruft und bittet, vorbeizukommen.«

»Das war eine Ausnahme. *Dich* ruf ich garantiert nie wieder an.« Ich bin stinkwütend. Wütend auf all die Menschen, die das haben, was ich nicht mehr habe. Oder auch nie hatte. Marcin hat gar nichts gemacht, aber er ist gerade hier, und ich weiß, dass er nichts tun wird, egal, wie viel Wut ich über ihn ausschütten werde.

»Okay, pass auf, Simon. Ich habe keine Ahnung, wieso du so sauer bist, aber ich werde das Gefühl nicht los, dass ich nicht dein Problem bin, nur dein Ventil. Und unter uns gesagt, ich habe die Schnauze voll davon, das Ventil für Menschen zu sein, die sonst nicht wissen wohin mit sich. Wenn du aber wirklich ein Problem mit mir hast, kannst du mit Frau Schüble sprechen, dann wirst du vielleicht woandershin versetzt.«

»Wieso gehst nicht du?«

Marcin hält in seiner Bewegung inne, und ich befürchte fast, ich hätte mich geirrt und er wird mir gleich einen Teller über den Schädel hauen, aber er dreht sich nicht mal zu mir um.

»Mach dir keinen Kopf, ich gehe ja.«

Nur wohin, das erzählt er mir nicht.

76

Lia

Simon ist verschwunden, bevor ich mich hätte verabschieden können, aber Marcin wartet und das macht mich nervös. Um eine Fortsetzung unseres letzten Gesprächs zu verhindern, schneide ich schnell ein neues Thema an.

»Das Frühlingsfest ist wohl gestrichen. Simon braucht etwas Zeit für sich.«

Marcin nickt wissend, streckt die Hand nach meiner aus und ich nehme sie an.

»Hat er mit dir gesprochen?«

»Ein bisschen, aber er rückt nicht wirklich mit der Sprache raus.«

»Leider nicht.«

»Können wir irgendwas für ihn tun?«

Fast muss ich schmunzeln, als Marcin diese Frage stellt. »Schau einer an. Da halte ich dich für so einen Eigenbrötler, der gar nicht wirklich mitkriegt, was um ihn rum passiert, und jetzt das.«

»Ich denke, wir können uns darauf einigen, dass wir uns alle ein bisschen ineinander geirrt haben.«

»Stimmt.«

»Und wegen der Sache …«

»Hör mal, Marcin, ich weiß nicht, warum du glaubst, irgendetwas über den Unfall zu wissen, aber *ich* saß am Steuer.« Mutig sehe ich ihm dabei direkt ins Gesicht und bilde mir ein, das alles auch sehr überzeugend rübergebracht zu haben.

Er nickt nicht wirklich, widerspricht aber auch nicht und lässt zu, dass ich das Thema beende.

»Steht dein Angebot noch, mich zu Frau Waible zu begleiten?«

»Sehr gerne. Ich muss vorher nur noch ein kurzes Telefonat führen.« Zumindest hoffe ich, dass es kurz und vor allem gut wird.

»Klar.«

Ganz automatisch lässt er meine Hand los und gewährt mir genau den Abstand, den ich brauche. Wieder ertappe ich mich dabei, mich zu fragen, wieso Marcin so ist, wieso er versteht, was ich denke oder fühle, ohne dass ich es aussprechen oder erklären muss. Und wieso weiß er manche Dinge einfach? Über Simon, über mich, über unsere Geheimnisse. Ihn im Blick und in meinen Gedanken, wähle ich Mamas Handynummer und sofort legt mein Puls an Geschwindigkeit zu. Jedes Mal, wenn ich einen dieser Kontrollanrufe starte, habe ich Angst. Angst vor der Mailbox, Angst vor einer lallenden Antwort und noch mehr Angst davor, dass sie mich wegdrückt.

»Hallo?«

»Hallo, Mama, ich bin's, Lia.« Das sage ich nur, weil sie schon so oft am Telefon gefragt hat, wer ich bin. Meistens war sie dann betrunken.

»Ich weiß, wer du bist, mein Schatz.«

Jedes Wort, jede Silbe prüfe ich und halte das Handy so fest ans Ohr, damit mir auch ja nichts entgehen kann.

»Wie geht es dir, Mama?«

»Ganz gut. Ich habe gerade meinen Kleiderschrank ausgemistet. Wusstest du, dass ich noch ganz viele Klamotten von euch habe, als ihr noch Kinder wart?«

Als wären wir beide schon erwachsen. Dabei ist zumindest Hannah noch in dieser Metamorphose zwischen Kindheit und Jugend gefangen. Das schlechte Gewissen, dass sie zu früh Verantwortung übernehmen muss, drückt wieder auf meine Schultern.

»Eigentlich wollte ich nur fragen, wie es dir geht und ob es okay ist, wenn ich heute etwas später nach Hause komme.«

»Triffst du dich denn noch mit Simon?«

Simon, der nicht einfach nur ein Freund sein will und den ich mit dem Ausbleiben der erhofften Gefühle enttäuscht habe.

»Nein.«

»Mit Marcin?« Sie will so klingen wie eine beste Freundin, eine, mit der ich solche Dinge bespreche.

»Ja.«

»Grüß ihn recht herzlich von mir.«

»Das mache ich. Geht es dir sonst gut?«

Mein Misstrauen basiert auf Erfahrung. Niemand hört *einfach so* mit dem Trinken auf, wenn er wie Mama Alkoholikerin ist. Ein Entzug in einer Klinik wäre dringend nötig, aber jedes Mal, wenn wir uns diesem Thema auch nur ansatzweise genähert haben, ist sie komplett ausgerastet und verfiel in ihren Ich-werde-euch-das-schon-beweisen-Modus. Das ging dann meistens ein paar Wochen gut, bevor es wieder richtig schlimm wurde.

»Ja, mein Schatz, ich habe dir doch gesagt, dass es nur ein kleiner Ausrutscher war, nichts weiter.«

Ein kleiner Ausrutscher inklusive Krankenhausaufenthalt. Manchmal kann ich damit leben, dass sie uns deswegen belügt, aber nie, dass sie sich selbst belügt.

»Ist Hannah daheim?«

»Ja, sie kam vorhin und macht gerade Hausaufgaben.«

»Sie macht Hausaufgaben?«

»Ja. Sie hat etwas gegessen und jetzt ist sie in ihrem Zimmer und lernt.«

Das klingt so gar nicht nach Hannah, aber Mama scheint nüchtern, also stimmt es vielleicht doch.

»Okay.«

»Sie will heute Abend auf eine Party, und ich habe ihr gesagt, dass sie nur dann gehen darf, wenn sie vorher ordentlich ihre Hausaufgaben macht.«

Das klingt nach einem cleveren Trick, den Eltern anwenden und der mich kurz überrascht zurücklässt.

»Wow.«

»Tu nicht so überrascht, ich bin immer noch eure Mutter. Ich weiß, wie das geht.«

Teilzeitmutter, will ich erwidern, aber ich schlucke das Wort und die darin verpackte Enttäuschung runter und sehe zu Marcin, der sich am Fahrkartenautomaten zu schaffen macht.

»Okay. Wenn was sein sollte, ruf mich bitte an, ja?«

»Was soll denn schon sein?«

»Keine Ahnung, sag du es mir.«

Mama schweigt, und ich will nicht gemein sein, aber dieses unfassbar dünne Eis, auf dem wir uns bewegen, knirscht schon, wenn ich es nur ansehe. Kaum einen Schritt traue ich mich zu machen, während Mama schon mal die Steppschuhe anziehen will.

»Ich werde nicht trinken, falls du das meinst.«

»Gut.«

»Ich habe das im Griff, Lia. Diesmal wirklich.«

Sie will meinen Zuspruch, aber ich kann nicht. Zu oft habe ich genau diese Szene mit angesehen, direkt in der ersten Reihe. Weil ich eine Dauerkarte für ihr Spiel des Lebens habe und ich mag nicht mehr daran teilhaben. Trotzdem will ich ihr den Glauben daran, dass es diesmal anders enden könnte, nicht nehmen.

»Ich weiß, Mama.«

»Und ich habe einen Termin bei Dr. Herschel.«

Diese Information pumpt ganz kurz eine Extraladung Hoffnung durch meinen Körper. Dr. Herschel ist zwar nur ihr Hausarzt, aber vielleicht geht es von dort ja weiter.

»Das ist super!«

»Dachte mir schon, dass dich das freut.«

»Aber sollte trotzdem was sein …«

»Dann rufe ich dich an.«

»Gut.«

Wir verabschieden uns, und als ich das Handy in meine Jackentasche schiebe, kommt Marcin wieder näher. Obwohl ich das Gefühl habe, er hat zumindest meinen Teil der Unterhaltung mitgekriegt, sagt er nichts und ich bin erleichtert. Manchmal ist es schwer, meine gemischten Gefühle gegenüber meiner Mutter zu erklären. Also entscheide ich mich für ein anderes, wenn auch irgendwie ähnliches Thema.

»Hannah geht heute auf eine Party.«

»Und du machst dir Sorgen?«

»Ich mache mir immer Sorgen. Aber ich denke, Hannah wird aufpassen.« Zumindest hoffe ich das, wenn ich an unser Gespräch von gestern denke. Es war eine zaghafte Annäherung, aber nach Mamas Krankenhausaufenthalten ist Hannah immer etwas vorsichtig.

Die Bahn fährt in die Station und Marcin streckt wieder die Hand nach mir aus.

»Und was ist mit uns?«

»Mit uns?«

»Ja. Frühlingsfest?«

Das letzte Mal war ich mit Mama und Hannah dort. Wir durften fahren, was immer wir wollten, Mama hat viel gelacht und noch mehr getrunken. Am Ende hat sie sich nach einer Fahrt mit der *Wilden Maus* übergeben und wir mussten nach Hause gehen. Dort hat sie weitergemacht, aber Hannah und mir war der Spaß irgendwie vergangen. Zeit, neue Erinnerungen zu sammeln.

»Frühlingsfest klingt gut.« Ich grinse ihn frech an.

»Vielleicht schieße ich dir eine Erinnerungsrose.«

77

Marcin

Frau Waible sitzt aufrecht in ihrem Bett, ein Pflaster auf der Stirn, etwas mehr Farbe im Gesicht und ein Lächeln auf den Lippen, als sie uns sieht. Die andere Dame im Zimmer hat gerade ebenfalls Besuch von ihrer Familie, die uns kurz zunickt.

»Wie schön, dass ihr mich besuchen kommt.« Unauffällig deutet sie auf die andere Zimmerseite. »Das ist heute schon die dritte Runde Besuch, den sie bekommt.«

Lia, die unten im kleinen Shop einen Blumenstrauß gekauft hat, sieht sich nach einer Vase oder etwas Ähnlichem um, wird aber nicht fündig.

»Ach, ich frage nachher einfach die Schwester. Die Blumen sind schön.«

»Gerbera, ich dachte, Sie könnten ein bisschen Farbe hier ganz gut vertragen.«

»Dank dir, Liebes. Farbe schadet nie.« Dann sieht sie zu mir, ihr Blick mustert mich kritisch und ich nehme eine aufrechtere Haltung ein. »Wie geht es dir?«

»Bestens. Und Ihnen?«

»Bestens.«

Dieses Lügen-Pingpong ist echt schwer zu ertragen.

»Wann kommen Sie nach Hause?«

Frau Waible zuckt die Schultern. »Das kann oder will mir niemand sagen. Es wird wohl daran gezweifelt, dass ich noch in der Lage bin, alleine für mich zu sorgen.«

»Aber ich bin doch da.« *Wenn auch nicht mehr lange.*

»Ich glaube, dass lassen sie nicht gelten.«

»Das bedeutet?«

Frau Waible sieht erst zu Lia, die ganz konzentriert die Blumen betrachtet, dann erst wandern ihre müden Augen zu mir. »Ich sollte mir langsam Gedanken um die Zukunft machen …«

Sie spricht leise und ich mache einen Schritt auf ihr Krankenbett zu. Auch wenn sie heute etwas Lippenstift aufgetragen hat, wirkt sie blass und fast zerbrechlich. Mein Herz zittert vor Angst.

»Vielleicht wird es Zeit, mir einen Platz in einer passenden Institution zu suchen.«

»Institution?«

»Du weißt schon. Ein Seniorenheim.«

»Aber Sie wollten doch nie in ein Seniorenheim.«

»Das war, bevor ein Teppichrand zu einem großen Problem für meine schlurfenden Schritte wurde. Oder der Weg ins Badezimmer unendlich lang.«

Frau Waible greift nach meiner Hand, und ich trete noch näher ans Bett, nehme auf dem Stuhl daneben Platz und bin nun auf Augenhöhe mit der alten Dame.

»In einem passenden Seniorenheim würde man sich vermutlich gut um mich kümmern und ich käme mal wieder raus. Unter meinesgleichen.«

»Aber …«

»Ich weiß, Marcin. Aber meine Wohnung ist zu leer.«

Dabei finde ich, dass da drinnen so irre viel Leben gebunkert ist wie an kaum einem anderen Ort.

»Ohne Ludwig sind die Morgenstunden besonders schwer. Mich aufzuraffen, Kaffee zu kochen, nur noch für eine Person, nur einen Teller …« Sie bricht ab, zu sehr zittert ihre Stimme, und ich nicke sofort.

»Verstehe.«

»Du würdest mich doch besuchen kommen?«

Zwar spüre ich, dass ich wieder nicke, aber wie oft ich sie noch besuchen kann, weiß ich nicht.

»Ich mache mir Sorgen um dich, Marcin. Wenn ich in ein Heim gehe, was wird dann aus dir?«

»Aus mir?«

Mit der freien Hand berührt sie mein Gesicht, ihre Haut ist rau und doch so dünn wie Papier. »Ich würde die Wohnung verkaufen müssen. Und wo gehst du dann hin?«

Ob die Tränen, die in ihren Augen glitzern, wohl nicht eher daher rühren, dass sie die Wohnung, in der sie ein ganzes Leben mit ihrem Mann verbracht hat, aufgeben muss?

»Machen Sie sich um mich mal keine Sorgen. Ich finde schon noch meinen Ort.« Ich sehe weg, auf die weiße Bettdecke, die so steril wirkt wie dieses ganze Zimmer. »Ich hab da einen Plan.«

Lia, die noch immer die Blumen in den Händen hält, steht unbeweglich da, hört so angestrengt weg und so genau zu. Ich schaue sie an.

»Ich gehe bald weg.«

Sie fängt meinen Blick auf, diese News sind für sie nicht neu, aber das, was zwischen uns ist, das schon.

»Wie *weg*?« Frau Waibles Frage klingt ein bisschen ängstlich.

»Nach Glasgow.« Das habe ich noch niemandem gesagt. Nicht mal nur für mich laut ausgesprochen. Aber es klingt so toll, dass ich es am liebsten noch mal und noch mal sagen möchte. *Ich gehe nach Glasgow.*

Beide Frauen sehen mich an, und ich kann mich nicht entscheiden, welchen Blick ich zuerst erwidern soll. Also schaue ich wieder auf die Bettdecke.

»Ich bin bald achtzehn und dann kann ich weg. Hierbleiben kann ich nicht länger.«

»Aber Glasgow? Ist das nicht in Schottland?«

»Doch. Und ich weiß auch noch nicht, ob ich dortbleibe, aber erst mal muss ich dahin.«

»Was spricht denn gegen Hamburg oder Berlin? Das ist doch auch weit weg.« Frau Waibles Griff um meine Hand wird etwas fester und ich sehe zu ihr.

»Vielleicht wird es ja irgendwann Hamburg. Aber ich muss erst mal dahin.«

»Wegen deiner Mutter?«

Autsch.

»Nein.«

»Aber die Postkarte, von der du mir erzählt hast …«

Jetzt bin ich es, der sanft ihre Hand drückt und sie wissen lässt, dass dieses Krankenzimmer nicht der richtige Ort für dieses Gespräch ist. Frau Waible versteht und lächelt dann etwas. »Glasgow also.«

»Fürs Erste.« Genau genommen fürs Sechste, weil ich meine Reise dahin genau in sechs Etappen geplant habe. Alles steht. Und doch schwankt alles.

»Kriege ich eine Postkarte, wenn du dort angekommen bist?«

»Selbstverständlich.«

»Und ich bitte auch.« Es ist das Erste, was Lia zu diesem Gespräch sagt, und ich traue mich noch nicht so recht, sie wieder anzusehen.

»Wird gemacht.«

»Weiß dein Vater von deinen Plänen?«

»Nein. Und so soll es bitte auch bleiben.«

Frau Waible lässt meine Hand los und macht damit eine Geste, als würde sie sich mit einem imaginären Schlüssel die Lippen verschließen. Dass ich mich auf sie und ihr Stillschweigen verlassen kann, das weiß ich ganz genau. So oft schon hatte sie den Hörer in der Hand, bereit, das Jugendamt anzurufen, und nur auf mein Flehen hin hat sie wieder aufgelegt – und geschwiegen. Für mich.

»Also muss ich kein schlechtes Gewissen mehr haben.«

»Sie? Wieso denn das?«

»Weil ich in ein Seniorenheim umziehen will.«

»Wollen Sie das denn schon lange?«

»Ach, Gedanken dazu habe ich mir viele gemacht. Aber dich alleinlassen, mein Junge? Niemals.«

»Sie hätten doch nicht meinetwegen …«

Aber Frau Waible schüttelt den Kopf, entschlossen und mit trotziger Selbstverständlichkeit. »Doch, Marcin. Weil ich das auch für mich gemacht habe.«

»Das verstehe ich nicht.«

»Seit Ludwig nicht mehr da ist, weiß ich nicht so genau, was ich noch hier mache. Auf dich aufzupassen, das hat mir einen Grund zum Bleiben gegeben.« Ihr Lächeln ist müde und lässt sie kurz so alt aussehen, wie sie tatsächlich ist. »Wenn du weggehst, ist es Zeit für mich, in Rente zu gehen.« Ihr Augenzwinkern verjüngt sie wieder etwas und ich drücke ihre Hand.

»Sehr verdiente Rente, Frau Waible.«

78

Simon

»Du willst da doch nicht wirklich reingehen, oder?« Richards Stimme erreicht mich, als ich den Schlüssel ins Schloss meiner Wohnungstür schieben will. »Ich meine, du bist für das Permafrostklima da drinnen viel zu dünn angezogen.«

Sein Grinsen ist überdeutlich rauszuhören, und langsam lasse ich den Schlüssel sinken, drehe mich aber nicht um.

»Irgendwann muss ich auch mal wieder nach Hause.«

»Stimmt absolut, aber dieses Irgendwann ist garantiert nicht heute.« Er ist näher gekommen, denn seine Stimme, die ich über meine linke Schulter hinweg wahrnehme, wird klarer. Er ist wie das böse Teufelchen, das immer genau weiß, wie es mich zum nächsten totaaaal harmlosen Schabernack überreden kann.

»Ich dachte, wir besorgen ein paar Getränke, glühen ordentlich vor, dann lassen wir es heute richtig krachen.«

Inzwischen muss er so dicht hinter mir stehen, dass ich seinen Körper fast spüren kann.

»Eigentlich habe ich keine große Lust auf diese Party.«

Meine Wahrheit zwingt Richard, seinen Platz hinter mir zu verlassen und sich formatfüllend in mein Blickfeld zu schieben.

»Was soll denn jetzt der Scheiß?«

»Mir ist einfach nicht nach Party, was soll's.«

»Du lässt mich hängen?«

»Wieso, du kannst doch auch ohne mich gehen.«

»Ohne dich?« Dabei klingt er so irritiert, als hätte man ihm eröffnet, die Erde sei tatsächlich eine Scheibe.

»Ja. So wie früher. Da bist du doch auch ohne mich ausgegangen.«

»Ja, aber das war davor.«

Vor was genau? Vor unserer Freundschaft? Vor der Brandstiftung?

»Ich brauche dich auf der Party, Simon. Außerdem wollte Lia doch auch kommen, und die wäre sicher mächtig enttäuscht, wenn du nicht da bist.«

»Das mit Lia ist durch. Endgültig.«

»Wegen diesem Martin?«

Ich bin es müde, immer wieder seinen richtigen Namen zu nennen, also nicke ich nur wie erschlagen und Richards Kiefer spannt sich an.

»Wusste ich es doch. Dieser kleine Scheißpole hat sich an Lia gezeckt.«

»Ich glaube, der korrekte Terminus lautet: Sie haben sich ineinander verknallt. Und ob Marcin Pole ist, tut so was von gar nichts zur Sache.«

Angewidert verzieht Richard das Gesicht. »Du hast schon viel zu viel Zeit mit denen verbracht. Ich muss mal mit Papa sprechen, ob du wechseln kannst.«

Er legt den Arm um mich und ändert meinen Kurs, weg von unserer Wohnung, hin zum Feuersee und schließlich daran vorbei. »Ich sag dir, was wir machen. Wir feiern heute ganz ohne Weiber. Bromance quasi. Und um diesen Martin kümmere ich mich.«

»Ist doch echt egal jetzt.«

»Nee. Den hatte ich von Anfang an auf dem Kieker.«

»Du kennst ihn doch gar nicht.«

»Na und? Er mich auch nicht.«

»Doch, er kennt dich.«

Überrascht bleibt Richard stehen und will jetzt natürlich die ganze Story. Kriegen wird er nur die abgespeckte Version.

»Er arbeitet im *Rewe* am Marienplatz.«

»Ach so.«

»Er weiß, dass wir dort Wodka gekauft haben.«

»Meinst du, er macht deswegen Ärger?«

»Nee. Das ist ihm eher egal, denke ich.«

Nachdenklich kratzt sich Richard am Kinn und nickt dabei, weil in seinem Kopf irgendein Plan reift. »Hast recht, der Typ ist heute nicht relevant. Du und ich, Simon, Bromance und so.«

Er hält mir die Hand zum High Five hin und ich schlage schlaff ein. Mir ist nicht gut, mein Magen fühlt sich flau an, dabei habe ich von den Cornflakes heute Morgen nur die Hälfte reingewürgt. Die Vorstellung, meinen Magen im Laufe des Abends mit Alkohol zu traktieren, lässt ihn jetzt schon bedrohlich blubbern.

»Aber hör mal.« Richard setzt sich wieder in Bewegung und ich folge ihm. »Bevor wir dann vorglühen, ne?«

Die Ahnung, dass er davor irgendeinen Unsinn anstellen will, überfällt mich schlagartig und ich nehme ihn genau ins Visier. »Hm?«

»Da müssen wir eine vernünftige Grundlage schaffen.«

Das kann bei Richard wirklich alles bedeuten, und ich blicke ihn fragend an, weil er nicht so recht mit der Sprache rausrücken will.

»Grundlage wofür denn?«

»Den Alk.« Mit erhobenem Zeigefinger dreht er sich etwas zu mir, sein Lächeln versöhnlich. »Und wir wollen ja verantwortungsvoll saufen.«

»Klar.«

Wann hat Richard zuletzt irgendetwas verantwortungsvoll gemacht?

»Deswegen müssen wir vorher auch was essen.« Das sagt er ganz nebenbei und doch dröhnt seine Aufforderung in meinen Ohren und führt zu sofortigem Kopfschütteln. Richard kennt mein Problem, auch wenn er für mich dazu zähneknirschend schweigt. So ganz geheuer ist ihm die Sache nicht, das merke ich jetzt wieder.

»Nee, ich pass einfach auf, dass ich nicht zu viel trinke.«

»Irgendwas. Von mir aus nur ein Brot oder so.«

»Nein.«

»Simon, irgendwann musst du wieder essen.«

»Ich esse doch.«

»Du zählst die Scheißcornflakes morgens ab.«

»Das stimmt nicht.«

»Kommt mir aber so vor.«

Das ist tatsächlich Sorge in seinem Blick, und ich werde langsamer, bis ich schließlich stehen bleibe, obwohl die Ampel uns mit ihrem motivierten, kleinen grünen Spaziergangsmännchenlicht die Erlaubnis zum Weitergehen erteilt.

»*Ich* entscheide, wann ich esse.«

»Ja, schon klar, aber dann gehst du halt irgendwann drauf.«

»Quatsch.«

»Ich habe mal ein bisschen recherchiert.«

»Und?«

»Da kann man sich Hilfe holen.«

»Wofür denn? Ich habe es doch unter Kontrolle.« Dabei lache ich es weg, als gäbe es gar kein Problem und als wüsste ich nicht, dass ich mir Hilfe holen sollte. Langsam, aber sicher wird es bedenklich, das checke ich schon irgendwie, aber das letzte bisschen Kontrolle lasse ich mir nicht wegnehmen.

»Hör mal, Simon. Ich mach mir Sorgen. Alles ist ziemlich beschissen gelaufen und ja, ich hab dich hängen lassen. Aber ich kann nicht einfach zusehen, wie du dich kaputtmachst.«

»Sagt der Typ, der sich Tag für Tag die Birne wegballert.«

»Schon klar, aber gerade geht es nicht um mich.«

»Du kommst sogar besoffen zur Schule.«

»Jaja, keinen Neid, ich feier halt gerne. Ruf die Polizei, wenn es dich nervt. Aber dein Problem wird nicht kleiner, nur weil du davon ablenkst.« Wie als Friedensangebot breitet er die Arme aus. »Ich will nur meinen besten Freund nicht verlieren.«

»Wenn du mich mit deinen Aktionen bisher nicht verloren hast, wirst du mich wohl nicht so schnell los.« Dass er das hauptsächlich seinen Eltern zu verdanken hat, behalte ich für mich.

»Du kannst es echt nicht lassen. Es tut mir leid, okay? Es. Tut. Mir. Leid.«

»Ich weiß.«

»Dann speichere es endlich mal ab.«

Die Ampel wird rot, und Richard läuft los, als gälten für ihn alle Regeln dieser Welt nicht. Erst auf der anderen Straßenseite, als einige Autos ihn wild anhupen, dreht er sich zu mir um.

»Kommst du nun?«

Das tue ich, aber erst, als die Ampel wieder auf Grün springt.

79

Lia

Erst als wir das Krankenhaus verlassen, traue ich mich, mein Lächeln wieder abzuschrauben. Für Frau Waible wollte ich die fröhliche Lia sein. Und vielleicht auch ein bisschen für Marcin.

»Sie sah müde aus, findest du nicht?« Er blickt noch mal besorgt zurück zum Krankenhaus. »Komisch, ich dachte immer, sie wird ewig leben.«

»Du klingst so, als hätten ihr die Ärzte nur noch einen Monat vorausgesagt.«

»Sie will in ein Seniorenheim ziehen, Lia.«

»Ja. Und da geht das Leben noch mal weiter. Gerade du solltest das wissen.« Immerhin ist er lange genug in der *Schattigen Pinie* beschäftigt.

»Schon, aber es ist auch die letzte Station. Danach kommt nichts mehr. Keine Kreuzfahrt, keine Weltreise, nichts.«

»Aber es gibt Herzen im Pudding, Bingo und Sonntagsdisco.«

Das ringt ihm zumindest ein Lächeln ab und er nickt langsam. Jetzt bin ich es, die seine Hand nimmt und ihn ein bisschen zu mir zieht. »Hör mal, ich verspreche dir, in deiner Abwesenheit nach Frau Waible zu sehen.«

Es überrascht ihn sicher, dass ich das Thema offen anspreche und mich dabei auch noch so cool gebe, als hätte ich nicht schrecklich Angst vor dem Tag, an dem er sich verabschiedet.

»Das ist lieb von dir. Aber du hast schon ein Leben voller Chaos, da will ich dir meines nicht zusätzlich aufladen.«

»Frau Waible scheint mir das kleinste bisschen Chaos in unser aller Leben.«

Da muss er mir recht geben und löst sich endlich aus seiner Starre, geht etwas gelöster neben mir die Straße entlang zur Bushaltestelle.

»Wenn es nicht so dringend wäre, würde ich bleiben.«

Das muss er ja auch sagen, sonst wären wir nur ein schlechter Witz mit einer lahmen Pointe und keinem besonders guten Timing.

»Ich weiß.«

»Nein. Das weißt du nicht.«

Wir erreichen das kleine Glashäuschen, in dem eine Bank steht und das die Wartenden vor Regen schützen soll. Wir nehmen Platz, obwohl es nicht regnet und unser Bus schon bald kommen soll.

»Ich plane das mit Glasgow schon ewig, zähle die Tage und habe endlich alles geklärt. Und dann kommst du.«

Gedankenverloren schaut er mich an, ohne mich wirklich zu sehen. Mit der Fingerspitze berührt er sanft meine Wange und zeichnet ein Herz auf meine Haut.

»Nichts könnte mich aufhalten, da war ich mir echt so sicher.«

»Aber?«

»Ich hatte halt nie einen echten Grund zu bleiben.«

»Du musst nicht meinetwegen bleiben.« Auch wenn ich es mir einen heimlichen Moment lang wünsche.

»Schon klar.«

»Wenn du mir aber irgendwann erzählen willst, wieso ausgerechnet Glasgow, dann nur zu.«

Er sieht auf unsere Finger, die ineinander verhakt sind, und denkt über mein Angebot nach, allerdings, ohne darauf einzugehen. Stattdessen spricht er noch einmal das andere Thema an. *Mein* Tabuthema.

»Und wenn du irgendwann mal über die Nacht des Unfalls sprechen willst, dann nur zu.«

Im ersten Impuls will ich meine Hand aus seiner ziehen, aber das wäre viel zu verräterisch, also belasse ich es bei einem undefinierbaren Schulterzucken. »Dazu gibt es echt nichts zu sagen.«

»Du musst nicht immer alles alleine schleppen.«

»Willst du mir etwa was abnehmen?«

»Wieso nicht?«

»Weil du bald weg bist und mein Chaos bleibt.« Das klingt härter als beabsichtigt, und schnell drücke ich seine Hand, als könnte diese Geste die Worte mildern. »Ich kann das ohnehin ganz gut alleine.«

»Ich weiß, dass du das alles alleine kannst, aber ich sehe halt auch, dass es nicht ewig so weitergeht.«

»Wieso eigentlich nicht? Ich meine, wieso mache ich diesen ganzen Scheiß wohl schon so lange, hm? Bestimmt nicht, damit am Ende jemand auftaucht und sagt: *Tja, ab hier ist Schluss.*« Ich kann sehen, dass er es nicht versteht, und so rede ich schnell weiter. »Es hat mich nie jemand gefragt, ob ich mich um meine kranke Mutter und meine kleine Schwester kümmern kann, es wurde einfach erwartet. Und es hat irgendwie funktioniert. Das wird es auch weiterhin. Sonst war alles umsonst.«

Tapferes Lächeln, überzeugtes Nicken und Vorhang. Aber ich spiele heute vor einem schwer zu begeisternden Publikum, auch wenn Marcin nun tatsächlich in Zeitlupe für mich klatscht.

»*Wow.* Toller Schlussmonolog. Wie oft hast du den schon aufgesagt?«

»Du bist meine Premiere.«

»Ich sage es echt ungern, aber du lügst dir selber in die Tasche.«

»Marcin …«

»Ich weiß, du brauchst mich nicht, du kannst alles alleine und ich bin sowieso bald weg.«

»Korrekt.«

»Und wenn ich nicht *bald* weg bin, dann bin ich *irgendwann* weg.«

Jetzt bin ich es, die nicht so recht versteht, und Marcin atmet schwer aus. »Wir sollten das nicht machen müssen, weißt du? Wir sind viel zu jung für den Scheiß. Wir sollten ganz andere Probleme haben als die unserer Eltern oder dem Mist drumrum. Du solltest dich nicht alleine um die Sucht deiner Mutter kümmern müssen.«

Es wäre mir lieber, er würde leiser sprechen, wenn er schon meine Geheimnisse an einer öffentlichen Bushaltestelle ausplaudern muss.

»Und ich sollte nicht die ganze Zeit mit meinem Vater zusammenleben müssen. Jemand hätte mich vor Jahren da rausholen sollen.«

Sein Gesichtsausdruck offenbart mir einen ziemlich klaren Blick auf all die Dinge, die Marcin noch nie laut ausgesprochen hat und die in seinem Inneren vor sich hin gegärt haben.

»Aber es spricht ja niemand darüber. Kennst du andere in der Schule, deren Eltern Alkoholprobleme haben?«

»Nein.«

Ich spreche ganz leise, aber Marcin nickt, weil er mich gehört hat.

»Das heißt aber nicht, dass da nicht jemand mit genau deinem Problem rumrennt.«

Er hat sich so in Rage geredet, dass ich nicht sicher bin, wem sein Ärger eigentlich gilt.

»Und ich wette, es gibt noch andere in meinem Alter, die daheim einen Vater oder eine Mutter haben, die einfach so mal ausrasten und alles kaputt hauen.« Mit ausgestrecktem Arm deutet Marcin auf die Straße vor uns, meint damit aber wohl die ganze Stadt. »Und Simon? Der hat zu Hause doch auch Scheiße am Laufen. Wieso reden wir also nicht darüber?«

»Sag du es mir.«

Tränen haben sich in seinen Augen gesammelt. »Weil es niemand tut.«

»Einige schon.«

»Ja, und die werden als aufmerksamkeitssüchtig beschimpft oder …«

Die laute Sirene eines heransausenden Krankenwagens unterbricht ihn und wirkt wie ein kalter Schauer, vor dem uns auch das Plexiglashäuschen nicht schützen kann. Marcin atmet schwer aus, lässt seinen Blick kurz unruhig über die leere Straße vor uns wandern, bevor er sich mit dem Handrücken über die Augen fährt, Tränen und Enttäuschung wegwischt und mich dann ansieht.

»Ich arbeite heute bis um acht. Soll ich dich später abholen oder treffen wir uns direkt auf dem Frühlingsfest?«

Offenbar hat die Sirene das bisherige Thema jäh beendet, und ich bin einen kurzen Moment perplex von den Wendungen, die dieses Gespräch genommen hat.

»Du kannst mich gerne abholen.«

So viel zu Hannahs Unterstellung, ich würde nie jemanden zu uns nach Hause einladen.

80
Marcin

Lia ist mit dem Bus einfach weitergefahren, während ich ausgestiegen bin und die letzten Meter zum *Rewe* zu Fuß gehe. Eigentlich freue ich mich, wenn ich aushelfen kann, dabei ein paar Euro extra verdiene und vor allem nicht nach Hause muss. Aber heute bin ich mit meinen Gedanken überall, nur nicht da, wo ich sein sollte.

Ludwig an der Kasse nicke ich kurz zu, gehe durch die Gemüseabteilung, vorbei an der Fleisch- und Käsetheke, biege dann zwischen der Toastauswahl ab und pralle gegen einen Kunden, den ich zu spät bemerke.

»Sorry.«

»Marcin?«

So sehr habe ich mich an diese Stimme in letzter Zeit gewöhnt, dass ich ganz automatisch stehen bleibe.

»Simon.«

Er hat einen dieser roten Plastikkörbe in der Hand, die wir als Alternative zu den Einkaufswagen anbieten. Gefüllt ist er mit Knabberzeug und Süßkram. Noch trage ich nicht mein rotes Poloshirt, noch bin ich quasi ein Kunde. Ihm fällt mein Blick in Richtung seiner Einkäufe auf, und sofort glaubt er, was erklären zu müssen.

»Das ist nicht alles für mich.«

»Das dachte ich mir schon.« *Wo er doch nichts isst.*

»Für die Party.«

»Auch das dachte ich mir.«

Unser letztes Zusammentreffen ist noch gar nicht so lange her und dennoch ist auf einmal alles anders. Von der Wut, die er heute an mir ausgelassen hat, ist nicht mehr viel übrig. Ganz im Gegenteil, etwas in seinem Gesicht lässt mich ahnen, dass er gerne reden würde.

»Sonst alles wieder in Ordnung?« Vielleicht lockert das ja die Anspannung zwischen uns.

»Sorry wegen vorhin.«

»Dachte mir schon, dass es eigentlich nichts mit mir zu tun hatte.«

»Gerade eine komische Zeit.«

»Kann man wohl sagen.«

Irgendwie kann ich das Gefühl nicht abschütteln, dass auch ich mich bei ihm entschuldigen sollte. Zwar weiß er nichts von Lias und meinem Kuss im Fahrstuhl, aber er ist ja nicht dumm.

»Hör mal … die Sache mit Lia …«

Kein Wort weiter komme ich, als Richard in unseren Gang biegt, zwei Sixpack Bier in der Hand, ein breites Grinsen auf den Lippen.

»Schnäppchen geschossen. Das schmeckt zwar beschissen, ist aber saubillig.« Dann bemerkt er mich und seine Augen werden schmal.

Schnell versucht Simon zu vermitteln. »Richard, das ist Marcin.«

»Hi.«

Richard erwidert nichts, lässt seinen Blick nur sehr schwer und prüfend auf mir ruhen. »Stichwort billig. Du bist also dieser Martin, ja?«

»Marcin.«

Er mag mich nicht, dabei kennt er mich nicht mal. Was Simon ihm wohl über mich erzählt hat?

»Du arbeitest hier, oder?«

»Jap.«

»Musst du nicht irgendwo was aufwischen?«

»Nein.«

Falls er glaubt, seine billigen Provokationen würden mich treffen, irrt er. Da habe ich daheim schon ganz andere Dinge gehört und an mir abprallen lassen.

»Und wenn irgendwo was kaputtgeht?« Richards Grinsen wird breiter, aber im Gang mit dem Toastbrot läuft seine versteckte Drohung leider völlig ins Leere.

»Dann kümmert sich sicher jemand darum.«

Simon sieht die ganze Zeit über sehr angestrengt in seinen Einkaufskorb, und ich frage mich, ob er überhaupt jemals irgendwas von den Sachen essen wird.

»Dann mal husch, husch in deine Uniform, bevor was zu Bruch geht.«

Richard ist ungefähr so groß wie ich, seine Haare trägt er etwas kürzer, seine Klamotten würden mir auch stehen, und wer weiß, vielleicht sind wir uns auf den ersten Blick gar nicht so unähnlich.

Es ist nur ein kleiner Schritt, den ich auf ihn zukomme.

»Willst du vielleicht irgendwas mit mir besprechen?« Es ist nur ein Flüstern, aber die Message kommt sicher an. Simon, der etwas verloren zwischen uns steht, torkelt leicht, als hätte er bereits ein Sixpack Bier intus.

»Hört auf damit. Alle beide. Das ist doch dumm.« Sein Flüstern klingt nicht wie bei mir bedrohlich, sondern eher sehr müde, und ich entspanne meine Schultern wieder.

»Wir sehen uns dann in der *Pinie*, Simon. Pass auf dich auf.«

Er nickt so erschöpft, wie er eben klang. Damit will ich Simon aus der unangenehmen Situation befreien, aber Richard heftet sich an meine Fersen und folgt mir bis zum Dosengemüse.

»Hey, hör mal, du musst dir keine Sorgen um ihn machen. *Ich* kümmere mich um ihn. Misch dich da nicht ein.«

Ich bleibe, wie von ihm erwartet, stehen und lasse ihn zu mir aufschließen. »Tue ich auch nicht.«

»Doch. Du fickst seinen Kopf und machst einen auf guter Freund. Du kennst ihn gerade mal ein paar Wochen, du weißt gar nichts.«

»Okay.«

»Hör auf mit dem Scheiß, sonst …«

Die Pause will bedrohlich klingen, der Rest soll sich wohl in meinem Kopf abspielen, aber er erzeugt damit nichts, außer einer unnötig langen Stille.

»Kommt da noch was?«

»Allerdings.« Nur was, das behält er für sich, weil es Teil dieser albernen Suspense-Nummer ist, mit der er mich unbedingt beeindrucken will.

»Dann weiß ich ja Bescheid.«

Gerade will ich los, durch die Tür in den Bereich, der für

Kunden nicht zulässig ist, als Richard ein mit Erbsen und kleinen Möhren gefülltes Glas aus dem Regal wischt.

»Oh nein. Wie dumm von mir.«

Die Türklinke in meiner Hand umschließe ich fester als nötig, atme kurz durch. Das erinnert mich alles viel zu sehr an zu Hause. Die Art, wie er mit mir spricht, wie er reagiert und welche Drohgebärden er benutzt. Das unangenehme Kribbeln auf meiner Haut lähmt mich einen Moment, und ich muss blinzeln, mich daran erinnern, dass er nicht Papa ist. Dann drehe ich mich zu ihm um und stelle erleichtert fest, dass es sich wirklich nur um Richard handelt. Harmlos, wenn auch ein Arschloch.

»Tja. Das musst du dann wohl aufwischen.«

Entschuldigend hebt er die Schultern, sein Grinsen bleibt davon unberührt. Simon taucht hinter ihm auf, packt ihn am Arm und zieht ihn aus dem Gang und von mir weg.

»Komm, lass uns gehen.« Sein Blick trifft mich. »Sorry dafür.«

Wenn Richard wirklich Simons Freund ist, dann gibt es noch mehr Gründe, sich um ihn Gedanken zu machen. Aber ich nicke nur gelangweilt und warte, bis beide ums Eck verschwunden sind.

Dann hole ich einen Besen, die Kehrschaufel und eine Rolle Küchentücher und mache mich an die Arbeit.

81

Simon

Richard bleibt in der Getränkeabteilung stehen und wartet, bis ich zu ihm aufgeschlossen habe, bevor er sich zu mir dreht und mich genervt ansieht.

»Das ist dieser Martin, ja?«

»Zum letzten Mal: Er heißt Marcin. Und du musstest jetzt echt nicht so ’ne ätzende Arschlochnummer abziehen.«

»Ich? *Er* hat sich voll aufgespielt.« An Richards Wahrnehmung muss offensichtlich noch gearbeitet werden, aber jetzt ist nicht der richtige Zeitpunkt für eine Diskussion dieser Tragweite.

»Musstest du echt das Ding runterschmeißen?«

»Der Typ schwingt sich hier zu großen Reden auf, von wegen *Pass auf dich auf*, was soll die Scheiße?«

Wieso ist Richard so sauer? Was an Marcin macht ihm so große Angst, dass er sich jetzt immer weiter in seine Wut reinsteigern muss?

»Denkt er wirklich, er kennt dich so gut, oder was?«

»Wir reden halt über alles Mögliche. Im Seniorenheim vergeht die Zeit langsam.«

»Hast mit ihm auch *darüber* gesprochen?«

Ach, daher weht der Wind? Richard hat Schiss, dass ich jemandem erzählen könnte, wie der Abend wirklich gelaufen ist?

»Nein.«

»Sicher? Weil der Typ nicht den Eindruck macht, als könnte er ein Geheimnis für sich behalten.«

»Ich glaube eher, er ist ein Profi, was Geheimnisse angeht.«

»*Hä?* Was quatschst du da? Dü magst ihn doch gar nicht.«

Langsam schüttele ich den Kopf. »*Du* magst ihn nicht. *Ich* finde ihn eigentlich ziemlich in Ordnung.«

Als wären die Sixpacks plötzlich zu schwer für ihn, setzt er sie auf dem Boden ab und fährt sich dann mit beiden Händen übers Gesicht, das Unverständnis über meine Aussage kann er damit aber offensichtlich nicht wegwischen.

»Ey, Simon, ich glaub das nicht, ne?«

»Wo liegt denn das Problem?«

»*Wo das Problem liegt?* Du freundest dich mit so einer Zecke an? Nachdem er dir dein Mädchen ausgespannt hat? Ich dachte echt, du wärst härter.«

»Vielleicht sehe ich die Sache auch nur komplett anders.« Und weil mein Einkaufskorb wirklich zu schwer wird, stelle ich ihn neben Richards Sixpack ab und sehe ihn dabei genau an. »Marcin ist echt in Ordnung. Und Lia auch. Ich mag die beiden, egal, was du mir erzählen willst.«

»Die leisten Sozialstunden!«

»Ja. Weil sie Mist gebaut haben und jetzt dafür geradestehen.«

»Ey, du klingst schon wie mein Alter.«

»Vielleicht, weil er recht hat.«

»Schwingst du jetzt die Moralkeule?«

»Du willst doch nur nicht, dass ich mit anderen rumhänge, und redest mir alles mies, weil du Angst hast, jemand kriegt raus, dass du den Spielplatz angezündet hast und dann abgehauen bist.« Komisch, wenn man bedenkt, wie oft ich genau das schon gedacht habe, ist es ein Wunder, dass ich diese Wahrheit erst jetzt ausspreche. Im Feierabendtrubel eines Supermarkts. »Mir geht es seit Silvester echt beschissen, aber das juckt irgendwie niemanden.«

Richard will widersprechen, aber ich lasse ihn nicht zu Wort kommen.

»Du machst das alles nicht, weil du mich wirklich noch magst, sondern weil du dann sicher sein kannst, dass ich es nicht irgendwo rumerzähle.«

»Das stimmt nicht. Du bist mein bester Freund, Simon!«

»Ich *war* dein bester Freund. Aber sind wir doch mal ehrlich, du hast inzwischen auch keinen Bock mehr auf mich.«

Mir ist klar, was ich aufgebe, wenn ich die Freundschaft mit Richard beende. Eine Familie. Auch wenn es nie wirklich meine war, haben sich die Abendessen und Umarmungen dort sehr danach angefühlt. Aber wir sind nicht mehr die, die wir einmal waren.

»Du schiebst also deinen besten Freund ab, ja?« Wieder ist da diese Gewitterwolke in seinem Blick, aber ich zucke nur die Schultern.

»Wenn ich dein bester Freund bin, wieso hast du dann nichts gesagt? Du hattest so viele Chancen, aber du übernimmst keine Verantwortung. Ich trage diese Scheiße alleine mit mir rum.«

Er schnaubt verächtlich und sieht dabei so schrecklich gelangweilt aus, als sei das alles nur die Wiederholung einer ätzenden Folge seiner Lieblingsserie, die er normalerweise einfach überspringt. Aber für mich ist das eine Realität, die mich jeden Tag begleitet. Ich mache einen Schritt auf ihn zu, wie Marcin es vorhin getan hat.

»Du weißt gar nicht, wie es mich von innen her auffrisst, oder? Das Gekotze, die Angst, die Panik. Du bist weggefahren, bevor du ihn gesehen hast. Seine Augen.«

»Es war ein Penner, Simon.«

Heftiger als nötig schubse ich Richard vor die Brust und er prallt gegen den Glasschrank hinter sich. »Ein Mensch ist wegen uns fast gestorben, du Arschloch.«

»Ja, aber nur fast. Der erholt sich schon und hockt bestimmt längst wieder irgendwo rum.«

»Aber das weißt du nicht. Vielleicht erholt er sich auch nie mehr.« Und vielleicht, nur vielleicht, erhole auch ich mich nie mehr. »Es war *deine* Scheißidee und *dein* Feuerzeug. Erwischt haben sie nur mich.«

Er sagt nichts, sieht mich einfach nur aus leeren Augen an, und ich beginne zu verstehen, dass Richard niemals Verantwortung übernehmen wird. Er kippt sich dieses Sixpack heute hinter die Binde, futtert sich durch den Korb voller Chips und macht dann einfach weiter.

»Wir sind gar keine Freunde mehr, oder?«

Zugesteckte Testergebnisse und teure Geschenke sind verlockend, aber keine Freundschaft. Richard zuckt nur die Schultern, sagt nichts, weil er ebenso wie ich weiß, dass wir schon lange nicht mehr wirklich miteinander geredet haben. Seine betrunkenen Vorwürfe neulich Nacht, die kamen einem ehrlichen Gespräch vermutlich am nächsten.

»Glaubst du, dieser Marcin und Lia sind deine Freunde?« Ich nicke, er schnaubt verächtlich. »Die hängen auch nur mit dir rum, weil sie müssen. Und weil sie nicht wissen, was du angestellt hast.«

»Möglich. Aber ich mag sie.« *Das tue ich. Das tue ich wirklich.*

»Das dritte Rad am Wagen, damit gibst du dich echt zufrieden?«

»Weißt du, Richard, ich mag Lia. Und ja, ich mag sie ein bisschen mehr. Aber für mich ist das okay. Du hast mich glauben lassen wollen, dass Marcin mir irgendwas wegnimmt.«

»Weil er das ja auch tut!« So eindrücklich, wie er das sagt, denkt er das vermutlich wirklich. Aber ich sehe das ganz anders.

»Mach's gut, Richard.«

Ich hatte so große Angst vor meinen Abschied von ihm und jetzt läuft es völlig anders ab. Ein bisschen Wehmut spüre ich, ja, aber auch viel Sauerstoff in meinen Lungen. Ich lasse Richard zwischen den Regalen voller Getränke stehen und mache mich auf die Suche nach Marcin, den ich wie erwartet im Gang mit dem Dosengemüse finde. Dort, wo wir ihn und die Scherben zurückgelassen haben. Gerade wischt er die letzten Reste von Richards Ausraster weg und sieht überrascht zu mir hoch, als ich neben ihn trete.

»Hat Richard sein Gemüse vergessen?« Er grinst schief und ich gehe neben ihm in die Hocke.

»Ist es zu spät, mich noch fürs Frühlingsfest zu melden?«

Die Frage ist nicht zwingend das, was ich sagen will, aber Marcin versteht auch so, schüttelt lächelnd den Kopf. »Gar nicht. Wir holen Lia um halb neun ab.«

Wir.

Endlich mal ein echtes Wir. Das ist ein Anfang.

82

Lia

Hannah steht vor dem Spiegel und begutachtet ihr Ebenbild kritisch, während ich im Türrahmen lehne.

»Sieht das nicht total gewollt aus?« Sie zupft unsicher an ihrem Oberteil, das ihre Figur betont und sie auf den ersten Blick deutlich älter wirken lässt. »Sieht das aus, als wollte ich unbedingt wie achtzehn aussehen?«

»Da muss ich dich enttäuschen, niemand kauft dir die achtzehn ab.«

Ihr Blick findet meinen, wenn auch über den Umweg Spiegel, so muss sie sich nicht erst zu mir umdrehen. »In der Tanke habe ich neulich Zigaretten für Lena gekauft, das war gar kein Problem.«

Natürlich ist sie stolz darauf, und ich nicke nur, wenig begeistert. »Toll. Und hat Lena die allein geraucht?«

»Lia, jetzt nicht die Mamitour, okay? Mama ist im Wohnzimmer, sie kann mir eine Standpauke halten, wenn sie will.«

»Hast du es ihr denn erzählt?«

»Was genau?«

»Deine triumphale Einkaufstour durch die Tanke.«

»Nee. Interessiert sie ja auch nicht wirklich, was ich so treibe, oder?«

Mit einer flotten Handbewegung streicht sie sich die Haare über die Schulter und ich verlasse meinen Posten an der Tür und komme auf Hannah zu. »Vielleicht solltest du mal mit ihr reden.«

»Als ob sie zuhört.«

Eigentlich wollte ich bis nach der Party warten, um mit Hannah dieses Gespräch zu führen, aber egal, was ich mir vormachen will, es gibt keinen perfekten Zeitpunkt dafür. »Nun, vielleicht sollten wir beide mal mit ihr sprechen.«

»Weil sie dann eher zuhört?«

»Beim richtigen Thema vielleicht schon.«

Hannah greift nach der Bürste, die sie vor einigen Minuten erst abgelegt hat, und beginnt erneut damit, ihre Haare zu kämmen. »Was meinst du?«

Dabei wissen wir beide genau, was ich meine, trotzdem sortiere ich erst die Worte in meinem Kopf, bevor ich wage, es auszusprechen. »Wir müssen mit ihr über eine Entziehungskur reden.«

Hannah bürstet immer heftiger durch ihr Haar. »Aha.«

»So geht es nicht mehr weiter.«

»Mhm.«

Langsam greife ich nach Hannahs Hand und halte sie fest. »Wir wissen doch, dass es von alleine nicht besser wird.«

Nur zu deutlich spüre ich, wie fest ihre Hand die Bürste umklammert hält und dennoch dabei zittert.

»Hast du dir das alles so überlegt, ja?«

»Irgendwas müssen wir doch machen.«

Sie nickt, aber ich spüre wieder diesen Abstand zwischen uns, der mich verzweifeln lässt.

»Klar. Für dich ist das ja auch easy. Du bist bald achtzehn und dann ist dir alles scheißegal. Ich bin fünfzehn, Lia. Wenn wir was sagen, dann komme ich in so ein Scheißheim!«

»Das muss nicht sein. Ich hab mal ein bisschen recherchiert und es gibt auch Wohngemeinschaften, wo wir zusammen hinkönnten und …«

»Du hast *recherchiert*?«

Statt Erleichterung, dass ich endlich was unternommen habe, höre ich Angst in ihrer Stimme. Sie macht sich von mir los und tritt einige Schritte zurück, als wäre meine Nähe für sie unerträglich.

»Ja. Es gibt auch viele Online-Angebote, da können wir vielleicht mal mit Leuten chatten oder sogar anrufen.«

»Spinnst du?«

»Hannah …«

»Bist du komplett durchgeknallt? Wenn wir irgendwo erzählen, was hier abgeht, kriegt Mama richtig Ärger!«

»Nein. Ich habe gesehen, dass in manchen Fällen die Versicherung die Kosten einer Entziehungskur übernimmt …«

»Wieso machst du so was?« Es kostet Hannah Kraft, ihre Stimme unter Kontrolle zu halten und mir die Frage nicht direkt ins Gesicht zu brüllen.

»Weil ich helfen will.«

»Wieso? Mama hat gesagt, sie trinkt nicht mehr. Sie wird sich zusammenreißen.«

»Ja, aber das sagt sie jedes Mal. Wie oft soll sie uns das noch versprechen?«

»Na, bis es eben klappt.«

Ihre Augen schimmern verdächtig, und ich will nicht, dass

sie traurig wird, weil ich sie schon viel zu oft habe weinen sehen. Aber so langsam gehen mir die tröstenden Worte, die allesamt nur Lügen sind, aus.

»Wie soll es denn ohne Hilfe je klappen?«

»Du willst doch nur dein Gewissen reinwaschen, Lia. Das ist alles. Es geht dir nicht um Mama oder um mich. Du willst nur nicht einsehen, dass es alles deine Schuld ist.«

Sofort muss ich an Marcins Blick und seine Worte denken. Wie er, ohne dass ich etwas sagen musste, wusste, dass meine Geschichte eigentlich ganz anders abgelaufen ist. Weil Marcin wirklich hinschaut. Weil er weiß, wie es ist, wenn man etwas verheimlicht. Irgendwann muss ich Hannah die Wahrheit anvertrauen, und mir liegen die Worte schon auf der Zunge, bereit, endlich ausgesprochen zu werden, als es an der Tür klingelt und Hannah unser Starrduell beendet.

»Das ist sicher Lena.«

Schon will sie an mir vorbei nach draußen, als ich ihre Hand zu fassen kriege und sie aufhalte. Sie sieht nicht zu mir, sondern sehnsuchtsvoll den Flur entlang zur Haustür, hinter der sich das andere Leben abspielt.

»Nichts davon ist meine Schuld, Hannah. Rein gar nichts.« Meine Stimme klingt selbst in meinen Ohren zu rau und bei Hannah kommt es genau so an. Unsicher sieht sie zu mir, und ich bemerke, dass sie mich missverstanden haben könnte.

»Und deine ist es auch nicht.« Obwohl ich so sehr hoffe, dass sie das schon vorher wusste, betone ich es noch mal. Nur, um sicherzugehen.

Es klingelt erneut, und ich lasse sie los, aber sie bewegt sich keinen Zentimeter.

»Und wenn doch?«

Ihre Frage ist leise und trifft mich so heftig mitten ins Herz, dass ich sie sofort umarmen und festhalten will. Aber dazu komme ich nicht mehr, weil Mama in den Flur tritt, die Hände in die Hüften gestemmt.

»Habe nur ich die Türklingel gehört?«

Es soll witzig klingen, weil sie nur einen Spaß macht, aber Hannahs Körper spannt sich sofort an, sie stürmt über den Flur an Mama vorbei zur Haustür und drückt den Summer, ohne zu fragen, wer es ist.

Mamas fragender Blick gilt mir, aber ich winke nur ab, weil ich es vor langer Zeit aufgegeben habe, Probleme mit ihr zu besprechen. Wer kann schon sagen, welches Drama aus unserem Leben Mama den nächsten Schubs in Richtung Flasche verpasst.

»Vorfreude auf die Party.«

Und ich wünsche mir so sehr, dass meine ganzen Lügen sich eines Tages für Hannah bewahrheiten.

83

Marcin

Hannahs Enttäuschung steht ihr ins Gesicht geschrieben, als sie Simon und mich sieht. Was nicht gerade zu Simons Entspannung beiträgt.

»Was macht ihr denn hier?«

»Wir holen deine Schwester ab.«

»Ach was.« Sie macht einen Schritt zur Seite und lässt uns eintreten, wobei sie wenig begeistert aussieht. »Und wo geht es hin?«

»Frühlingsfest.«

Hannah verdreht die Augen und lehnt sich mit verschränkten Armen gegen die Garderobe im Flur. »Voll kindisch.«

»Und du?« Sie sieht so aus, als ob auch sie Pläne für heute Abend hat.

»Party bei Markus.«

Das soll uns beeindrucken, aber es funktioniert offenbar nur bei Simon, der sich neben mir merklich anspannt.

»Du gehst da hin?«

»Ja. Ich geh da hin. Und wer bist du?«

Offenbar haben sich die beiden bisher noch nicht kennengelernt, und als würde Simon erst jetzt seine gute Erziehung wieder einfallen, reicht er ihr sofort die Hand.

»Ich bin Simon.«

»Hallo, Simon. Kennt Lia dich auch von den Sozialstunden?«

Er nickt, seine ausgestreckte Hand noch immer zwischen ihnen in der Luft.

»Tut sie.«

»Lauter Kriminelle in der Wohnung. Träumchen.«

Inzwischen habe ich Hannah in verschiedenen pubertären Trotzszenen erlebt. Heute legt sie noch eins drauf, indem sie die Arme vor der Brust verschränkt und Simons Hand in der Luft hängen lässt. Nur langsam lässt er sie wieder sinken und sieht Hilfe suchend zu mir.

»Dann mal viel Spaß bei der Party.« Mir steht nicht der Sinn nach einer weiteren Debatte im Hausflur, und als Lia auftaucht, bin ich froh, die Szene hier verlassen zu können. Leider habe ich die Rechnung ohne Hannah gemacht, die nicht so leicht lockerlässt.

»Was habt ihr denn so Schlimmes angestellt? Die glorreiche Heldinnentat meiner Schwester ist ja allgemein bekannt.«

Simon wird schon wieder nervös und ich würde ihm das gerne ersparen. Aber Lia ist schneller.

»Simon hat verbotenerweise Alkohol gekauft und Marcin …« Kurzer Blickkontakt mit mir, als wolle sie überprüfen, ob sie meine Geschichte erzählen darf, und ich nicke knapp. »… der macht nur sein Freiwilliges Soziales Jahr im Seniorenheim.«

Hannah kommentiert das mit einem kurzen Lachen. »Ja sicher. Weil ausgerechnet der einer von den Guten ist.«

Lia schiebt sich zwischen Hannah und mich und funkelt sie böse an. »Wenn du Leute nicht kennst, solltest du dir nicht einfach eine Meinung über sie und ihre Geschichte bilden.« Die eisige Pause sorgt für Gänsehaut, aber Lia ist noch nicht fertig. »Gerade du solltest das eigentlich wissen.«

Bevor Hannah zum Gegenangriff ausholen kann, erlöst uns die Türklingel und reißt sie aus ihrer Angriffspose. »Dann ist das wohl *endlich* Lena.«

Lena, die ich ja bereits kennenlernen durfte, taucht tatsächlich wenige Sekunden später im viel zu engen Flur auf, und ich bin mir nicht sicher, ob wir die Brandschutzbestimmungen noch erfüllen. Hier ist kein Platz mehr für Flucht oder Freundlichkeiten. Schon gar nicht, als sie mich sieht.

»Was macht der denn hier?«

Lena sieht ein bisschen aus wie Hannah, sie kleiden sich ähnlich, haben ähnliche Frisuren und sogar das Augenrollen beherrschen beide in perfekter Synchronisation.

»Der holt meine Schwester ab.«

Simons Anwesenheit wird übergangen oder ignoriert.

»Also diesmal kein Hausfriedensbruch.« Lena sieht zu mir. »Meine Eltern wollen dich deswegen übrigens noch immer anzeigen.«

»Gerne. Brauchst du meinen vollen Namen und Adresse oder erstellen sie Anzeige gegen unbekannt?«

Damit hat sie nicht gerechnet, tauscht einen schnellen Blick mit Hannah, die aber angesichts meiner Antwort ebenso unsicher ist.

»Und wissen deine Eltern, dass ihr beiden sturzbetrunken wart und Alkohol in ihrer Wohnung konsumiert habt?«

Es ist Lias Ellenbogen, der mich sanft in der Seite trifft und mich darauf aufmerksam macht, dass es das falsche Thema ist.

Wie aufs Stichwort taucht jetzt auch noch Martha, wie ich sie nennen darf, auf. Sie lächelt so zufrieden und glücklich, als sie uns alle zusammengepfercht in ihrem Flur stehen sieht, dass ich mir sicher bin, sie kriegt die merkwürdige Stimmung zwischen uns allen nicht mal mit.

»Ach, wenn ich euch hier so sehe, da wünsche ich mir, noch mal jung zu sein.« Sie legt liebevoll die Arme um ihre Töchter, was zumindest Hannah peinlich scheint. »Papa und ich, wir waren auf vielen Partys, als wir jung waren.«

Lias Körper wird ganz steif, und ich verspüre dieses dringende Gefühl, sie da rauszuholen aus dem ganzen Mist, mit dem sie sich rumschlagen muss, einfach nur wegzulaufen mit ihr.

Bis nach Glasgow.

»Geht ihr denn alle zusammen auf die Party?«

Lena schüttelt schnell den Kopf. »Nee. Nur Hannah und ich.« Dabei wirft sie Simon und mir einen bitteren Blick zu, obwohl ich irgendwie glaube, dass sie Simon sogar ziemlich gut findet. Aber das zugeben würde sie wohl nicht.

»Und was macht ihr drei?«

Lia räuspert sich, bevor sie die Frage ihrer Mutter beantwortet. »Wir gehen aufs Frühlingsfest.«

»Ach! Das Frühlingsfest! Wisst ihr noch, Mädels, als wir da alle zusammen waren?« Sie zwinkert in Simons und meine Richtung. »Natürlich bevor ich ihnen peinlich wurde.«

Hannah will die mikrowellenaufgewärmte Erinnerung ganz offensichtlich nicht hören, windet sich aus der Umarmung ihrer Mutter, schnappt sich ihre Jacke und die Tasche vom Haken hinter sich und nickt in Richtung Tür. »Wir sind dann mal weg.«

Lia tritt ganz automatisch einen Schritt vor. »Wenn was ist, rufst du mich an. Wenn du nicht weißt, wie du heimkommst, nimmst du ein Taxi.«

»Und das bezahle ich dann mit Monopoly-Geld, oder wie?«

»Nee, das zahle dann ich. Ruf einfach vorher an.«

Martha steht noch immer sanft lächelnd da, während ihre älteste Tochter den Text runterspult, der eigentlich aus ihrem Mund kommen sollte.

»Lass dich nicht blöd vollquatschen, vor allem nicht von Markus.«

»Jahaaa, ich weiß schon.«

Lia macht noch einen Schritt auf Hannah zu, berührt ihren Arm. »Und denk daran, was du mir versprochen hast.«

Fast erwarte ich wieder eine freche Antwort, die typisch für Hannah wäre, aber sie hält einfach nur den Blick ihrer Schwester und nickt.

»Mach ich. Hab Spaß. Bis später.«

Es sieht so aus, als wolle sie ihre Schwester umarmen, aber dann fallen ihr all die Zuschauer wieder ein, und sie belässt es bei einer kurzen Berührung, die aber ebenso eine Umarmung hätte sein können.

Als sie und Lena durch die Tür sind, sieht Lia entschuldigend zu Simon, dann zu mir. »Ich bin gleich so weit. Nur noch eine Minute.«

Sie verschwindet über den Flur und lässt Simon und mich bei ihrer Mutter zurück.

»Die Mädels sind ganz schön erwachsen, was?«

Simon nickt, ich kann mich nicht dazu durchringen.

»Ich bin so stolz auf sie. Wie sie nach dem Tod ihres Vaters weitergemacht haben …« Ihr Blick verliert sich zwischen uns. »Keine Ahnung, wie sie das hinbekommen. Lia und ihr Vater, die waren immer zusammen. Ständig.«

Alt sieht sie jetzt aus, als sie über eine Zeit spricht, die schon etwas länger zurückliegt und bei der die Erinnerung daran offensichtlich noch immer schmerzt.

»Woran ist er denn gestorben?«

Simon stellt die Frage, die man nicht stellt und auf deren Antwort doch jeder neugierig ist.

Martha sieht erschrocken auf. Hat sie vergessen, dass wir noch da sind und sie mit uns spricht?

»Die Mädchen sagen, an einem Aneurysma.«

84

Simon

»Wann wolltest du mir das eigentlich sagen?« Meine Frage richtet sich an Marcin, der nur ein bisschen grinst, weil er genau weiß, was ich meine.

»Wollte dein perfektes Bild von mir als Drogendealer nicht ruinieren.«

»Ha. Ha.«

»Ich hielt es nicht für wichtig.«

Wir nehmen die U-Bahn in Richtung Wasen, wo das Frühlingsfest schon seit einer Woche Besucher anzieht. Marcin und Lia sitzen mir gegenüber, ihre Hände liegen ziemlich nah nebeneinander auf dem blauen Polster der Sitze. Vermutlich würden sie ohne meine Anwesenheit Händchen halten. Marcin bemerkt meinen Blick und zieht seine Hand viel zu auffällig von Lias weg auf seinen Oberschenkel, aber ich schüttele nur den Kopf.

»Hört bitte auf damit.«

Sie wirken beide ertappt, dabei haben sie gar nichts getan.

»Ich komme mir noch mieser vor, wenn ihr meinetwegen extra nicht auf Pärchen macht. Im Ernst, es ist okay. Mein gebrochenes Herz heilt sicher.« Theatralisch lege ich mir die Hand auf die Brust und versuche mich an einem Grinsen. »Echt jetzt.«

Es ist schließlich Marcin, der Lias Hand in seine nimmt. »Zufrieden?«

»Das solltest du sie fragen.«

Marcin sieht zu Lia, deren glückliches Lächeln die Frage bereits beantwortet.

»Sehr zufrieden.« Dann sieht sie zu mir, als müsste sie sich vergewissern, dass es mir gut geht und ich noch nicht in eine Tüte atme.

»Bitte, hört auf damit, mich wie ein rohes Ei zu behandeln. Das hier soll nicht auch noch kompliziert werden, okay?«

Marcin rückt etwas näher an Lia, die sich minimal an ihn lehnt und mich auf absurde Art und Weise damit glücklich macht.

»Schon viel besser.«

»Wir wollten nur nicht …« Aber Marcin weiß entweder nicht, was genau sie wollten, oder er findet nicht die richtigen Worte, aber ich ahne auch so, was sie wollen.

»Ihr sollt aber. Ich komme damit schon irgendwie klar. Ich will nur nicht, dass es jetzt zwischen uns schräg wird. Ich mag euch nämlich echt und ihr wart meine Insel der Unkompliziertheit. Können wir das also beibehalten?«

Sie nicken beide, aber ich kann sehen, dass sie noch immer etwas unsicher sind. Manchmal frage ich mich, wieso ich mir mein Leben zusätzlich und völlig unnötig erschwere. Wieso habe ich damals bei Richards idiotischer Idee nicht einfach Nein gesagt? Wieso bin ich mitgefahren, habe sogar versucht, so was wie den Spaß an der Tat zu empfinden, und wieso verknalle ich mich in Lia, wenn ich doch weiß, dass es aussichtslos ist?

Lia, die immer so was von hübsch ist und in Marcins Nähe lächelt, ohne es wirklich zu merken. Und die dann ganz plötzlich völlig gelöst wirkt.

Lia, die, seitdem wir ihre Wohnung verlassen haben, immer wieder auf ihr Handy sieht. Und das sicher nicht, um die Uhrzeit zu checken.

»Machst du dir Sorgen um deine Schwester?«

Meine Frage scheint ihr ein bisschen unangenehm, und sie zuckt nur die Schultern, lässt ihr Handy in der Jackentasche verschwinden und lächelt dann entschuldigend.

»Manchmal bin ich wohl etwas überbesorgt.«

Zwar hat sie – zumindest mit mir – nicht direkt über die Probleme daheim gesprochen, dennoch habe ich eine ziemlich genaue Ahnung, was da alles so abgeht. Ist es schrecklich, dass ich fast etwas erleichtert darüber bin?

Oft genug habe ich den Eindruck, nirgends so recht dazuzugehören. Ich war auf zig Partys mit Richard und habe die Musik, die Leute und die Getränke immer nur irgendwie ätzend gefunden, während er noch Wochen später von der geilsten Party des Landes geschwärmt hat. Die Mädels, die er hübsch fand, waren selten meins, und die Jungs, die er cool fand, waren mir zu gewollt cool. Trotzdem habe ich immer nur zu allem genickt. Um irgendwo auch nur ansatzweise dazuzugehören.

Zu wissen, dass es bei Lia daheim auch schwierig zugeht, das gibt mir das Gefühl, nicht der einzige Kerl auf diesem Planeten mit schrägen Eltern zu sein. Ein Blick zu Marcin reicht, um mich noch etwas mehr zu entspannen.

Ist es nicht irre, dass wir alle in Schulklassen zusammengewürfelt werden und alle erwarten, dort Freunde zu finden? Wildfremde Menschen verbringen so eine lange Zeit miteinander. Einige haben sicher Glück und finden dort ihre Seelenverwandten, die durch dick und dünn mit ihnen gehen.

Ich musste erst zu Sozialstunden verdonnert werden, bis ich Menschen getroffen habe, in deren Nähe ich mich wohlfühle.

»Woran denkst du?« Marcin grätscht mit der Frage in meine Gedanken und ich zucke die Schultern.

»Daran, wie froh ich bin, heute hier und nicht auf der Party zu sein.«

»Wir sind auch froh, dass du deine Meinung doch noch mal geändert hast.«

Er sagt es ohne Ironie und ohne zu betonen, was für besondere Freunde wir doch sind. Etwas, das Richard in letzter Zeit so oft in Dauerschleife abgespult hat, bis ich es irgendwann einfach nicht mehr hören konnte.

Und obwohl ich ihm vorhin im *Rewe* klar die Meinung gesagt habe, wandern meine Gedanken kurz zu ihm zurück. Ob er die Sixpacks inzwischen alleine geleert hat? Ob jemand auf ihn aufpasst?

Der Klumpen in meinem Magen, der seit Wochen die Territorialherrschaft übernommen hat, meldet sich schmerzhaft zurück. Kurz zücke auch ich mein Handy und öffne Instagram, wo Richard nahezu sein ganzes Leben mit der Welt teilt. Ich werde nicht enttäuscht, er zeigt bildgewaltig in mehreren *Bumerangs*, wie seine Partyvorbereitungen laufen. Sein Gesicht sehe ich nicht und vielleicht ist das auch besser so. Nur zahlreiche leere Flaschen und einen erhobenen Daumen.

»Bereust du die Entscheidung jetzt doch?«

Ich sehe auf und schüttele schnell den Kopf. »Nee, passt schon alles. Ich bin wohl nur manchmal zu überbesorgt.«

Weil ich Richard zwar nicht immer um mich haben kann, ihn aber auch nicht ins Freundschaftsnirvana schubsen will.

Dafür haben wir zu viel zusammen erlebt.

85

Lia

»Wieso habe ich mich als Kind nicht davor gefürchtet?« Schon wenn ich das bunte Stahlkonstrukt, das sich harmlos als *Wilde Maus* tarnt, in den Blick nehme, bekomme ich zittrige Knie.

Marcin hält meine Hand, seitdem wir hier angekommen sind, und ich habe mir fest vorgenommen, dass meine Sorgen hier nichts zu suchen haben. Heute Abend darf ich Spaß haben.

»Weil es eine Kinderachterbahn ist.«

Marcins Schmunzeln ist deutlich in seiner Stimme zu hören, aber Simon teilt mein Unbehagen.

»Also ich weiß nicht, nach einer entspannten Kutschfahrt sieht das nicht aus.«

»Wollt ihr jetzt etwa kneifen?«

Simon schiebt sich die Hände in die Taschen und tritt einen Schritt zurück. »Ich schaue mir den Spaß lieber von hier unten an.«

»Komm schon, das hat nicht mal einen Looping.«

»Aber sehr viele Kurven«, wende ich ein.

Marcin sieht zu Simon, der abwehrend die Hände hebt. »Vergiss es. Ich kotze ganz ohne Kurven.« Sofort wird ihm bewusst, was er da gesagt hat, und rudert zurück, bevor wir nachhaken können. »Also heute noch nicht. Und ich habe auch nicht vor, daran was zu ändern.«

»Komm schon. Eine Runde.«

Marcin steht ganz dicht bei mir, den Blick nach oben gerichtet, ein aufgeregtes Leuchten in den Augen, wie ich es bisher noch nicht bei ihm gesehen habe. Als würde diese Fahrattraktion für Kinder ihm einen Vorgeschmack auf seine Freiheit gewähren.

Schließlich nicke ich und hake mich bei ihm unter. »Simon, wir sehen uns auf der anderen Seite.«

Und bevor ich es mir anders überlegen kann, schleppt Marcin mich in Richtung Ticketverkäufer, wo er für uns zwei Karten holt und mich dann aufgeregt wie ein Kind zu den kleinen Gondeln zieht.

»Das habe ich schon so lange nicht mehr gemacht. Wieso hört man mit so was auf, wenn man älter wird? Ich meine, es macht doch Spaß!«

»Weil man glaubt, zu alt dafür zu sein?« Vorsichtig lasse ich meinen Blick erneut über die lilafarbenen und gelben Schienen wandern, die alles andere als vertrauenerweckend aussehen. »Oder weil man realisiert, wie irre es ist, sich in einer winzigen Gondel über dünne Schienen jagen zu lassen.«

»Willst du es doch lieber lassen?«

Eine Mutter mit ihrem Kind steigt in die Gondel vor uns, das Kind strahlt ebenso glücklich wie Marcin neben mir, und ich schüttele den Kopf.

»Wenn ich die Achterbahnfahrt daheim überstehen kann, wird das hier ein Kinderspiel.«

Aber als die Sicherheitsbügel sich senken, sobald wir Platz

genommen haben und unsere Gondel sich ruckelnd in Bewegung setzt, greife ich ganz automatisch nach Marcins Hand.

»Für den Fall, dass ich es noch nicht gesagt habe …« Wir fahren höher und höher. »… ich habe Schiss.«

»Das kann gar nicht sein.« Er drückt meine Hand. »Eine Lia hat vor rein gar nichts Schiss.«

»Du irrst.« Und noch höher. »Ich habe panische Angst. Immer.«

Oben angekommen, gönnt sich die Gondel eine kurze Verschnaufpause und schenkt uns damit einen tollen Ausblick über das gesamte Frühlingsfest. Bunte Lichter, Gelächter und Musik vermischen sich, schaffen einen Ort der Fröhlichkeit. Unten erkenne ich Simon, der viel zu winzig aussieht und uns zuwinkt, froh darüber, nicht mit uns hier oben zu sitzen. Aus dieser Perspektive betrachtet sieht alles klein aus. Selbst die anderen Fahrgeschäfte. Wieso werden Probleme nicht kleiner, je höher man steigt?

»Was, wenn ich das alles nicht schaffe, Marcin?«

»Die Fahrt dauert keine fünf Minuten.«

»Das meine ich nicht.«

Zu gerne würde ich zu ihm sehen, aber mein Blick hängt am Riesenrad auf der anderen Seite des Festplatzes fest. Es überragt fast alles, und ich frage mich, ob es dort oben vielleicht besser ist.

Doch bevor ich meinen Gedanken zu Ende denken oder aussprechen kann, schießt unsere Gondel auch schon nach unten. Marcin neben mir jubelt, ich lasse eine Mischung aus Schrei und Seufzer los, halte mich so gut es geht fest, und schon nehmen wir eine scharfe Kurve nach links, dann nach rechts, dann geht es wieder nach oben, rasend schnell nach unten, schnell, schneller und höher.

Der Fahrtwind beißt mir ins Gesicht, meine Hand in Marcins erinnert mich daran, dass alles gut ist, die Freudenschreie der Fahrgäste in den anderen Gondeln beweisen, dass hier nichts passieren kann, und trotzdem spüre ich diese unbändige Angst.

Genau so wie diese Fahrt fühlt sich mein ganzes Leben zurzeit an. Es geht mal hoch, mal runter, alles ist zu schnell, die Kurven sind zu scharf und niemals habe ich die Kontrolle über irgendwas. Nicht über die Richtung, nicht über die Geschwindigkeit und nicht über die Katastrophen, die überall lauern können.

Mit einer scharfen Bremsung kommen die Gondel und meine Gedanken zum Stehen und Marcins Gesicht neben mir wird wieder schärfer. Ebenso sein besorgter Blick.

»Du hast es überstanden.«

Die Sicherheitshalterung gleitet nach oben und entlässt uns zurück in die Freiheit. Ich muss nur noch aussteigen und den Nächsten die Gondel überlassen. Aber mein Körper gehorcht mir nicht mehr.

»Alles okay?«

Ich will nicken und dann den Kopf schütteln, will lächeln oder weinen, aber ich sitze nur da und spüre, wie dieser eine Gedanke immer klarer wird.

»Lia, wir müssen aussteigen.«

Ja, ganz richtig.

Es wird Zeit auszusteigen.

86

Marcin

Nach den ersten paar zittrigen Schritten ist Lia wieder sie selbst, ihr blasses Gesicht bekommt Farbe und das Lächeln kehrt langsam ebenfalls zurück. Wir haben die *Wilde Maus* hinter uns gelassen, und ihr nächstes erklärtes Ziel ist das Riesenrad, was Simon und ich für eine merkwürdige Wahl halten.

»Wirklich noch höher hinauf?«

»Absolut.«

Kurz zeigt Simon auf die Geisterbahn, die ein bisschen wie ein Überbleibsel aus den 90er-Jahren aussieht. Die mechanischen Gestalten, die gruselig aussehen sollen, jagen niemandem mehr einen echten Schrecken ein.

»Wie wäre es mit einem Zwischenstopp bei mir daheim?«

Zwar grinst Simon dabei, aber das Fünkchen Wahrheit in seiner Aussage lässt mich kurz zögern.

»Sicher?«

»Da kann man zu dritt in den Wagen. Also, falls ihr euch fürchtet.«

Lia nickt, und ich schließe mich ihr an, wieso nicht noch ein bisschen mehr Horror?

»Schlimmer als die *Wilde Maus* kann es kaum sein.«

Simon besteht darauf, uns einzuladen und das, obwohl ich

extra viel Kleingeld eingesteckt habe, damit wir einfach alle Fahrgeschäfte mitnehmen können.

Ohne es den anderen zu verraten, sehe ich das hier ein bisschen als meine Abschiedsparty, von der ich nie geglaubt hätte, sie mit anderen verbringen zu können.

Wir zwängen uns in einen der Wagen, Lia in der Mitte, enger als gedacht. Alle Attraktionen auf solchen Volksfesten gleichen sich irgendwie. Die Vorstellung, dass all diese Konstruktionen nur für eine bestimmte Dauer auf- und dann wieder abgebaut werden, tut irgendwie gut. Man kann überall in den verschiedensten Städten Spaß damit haben, sie gehören nicht nur an einen Ort und kommen doch immer wieder.

Wir fahren in den Schlund eines Drachen, der mechanische Augen hat, und dann ist es plötzlich einen kurzen Moment stockdunkel. Der künstliche Rauch riecht süßlich und das blecherne Lachen, das vom Band gespielt wird, klingt eher wie ein kurzer Hustenanfall.

»Als Kind hatte ich richtig Schiss vor diesen Bahnen.«

Simon sitzt rechts außen, mit der besten Sicht auf die klapprigen Gestalten, die ihm als Kind offenbar Angst eingejagt haben. Und die noch immer so aussehen, als wären sie in den letzten zehn Jahren nicht einmal ausgetauscht worden. Eine Mumie mit roten leuchtenden Augen starrt an uns vorbei und ich muss mir fast ein Lachen verkneifen.

»So 'ne Mumie hat dir also Angst gemacht?« Mein Versuch, die Stimmung zu lockern, geht ebenso an Simon vorbei wie der Blick der Mumie.

»*Nee*. Die Dinger haben mich nie interessiert. Es war eher die Vorstellung, dass ich hier nicht mehr rauskomme.«

»Haben dich deine Eltern da nicht beruhigt?«

»Die haben ja immer draußen gewartet.«

»Sie sind nicht mitgefahren?«

»Nee.«

Beim Wechsel in den nächsten Raum wird es kurz etwas heller, ich kann sehen, wie Lia nach Simons Hand greift.

»Du bist alleine gefahren?«

»Ja, oder man hat mich zu anderen in den Wagen gesetzt.«

»Okay.«

»Einmal, da war ich sieben oder so, bin ich alleine mit dem Wagen rein und bin einfach ausgestiegen.«

»In der Bahn?«

Simons Schatten nickt. »Habe mich neben Dracula gesetzt und die Leute beobachtet.«

»Haben deine Eltern dich nicht gesucht?«

»Doch, klar. Irgendwann halt schon. Der Wagen kam ja leer wieder raus.«

»Wie lange warst du Draculas Kumpel?«

»Keine Ahnung, vermutlich nur fünfzehn Minuten oder so, aber es hat sich wie eine Ewigkeit angefühlt.«

»Fünfzehn Minuten?«

»Ja, meine Eltern waren Würstchen essen.«

»Und da merkt man nicht, dass ein Siebenjähriger fehlt?«

Diesmal zuckt der Schatten die Schultern, und ich hoffe, Lia drückt seine Hand.

»Meine Eltern waren nie meine größten Fans, wie ihr wisst.«

Der nächste Raum ist rötlich gehalten, eine sehr alte Version des bekanntesten Vampirs steht im Nebel, die Arme ausgebreitet, die Plastikzähne gefletscht, und auch wenn ich heute diesen Anblick lachhaft finde, frage ich mich doch, was wohl im Kopf eines kleinen Jungen vorgehen muss, der sich in einer Geisterbahn versteckt.

»Eigentlich wollte ich nur, dass sie sich Sorgen machen.«

Der Wagen ruckelt langsam weiter, noch mehr Rauch, dramatische Musik und eine Stimme vom Band, die nach unserem Blut verlangt.

»Das haben sie bestimmt getan.« Aber selbst Lias lieb gemeinter Versuch, Partei für Simons Eltern zu ergreifen, klingt wenig überzeugend.

»Gefunden haben mich die Mitarbeiter, die sehen ja alles über die Kameras. Also haben sie mich rausgebracht und wir haben meine Eltern gesucht.«

»Am Würstchenstand?«

»*Jap*. Haben wohl nicht so recht gemerkt, dass ich weg war.«

»Da gab es Ärger, oder?«

»Nein. Es gibt nie Ärger. Egal, was ich mache. Ich könnte all ihre Autos schrotten oder ihr ganzes Geld verballern, sie würden es nicht checken.«

Seine Stimme klingt dunkler, was aber auch an der lauten Geräuschkulisse liegen könnte, und ich beuge mich etwas weiter zu ihm, rücke dadurch näher an Lia, die jetzt auch meine Hand nimmt.

»*Wir* checken es aber. Hab's schon mal gesagt, ich bin nicht deine Familie, aber du bist nicht egal.«

Beim Wechsel in einen neuen Raum, der grünlich schimmert, erhasche ich einen Blick auf sein traurig lächelndes Gesicht.

»Richard und ich, wir wollten das letzte Jahr irgendwie

krass ausklingen lassen. Er hatte die Idee, dass wir einen alten Spielplatz abfackeln könnten. Also, dieses Holzgerüst. Keine Ahnung, wieso ich wirklich mitgemacht habe. Wollte wohl nicht als Loser dastehen oder so was.«

Wir alle haben schon Dinge getan, die wir nicht wollten, um dazuzugehören.

»Und dann lag da ein Obdachloser, den wir nicht gesehen hatten. Erst als das Ding schon lichterloh brannte …« Er macht eine Pause, räuspert sich. »Ich habe versucht, ihn zu löschen. Sofort. Aber dieser Schlafsack hat nicht aufgehört zu brennen.«

Lia drückt meine Hand und Simon redet weiter.

»Voll panisch hat er mich angeschaut und ständig irgendwas geschrien, aber ich hab's nicht geschafft. Nicht wirklich.« Wieder muss er sich räuspern, dann hart schlucken. »Dieser Geruch.«

Wie aufs Stichwort wird eine frische Ladung künstlicher Rauch in unsere Richtung geblasen, und Simon atmet so tief ein, als wäre das seine persönliche Shisha.

»Jedes Essen erinnert mich daran. Einfach alles. Der Geruch von Döner, Burger, Schweinebraten oder nur ein Schinkensandwich.«

Die letzten Wochen im Speisesaal eines Seniorenheims müssen die pure Hölle für ihn gewesen sein, aber sein Geständnis erklärt zumindest sein ständiges Gekotze.

»Ich esse seit Monaten nicht mehr wirklich.«

Kein Wunder also, dass selbst das Shirt Größe *S* an ihm flattert wie ein übergroßes Zelt im Wind.

»Wissen deine Eltern Bescheid?«

»Nee.«

»Aber hast du es mal angesprochen?«

Sein stummes Kopfschütteln kostet ihn Kraft und er lehnt sich in den gepolsterten Sitz der Gondel, als wir durch ein riesiges Tor wieder nach draußen gefahren werden, um über steile Schienen in den nächsten Stock des Gruselkabinetts chauffiert zu werden. »Meine Eltern checken nichts. Die wollen eigentlich auch gar keine Eltern sein. Ein Kind gehört für sie zum erfolgreichen Leben dazu. Aber sie haben irgendwie nie eine Connection zu mir aufgebaut.«

»Vielleicht willst du es ja doch mal ansprechen.«

»Bringt nichts. Deswegen lebe ich quasi mehr oder weniger bei Richard.«

Wieso klingt das für mich auch nicht zwingend nach der optimalen Lösung?

»Hör mal, wenn du willst, kommen wir mit, wenn du mit ihnen reden willst. Manchmal tut es gut, wenn man bei so was nicht alleine ist.«

Was war ich froh, dass Frau Waible damals mit mir im Raum war, als ich meinem Vater das mit der Wohngruppe erzählt habe.

Alleine die Erinnerung daran sorgt für Magenwirbel und Gänsehaut.

Simon beugt sich etwas nach vorne und sieht zu mir rüber. »Würdest du echt mitkommen?«

»Wieso nicht?«

»Weil …« Er sieht von mir zu Lia, während unser Wagen in die nächste Gruselkammer fährt und uns blaues Licht empfängt. »Würdest du auch mitkommen?«

»Klar.«

Darauf erwidert er nichts, sieht wieder nach vorne und lässt sich von der Umgebung ablenken. Aber jedes Mal, wenn das blaue Licht sein Gesicht streift, erkenne ich ein Lächeln, vollkommen egal, wie viel Rauch sie uns entgegenpusten oder wie gruselig das Lachen aus den Boxen auch klingt. So haben sich das die Betreiber des Ganzen sicher nicht vorgestellt.

Als uns die Geisterbahn endlich wieder ausspuckt, lächelt Simon noch immer.

87

Simon

Lias Gesicht zeigt vollkommene Konzentration, das Gewehr hat sie im Anschlag, sie atmet ganz ruhig. Marcin und ich stehen etwas versetzt hinter ihr, beide viel aufgeregter, als sie es ist.

Als der erste Schuss fällt, zucke ich zusammen und sehe zur Wand, an der zahlreiche kleine weiße Plättchen hängen. Eines davon fehlt, das hat Lia gerade abgeschossen. Sie lädt mit dem Hebel an der Seite des Gewehres nach, die Konzentration noch immer unverändert, nichts nimmt sie mehr wahr. Auch der nächste Schuss sitzt.

Und der nächste.

Und der nächste.

Kurz gesagt, alle. Ausnahmslos.

»Herzlichen Glückwunsch, du hast freie Preisauswahl.«

Selbst die Budenbesitzerin ist überrascht, als Lia das Gewehr wieder ablegt und sich zu uns dreht, zurück in der Realität angekommen.

»Was? Wieso so überrascht?«

Weil Lia nicht so den Anschein erweckt, als hätte man es mit einer Scharfschützin zu tun.

»Nur so. Jetzt weiß ich, wen ich bei einer potenziellen Zombie-Apokalypse an meiner Seite wissen wollte.«

»Outlaws sollten so was können, oder?«

Marcin hebt sofort abwehrend die Hände. »*Ich* bin ja gar kein echter Outlaw.«

»Zum Glück habt ihr mich. Ihr solltet mich erst mal mit den Dartpfeilen sehen.« Sie zwinkert uns frech zu und dreht sich wieder zur Budenbesitzerin. »Ich hätte gerne zwei Rosen und den weißen Tiger.«

Ihre Bestellung wird geliefert und mit einem zufriedenen Lächeln dreht sie sich zuerst zu mir. »Eine Rose für dich …« Ich nehme sie mit einer kleinen Verbeugung an, bevor sie sich an Marcin wendet. »Und eine Rose für dich.«

Zu Marcins Blumengeschenk gibt es noch einen schüchternen Kuss, und ich sehe weg, weil es zwar okay ist, aber noch immer ein bisschen wehtut.

»Verrätst du uns, wieso du so zielsicher bist?«

»Wieso sollte ich es auch nicht sein? Weil ich ein Mädchen bin und so was nur Jungs können dürfen, oder wie?« Dabei verdreht sie genervt die Augen. »Ich habe einfach Talent.«

Das ist wohl nicht die ganze Wahrheit und erst unsere fragenden Blicke bringen sie dazu, weiterzusprechen. »Mein Vater war wirklich richtig gut bei den Schießbuden. Egal, was wir haben wollten, er hat es für uns gewonnen.«

Bemüht cool spricht sie darüber, aber wir alle haben so ein Thema, von dem wir wissen, wie viel Kraft das Darüberwegspielen kostet.

»Er hat mir die Tricks verraten, worauf man achten muss, und ich habe es offensichtlich die letzten Jahre nicht vergessen.«

Kurz sieht sie zurück zur Bude, fast so, als würde sie erwarten, ihren Vater dort irgendwo stehen zu sehen. Ob sie weiß, dass Marcin und ich seine Todesursache kennen? Bevor die Pause und Lias sehnsüchtiger Blick zurück zu viel werden können, deute ich auf das flauschige Stofftier in ihrer Hand. »Und für wen ist jetzt der weiße Tiger?«

»Das entscheide ich noch. Kommt darauf an, wer ihn am Ende am nötigsten hat.«

Wir setzen uns mit unseren – also eigentlich ihren – Gewinnen wieder in Bewegung, und ich bin den beiden unendlich dankbar, dass sie jeder Fressbude ausweichen, ohne es zu offensichtlich zu tun. Es ist nicht mal Thema, sie biegen einfach in die kleinen Gassen ab, wo die unauffälligeren Attraktionen für die kleineren Kinder warten und man auch handgemachten Schmuck kaufen kann, wenn man will.

»Wohin als Nächstes?«

»Ich will auf jeden Fall noch zum Riesenrad.«

»Dir war doch die *Wilde Maus* schon zu hoch.«

»Schon, aber ich will einfach mal sehen, wie klein alles von da oben aussieht.« Lia lächelt etwas unsicher, den Tiger unter dem Arm, und zuckt die Schultern, kurz glaube ich zu verstehen, was sie wirklich meint. »Klingt blöd, oder?«

Aber Marcin und ich schütteln den Kopf.

»Gar nicht. Ich bin dabei.« Ich sage es so überzeugend, dass ich es für einen Moment tatsächlich selbst glaube. Dabei bin ich wirklich kein besonders großer Fan von Höhen, aber gerade fühlt es sich so an, als könnte ich mit Marcin und Lia an meiner Seite selbst den *Free Fall Tower* überstehen. Ein absolut merkwürdiges und zugleich extrem berauschendes Gefühl.

Doch bevor wir überhaupt so weit kommen, bleibt Lia bei

der nächsten Attraktion stehen. »Wer traut sich mit ins Spiegelkabinett?«

»Da verlaufen wir uns doch nur.«

»Oder finden nie mehr raus.«

Was ich ehrlich gesagt gar nicht so schlimm fände. Wenn ich nämlich einen Tag wählen müsste, den ich gerne noch etwas länger erleben würde, dann wäre es dieser hier. Mit Lia und Marcin.

»Kommt schon. Traut euch.« Lia hat schon längst für uns entschieden, geht rückwärts auf das Kabinett zu und sieht uns dabei herausfordernd an. »Wer mich da drinnen zuerst findet, kriegt auch den Tiger.«

Komisch, ich wollte noch nie zuvor so gerne einen weißen Plüschtiger.

88

Lia

Vier Lias schauen mich an, alle sehen sich ähnlich und doch erkenne ich mich in keiner wieder.

Selbst jetzt, da ich lächele, ist da nur eine entfernte Ähnlichkeit. Alles, was diese Versionen gemeinsam haben, ist der weiße Tiger in ihren Händen und die Tatsache, dass sie sich synchron bewegen.

Die Jungs habe ich irgendwo beim Eingang schon verloren, weil sie falsch abgebogen sind und jetzt in einem der anderen Gänge herumirren.

Aber gerade finde ich das gar nicht so schlimm, weil eine kleine Pause genau das ist, was ich brauche. Zeit für mich alleine mit all den Lias, die mich jetzt beobachten. Da ist die strenge Lia, die Hannahs Hausaufgaben überprüft und auch immer diese nervigen Fragen nach dem Alkoholkonsum stellt. Dann die erschöpfte Lia, die noch schnell die Wocheneinkäufe erledigt und zwischen Schule, Sozialstunden und Haushalt irgendwie immer müder wird. Und die traurige Lia, die sich am liebsten mal in einer Umarmung ausweinen würde, weil ihr einfach alles zu viel ist und sie nicht weiß, ob der nächste Schritt der richtige sein wird.

Wenn ich mich ein bisschen nach rechts drehe, sehe ich

auch die glückliche Lia, die mit Marcin und Simon auf dem Frühlingsfest Spaß hat und Dinge tut, die man in ihrem Alter vielleicht einfach tut. Kein ständiges Überprüfen des Handys, der verpassten Anrufe und des Instagram-Accounts der kleinen Schwester. Mama und Hannah, die sind gerade so unendlich weit weg, dass mich nicht mal mein schlechtes Gewissen hier finden kann. Und falls doch, wird es sich bestimmt auf die strenge Lia werfen, weil es schließlich ihre Aufgabe ist, sich um alle zu kümmern.

Hinter mir erscheint Simon, und ich spüre ein Lächeln auf meinen Lippen, aber als ich mich umdrehe, trennt uns eine dieser unsichtbaren Plexiglasscheiben, die hier überall rumstehen und einen vermeintlichen Ausgang versperren.

»Und ich dachte schon, ich gewinne diesen Tiger.«

Wie zum Beweis, dass er noch nicht am Ziel ist, klopft er gegen die Scheibe, die uns trennt, und ich zucke entschuldigend die Schultern.

»Du bist aber zumindest nah dran.«

Wenn auch nicht so nah, wie er sich das vielleicht wünscht. Kurz lehnt er seine Stirn erschöpft an die Scheibe und ich schließe die Augen.

»Immer fast, aber nie ganz. Story meines Lebens.«

»Wieso?«

Er sieht noch immer nicht zu mir. »Ich gehöre immer nur fast dazu, aber nie ganz. Richard ist nur noch deswegen mit mir befreundet, weil er nicht will, dass ich alles rumerzähle. Und früher bin ich auf Partys eingeladen worden, weil er eingeladen war. Es ging nie um mich, sondern immer um ihn. Ich bin ein bisschen Teil meiner Familie, aber nie so ganz. Und selbst jetzt…« Er öffnet die Augen und sieht mich direkt an. »Gehöre ich fast dazu, aber nicht ganz.«

Seinem Beispiel folgend, komme auch ich auf die Scheibe zu und berühre sie mit meiner Hand. Simon legt seine Hand von der anderen Seite dagegen. Einen Moment stehen wir einfach so da.

»Du gehörst viel mehr dazu, als du denkst.«

»Drei ist immer einer zu viel.«

»Sag das mal einem Dreieck.«

»Guter Punkt.«

»Aller guten Dinge sind schließlich drei.«

Wie zum Beweis deute ich hinter ihn, wo uns sein Spiegelbild in dreifacher Ausführung beobachtet. Er muss lachen.

»Wer hätte gedacht, dass ein Spiegelkabinett mal die perfekte Zusammenfassung meines Lebens bereithalten würde?«

»Besser als die Geisterbahn, würde ich sagen.«

»Stimmt schon.«

»Die lassen wir jetzt hinter uns, okay?«

Er nickt etwas zögernd und ich hake nach.

»Wir packen das, Simon. Wir kommen mit. Du musst das alles nicht alleine durchziehen.«

»Und was ist mit dir?«

»Mit mir?«

»Ja. Ich kenne vielleicht nicht alle Details, aber ich weiß auch, dass bei dir daheim einiges schiefläuft.«

Sofort will ich widersprechen, aber mein Körper reagiert nicht mehr auf meine Befehle. Ich schüttele nicht den Kopf, ich spule keine blöde Ausrede ab, ich sehe ihn nur an und dann passiert alles ganz automatisch.

»Ich hab den Unfall gar nicht verursacht. Ich saß nicht mal am Steuer.«

Zuerst erwarte ich Überraschung oder Schock in seinem Blick, aber er steht einfach nur vor mir und hört zu. Das reicht als Ermutigung.

»Mama hatte zu viel getrunken und wollte Nachschub an der Tanke kaufen. Auf dem Weg dorthin verlor sie die Kontrolle und rammte die Autos. In Panik hat sie mich dann angerufen.«

Wie so oft, wenn etwas schiefgelaufen ist, als wäre ich die Erwachsene in dieser Geschichte.

»Ich bin sofort los und zum Glück war noch keine Polizei da. Also habe ich gesagt, ich hätte den Unfall gebaut.«

»Wieso?«

»Weil sie sonst Ärger bekommen hätte. Man hätte uns ihr weggenommen. Hannah würde das nicht packen, sie hängt so sehr an Mama und …« Langsam schüttele ich den Kopf, spüre die Wut wieder in meinem Magen blubbern wie aufgewärmte Bolognesesoße. »Sie war total betrunken, und sie hat auf mich eingeredet, die schlimmsten Szenarien beschrieben. *Sie im Gefängnis, wir im Heim, getrennt voneinander.* Das wollte ich nicht.«

Doch das ist eine Lüge. Also nehme ich all meinen Mut zusammen, nur für dieses eine Mal.

»*Genau das* wollte ich in Wahrheit. Ich wollte, dass jemand etwas unternimmt, weil ich es nicht mehr aushalte. Dass ihr jemand sagt, so kann es nicht weitergehen. Wenn man sie erwischt hätte, wäre endlich alles aufgeflogen und sie müsste wieder eine Entziehungskur machen oder zurück zu den Treffen oder sonst irgendwas. Dann müsste endlich mal jemand anderes was entscheiden und nicht immer nur ich.«

Simons Blick zeigt Mitgefühl, kein Mitleid und ich bin ihm unendlich dankbar dafür.

»Meine Mama ist krank, schon klar, aber *ich* brauche auch Hilfe. Da ist nie jemand. Uns findet einfach keiner, obwohl wir schon vor Jahren verloren gegangen sind!«

Langsam, wie in Zeitlupe, schüttelt Simon den Kopf, aber selbst jetzt trennt uns diese blöde Scheibe. »Das stimmt nicht.«

Er nickt kurz hinter mich, dann spüre ich Marcins Arme, die sich sanft um mich legen, bis die Umarmung vollständig ist und sein Kinn auf meiner Schulter liegt.

»Hab dich gefunden.« Seine Stimme ist leise und dicht an meinem Ohr, aber die Worte durchbrechen alle Zweifel und treffen mitten ins Ziel.

Marcin hat mich gefunden.

Mich, die richtige Lia, keines dieser Spiegelwesen, die alle vorgeben, ich zu sein, aber nur Trugbilder sind.

»Du wolltest doch nur diesen Plüschtiger.«

Er küsst zärtlich meine Wange.

»*Eine* Erinnerung an dich muss ich schließlich mit in den Rucksack packen.«

89
Marcin

»Selbst der Neckar sieht aus wie ein Bächle.«

Lias Lächeln strahlt schöner als die ganzen Lichteffekte des Frühlingsfests. Wenn sie noch dichter an die Scheibe rutscht, drückt sie sich die Nase platt.

Simon, dem der Aufstieg im Riesenrad deutlich mehr Sorgen bereitet, als er zugeben will, versucht entspannt zu bleiben, aber nur selten wirft er einen Blick nach unten.

»Stuttgart kann ja richtig schön sein. Es kommt nur auf die Perspektive an«, sagt Lia überrascht, dann deutet sie irgendwo in die Ferne. »Da hinten ist unser Haus! Ich wette, ich finde sogar mein Fenster.«

Wobei ich das ehrlich bezweifle, weil man zwar Lichter, aber kaum Häuser ausmachen kann. Trotzdem drehe auch ich mich zur Scheibe und versuche bis zu meinem Zuhause zu blicken, aber dieser Teil der Stadt wird von der Dunkelheit verschluckt. Vielleicht auch besser so. »Ob alle Städte von oben gleich aussehen?«

»Keine Ahnung.« Lia lehnt sich zurück und sieht zu mir und meinem Plüschtiger, der neben mir auf der Bank sitzt. »Wenn es in Glasgow ein Riesenrad gibt, fährst du dann damit und berichtest uns?«

Simon, dem die Rundreise in dieser Höhe nicht geheuer ist, sieht überrascht zu mir. »Glasgow?«

Also gut, dann ist jetzt also der Moment der Wahrheit gekommen.

»Glasgow. Da werde ich hingehen.«

»Urlaub?«

»Weiß noch nicht. Vielleicht auch ein bisschen länger.«

»Wieso denn Glasgow?«

Hier oben, so weit weg von all den anderen Menschen, nur wir drei, was soll schon passieren, wenn ich es erzähle?

»Weil meine Mutter mir mal eine Postkarte von dort geschickt hat. Und weil es ihr dort gut ging, das habe ich sofort zwischen den Zeilen gelesen. Natürlich weiß ich, dass Glasgow nicht die Lösung all meiner Probleme ist, aber die von *Franz Ferdinand* kommen aus Glasgow und sie verstehen mich besser als alle anderen.« Kurz unterbreche ich mein unsinniges Geschwätz und sehe entschuldigend zu meinen Freunden. »Bevor ihr in mein Leben geplatzt seid.«

»Franz Ferdinand?«

»Beste Band.«

»Du gehst also einfach weg?«

Simon versteht nicht, dass nichts an meinem Plan und seiner Umsetzung *einfach* war oder ist. Ganz im Gegenteil, diese beiden hier haben die Sache für mich um einiges erschwert, aber ich kann nicht bleiben.

Noch nicht.

Also nicke ich. »Ich gehe erst mal weg.«

»Und kommst du wieder?«

Eine Frage, mit der ich mich in letzter Zeit häufiger beschäftigt habe, obwohl ich mir geschworen habe, es nicht jetzt zu entscheiden.

»Irgendwann. Aber jetzt muss ich erst mal weg. Raum und Zeit zwischen mich und meinen Vater bringen. Und zwischen all die Dinge, die schiefgelaufen sind.«

»Also haust du ab.«

Natürlich weiß ich, dass es für Außenstehende ein bisschen so aussieht, als würde ich wegrennen, aber sie irren sich. Ich war lange dumm genug, um nicht wegzurennen. Ich Idiot bin geblieben und habe alles ausgehalten. Zu lange und zu oft.

Kopfschüttelnd sehe ich Simon direkt in die Augen. »Nee. Ich fange neu an.«

»Krass. Ich meine, ich verstehe das schon. Also, dass du wegmusst, aber …« Er schaut zu Lia, als wolle er sich Unterstützung holen, aber sie sieht einfach nur weiter auf den Plüschtiger, hört vermutlich nicht mal richtig zu. »… du wirst halt fehlen.«

Ehrlich gesagt habe ich nie gedacht, dass ich mal irgendwo fehlen könnte. Das Leben all der Leute um mich rum würde ganz normal weiterlaufen, denn nirgends habe ich groß Spuren hinterlassen, das war immer mein Plan. Ein Besucher, kein Stammgast zu sein.

»Ihr kriegt das schon alles ohne mich hin. Wirst sehen.«

»Darum geht es ja gar nicht. Ich mag dich einfach.«

»Glasgow ist nicht aus der Welt.«

»Aber sauweit weg.«

»Und das ist gut so.«

Lia reißt ihren Blick vom Tiger los und sieht endlich zu mir. »Kommst du wieder? Also, irgendwann?«

»Ja.« Denn jetzt gibt es endlich einen Grund für eine Rückkehr. »Aber ich weiß nicht, wann.«

»Das ist egal. Ich will nur wissen, ob wir irgendwann unser Wiedersehen bekommen.«

So wie Simon zu mir sieht, will auch er darauf eine Antwort, und ich kann beide mit einem Nicken erlösen und sage: »Keine Sorge. Ich finde euch schon im Spiegelkabinett.«

»Erwarte dann aber nicht wieder einen Plüschtiger.«

»Eine Umarmung tut es auch.«

Simon schüttelt den Kopf. »Hört auf damit. Das klingt alles so nach Abschied, dabei haben wir noch unzählige Sozialstunden zusammen.«

Zeit für noch mehr Wahrheiten.

»Genau genommen habt nur noch ihr Sozialstunden zusammen. Meine Zeit ist bald rum.«

»Wie, *rum*?«

»Ich werde am Sonntag achtzehn.« Als wäre das die beste Erklärung für alles, was ich geplant und entschieden habe.

»Diesen Sonntag?«

»Ja.«

»Freust du dich?«

»Achtzehn war immer mein Ziel. Volljährig, hier weg und dann weiter.«

»Glasgow.« Lia gibt sich Mühe zu lächeln, und ich wünschte, die Dinge wären irgendwie anders gekommen, aber ich kann die Zeit nicht zurückdrehen.

»Angeblich verfügt Glasgow über mehrere Hotels und ist ein beliebtes Reiseziel für junge Menschen, die nach der Schule die Welt sehen wollen.«

»Sorry, aber Glasgow ist kaum die Welt.«

Simon grinst entschuldigend, aber ich schüttele den Kopf und lasse meinen Blick von ihm über Lia bis hin zum nächtlichen Stuttgart wandern.

»Das nicht, aber man kann sie von der schottischen Küste aus sehr gut sehen.«

90
Simon

Grinsend betrachte ich die albernen Fotos, die ich mit meinem Handy auf dem Frühlingsfest geschossen habe, während die U-Bahn mich in Richtung Stadtmitte schaukelt.

Nach einer herzlichen Verabschiedung sind Marcin und Lia in die andere Richtung unterwegs, und ich glaube, es war genau der richtige Moment, den Abend zu beenden. Was kann eine schwindelerregende Aussicht vom Riesenrad aus schon toppen?

Die Plastikrose, die Lia uns geschossen hat, liegt neben mir auf der Sitzbank, und ich spüre dieses merkwürdig vertraute und mir doch in den letzten Monaten so fremd gewordene Gefühl in meinem Inneren.

Warm und angenehm, ruhig und unaufdringlich.

Spontan beschließe ich, eines der Fotos von uns dreien auf Instagram zu teilen, weil es endlich mal wieder ein Highlight ist, das ich anderen zeigen möchte. Gut, niemand da draußen interessiert sich brennend für mein Leben oder meine Gefühlslage, aber das müssen sie auch nicht. Es reicht vollkommen, dass Lia und Marcin das tun.

Bei der Wahl des perfekten Filters lasse ich mir fast zwei Stationen Zeit, weil entweder die beiden oder ich damit besser aussehen.

Lia steht zwischen Marcin und mir, wir haben jeweils einen Arm um sie gelegt, Marcin hat die Rose zwischen seinen Zähnen, Lia küsst den Tiger und ich schiele glücklich in die Kamera.

Diesen Simon kannte ich mal, vor einer tatsächlichen Ewigkeit war ich dieser Typ. Witzig und peinlich, ein bisschen schräg und trotzdem gut drauf. Ich vermisse ihn.

Unter das Foto schreibe ich nur *Outlaws for life* und benutze die Hashtags *Friends* und *happy*. Wenn mir jemand vor den Sozialstunden erzählt hätte, dass ich überhaupt je wieder diese Hashtags bei einem Foto von mir und meinen Freunden verwenden würde, hätte ich es nicht geglaubt. Als das Foto in meinem Feed erscheint, bin ich plötzlich stolz. Keine Ahnung wieso, aber es ist auch ein echt gutes Foto.

Der bunte Kreis um Richards Story auf der Startseite lässt mich wissen, dass wohl auch er einige Highlights der Party mit seinen zahlreichen Followern teilt. Einen Moment lang zögere ich, unsicher, ob ich wirklich was über seinen Abend wissen will, aber die Neugier gewinnt und ich klicke drauf.

Es sind die üblichen Einstellungen. Er mit einer Bierflasche in der Hand, er und Markus, wie sie breit in die Kamera grinsen, immer und immer wieder, bis die nächste Boomerang-Aufzeichnung erscheint. Es wird ein Cocktail gemischt, es fließt Wodka – zu viel Wodka – oder täuscht auch hier die sich immer wiederholende Aufzeichnung?

Dann ein anderes Gesicht, ein Mädchen, den eben gefüllten Becher in der Hand, glasiger Blick, sie stößt mit Richard an, der dieses spezielle Lächeln zeigt, das ich nur zu genau kenne.

Mein Körper spannt sich an, als ich den nächsten Videoschnipsel zu sehen bekomme. Gleiches Mädchen, anderer

Becher, vermutlich ähnlicher Inhalt. Ihr Blick wirkt etwas verloren, unscharf. Richards Arm um ihre Schultern, sie lehnt etwas zu dicht an ihm. Beim nächsten Video küsst er das Mädchen auf die Wange, verdächtig nah an ihren Lippen, und mein Magen meldet sich – diesmal aus ganz anderen Gründen – mit einem Grummeln.

Dann folgen einige Videos ohne das Mädchen, aber dafür mit Markus, der fröhlich in der Partyküche Getränke mixt und dabei selber nicht mehr ganz nüchtern wirkt. Die Aufnahmen sind über eine Stunde alt.

Plötzlich taucht Richard wieder auf, sieht direkt in die Linse seines Handys und spricht mit den Zuschauern, auch wenn seine Worte mich glauben lassen, dass er direkt mich anspricht.

»An alle da draußen, die nicht wissen, wie man richtig Party macht, oder die halt einfach vergessen haben, wer ihre Freunde sind …« Er hebt ein Glas. »Auf euch!«

Aber mich interessiert Richard gar nicht. Ich suche den Hintergrund des Videos nach dem Mädchen ab und erkenne sie auf der Couch, keine Ahnung, ob sie schläft oder nur kurz die Augen geschlossen hat. Jedenfalls sieht sie nicht gut aus.

Das letzte Video zeigt Richard, wie er in die Kamera zwinkert und neben dem Mädchen auf der Couch sitzt. Buntes Licht flackert hektisch im Hintergrund, vermutlich passend zur Musik, für mich aber wirkt es wie eine Alarmanlage.

Etwas an Richards Blick gefällt mir nicht. Ebenso wenig wie die Tatsache, dass ich das Mädchen kenne.

Es ist Hannah.

Die U-Bahn fährt in die Station.

Ich schnappe mir meine Rose, stehe auf und steige aus.

91

Lia

Marcin hält meine Hand fest in seiner, die Schritte leicht und den Tiger unter den Arm geklemmt. Mir geht so vieles durch den Kopf, aber ich will den Abend nicht trüben, schon gar nicht, nachdem wir so viel Spaß hatten.

Es war wie ein Ausflug in eine andere Zeit, vielleicht ja sogar in die Zukunft.

»Woran denkst du?«

Wir sind extra eine Station zu früh ausgestiegen, damit wir noch etwas mehr Zeit zusammen haben.

»An nichts Bestimmtes. Und an alles irgendwie.«

»An alles?«

»*Mhm.*«

Er bleibt stehen und sieht zu mir. »Soll ich dir was abnehmen?«

»Kommt darauf an.«

»Worauf denn?«

»Hast du in deinem Rucksack noch Platz?«

Sein Lächeln, eben noch breit und schön, wird ein bisschen kleiner, wenn auch noch immer schön.

»Da ist noch jede Menge Platz.«

»Dann nimm bitte das hier mit …« Wie damals vor dem

Fahrstuhl nehme ich wieder sein Gesicht in meine Hände und präge es mir einen Moment ein, bevor ich ihn küsse. Jetzt kommt es mir dumm vor, dass wir uns nicht viel häufiger geküsst haben. Und viel früher. Wir haben Zeit vergeudet, die wir deutlich besser hätten nutzen sollen. An seine Küsse will ich mich erinnern können, auch wenn ich weiß, dass es eine Chance gibt, dass wir die Erinnerung daran irgendwann auffrischen können. Wenn er lange genug weit weg genug war und mich vermisst.

Als ich mich von ihm löse, lächelt er wieder. »Eingepackt.«

»Und nimm das hier bitte auch mit.« Ohne Vorwarnung schlinge ich meine Arme um ihn und halte ihn, so fest ich kann und noch etwas fester.

»Darf ich auch mal atmen?«

»Nur, wenn du musst.«

Denn ich kann ihn nicht gleich wieder loslassen, ich brauche erst noch ein paar Erinnerungen. Mein Gesicht lehnt an seiner Brust, ich spüre den Stoff seines T-Shirts, atme seinen Duft ein und präge mir alles, so fest ich kann, ein.

»Wann geht dein Flug eigentlich?« Die Frage murmele ich, noch immer in der Umarmung, gegen seine Brust und höre sein Lachen ebenso, wie ich es spüre.

»Ich fliege nicht. Ich nehme den Zug, die Fähre, einen Bus und noch mehr Züge.«

»Dann kriegst du auch mehr von der Umgebung mit.«

»Es ist billiger.«

Alles zusammen ist also billiger als ein Flugticket. »Wann geht dein erster Zug?«

»Sonntag.«

Ich wusste es. Ich wusste es. Nicht nächste Woche, nicht in einem Monat. Direkt an seinem achtzehnten Geburtstag. Vielleicht kann ich ihn deswegen gerade nicht loslassen.

»Wenn alles irgendwie anders wäre, würde ich echt bleiben.«

»Ist schon okay. Du kommst ja zurück.« Wieder achte ich nur auf seinen Herzschlag, der das letzte Mal seine Lüge so deutlich entlarvt hat.

»Ich komme zurück.«

Nur um ganz sicherzugehen, dass mir mein Kopf keinen Streich spielt, schließe ich die Augen. »Sag das noch mal.«

Er holt tief Luft. »Ich komme zurück.«

Kein Stolpern, kein Zögern, sein Herz schlägt ganz normal weiter.

»Du weißt, wo du mich findest.«

»Im Spiegelkabinett?«

»Bis du wiederkommst, habe ich hoffentlich einen besseren Platz gefunden.«

Zögernd löse ich mich aus der Umarmung und sehe die Straße runter zu dem Haus, in dem unsere Wohnung liegt. Es brennt nur in der Küche Licht, aber das muss nichts heißen. Mama sitzt oft dort und raucht heimlich, weil sie glaubt, wir würden es dann nicht merken.

»Willst du noch kurz mit hochkommen?«

»Wenn das kein Problem ist?«

Ich greife nach seiner Hand und ziehe ihn mit mir. »Ist es nicht.«

Weil Marcin meine Geschichte kennt, zumindest ein bisschen, und sich weder abgewendet noch mich je voller Mitleid angesehen hat. So ist das also, wenn man auf jemanden trifft, der ebenfalls Geheimnisse hat und weiß, wie anstrengend es sein kann, sie vor der Welt zu verheimlichen.

»Es wäre hilfreich, wenn es ein geheimes Erkennungszeichen gäbe.« Erst als ich seinen fragenden Gesichtsausdruck bemerke, wird mir bewusst, dass ich meinen Gedanken laut ausgesprochen habe. »Ich meine, damit man, sobald man jemand Neues trifft, weiß, ob das jemand ist wie man selbst. Damit man erkennt, ob die andere Person auch …«

Ich will das Wort *Probleme* nicht benutzen, aber Marcin versteht auch so und nickt.

»Du meinst, ob die andere Person es versteht.«

»Genau.«

»Vermutlich verstehen viel mehr Menschen, als wir denken, wie es uns geht. Aber es zuzugeben ist wie ein Sprung ins Nichts, das ist nicht leicht. Was, wenn da niemand ist, der uns auffängt?«

»Genau.«

»Vielleicht müssen wir das Risiko einfach eingehen.«

»Wenn das so einfach wäre.« Wobei ich bei ihm und auch Simon tatsächlich mehr oder weniger einfach gesprungen bin. Ohne zu wissen, was mich erwartet.

Im Fahrstuhl angekommen, zieht mich Marcin wieder in eine Umarmung.

»Nur für den Fall, dass ich es vergesse zu sagen: Ich hatte einen tollen Abend.«

»Ich auch.«

Und das sage ich nicht einfach so daher oder lüge mir dabei selber in die Tasche. Es stimmt tatsächlich. Wenn ich den Abend noch mal vor meinem inneren Auge ablaufen lasse, dann ist alles daran gut. Nicht einmal habe ich besorgt auf mein Handy geschaut, mir nicht den Kopf zerbrochen, sondern ich war einfach nur eine weitere Besucherin auf einem Volksfest.

Alles war gut.

Bis jetzt.

Nur das Licht aus der Küche fällt in den Flur, und als ich den Schlüssel in die kleine Schale auf dem Schuhschrank lege, horche ich angespannt in die Wohnung hinein. Sofort ist da wieder dieses miese Gefühl, das Hand in Hand mit seinem besten Freund, dem schlechten Gewissen, auf mich zueilt.

»Hallo?«

Keine Antwort. Ob Hannah noch auf der Party ist?

»Mama?«

Wieder keine Antwort. Meine Schritte werden schneller, angetrieben von der altbekannten Angst. Sofort biege ich in die Küche, erwarte, meine Mutter mit einer Flasche Alkohol am Küchentisch vorzufinden. Aber außer dem Aschenbecher, in dem nur die Asche einer Zigarette liegt, ist hier nichts. Mein Herz schlägt bis zum Hals, und plötzlich ist mir Marcins Nähe zu viel, beim Versuch ins Wohnzimmer zu eilen, pralle ich gegen ihn, weil er mir nicht schnell genug ausweicht.

»Weg da!«

Es klingt schärfer als geplant, und weil er nur zögernd einen Schritt zur Seite macht, schiebe ich ihn aus dem Weg und überquere den Flur mit nur zwei Schritten. Das Wohnzimmer liegt im Dunkeln, aber ich weiß trotzdem genau, wo alles steht und dass der Schatten auf dem Sofa nicht Hannah gehört, sondern Mama.

»Mama?«

Sie rührt sich nicht.

»Mama!«

Marcins Hand berührt meine Schulter, aber ich schlage sie weg. Gerade kann ich niemanden gebrauchen, auch wenn er sicher nur helfen will. Seine Anwesenheit, die Tatsache, dass er das hier alles mitkriegt, und die Tränen, die mir in die Augen schießen – das alles ist mir zu viel.

Ich will zu meiner Mutter, sie schütteln, sie anschreien und an ihrem Atem riechen. Und gleichzeitig will ich wegrennen, vielleicht bis nach Glasgow, so groß ist die Angst, dass ich sie diesmal nicht mehr aufwecken kann. Unbeweglich stehe ich im Türrahmen und starre in die vertraute Dunkelheit unseres Wohnzimmers.

»Mama.«

Das klingt viel zu leise, damit kann ich sie nicht wecken, das wird nicht reichen.

»MAMA!«

Meine Stimme transportiert meine Angst so laut und deutlich, dass man sie im ganzen Haus hört.

Das kann sie nicht machen. Nicht heute. Nie!

Alles verschwimmt vor meinen Augen, weil die Tränen alles unscharf werden lassen, und ich spüre, wie meine Knie nachgeben. Das ist er also. Der Moment, vor dem ich so unfassbar große Angst hatte. Und er fühlt sich schlimmer an als in all den Träumen, aus denen ich schweißgebadet hochgeschreckt bin.

»Was ist denn los, mein Schatz?«

Mama richtet sich langsam auf der Couch auf, und ich weiß nicht, ob das tatsächlich passiert oder mir mein Wunschdenken nur einen Streich spielt.

92
Simon

Die Musik hört man schon auf der Straße, der wummernde Beat lockt selbst jetzt noch Partygäste an, die entweder auf der Suche nach dem letzten Tanz der Nacht oder einer Mitfahrgelegenheit sind. Meine schnellen Schritte machen deutlich, dass *ich* etwas anderes suche.

Schon an der Tür treffe ich auf einen aus meinem Jahrgang, Henning, der genüsslich an seiner Zigarette zieht und zufrieden mit seinem persönlichen Partyverlauf scheint.

»Hey. Hast du Richard gesehen?«

Offenbar muss er einen Moment überlegen, wer ich bin und warum ich ihn so eindringlich anstarre.

»Ja. Der war drinnen irgendwo. Aber keine Ahnung, ob er noch da ist.«

»Und wo ist Markus?«

»Der ist noch mal los zur Tanke. Das Eis geht aus.«

Ohne mich für die Infos zu bedanken, betrete ich das Haus, in dem es unfassbar laut ist. Um die Musik zu übertönen, schreien sich die Leute einfach an. Noch nie habe ich verstanden, wieso man auf Partys, auf denen niemand tanzt, so laute Musik spielen muss. Es fühlt sich gerade an, als wäre mein Kopf per Bluetooth mit der Musikanlage verbunden, so hämmernd, wie der Song unter meiner Schädeldecke pulsiert. Noch immer zuckt buntes Licht über die Wände und Decken und zwingt mich dazu, meine Schritte etwas zu verlangsamen. Die meisten Gäste kenne ich, weil sie auf meiner Schule, ja sogar in meinem Jahrgang sind, aber keinen von ihnen suche ich jetzt.

Die Couch erkenne ich sofort von Richards Videos bei Instagram, aber von Hannah fehlt jede Spur. Ein Blick in die Küche, wo zahlreiche halb leere oder leere Flaschen auf der Anrichte – der provisorischen Bar – rumstehen. Umgekippte Becher, klebrig ausgelaufene Drinks und Kronenkorken von den Bierflaschen, alles sieht aus wie auf jeder anderen Party, auf die mich Richard je mitgenommen hat.

Trotzdem ist heute alles irgendwie anders.

»Hey, sorry …«

Die beiden Mädchen sehen auf den ersten Blick jünger aus als die übrigen Gäste, und ich kenne sie auch nicht aus der Schule, vielleicht kennen sie ja Hannah.

»Wisst ihr, wo Hannah steckt?«

Volltreffer. Sie nicken beide, wobei sie mich noch immer merkwürdig mustern.

»Der ging es gar nicht gut. Die Jungs haben sie nach oben gebracht.«

»Jungs?«

»Markus und sein Kumpel.«

Auch sie lasse ich einfach stehen, schiebe alle einfach aus dem Weg und eile die Treppe nach oben, ohne zu wissen, welches Zimmer ich suche und ob ich wirklich wissen will, was da passiert.

Die ersten beiden Zimmer sind leer, in einem liegen Jacken, Handtaschen und Rucksäcke auf dem Bett und die Tür zur Toilette ist abgeschlossen.

Hannah liegt hinter der letzten Tür auf dem Bett, zusammengerollt auf der Seite, es riecht unangenehm, und ich sehe gerade noch rechtzeitig eine kleine Kotzpfütze vor dem Bett, bevor ich reintrete. Die Nachttischlampe ist eingeschaltet und spendet eben genug Licht, damit ich erkenne, dass es sich hier um das elterliche Schlafzimmer handelt.

Meine Schritte sind nicht mehr ganz so selbstsicher, als ich näher komme, denn ich habe keine Ahnung, nach welchen Spuren ich gerade suche. Hannah sieht so aus wie vorhin, als sie sich daheim von uns verabschiedet hat. Nur etwas blasser vielleicht.

»Hannah?« Ich erreiche das Bett, und sie öffnet langsam die Augen, braucht einen Moment, bevor ihr Blick mein Gesicht scharf stellen kann. Zu meiner Überraschung erscheint ein Lächeln auf ihrem Gesicht.

»Simon.«

Wow, sie hat sich meinen Namen gemerkt.

»Alles okay?«

»Kopfschmerzen.«

»Vielleicht solltest du auf Wasser umsteigen.«

Sie gibt ein Grunzen von sich, das ein bisschen wie ein Lachen klingt.

»Bisschen spät. Mir ist kotzübel.«

»Wo ist denn deine Freundin?«

»Lena?«

»Vermutlich.«

»Die ist heim. Dennis Palmer hat mit Jennifer Klinger rumgemacht.«

»Aha.«

»Lena steht so krass auf Dennis.«

»Verstehe. Und du so?«

»Ich stehe nicht so auf Dennis und habe auch nicht mit Jennifer Klinger rumgemacht.« Mühevoll rollt sie sich auf den Rücken und streckt alle viere von sich, bis sie wie ein betrunkener Seestern daliegt. »Mit mir wollte nur dieser Richard rummachen.«

Meine Hände ballen sich ganz automatisch zu Fäusten.

»Irgendwie ging es mir aber gar nicht gut. Einer dieser Eistees war wohl zu viel.«

»Long Island Ice Tea?«

»Ja. Richard und Markus haben die gemixt.«

Ich weiß nur zu genau, wie Richard seinen Long Island Ice Tea trinkt. Rum, Wodka, Tequila, Triple Sec und Gin. Mehr geht gefühlt nicht, vor allem, wenn Richard die mixt.

»Dann hat Richard mich hochgebracht, weil ich mich mal hinlegen wollte.«

»Okay.« *Will ich wissen, wie es weiterging?*

»Er meinte, Knutschen sei okay.«

»Aha.«

Richard, du blödes Arschloch! Jedes Mal zieht er die gleiche Nummer ab, jedes Mal mixt er die Drinks so, dass sie *ordentlich knallen.*

»Aber mir war so schon schlecht, habe ihn voll angekotzt.«

»Hast du?«

Sie nickt, was offensichtlich Kraft kostet. »Dann ist er total sauer geworden und gegangen, zur Tanke oder so. Keine Ahnung. Habe erst mal weitergekotzt.«

Sie zeigt ungefähr dahin, wo ich jetzt stehe.

»Und jetzt überlege ich die ganze Zeit, wie ich heimkomme und Lia erkläre, dass ich Mist gebaut habe.«

»Wie wäre es, wenn ich dich heimbringe und bei der Erklärung helfe?«

»Simon.«

»Ja?«

»Simon. Simon. Simon. Wenn du das oft hintereinander sagst, klingt es voll schräg.«

»Hannah. Hannah. Hannah. Klingt auch schräg.«

Sie lacht leise, und die Chancen stehen gut, dass sie sich morgen an nichts mehr von dieser Unterhaltung erinnern kann.

»Magst du meine Schwester?«

»Ja.«

Sie versucht sich aufzusetzen, gibt aber auf der Hälfte der Strecke auf und sieht mich aus glasigen Augen an. »Sie hat den Unfall gar nicht gebaut.«

Daraufhin sage ich nichts, sehe sie nur an.

»Sie hat nur gesagt, dass sie es war, damit Mama nicht wegmuss.«

»Verstehe.«

»Aber weißt du, was?«

»Hm?«

»Ich wollte, dass Mama wegmuss. Also nicht, dass wir sie wegschicken, weil dann ist sie für immer sauer auf uns. Aber wenn es jemand von der Polizei sagen würde, dann könnte sie uns ja nicht böse sein.«

Eine sehr schräge Logik, aber ich nicke.

»Aber Lia hat wieder die Welt retten müssen …«

Erschöpft sinkt sie zurück aufs Bett, und ich verstehe, dass sie ohne meine Hilfe da auch nicht mehr runterkommt. Also gehe ich außen drumherum und nehme auf der Bettkante neben ihr Platz.

»Vielleicht wollte deine Schwester nur das Richtige tun.«

Hannah nickt, die Augen geschlossen. »Alle in der Schule wussten davon. Vom Unfall. Alle haben darüber gesprochen. Und über Lia. Nur über Lia. Wie dumm sie ist, wie gefährlich und alles.«

Ähnliche Gespräche wurden auch an meiner Schule über mich geführt, natürlich nur hinter meinem Rücken.

»Aber die wissen gar nicht, wie scheiße es für uns ist. Mit Mama.« Sie macht die Augen wieder auf, ihr Blick ist jetzt klarer. »Manchmal bin ich so sauer auf Papa, weil er einfach gestorben ist.«

Ich muss schlucken und taste auf der Bettdecke nach ihrer Hand, die noch kälter als meine ist.

»Wenn Papa nicht gestorben wäre, dann wäre Mama nicht krank geworden und alles noch okay.«

»Vielleicht kann ja irgendwann alles wieder okay werden.« Kaum ausgesprochen, will ich es schon wieder zurücknehmen, weil es so leicht klingt. Als müsste man sich nur mal ordentlich zusammenreißen. »Also, ich meine, wenn deine Mama Hilfe annimmt und so.«

»In unserer Familie nimmt man Hilfe nicht so leicht an.«

»Daran kann man arbeiten.«

Sie lässt ihren Kopf auf die Seite rollen, und ich habe den

Eindruck, sie sieht mich jetzt erst so richtig. »Sprichst du da aus Erfahrung?«

»Noch nicht. Aber hoffentlich bald.«

»Du bist nett, Simon.«

»Danke.«

Sie schließt ihre Finger endlich auch um meine.

»Können wir auf dem Heimweg einen Umweg zum McDonalds machen? Ich habe so krass Hunger.«

93
Marcin

Martha sitzt auf der Couch, jede Müdigkeit ist wie weggeblasen. Lia, die neben ihr sitzt, scheint dafür mit einem Schlag zu Tode erschöpft zu sein.

»Ich dachte, du würdest nicht mehr aufwachen.«

Meine Position am Türrahmen habe ich noch nicht verlassen. Irgendwie fühle ich mich fehl am Platz, aber ich will nicht gehen. Nicht, bevor ich sicher bin, dass es Lia gut geht.

»Schatz, ich bin nur eingeschlafen. Eigentlich wollte ich warten, bis Hannah von der Party kommt, aber …«

Entschuldigend zuckt sie die Schulter und Lia nickt.

»Ich weiß.«

»Außerdem habe ich nichts getrunken.«

Eine Portion Stolz schwingt in der Stimme ihrer Mutter mit, aber Lia berührt das nicht. Sie starrt noch immer auf die Holzplatte des Couchtisches, auf dem sich zahlreiche kreisrunde Flecken von Gläsern abzeichnen.

»Ich habe auf dem Frühlingsfest alle Plättchen getroffen.«

Martha sieht kurz irritiert zu mir, als wüsste ich, wovon ihre Tochter spricht. Als wäre die Plastikrose, die ich noch immer in meiner Hand halte, die perfekte Erklärung, hebe ich sie kurz etwas höher.

»Du warst an der Schießbude?«

Langsames Nicken.

»Papa hat das immer mit euch gemacht.«

Wieder nickt Lia.

»Du hast also nichts verlernt.«

»Doch, Mama. Ich habe so viel verlernt.«

Jetzt sieht Lia zu mir, und wieder komme ich mir wie ein Beweisstück vor, wie ich mit der Rose in der einen und dem Tiger in der anderen Hand dastehe.

»Ich habe verlernt, Menschen an mich ranzulassen, ich habe verlernt, nachts ruhig zu schlafen, ich habe verlernt, Hannah loszulassen, ich habe verlernt …«

Obwohl sie sich unterbricht, ahne ich, dass diese Aufzählung noch weitergeht.

»Ich habe verlernt, deine Tochter zu sein.«

Martha ist das offene Gespräch in meiner Anwesenheit unangenehm, sie versucht es wegzulächeln, aber das gelingt ihr nicht. Lia spricht weiter, sieht dabei zu mir.

»Ich hätte Marcin fast verpasst, weil ich ihn weggeschubst habe, wie ich es bei allen anderen auch gemacht habe.«

»Er ist aber doch da.«

»Ja, weil er so verdammt hartnäckig ist.«

Jetzt lächelt Lia, und ich nehme das Kompliment einfach mal an, obwohl ich nicht so recht weiß, wie ich damit umgehen soll.

»Und bald ist er weg.«

Natürlich. Ohne diesen Twist kann man unsere Geschichte offensichtlich nicht erzählen.

»Aber er kommt wieder.«

Martha versteht nicht so genau, was ihre Tochter damit meint, aber jetzt ist nicht der richtige Zeitpunkt, um das zu erklären. So wendet sich Lia wieder ihrer Mutter zu.

»Wir müssen uns überlegen, welche Schritte wir als Nächstes gehen, Mama.«

Sie klingt tough und erwachsen, ihr Ton duldet keine Widerrede, obwohl Martha am liebsten dazu ansetzen würde. Aber so weit kommt sie nicht, weil Lia entschlossen den Kopf schüttelt.

»Du musst mit Dr. Herschel sprechen und wieder in eine Klinik gehen.«

»Lia, Schatz, ich habe nichts getrunken.« Sie deutet auf den Tisch vor sich, auf dem nur ein Glas mit etwas Orangensaft steht.

»Heute nicht, Mama. Aber was ist mit morgen? Oder Übermorgen? Oder nächster Woche?«

Martha schüttelt ebenso entschlossen den Kopf, wie ihre Tochter es gerade getan hat. »Ich habe doch gesagt, dass ich es diesmal im Griff habe.«

»Das hast du das letzte Mal auch gesagt. Und das Mal davor. Und das davor.«

»Ich verstehe, dass du dir Sorgen machst, mein Schatz, aber es ist nicht deine Aufgabe, solche Dinge für mich zu entscheiden.«

Die Stimmung droht zu kippen, doch Lia zeigt sich davon deutlich unbeeindruckter, als ich es bin.

»Wieso entscheide ich dann seit Jahren all diese Dinge für dich?«

Martha wirft einen kurzen Blick zur Tür, stellt fest, dass ich noch immer unverändert anwesend bin.

»Das ist nicht fair, Lia. Ich bin eure Mutter, ich bin die Erwachsene hier und ich …«

»Welche zweite Fremdsprache hat Hannah in der Schule gewählt?«

Lias Frage wirft Martha kurz aus der Bahn.

»Wie bitte?«

»In welchem Fach braucht Hannah Nachhilfe?«

Lias Mutter durchforstet ihr Gehirn nach der korrekten Antwort, bleibt uns diese aber schuldig.

»Wie viel Geld hat Hannahs letzte Schulfreizeit gekostet?«

»Da müsste ich nachsehen.«

»Wo denn? Von deinem Konto ist es ja nicht bezahlt worden.«

Lias Stimme klingt sanft und ruhig, aber die Fakten schlagen dennoch knallhart ein.

»Ich habe das mit Papas Geld bezahlt. Hannah hat Spanisch gewählt und braucht in Bio Nachhilfe. Das sind Dinge, die du wissen solltest, mit denen du dich beschäftigen solltest. Aber seit Jahren mache *ich* das. Und ich bin es so müde, Mama.«

Martha spielt nervös mit ihren Händen, sieht nur noch starr geradeaus. Lia legt ihre Hand auf die ihrer Mutter und reißt sie aus ihrer Starre, holt sie zurück ins Wohnzimmer.

»Ich brauche dabei deine Hilfe, Mama.«

»Ich weiß. Ich weiß. Aber es ist nicht so einfach. Seitdem Papa mich verlassen hat …«

»Papa hat dich nicht verlassen, Mama. Papa ist gestorben.«

»Glaubst du, das weiß ich nicht? Aber wir haben unser gesamtes Leben zusammen aufgebaut. Wir haben nur zusammen funktioniert und jetzt ist er weg und ich …«

Marthas Unterlippe zittert verdächtig, und Lia nimmt ihre Mutter in den Arm, hält sie fest, und ich verstehe das als mein Stichwort zu gehen. Langsam und leise ziehe ich mich in den Flur zurück und schleiche schließlich zur Tür raus.

Was für ein unfassbar schräger Abend.

Das kleine gelbe Licht am Fahrstuhlknopf lässt mich wissen, dass mein Wunsch nach Abholung im dritten Stock derzeit bearbeitet wird, als ich plötzlich Lias Schritte hinter mir höre.

»Hey! Ich habe doch gesagt, nie ohne Abschied abhauen.«

»Ich wollte nicht einfach so abhauen, aber da drinnen habe ich nur gestört.«

Sie kommt direkt vor mir zum Stehen, so dicht, dass ich die Wärme ihres Körpers spüren kann.

»Danke.«

»Ich habe doch gar nichts gemacht.«

Statt zu antworten, küsst sie mich schnell und ich lege meine Arme um sie.

»Sehen wir uns morgen in der *Pinie*?«

»Ich arbeite vorher im *Rewe*, komme aber danach hin. Ich spekuliere auf einen Pudding mit Herz.«

»Ich reserviere dir einen.«

94

Simon

Den Burger hat sie binnen fünf Sekunden verputzt, jetzt widmet sie sich den Pommes und sieht dabei ungeheuer erleichtert aus. Was das hier für mich bedeutet, weiß sie nicht, und das gefällt mir.

Lia habe ich eine kurze Nachricht geschickt, damit sie sich keine Sorgen machen muss. Zwar klang ihre Antwort so, als wolle sie die ganze Geschichte über mein Spät-Snack-Date mit ihrer kleinen Schwester wissen, aber das hat im Moment noch Zeit. Jetzt kriegen wir erst mal Hannah wieder auf die Spur, dann schauen wir weiter.

»Wusstest du, dass die EU das starke Frittieren von Pommes vor ein paar Jahren verboten hat?« Sie schüttelt etwas Salz von der labbrigen Pommes in ihrer Hand. »Soll wohl krebserregend sein oder so.«

Ich nicke, betrachte den Berg an Pommes, die unter dem roten Ketchup und der gelblich-weißen Mayo fast untergehen.

»Acrylamid.«

Sie versteht nicht. »Hä?«

»Acrylamid gilt als krebserregend.«

»In Pommes?«

»Na ja, der Stoff bildet sich halt, wenn man stärkehaltige

Lebensmittel zu sehr erhitzt. Also auch deine Pommes, beim Frittieren. Dabei entsteht das Zeug.«

Unsicher lässt sie die Pommes zurück in den Ketchup fallen und sieht zu mir. »Echt jetzt?«

»Ja, mach dir aber mal keinen Kopf. Inzwischen sind die Fertigpommes schon so hergestellt, dass möglichst wenig Acrylamid entsteht. Also weniger Zucker im Rohprodukt, wenig Hitze und möglichst geringe Bräunung.«

»Wieso weißt du so was?«

»Haben wir in der Schule gelernt.«

»Bist du irgendwie übelst schlau oder so?«

»Meine Noten beweisen das Gegenteil.«

»Ich bin in Bio so eine Null.« Als hätte sie vergessen, was ich gerade gesagt habe, schnappt sie sich die nächste Pommes und schiebt sie sich in den Mund, spricht dann weiter. »Früher war ich mal besser in der Schule, aber wenn der Kopf voll mit anderem Kram ist, dann …«

»Dann ist da kein Platz mehr für Schulstoff.«

»Genau. Lia denkt, ich will einfach nur nicht lernen. Aber sie versteht nicht, dass mich das alles stresst.«

»Ich denke, sie versteht das ziemlich genau.«

Immer wieder sehe ich zu den Pommes, die zwar wirklich nicht mehr so knusprig frittiert werden, aber dennoch auf eine merkwürdige Art und Weise unfassbar verlockend aussehen. Selbst mein Magen verlangt grummelnd danach, aber das Risiko ist zu groß. Zuzusehen, wie Hannah den Burger vernichtet hat, war schon anstrengend genug.

»Und wieso hast du Sozialstunden bekommen, wenn du so schlau bist?«

Hannahs Neugier war nur eine Frage der Zeit, und ich sehe kurz aus dem Fenster auf die breite Straße, die selbst um diese Uhrzeit noch heftig befahren wird.

»Weil ich gar nicht schlau bin. Und weil wir eine große Dummheit gemacht haben und dabei einen Menschen schwer verletzt haben.«

Das ist die ehrlichste Antwort, die ich seit Langem auf diese Frage gegeben habe, und es fühlt sich gar nicht so schlecht an, wie ich befürchtet hatte. Als ich wieder zu Hannah blicke, kaut sie unverändert an einer Pommes und ich spreche weiter.

»Ich habe versucht, dem Mann zu helfen, dann kamen Polizei, Feuerwehr und Notarzt. Und ich wurde erwischt.«

»Du hast ihm geholfen.«

»Klar, konnte ja kaum abhauen.«

»Aber wer ist *wir*?«

»Was?«

»Du hast gesagt, *wir* haben eine große Dummheit gemacht.«

»Richard und ich.«

Sie stößt kurz auf. »Richard.«

»Ja.«

»Und der ist abgehauen?«

»Ja.«

»Aber du nicht?«

»Nein. Ich musste dem Mann helfen. Sein Schlafsack hat gebrannt.«

»Also hast du erst was richtig Dummes und dann was richtig Gutes getan.«

Das so aufzurechnen ist zu simpel, selbst wenn es zumindest ein bisschen wahr klingt, aber ich nicke trotzdem.

»Aber Richard ist natürlich abgehauen. Irgendwie passt das. Der Typ ist so *weird.*«

»Früher, da war er echt ganz okay.«

»Mag sein, aber jetzt benimmt er sich halt total bescheuert.«

Dagegen kann ich nichts sagen, weil es die Wahrheit ist. Selbst wenn Richard seine Gründe für dieses Benehmen haben mag und ich sogar einige davon kenne, ist das trotzdem keine Entschuldigung.

»Willst du eigentlich auch was essen?«

Gute Frage. Automatisch schüttele ich den Kopf, sehe aber wieder auf den Berg Pommes. Es wäre nur ein Versuch, bloß um zu sehen, ob sie noch so schmecken wie in meiner Erinnerung. Sofort bemerke ich meine schwitzigen Hände, die ich schnell an meiner Jeans abwische. Hannah beobachtet mich genau und lehnt sich dann langsam etwas in meine Richtung.

»Ich verrate es auch keinem.« Sie lächelt und sieht Lia dabei so unfassbar ähnlich, dass ich einfach mitlachen muss. »Heute ist Cheatday.« Damit schiebt sie mir das Tablett über den Tisch zu und ich kriege die volle Ladung Pommesduft ab. Sofort ist da dieses brennende Gefühl in meinem Magen, der säuerliche Geschmack in meinem Rachen.

Oder auch nicht.

Etwas überrascht sehe ich auf das Essen vor mir, atme bewusst tief ein und warte auf eben all diese Empfindungen, aber da ist nichts. Zumindest keine Übelkeit.

Zögernd greife ich nach einer kleinen Pommes, die unbeachtet am Rand des Tabletts liegt, weit genug weg von dem Ketchup- und Mayo-Massaker. Sie fühlt sich leicht an, und ich führe sie näher an meinen Mund, was mehr Kraft und Überwindung kostet, als ich geglaubt habe. Hannah beobachtet mich sanft lächelnd.

»Es ist nur eine Pommes.«

Es ist so viel mehr.

Schnell schiebe ich sie mir in den Mund, kaue und schmecke den typischen Fast-Food-Pommes-Geschmack. Fast so wie früher, wenn wir nach der Schule noch mal eben irgendwo was gegessen haben. Einfach nur Pommes. Labbrig und fast ohne Acrylamid.

Hannah reißt grinsend die Arme in die Luft, bejubelt damit leise und ohne um den Rekord zu wissen meine erste Pommes seit Silvester.

»Es gibt nichts Besseres als Pommes, oder?«

Die Euphorie, die meinen Körper durchfließt, will ihr recht geben und so nicke ich.

»Echt nicht viel Besseres.«

»Sag ich doch.« Schon schiebt sie sich die nächste Pommes in den Mund und grinst weiter. »Und was machst du morgen so, schlauer Simon?«

»Keine Ahnung. Vielleicht esse ich eine zweite Pommes.«

95

Lia

»Kann die Standpauke bis morgen früh warten?«

Hannah sieht zwar nicht ganz so mitgenommen aus, wie ich erwartet habe, aber die Spuren ihrer Partynacht sind dennoch deutlich zu erkennen, als Simon sie kurz nach Mitternacht zu Hause abliefert.

»Wir hatten eine Abmachung.« Und ich hatte ihr vertraut.

Hannah nickt nur erledigt. »Ich weiß und ich habe es verbockt, aber …«

»Kein *aber*! Was, wenn Simon nicht aufgetaucht wäre?«

Simon, der etwas unsicher hinter ihr im Flur steht und wohl nicht so recht weiß, ob sein Job hier beendet ist oder er doch lieber bleiben soll.

»Keine Ahnung. Irgendwo in einem Paralleluniversum wäre dann halt was Schlimmes passiert.«

Hannah ist müde.

»Das ist nicht witzig.«

»Ach Lia, du wärst schon rechtzeitig aufgekreuzt und hättest die Schuld auf dich genommen, hättest die Welt und mich gerettet und Ende gut.«

»Wie bitte?«

»So wie du für Mama gelogen hast.«

Sie weiß es.

Schnell sehe ich zu Simon, der unbeweglich dasteht, den Blick gesenkt, weil auch ihm das wohl nicht mehr neu ist.

»Hannah …«

»Schon okay. Du wolltest das Beste für alle. Aber weißt du, das Ergebnis ist einfach scheiße. Wie lange willst du noch an allen Ecken die Feuer löschen, damit wir keine Bruchlandung hinlegen, hm?«

»Werde ich nicht mehr, versprochen. Wir reden noch mal mit Mama und dann müssen wir was entscheiden.«

»Ich will aber in kein Heim, Lia.«

»Das weiß ich. Es gibt Wohngruppen für Jugendliche, so was wie eine WG unter erwachsener Betreuung.« Das zumindest hat Marcin gesagt.

»Aber da wohnen doch nur total Kaputte.«

»*Ich* werde da wohnen.« Simons Stimme erinnert uns daran, dass er noch immer da ist.

Hannah sieht ihn überrascht an. »Echt jetzt?«

»Also, wenn alles klappt und sie mir einen Platz anbieten.«

»Ist deine Mutter auch krank?«

»Keine Ahnung. Nicht auf die Art.«

»Wieso willst du dann in 'ne Wohngruppe?«

»Weil ich daheim sonst kaputtgehe. Also noch mehr.« Simon zuckt die Schultern. »Ist vielleicht nicht die beste aller Lösungen, aber es ist einen Versuch wert, oder?«

»Außerdem wäre es ja nicht für immer. Nur, bis es Mama wirklich besser geht.« Das sage ich jetzt mal so, obwohl ich keine Ahnung habe, wie wir Mama je zu einer weiteren Entziehungskur überreden sollen und ob wir überhaupt einen Platz in so einer Wohngruppe finden werden. Laut Marcin kommt jede Menge Papierarbeit auf uns zu, Mama muss einwilligen, es werden Psychologen zurate gezogen und die Kostenfrage geklärt. Nichts davon wird einfach oder passiert über Nacht. Aber es wäre ein Anfang.

»Und wären wir dort zusammen?« Wieder nicke ich, obwohl ich auch das nicht weiß. Hannah ist nicht überzeugt, aber zu müde für eine weitere Diskussion. »Können wir das morgen bequatschen?«

»Klar. Beim Frühstück, direkt nach der Standpauke.«

»Ach, das hier war sie noch gar nicht?«

»Oh nein.«

»Okay.« Sie dreht sich wieder zu Simon. »Danke noch mal.«

»Gern geschehen.«

»Vielleicht brauche ich mal Nachhilfe in Bio. Acrylamid und so.«

»Ist aber eher Chemie.«

»Da sieht es auch nicht rosig aus.«

»Meld dich einfach.«

Keine Ahnung, worüber die zwei sprechen, aber Simon lächelt, und das halte ich für ein gutes Zeichen. Als Hannah an mir vorbeiwill, bleibt sie kurz stehen und nimmt mich überraschend in den Arm, hält mich fest und verharrt so, bis auch ich meine Arme um sie schlinge.

»Es tut mir leid. Alles.« Sie flüstert es so leise, dass ich kurz glaube, es mir nur eingebildet zu haben.

»Ich weiß.«

Dann lässt sie mich los und geht schnell den Flur entlang zu ihrem Zimmer, wo sie die Tür hinter sich zuzieht, und ich atme erleichtert aus. Von all den Katastrophen, die heute hätten passieren können, ist nichts eingetreten.

»Danke, Simon.«

»Ach. Alles gut.«

Es ist ihm irgendwie unangenehm, dass er gerade zum Retter in meiner Not geworden ist, und ich deute in Richtung Küche. »Willst du was trinken oder musst du heim?«

Seinem kurzen Lachen folgt ein Kopfschütteln. »Sicher nicht. Ich habe Zeit.«

»Übernachtest du wieder bei Richard?«

»Nein.«

Und dann ist da eine Traurigkeit in seinen Augen, die mich die nächste Frage stellen lässt.

»Daheim?«

Er zuckt die Schultern.

»Wir haben eine ausziehbare Couch.«

96

Simon

Der Duft von Kaffee weckt mich, aber es dauert einige Sekunden, bis ich verstehe, dass ich nicht bei Richard oder daheim liege. Dieses Wohnzimmer ist mir fremd, allerdings nicht das zerknitterte Gesicht da neben der Couch.

»Morgen.«

Es ist Hannah mit einer Tasse Kaffee in der Hand.

»Hat es dir hier im Chaos gleich so gut gefallen, dass du geblieben bist?«

»Offensichtlich.«

»Cool. Kaffee?« Sie streckt mir die Tasse entgegen und ich setze mich vorsichtig auf.

»Danke.«

»Ist aber mit Milch und Zucker.«

»Passt schon.«

»Lia ist in der Küche und will wissen, ob du was essen willst.«

»Habt ihr Cornflakes?«

»Klar.«

»Das wäre perfekt.«

Ganz ohne Scheu setzt Hannah sich auf die Couch neben mich, und ich nehme die Tasse an, werfe einen Blick zur Tür.

»Also, nur falls das gestern nicht so richtig rüberkam …« Ein wenig verlegen, ungeschminkt und in ihrem riesigen Schlafshirt sieht sie tatsächlich aus wie fünfzehn, nicht wie siebzehn. »… ich bin ziemlich froh, dass du nicht wie dieser Richard bist.«

»Danke.«

»Im Ernst, du bist schwer in Ordnung, Simon.«

Komisch. Das höre ich nicht zum ersten Mal, aber diesmal scheint es tatsächlich auch bei mir anzukommen. *Hannah findet mich schwer in Ordnung.* Obwohl sie sogar mein schlimmstes Geheimnis kennt.

»Du bist auch nicht so wahnsinnig verkehrt.«

»Cool.« Sie lächelt zufrieden. Selbst ihr Lächeln wirkt jetzt jünger.

Um nicht an Richard und seine beschissene Aktion von gestern denken zu müssen, nehme ich einen vorsichtigen Schluck Kaffee und verbrenne mir die Zunge.

»Ich bin froh, dass Lia dich bei den Sozialstunden getroffen hat.«

»Weil du jetzt günstig an Bio-Nachhilfe kommst?«

»Weil sie einen guten Freund verdient hat. Nach der ganzen Scheiße daheim.«

Automatisch sehe ich mich in der Wohnung um, als gäbe es hier Spuren von der Alkoholsucht der Mutter, aber ich finde nichts. Gar nichts. – Wie bei uns daheim, wo alles wirkt wie aus einem Möbelkatalog und man nie denken würde, dass in einer so schicken Wohnung etwas in Schräglage geraten sein könnte.

Lia und Hannah halten ihre Wohnung vielleicht aus dem

gleichen Grund so sauber, weil man dann niemals darauf käme, dass es hier Probleme gibt.

»Vielleicht hast *du* ja auch einen guten Freund verdient.«

Damit hat Hannah, ihrem überraschten Gesichtsausdruck nach zu urteilen, nicht gerechnet und zuckt nur unsicher die Schultern. »Habe ja Lena, aber die ist… keine Ahnung… manchmal echt ein bisschen gemein. Macht immer Witze über Lia und so. Und ich lache mit, weil… na ja, sonst findet sie mich vielleicht doof.«

»Kenne ich. Habe ich bei Richard auch ständig gemacht. Lohnt nicht.«

Sie nickt nachdenklich, dann springt sie auf, weil ihr offensichtlich was total Wichtiges eingefallen ist. »Cornflakes, ja?«

»Cornflakes wären toll.«

»Lia hat dir im Bad eine Zahnbürste und ein Handtuch rausgelegt.«

Wie ist es möglich, dass man sich in einer vollkommen fremden Wohnung so viel mehr wie zu Hause fühlen kann, als man es daheim jemals getan hat?

»Danke.«

Und schon bin ich mit meinem Kaffee wieder alleine. Bis mein Handy sich meldet und mich wissen lässt, dass jemand eine Nachricht geschrieben hat. Die Auswahl an Möglichkeiten ist begrenzt. Meine Eltern werden es nicht sein, Lia ist wenige Meter entfernt in der Küche, da bleibt nur noch Richard. Auf den habe ich gerade allerdings so gar keine Lust, nicht vor dem Frühstück, vor dem Zähneputzen und vielleicht auch einfach gar nicht mehr.

Mit der Tasse in der Hand verlasse ich das Wohnzimmer

inklusive Handy und schaue kurz barfuß in der Küche vorbei, wo Hannah und Lia das Frühstück vorbereiten. Lia gießt Milch in ihren Kaffee, bevor Hannah ihr die Packung abnimmt und über Cornflakes in einer kleinen Schüssel schüttet.

»Guten Morgen, Simon. Gut geschlafen?« Lias Mama taucht neben mir in der Tür auf und lächelt verschlafen.

»Ähm. Ja. Hoffe, das war kein Problem?«

»Keine Sorge, solange jeder in seinem Bett geschlafen hat.« Verschwörerisches Augenzwinkern bei ihr, knallrotes Gesicht bei mir.

»Kaffee, Mama?« Hannah klingt bestens gelaunt, dabei bin ich mir sicher, dass sie einen Kater haben muss.

»Sehr gerne.«

Ihre Mutter betritt die Küche, und ich ertappe mich bei der Frage, wie es sein kann, dass alles so normal wirkt. Selbst für mich, der ich ihre Geschichte kenne. Erst als ihre Mama mit nervösen Fingern nach der Schachtel Zigaretten auf dem Fensterbrett greift und sich die erste Kippe des Tages anzündet, fallen mir ihre zittrigen Hände auf. Hannah wirft mir einen entschuldigenden Blick zu, aber ich winke nur ab.

Was wohl die Gäste bei uns daheim gedacht haben? Wenn meine Eltern bei Tisch die glückliche Familie mit Sohnemann gespielt haben. Haben die Gäste dann gesehen, wie viele Risse unser gemeinsames Leben tatsächlich aufweist?

Hannah reicht mir eine rosa Schüssel, in der bereits ein Löffel steckt.

»Cornflakes. Wie bestellt.«

Zum ersten Mal seit Wochen freue ich mich tatsächlich ein bisschen auf mein Frühstück.

97

Lia

»Ein paar Wochen hat sie sich dann immer im Griff und wir glauben, das war es dann.«

Simon sitzt neben mir in der U-Bahn auf dem Weg in die *Pinie*. Obwohl er keine einzige Frage gestellt hat, will ich es ihm dennoch erklären. Vielleicht auch nur, damit ich es selber besser verstehe.

»Dann reißt sie sich total zusammen, verlässt aber auch so gut wie gar nicht die Wohnung. Hannah und ich schütten immer alle alkoholischen Getränke weg. Sogar Mundspülung oder so. Einmal wollte Mama Desinfizierzeugs trinken, weil nichts anderes da war.« Wir sitzen ganz hinten im Waggon, niemand in unserer Nähe, aber dennoch flüstere ich. »Das war, bevor sie ihre erste Entziehungskur gemacht hat. Danach war eigentlich alles besser. Bis zu Papas Todestag.«

Die Erinnerung legt sich wie ein viel zu enges Halstuch um mich.

»Den ganzen Tag war sie da schon komisch drauf, aber erst nachts, als Hannah und ich im Bett waren, hatte sie angefangen zu trinken. Ihr ist eine Flasche in der Küche kaputtgegangen und ich bin wach geworden.« Die Bahn fährt in den Tunnel und einen Moment wird es dunkel, dann flackert das Licht und es wird wieder hell. »Ich wusste natürlich sofort, was passiert ist.«

»Wird deine Mutter wieder in eine Klinik gehen?«

»Ich hoffe. Sie hat zumindest heute einen Termin beim Arzt.«

Die Bahn fährt in die Station und kommt zum Stehen. Zahlreiche neue Fahrgäste steigen ein, unser ruhiger Moment ist dahin und damit auch erst mal das Thema Mama.

»Hast du eigentlich was von Marcin gehört? Er wollte sich gestern noch melden, aber da kam nichts mehr.«

»Der war bestimmt auch müde.«

»Vermutlich.« Nur zur Sicherheit werfe ich noch mal einen Blick auf unseren WhatsApp-Chat. Meine letzten Nachrichten wurden zwar zugestellt, aber nicht mehr gelesen. »Hoffe, dass sein Vater ihn nicht noch genervt hat.«

»Ziemlich übel bei ihm, oder?«

»Ziemlich.«

Simon nickt nachdenklich. »Als ich ihn das erste Mal gesehen habe, dachte ich irgendwie, mit so einem werde ich niemals was zu tun haben. Dabei weiß ich gar nicht, wieso.«

»Ich dachte das bei dir auch, Simon.«

»Echt? Wieso denn?«

»Keine Ahnung, der Anwaltsspruch und all das.«

»Dieser Scheißanwalt. Das ist Richards Vater. Der hat alles irgendwie gedeichselt und mir *Schlimmeres erspart*, wie er sagt. Und hat null Ahnung, dass sein Sohn mit dabei war.«

»Hast du es denn nicht gesagt?«

»Nein.«

»Wieso nicht?«

»Na weil …« Er sieht aus dem Fenster, aber weil wir noch

immer unterirdisch fahren, kann er da nicht sehr viel sehen. »Weil ein mieser Freund besser ist, als gar keinen zu haben.«

»Verstehe.«

»Und wenn man nur das gewohnt ist, glaubt man halt nicht, dass es noch was anderes gibt.«

Ob er all das in der Dunkelheit des Tunnels erkennen kann, weiß ich nicht. Als er den Blick wieder zu mir wandern lässt, lächelt er. »Und dann treffe ich auf euch.«

»War das gut oder schlimm?«

»So richtig schlimm gut.«

»Damit kann ich leben.«

Er lehnt sich in die Sitzbank zurück und ich lege meinen Kopf an seine Schulter. »Finde es übrigens auch schlimm gut, dass ich dich in der *Pinie* getroffen habe.«

»Bin so absurd gerne dort, das ist echt fast schon peinlich.«

»Wieso?«

»Wir sind siebzehn und hängen gerne in einem Seniorenheim rum. Weiß nicht, ob das in unserem Alter als Freizeitbeschäftigung gilt.«

»Zu unserer Verteidigung sollte man erwähnen, dass wir da nicht ganz freiwillig sind.«

»Na ja, inzwischen würde ich auch ohne Sozialstunden da hingehen.«

Mir wird bewusst, dass Simon wirklich keinen Platz hat, an den er zu gehören scheint. Auch wenn es mir zu Hause oft zu viel wird, ist es dennoch mein Zuhause. Aber Simon? Zwischen verschiedenen ausziehbaren Couches und falschen Freunden irrt er ziemlich orientierungslos herum. Marcin hat zumindest Frau Waibles Wohnung, sein kleiner Safe Space.

Als die nächste Haltestelle angesagt wird, sieht Simon zu mir. »Können wir vielleicht einen Umweg über einen Supermarkt machen? Ich muss noch ein paar Sachen besorgen.«

Da ist dieses aufgeregte Funkeln in seinen Augen, das bisher eher wie leicht gedimmtes Licht nur im Hintergrund mal aufgeflackert ist.

»Klar. Vielleicht können wir Marcin besuchen. Er arbeitet heute.«

Nickend steht er auf und hält mir die Hand hin.

»Dann besuchen wir mal deinen Tiger-Dompteur.«

98

Simon

»Vielleicht macht er gerade Pause?«

Nachdem wir alle Gänge im Supermarkt abgesucht und Marcin nicht gefunden haben, wird Lia zusehends nervöser. Zwar versuche ich, nach außen noch echt relaxt zu wirken, aber auf meiner Haut kribbelt es unangenehm.

»Oder er hat schon Feierabend?«

Aber all meine Erklärungen scheinen Lia nicht zu beruhigen. Ihre Schritte durch den Supermarkt werden immer eiliger. Sie schiebt Einkaufswagen aus dem Weg, zwängt sich an unschlüssigen Kunden vorbei, bis ich nach ihrer Hand greife und sie in den Süßigkeitengang ziehe.

»Jetzt mal kurz durchatmen!« Das scheint allerdings gerade nicht ihre Stärke zu sein.

»Er ist nicht da, Simon!«

»Ja, weil seine Schicht zu Ende ist. Oder weil er irgendwo hinten bei den Getränken hilft. Oder weil er sich spontan freigenommen hat.«

Aber sie schüttelt den Kopf, als wüsste sie die wahre Antwort schon längst. »Oder weil er weg ist.«

»Quatsch.«

»Er ist weg, ohne sich zu verabschieden.«

»Das würde er nicht bringen.« Zumindest hoffe ich das, weil das wirklich ein ganz schöner Arschlochmove wäre.

»Gestern hat er gesagt, ich soll ihm einen Pudding mit Herz reservieren, und heute ist er weg.« Die Tränen in ihren Augen kommen so plötzlich, dass ich gar nichts mehr sagen kann, bevor sich die erste schon über ihre Wimper in die Tiefe stürzt. Schnell ziehe ich sie in eine Umarmung zwischen Milka-Schokolade und Weingummibärchen.

»Er ist nicht einfach so weg, mach dir mal keine Sorgen. Wir gehen jetzt zu einem Mitarbeiter und fragen mal nach ihm.« Und ich hoffe inständig, dass wir dort eine verdammt simple Erklärung für sein Fehlen bekommen und Lia sich dann beruhigt.

»Mein Vater wollte damals auch nur schnell was besorgen fahren. Er hatte versprochen, gleich wieder heimzukommen. Aber er kam einfach nicht.« Lia wird von einem Schluchzer geschüttelt. Automatisch umarme ich sie etwas fester. »Und dann hat es an der Tür geklingelt.« Ihr Stimme bricht und sie weint jetzt richtig. Ich weiß, dass nicht ihr Vater vor der Tür stand, sondern wohl eher ein Polizist. »Er hat sich gar nicht richtig verabschiedet. Ich konnte ihm so vieles nie mehr sagen.«

Sanft bringe ich etwas Abstand zwischen uns, damit ich Lias Gesicht sehen kann.

»Das klingt jetzt vielleicht fies, aber selbst *wenn* man sich verabschiedet, sagt man nie all die Dinge, die wichtig sind.« Ihre Augenbrauen ziehen sich zusammen und ich spreche schnell weiter. »Aber die wirklich wichtigen Dinge, die weiß man doch sowieso.«

»Glaubst du das?«

»Ich glaube, Marcin würde nicht einfach so verschwinden, aber falls – ich betone, falls – er es wirklich getan hat, weißt du dann nicht trotzdem, wie gerne er dich hat?«

»Klar, schon.«

»Und glaubst du, er weiß etwa nicht, wie gerne du ihn hast?«

»Vermutlich doch.«

»Genau wie dein Vater wusste, dass du ihn liebst und schrecklich vermissen würdest, wenn er mal nicht mehr da ist.« Natürlich klingt das alles gerade schwer nach Pinterestsprüchen, aber nur weil die abgedroschen sind, heißt das nicht, dass sie nicht auch ein Fünkchen Wahrheit enthalten. »Und jetzt lassen wir Marcin ausrufen. Komm!«

Ohne auf potenzielle Widerworte zu warten, nehme ich ihre Hand und ziehe sie mit mir quer durch den Laden, bis wir einen Mann im weißen Kittel in der Gemüseabteilung finden.

»Entschuldigung … Wir sind Freunde von Marcin …«

Sein kritischer Gesichtsausdruck verwandelt sich in einen deutlich freundlicheren. Er hat zwei Avocados in der Hand, und kurz warte ich darauf, ob er damit jonglieren wird, aber nichts passiert.

»Ah, er schickt also Freunde.«

Geschickt hat er uns zwar nicht direkt, aber ich nicke dennoch, halte Lias Hand weiter fest in meiner.

»Dann könnt ihr mir sicher sagen, wieso er heute nicht zu seiner Schicht erschienen ist.«

»Ähm.«

Lia schiebt sich an mir vorbei, jetzt fühlt es sich so an, als würde *sie* meine Hand halten.

»Nein, wir suchen ihn selbst, er müsste doch hier sein.«

»Korrekt, aber er ist unentschuldigt nicht aufgetaucht. Sieht ihm gar nicht ähnlich, er ist immer sehr zuverlässig.«

Plötzlich wiegt mein Handy tonnenschwer in meiner Hosentasche, aber ich wage nicht, danach zu greifen.

»Haben Sie mal bei ihm angerufen?« Lia hat als Krisenmanagerin wieder die Führung übernommen, die Tränen von vor wenigen Minuten sind getrocknet.

»Sicher, aber er geht nicht an sein Handy. Eine Festnetznummer haben wir nicht.«

»Okay. Danke. Wir schauen mal bei ihm daheim vorbei.«

Lia zieht mich von dem Mann mit den Avocados weg in Richtung der Kassen, wo wir uns an den Wartenden vorbeischieben, und dabei gebe ich mir große Mühe, nicht zu nervös auszusehen. Erst draußen, auf der anderen Seite der Schiebetüren, lässt Lia meine Hand wieder los.

»Er ist weg.«

Ist er nicht. Das würde er einfach nicht machen. Keine Ahnung, wieso ich mir so irre sicher bin.

Lia holt ihr Handy aus der Jackentasche und wählt Marcins Nummer, sofort meldet sich die Mailbox. »Hi, Marcin, ich bin's, Lia. Simon und ich machen uns echt Sorgen. Könntest du dich bitte ganz kurz melden? Von mir aus auch von der Fähre Richtung Glasgow, wir wollen einfach nur wissen, dass es dir gut geht.« Während sie diesen Text aufsagt, sieht sie zu mir, aber ich nicke nur bei jedem Wort. »Okay. Dann … bis bald, ja?«

Als Lia auflegt, habe auch ich dieses ganz miese Gefühl, und diesmal liegt es nicht an der zweiten Schale Cornflakes, die ich mir heute Morgen gegönnt habe.

»Das passt nicht zu ihm.«

Nee. Irgendwie nicht. »Ich probiere es auch mal.« Doch anders als sie mache ich ein paar Schritte von ihr weg, bevor ich mein Smartphone zücke und auf die ungelesene Nachricht von Richard starre.

Er hat ein Foto mitgeschickt und mein Herz verpasst ein paar Schläge.

Es zeigt einen weißen Plüschtiger, der auf dem Boden liegt, der Kopf vom Körper getrennt.

Die Worte, die Richard dazu geschrieben hat, erschweren mir das Atmen so, als habe mir jemand wuchtig auf den Solarplexus geschlagen.

Alles für dich, Simon. Eine Sorge weniger. Dafür sind ECHTE Freunde da. Richard.

Auf dem weißen Fell des Tigers leuchten die Blutflecken fast neonrot.

99

Lia

Genau hier saßen wir schon mal. Auf diesen unbequemen Stühlen und mit ähnlicher Angst im Bauch. Simon hat drei Krankenhäuser abtelefoniert und sich jedes Mal als Marcins Bruder ausgegeben. Wir wissen nicht, wie es ihm geht, nur dass er hier liegt und wir warten sollen. Worauf, das hat man uns auch nicht verraten.

»Lia?«

Frau Waible kommt mit ihrem Rollator direkt vor uns zum Stehen, und ich halte den Impuls, sie sofort zu umarmen, gerade so noch unter Kontrolle, obwohl ich aufstehe.

»Hallo, Frau Waible.«

Sie sieht kurz von mir zu Simon und wieder zurück. Unsere Gesichter sprechen offensichtlich Bände.

»Was macht ihr denn hier?«

Eine Lüge kommt jetzt nicht infrage. »Marcin wurde eingeliefert, aber es geht ihm wohl so weit okay.« Das behaupte ich, weil ich nicht will, dass sie sich Sorgen macht. »Das ist übrigens Simon.«

Aber dieser schafft es nur, kurz die Hand zu heben und ein müdes Lächeln hinterherzuschicken.

»Aber wisst ihr denn, was mit ihm passiert ist?«

»Nein. Sie wollen uns nichts sagen, warten noch auf seinen Vater.«

Frau Waible schnaubt verächtlich. »Auf seinen Vater. Da können sie warten, bis sie blau anlaufen. Ich kümmere mich darum.«

Geschickt wendet sie ihren Rollator und steuert auf den Empfangstresen zu, wo gerade einige Schwestern beschäftigt sind. Ich bleibe bei Simon und lasse mich zurück auf den Sitz neben ihm sinken.

»Ich muss zur Polizei.« Das ist keine Frage, auch wenn sein Blick so wirkt. »Ich meine, ich weiß ja, wer es war. Da kann ich doch nicht hier sitzen und nichts sagen.«

»Aber ich verstehe noch immer nicht, wieso Richard so was gemacht hat.«

»Weil er …« Simon bricht ab, sieht auf seine Füße und atmet so schwer aus, bis vermutlich kein Hauch Luft mehr in seinen Lungen ist. »Er dachte, Marcin hat mir die Tour bei dir vermasselt. Er hat irgendwas gequatscht von wegen, *er würde sich darum kümmern*. Aber ich hätte doch niemals gedacht, dass er echt was macht. Schon gar nicht so was!«

Er deutet auf den Flur und seine zahlreichen Zimmertüren, aber wir wissen noch immer nicht, hinter welcher Marcin liegt oder wie schwer es ihn erwischt hat.

»In Richards Welt ist so was der größte Freundschaftsbeweis.«

»Richard ist ein brutales Arschloch.«

»Ist das alles meine Schuld, Lia?«

»Spinnst du? Du hast Richard doch nicht um so was gebeten, oder?«

»Nein!« Mit seiner lautstarken Antwort zieht er kurz die

Aufmerksamkeit der anderen Wartenden auf sich. »Nein. So was würde ich nie machen. Das weißt du, oder?«

Bevor ich antworten kann, kommt Frau Waible zurück. »Zimmernummer elf.«

»Wie haben Sie das denn rausgekriegt?«

»Großmüttern wird so was eben verraten.«

Sie zwinkert mir verschwörerisch zu und setzt sich schon mal in Bewegung, auf der Suche nach Zimmer Nummer elf. Aber Simon macht keine Anstalten mitzukommen, sitzt noch immer auf dem Plastikstuhl und starrt ins Leere.

»Kommst du?«

»Nee. Geh du ruhig. Ich muss erst was anderes klären.«

Als er aufsteht, schnappe ich mir seine Hand. »Mach keinen Quatsch, okay?«

»Niemals nicht.« Er lächelt wenig überzeugend. »Sag Marcin, ich komme ihn auch noch besuchen.«

Nur wann, das lässt er offen, geht über den Flur in Richtung Ausgang, und ich sehe ihm einen Moment nach, bevor ich zu Frau Waible und ihrem Racing-Rollator aufschließe. »Weißt du, Lia, ich mache mir ständig Sorgen um den Jungen.«

»Das verstehe ich.«

»Du dir sicher auch.«

»Ich bin eine Meisterin im Sorgenmachen.«

Zimmer Nummer elf. Frau Waible klopft an, wartet aber nicht auf ein *Herein*, sondern schiebt die Tür auf. Es ist ein Zweibettzimmer, aber nur eines der Betten ist belegt. Und zwar von einem jungen Mann, der Marcin ähnlich sieht. Als er uns bemerkt, schließt er schnell die Augen, aber wir kommen trotzdem rein.

»Hoffentlich stören wir nicht.« Frau Waible parkt direkt neben dem Bett und mustert Marcin genau, während ich noch an der Tür bleibe, unsicher, ob er mich hier haben will.

»Nicht, solange die Schmerzmittel wirken.«

»Gut, er hat noch seinen Sinn für Humor.« Frau Waible nimmt auf dem Stuhl Platz und greift nach seiner Hand. »Hatte ich nicht gesagt, du sollst auf dich aufpassen, Marcin?«

»Habe ich ja. Aber die waren zu zweit.« Er öffnet die Augen und sieht zu mir. Sein linkes Auge ist richtig geschwollen, kein Vergleich zu dem Veilchen davor. Sein Lächeln ist halbseitig, aber ehrlich. »Traust du dich nicht näher ran?«

Ich trete näher, halte aber noch immer meinen Abstand.

»Die haben mein Handy geklaut und den Geldbeutel und leider haben sie auch den Tiger ruiniert.«

»Ich weiß.« Immerhin habe ich das Foto gesehen.

»Ach so.«

Noch einen Schritt näher, dann noch einen. »Ich dachte schon, du bist weg, ohne dich zu verabschieden.«

Langsam schüttelt er den Kopf. »Würde ich nie machen.«

Er klopft auf die Decke neben sich, die Aufforderung, ich solle mich zu ihm setzen, aber ich kann nicht.

»Es tut mir leid.« Auch wenn Simon denkt, es wäre seine Schuld, ist es ja auch irgendwie meine.

»Mir tut es leid. Der Tiger ist hinüber.«

»Egal. Ich hol dir einen neuen.«

Frau Waible sagt nichts, aber ich weiß auch so, dass sie keine Ahnung hat, worüber wir sprechen.

»Jetzt komm schon. Setz dich, oder findest du mich jetzt ganz schrecklich unattraktiv?«

Vorsichtig nehme ich auf der Bettkante neben ihm Platz und er greift sofort nach meiner Hand. »Die Ärzte sagen, ich hab richtig Glück gehabt.«

Ein Blick in sein Gesicht lässt mich an dieser Aussage zweifeln, denn er sieht ziemlich mitgenommen aus.

»Jochbeinbruch, allerdings kein verschobener Bruch.«

»Und das heißt?«

»Ich komme ohne OP davon.«

»Wirklich?«

»Ja. Aber vermutlich muss ich mein Zugticket stornieren.« Das scheint ihm mehr zuzusetzen als die Diagnose selbst.

»Das lässt sich bestimmt umbuchen.«

»Ich weiß. Aber die ganze Zeit war es dieses eine Datum. Das hat mich angetrieben.«

Mit einem Mal sieht er so erschöpft aus, dass ich ihn am liebsten umarmen und festhalten möchte, aber ich traue mich nicht. »Jetzt also erst mal viel Ruhe, Schmerzmittel und keine weiteren Schlägereien.«

Marcin will lachen, bricht aber ab. »*Autsch*. Das tut weh.«

»Dann nicht lachen.«

»Keine Sorge, viel zu lachen habe ich eh gerade nicht. Kann ja nicht mal kauen, ohne zu glauben, mein Gesicht zerplatzt vor Schmerzen.«

Mein Blick fällt auf das Tablett mit seinem Essen, das unangerührt auf dem Beistelltisch steht. Zwei Scheiben Brot, Käse, Wurst, ein winziges Päckchen Butter und ein kleiner Schokopudding. Ich schnappe mir den Löffel, ziehe den Aluminiumdeckel vom Becher, bevor ich konzentriert ein perfektes Herz in die Oberfläche male.

»Pudding muss man nicht kauen.«

Ich halte ihm den Becher so hin, dass er mein Herz sehen kann. Es reicht für ein Lächeln, eines von der guten Sorte, das selbst die Schwellung in seinem Gesicht nicht schmälern kann.

»Puddingherz.«

»Hatte ich versprochen.«

100

Simon

Er steht mit Sonnenbrille in der Küche, obwohl hier nicht mal die Sonne scheint. Die Kapuze seines roten Pullovers hat er über den Kopf gezogen, aber nichts von all dem schützt ihn vor meiner Wut, als ich die Küche betrete. Herr Hofner, der mir die Haustür geöffnet hat, folgt mir irritiert.

»Ist das dein Scheißernst?«

Richards Lächeln wird breiter, als er mich sieht, bevor es dann etwas abflacht und er nur die Schultern zuckt. »Keine Ahnung, wovon du redest.«

Er gießt Kaffee in die Tasse vor sich und ignoriert mich dann. Mir fällt die bläuliche Färbung an seinen Fingerknöcheln auf. Sein Vater tritt an der Anrichte neben mich, seine Hand landet schwer auf meiner Schulter.

»Habt ihr Jungs Stress?«

»Simon ist nur etwas angespannt, das ist alles.«

Obwohl ich Richards Augen hinter der Sonnenbrille nicht sehen kann, weiß ich genau, dass er mir einen dieser *Halt-bloß-die-Klappe*-Blicke zuwirft.

»Nee, Herr Hofner, ich glaube allerdings, Richard hat allen Grund, *angespannt* zu sein.«

»Was ist denn passiert?«

Richard stellt die Tasse so lautstark vor sich ab, dass ich fast zusammenzucke. »Nichts ist passiert, Papa. Simon ist bloß gestresst. Die Sozialstunden, seine Freundin und die Schule, das bringt ihn ordentlich *durcheinander*.«

»Das ist Bullshit.«

»Simon, wir klären das oben.«

»Nein, wir klären das *hier*. Du hast einen meiner Freunde gestern Nacht ins Krankenhaus geprügelt.«

Herr Hofner nimmt die Hand von meiner Schulter, was ich als angenehme Erleichterung empfinde. »Was?«

»Das musst du geträumt haben, Simon. Du hast doch gar keine Freunde.«

»Und davor hat er die minderjährige Schwester einer Freundin auf einer Party mit Alkohol abgefüllt und dann bedrängt.«

»Alter …«

»Dann hat er einen Freund verprügelt und heute Morgen mit eben dieser Tat bei WhatsApp angegeben.«

»Du spinnst doch!«

»Und außerdem …«, ich reiße meinen Blick von ihm los und feuere ihn stattdessen in Richtung seines Vaters, »… war er bei der Feuerteufel-Aktion mit dabei. Es war *sein* Benzinkanister, es war *seine* Idee, und als wir bemerkt haben, dass da ein Mann war, ist er abgehauen.«

Herr Hofner sieht zwischen seinem Sohn, der zur Salzsäule erstarrt ist, und mir hin und her. »Stimmt das, Richard?«

Aber Richard sagt gar nichts, nimmt nicht mal die Sonnenbrille ab.

»Ob das wahr ist, *verdammt noch mal!*«

»Und wenn schon? Juckt hier doch eh niemanden. Mama

und du, ihr seid so beschäftigt damit, Simon Zucker in den Arsch zu blasen, dass es euch doch vollkommen egal ist, was *ich* mache.« Sein Versuch, mich mit in diese Geschichte zu ziehen, prallt an mir ab, weil ich den Kopf schüttele. »Und ich habe diesen Typen nur deswegen vermöbelt, weil Simon auf dieses Mädchen scharf ist!«

»Falsch! Ich bin mit Lia befreundet. Aber von Freundschaften verstehst du ja nicht mehr allzu viel, oder?« Ich zücke mein Handy und knalle es vor Herrn Hofner auf die Anrichte, wo ein Screenshot der WhatsApp-Unterhaltung zu sehen ist. »Keine Ahnung, ob und wie das als Beweis durchgeht, aber ich glaube, Richard wird einen guten Anwalt brauchen.«

Dieser löst sich aus seiner Starre, nimmt die Sonnenbrille ab und kommt um die Küchenanrichte auf mich zu.

»Ey, *du Scheißverräter*. Ich hab dir alles gegeben. Du schleimst dich hier bei meinen Eltern ein, hast hier gewohnt und dich durchgefressen und das ist der Dank dafür?« Er packt mich am Kragen, aber das macht mir keine Angst. Sein Blick hingegen schon, weil darin irgendwie nur noch Leere ist. »Als wir diesen Typen mit dem Tiger in der Bahn gesehen haben, war das Schicksal. Dein Scheiß-Instagram-Post ist schuld.«

»Ach so. Wieder mal alles meine Schuld, ja? Willst du mich jetzt auch verprügeln?«

»Würde ich gerne. Du hast mein Leben nämlich komplett ruiniert.«

»Nein, das hast du schon ganz alleine hingekriegt.«

»Lass sofort Simon los, Richard!« Herr Hofner muss nicht mal die Stimme erheben, sein Sohn macht auch so sofort einen Schritt zurück, dann sieht er seinem Vater direkt ins Gesicht.

»Passt dir gut in den Kram oder, Papa? Bin halt nicht so toll wie der feine Simon.«

Herr Hofner wendet nicht den Blick von seinem Sohn, obwohl er nun mit mir spricht: »Ich denke, es ist besser, wenn du jetzt gehst, Simon.«

Das muss er mir nicht zweimal sagen, denn wenn ich Richard nur einen Moment länger ins Gesicht schauen muss, könnte es passieren, dass ich noch viel mehr erzähle. Alles, um genau zu sein.

Stattdessen verlasse ich die Küche, gehe in den Flur und schließlich in Richards Zimmer, wo noch einige meiner Sachen liegen, die ich über die Jahre hier deponiert habe. Ein komisches Gefühl überfällt mich, weil ich weiß, dass ich nicht mehr hierher zurückkehren werde, und obwohl das nicht mal mein Zimmer oder mein Zuhause ist, fühlt es sich wie ein Abschied an. Keine Ahnung, auf wessen Couch ich dann heute Nacht schlafe, ob ich vielleicht mal wieder nach Hause gehe oder bei Lia um eine Verlängerung des Aufenthaltsrechts bitte, aber das hier, das gehört in ein abgeschlossenes Lebenskapitel.

Auf dem Weg zur Haustür kann ich Herrn Hofners Stimme hören, nicht laut, aber bestimmt. Er redet irgendwas von wegen Selbstanzeige und mildernden Umständen. Ohne Zweifel wird er auch für seinen Sohn einen guten Deal rausschlagen können, falls es zur Anzeige kommt.

Draußen hole ich tief Luft, schließe einen Moment die Augen und versuche, mir meine Zukunft vorzustellen. Bisher war das Bild davon in jeder Menge mattem Grau gehalten, maximal Anthrazit, aber jetzt könnte man es fast Dunkelblau nennen.

Ein freundliches Dunkelblau.
Und da ist Lia.
Und Marcin.
Und irgendwie auch Hannah.

101
Marcin

Keine Ahnung, wie oft ich eingeschlafen bin. Oder wie viel Zeit vergangen ist. Aber jedes Mal, wenn ich die Augen wieder öffne, sitzt jemand anderes bei mir im Zimmer.

Nur Frau Waible, die ist immer da und hat es sich wohl zur Aufgabe gemacht, ihr komplettes Kreuzworträtselbuch hier in meinem Zimmer zu lösen. Sie hat es sich auf dem Stuhl neben meinem Bett bequem gemacht, sofern das überhaupt möglich ist.

»Sind Sie immer noch oder schon wieder da?« Meine Stimme scheppert blechern in meinem Kopf, aber gerade klingt alles irgendwie schräg. Als wenn man seine eigene Stimme vom Band hört. Fremd und matt.

»Immer noch. Störe ich deinen Schönheitsschlaf?«

»Gar nicht.« Langsam bewege ich meinen Kopf etwas mehr in ihre Richtung und muss lächeln, aber nur ein bisschen, weil der stechende Schmerz sonst durch mein Gesicht bis in meinen Schädel schießt. Vorhin, als Lia noch hier war, da wollte ich etwas tougher wirken, nicht zugeben, wie beschissen ich mich fühle, weil ich noch immer diesen kleinen Funken Hoffnung hatte, dass ich morgen Nacht in diesem Zug sitzen werde.

»War sonst noch jemand hier?«

Frau Waible sieht nicht von ihrem Rätsel auf, zuckt nur die Schultern, weil sie genau weiß, wen ich meine. »Lia war noch mal da, aber da warst du gänzlich weggetreten.«

»Sonst niemand?«

»Zwei Schwestern.«

»Verstehe.«

Jetzt klappt sie das Buch zu und schaut endlich zu mir. Schon erschreckend, wenn eine alte Dame fitter als man selbst aussieht.

»Bist du sicher, dass sie ihn überhaupt informiert haben?«

Sprechen fällt mir leichter, als zu nicken. »Habe sogar seine Handynummer durchgegeben.«

»Vielleicht arbeitet er?«

»Tut er nicht.« Seinen Dienstplan kenne ich auswendig, weiß alles über seine Termine. »Es juckt ihn einfach nicht.«

Frau Waible sagt nichts, sieht mich nur an, und ich hasse die Tatsache, dass ich tatsächlich etwas enttäuscht bin. Dabei weiß ich gar nicht, wieso. Manchmal haben wir uns tagelang nicht gesehen und nie war es ein Grund zur Sorge. Aber man möchte doch meinen, ein Anruf aus dem Krankenhaus würde selbst meinen Vater irgendwie erweichen.

»Bald spielt es keine Rolle mehr, Marcin.«

Weil ich um Punkt Mitternacht volljährig werde und ihn nicht mehr brauche. Der Gedanke erfüllt mich mit einer wohligen Wärme. *Gut, könnten auch die Schmerzmittel sein.* Kurz schließe ich die Augen, nur für einen Moment, nur um zu verstehen, dass ich morgen endlich achtzehn bin.

Als ich die Augen wieder öffne, ist Frau Waible weg, aber Simon da. Er sitzt auf dem Stuhl, auf dem eben ganz sicher noch meine alte Nachbarin saß. Mein irritierter Blick sorgt für ein schiefes Grinsen auf Simons Gesicht.

»Hi.«

»Du bist nicht Frau Waible.«

»Und du sahst gestern auch noch besser aus.«

»Das Kompliment kann ich zurückgeben.«

»Ich wollte auch gar nicht lange stören, mich nur kurz blicken lassen.«

»Du störst gar nicht.«

»Tut mir echt leid.«

»Ist ja nicht deine Schuld.«

Simon verzieht das Gesicht und sieht auf seine Füße. »Ich hab da übrigens was für dich.« Er zieht etwas Flauschiges aus der Tasche, die neben seinen Beinen steht. Es ist ein weißer Plüschtiger, allerdings vollkommen intakt, quasi wie neu.

»Wo hast du den denn her?«

»Sagen wir es so: Ich bin nicht so zielsicher wie Lia. Du willst gar nicht wissen, wie viele Schüsse ich gebraucht habe.« Er platziert ihn in der Nähe meines Kopfkissens auf dem Bett.

»Danke.«

»Sieh es als verfrühtes Geburtstagsgeschenk.«

Mein Geburtstag. Nicht mehr lange.

Simon räuspert sich. »Kannst du dich denn an irgendwas erinnern?«

Die Frage hat mir der Arzt in der Notaufnahme auch gestellt, während ich in das helle Deckenlicht über meiner Liege geblinzelt habe.

»Nicht mehr so richtig. Habe mich von Lia verabschiedet und bin dann zur U-Bahn. Stadtmitte bin ich raus und zwei

Typen sind mir hinterher. Hab mir nichts bei gedacht.« *Danach liegt alles irgendwie in einer undurchsichtigen Nebelfront.*

»Also, einer von denen war Richard.«

»Der Wodka-Richard?«

»Genau der. Ich war vorhin bei der Polizei und habe ihn angezeigt.«

»Hast du?«

Simon nickt. »Und noch so ein bisschen was erzählt.«

»Verstehe.«

»Mir tut das alles echt leid.«

»Du hast mich ja nicht verprügelt.«

»Nee, aber irgendwie …«

»Lade dir den Müll nicht auch noch auf. Du hast ganz andere Baustellen.«

Wieder nickt Simon. »Mit Richard geht auch meine Übernachtungsoption flöten. Also bleibt halt nur noch Familie.«

»Was ist mit der Wohngruppe?«

»Das dauert doch ewig. Aber ich habe schon mal bei so 'ner Hotline angerufen.«

»Und was haben die gesagt?«

»Ich hab aufgelegt, bevor jemand abgenommen hat.«

»Verstehe.« Mühevoll setze ich mich etwas aufrechter hin und versuche, Simon so scharf wie möglich zu sehen. »Das klingt jetzt vielleicht so, als wäre ich hundert Jahre älter, aber … ich wünschte, ich hätte das damals gemacht. Mit der Wohngruppe.«

Keine Ahnung, ob und was Lia ihm über meinen Vater erzählt hat, aber jetzt tue ich es. »Mein Vater und ich, das ging noch nie gut. Seine Stimmungsschwankungen und all das.

Wenn ich früher ausgezogen wäre, dann wäre vieles besser gewesen. Dann hätten wir jetzt vielleicht irgendeine Beziehung zueinander.«

»Und wenn es in so einer Wohngruppe beschissen für mich läuft?«

»Beschissener als zu Hause?«

»Guter Punkt.«

»Hör es dir an. Es passiert eh nichts von heute auf morgen.«

»Okay.«

»Und kannst du mir einen Gefallen tun?«

»Klar.«

»Also egal, wann ich weggehe, kannst du dich um Lia kümmern?«

»Selbstverständlich.«

»Cool. Danke.«

»Auch wenn ich eher das Gefühl habe, sie wird sich um mich kümmern.«

»Ja, sie wird einen auf cool machen, aber sie braucht auch dringend 'ne Pause.«

»Ich weiß. Ich pass auf.«

»Danke.«

»Dafür sind Freunde da.«

»Ist es okay, wenn ich noch mal die Augen zumache?«

»Klar. Ruh dich aus.«

Doch bevor ich wieder dem Dämmerschlaf verfalle, reiße ich die Augen noch mal auf und deute auf den Plastikbeutel mit all meinen Dingen, der auf dem Nachtkästchen steht. »Nimm dir den Schlüssel und frag Frau Waible, ob du heute Nacht in ihrer Wohnung schlafen kannst.«

»Was?«

»Mach einfach.«

Meine Energie reicht gerade nicht für eine weitere Erklärung, bevor mir die Augenlider zu schwer werden und ich wegdöse. Kaum wird es dunkel, lassen auch die Schmerzen nach.

102

Lia

Ich gebe mir große Mühe, so leise wie möglich zu sein. Das habe ich versprochen. Nur schnell rein, dann wieder raus und fertig. Aber in einem fremden Zimmer, ohne viel Licht, da ist so was ein ziemlich herausforderndes Unterfangen. Spätestens, als ich unabsichtlich die halb leere Wasserflasche umwerfe und sie polternd auf dem Boden landet, befürchte ich den sofortigen Rauswurf.

»Du bist vielleicht eine gute Schützin, aber als Einbrecherin deutliches Mittelmaß.«

Er flüstert, und ich verharre regungslos in meiner Position, atme viel zu flach, aber schwindelig ist mir aus anderen Gründen.

»Schlaf weiter, ich bin gleich wieder weg.«

Doch an Schlaf denkt er nicht, tastet nach dem Lichtschalter, der die Lampe auf dem Nachtkästchen einschaltet, und taucht mich bei meiner Aktion in Licht.

»Die Besuchszeiten sind bestimmt schon längst vorbei.«

»Sind sie. Aber das hier ist ein Notfall.« Ich löse mich aus meiner Starre und drehe mich zu ihm um. So verschlafen, wie er aussieht, kommen zu meiner Aufgeregtheit auch noch Gewissensbisse dazu.

»Ich wollte dir nur ein paar Wechselsachen dalassen.« Sein Blick mustert mein Gesicht eingehend, aber die ausdruckslosen Augen machen mir Sorgen. »Schlaf weiter, Marcin.«

»Schlafen kann ich auch nachher noch.«

Er streckt seine Hand nach mir aus und ich werfe einen Blick zur Tür. Der Nachtschwester habe ich die gleiche Lüge aufgetischt wie eben Marcin und versprochen, in weniger als fünf Minuten wieder verschwunden zu sein. Aber so viel Zeit muss sein. Natürlich nehme ich seine Hand an und lasse mich auf der Bettkante nieder.

»Wie geht es dir?«

»Jetzt gerade, in genau diesem Augenblick, geht es mir ganz gut.«

»Das freut mich.«

»Du bist daran nicht ganz unschuldig. Besser als die ganzen Schmerzmittel allemal.« Er sieht älter aus, dabei ist es erst kurz nach Mitternacht. »Weißt du, ob mein Vater da war?«

»Keine Ahnung, aber ich kann mal fragen.«

»Ist nicht so wichtig.«

Aber ganz offensichtlich ist es das doch. Schnell beuge ich mich zu ihm und küsse ganz vorsichtig seine Lippen, verharre einen Moment so.

»Alles Gute zum Geburtstag.«

Sofort verziehen sich seine Lippen unter meinen zu einem Lächeln. »Ist es schon so weit?«

»Du bist seit neun Minuten volljährig.«

Als würde er mir nicht glauben können, wirft er einen Blick auf die große runde Uhr, die über der Zimmertür hängt und die mir leise tickend recht gibt. Ich wünschte mir, Marcin könnte sich jetzt selbst sehen. Das Leuchten seiner Augen, selbst im schummrigen Licht der Nachttischlampe deutlich sichtbar, dazu sein Lächeln.

»Achtzehn.« Er klingt dabei so ungläubig.

»Achtzehn.«

Wir alle freuen uns irgendwie auf diese magische Zahl, die damit verbundene Unabhängigkeit, und doch ist da immer auch ein bisschen Bauchgrummeln, wenn ich an die Pflichten und Erwartungen denke, die mit der Volljährigkeit kommen. Doch in Marcins Blick sehe ich nur Freude über diese unendliche Freiheit.

»Ich kann weg.«

»Theoretisch. Ich glaube, dein Jochbein wäre sehr erfreut darüber, wenn du noch ein paar Tage hier liegen würdest.«

»Schon, aber ich *kann* weg. Ich muss da nicht mehr hin, wenn ich nicht will. Nie mehr.«

»Du kannst weg.«

Kurz schließt er die Augen, aber es ist zu spät, ich habe die Tränen schon gesehen. Sosehr ich mich für ihn freue, sosehr gibt es mir auch zu denken. Wenn die Vorstellung, alleine irgendwo an der schottischen Küste in einer fremden Stadt ohne Freunde zu sein, dieses erleichternde Lächeln auf sein Gesicht zaubert, wie schwer müssen dann all die Tage davor gewesen sein?

»Und damit du auch alles mitnehmen kannst, wenn du weggehst…« Ich hoffe, er ist nicht schon wieder eingeschlafen, aber zum Glück öffnet er die Augen und sieht fragend zu mir. »… haben Simon und ich zusammengelegt.«

Mit einer feierlichen Geste deute ich auf den Stuhl neben

seinem Krankenbett, auf dem der große rote Wanderrucksack steht. Die von mir provisorisch angebrachte Schleife sieht zwar etwas verknautscht aus, aber dennoch irgendwie feierlich.

Marcin sagt gar nichts, setzt sich nur auf, und ich rutsche etwas weiter weg, damit er die Bettdecke zur Seite schlagen kann. Als könne er nicht glauben, dass es tatsächlich dieser Rucksack geworden ist, greift er fast ehrfürchtig danach und hebt ihn dann zu sich rüber.

»Der ist schwer.«

»Weil wir schon ein paar Dinge reingepackt haben. Nur das Nötigste.«

»Ihr könnt es ja gar nicht abwarten, dass ich verschwinde.«

Er würde mir zuzwinkern, doch die Schwellung in seinem Gesicht verhindert das.

»Wir können warten. Aber du offenbar nicht.«

»Danke.« Noch immer wendet er den Rucksack in seinen Händen, betrachtet ihn von allen Seiten und lächelt dabei die ganze Zeit.

»Ich hoffe, da passt auch alles rein.«

»Alles vielleicht nicht, aber sehr viel.«

»Dann musst du eben ein bisschen was hier lassen.« Hoffentlich bemerkt er den Kloß in meinem Hals nicht, der ziemlich heftig auf meine Stimmbänder drückt und meine Worte viel zu unsicher klingen lässt.

»Dann habe ich zumindest einen Grund, zurückzukommen.« Damit stellt er den Rucksack wieder auf den Stuhl und dreht sich zu mir. »Danke. Für so vieles. Es war wirklich eine ziemliche Sause die letzten Wochen mit euch.«

»Das kann man wohl sagen.«

»Du passt mir auf Simon auf, ja?«

»Natürlich.«

»Und auf Herrn Kabitzke.«

»Auch das.«

»Und vielleicht besuchst du mal Frau Waible.«

»Das hatte ich sowieso vor.«

Er nickt, sieht nicht zu mir, sondern zum Rucksack. »Die ganze Zeit habe ich auf diesen Tag gewartet. Du willst gar nicht wissen, wie oft ich ihn im Kopf durchgespielt habe. Millionen Versionen liefen da ab.«

So ist das doch immer, wenn man sich auf etwas ganz besonders freut.

»Aber in keiner davon war der Abschied so wie jetzt.« Marcin löst den Blick vom Rucksack und sieht zu mir. »Bist du sauer?«

»Weil du weggehst?«

»Ja.«

»Nein. Klar, ich fände es schöner, wenn du einfach bleiben könntest, aber ich verstehe das schon.« *Das tue ich wirklich.*

»Ist ja nicht so, dass ich nicht wiederkomme.«

Aber ich will mich nicht zu sehr darauf verlassen, dass Marcin wirklich zurückkommt. Unterwegs kann so viel passieren. Er trifft auf die Liebe seines Lebens oder verliebt sich in Glasgow als Stadt, weil er dort alles hat, was ihm hier fehlt. Oder ich verliebe mich in der Zwischenzeit. Oder ich gehe weg. Eines Tages. Oder es passiert sonst irgendwas.

»Wann wirst du entlassen?«

»Die Ärzte sagen, ich kann heim, wenn ich unbedingt will. Aber ich soll die Nachuntersuchungen nicht verpassen.« Fast entschuldigend zuckt er die Schultern. »Werde ich aber wohl.«

»Du kommst also nicht noch mal in der *Schattigen Pinie* vorbei?«

»Meine Zeit dort ist vorbei. Frau Schüble weiß das.«

»Und Herr Kabitzke?«

»Der wird es verstehen.«

»Frau Waible?«

»Die weiß Bescheid.«

Auch wenn er viel mehr Zeit für die Vorbereitung auf genau diesen Moment hatte, fällt er ihm so schwer wie mir. Seine Hand greift nach meiner, hält sie einen Moment fest. »Wenn du mir deine Mailadresse gibst, schreibe ich dir.«

»Täglich?«

»Oft.«

»Versprochen?«

»Versprochen.«

Nur, weil ich Angst habe, es zu vergessen, schreibe ich meine Adresse mit einem Edding aus meiner Tasche auf sein Krankenhausbändchen am rechten Handgelenk.

»Danke.«

»Und verrätst du mir irgendwann, was du in Glasgow wirklich suchst?«

»Als ob du dir das nicht schon längst zusammengebastelt hast.«

Habe ich, aber ich will es trotzdem gerne von ihm hören. Auch wenn ich nicht weiß, ob er seine Mutter wirklich in Schottland finden wird. Doch auch diesmal wechselt er das Thema.

»Pass auf dich auf, Lia. Du musst das alles nicht alleine machen.«

»Mach dir mal um mich keine Sorgen.« Schnell deute ich

auf den Rucksack. »Jetzt finden sie dich auf jeden Fall aus der Luft, wenn du verloren gehst.«

»Ich geh aber gar nicht verloren.«

Und das ist alles, was ich hören muss, um ihn gehen zu lassen. Er beugt sich zu mir, küsst mich sanft und vorsichtig, hinterlässt ein Kribbeln auf meinem Körper, an das ich mich erinnern werde.

»Tschüss, Lia. Wir sehen uns wieder.«

Er hat sein Versprechen gehalten und verschwindet nicht ohne Abschied.

Dafür aber mit einem großen roten Rucksack.

103

Simon

Drei Wochen später

»Und dann hat er noch dieses Foto mitgeschickt.« Sie hält das Handy so, dass ich den Schnappschuss des weißen Plüschtigers erkennen kann, während ich Teller auf die Tabletts verteile.

»Wo ist das denn?«

»Im Riesenrad namens *Glasgow Eye*. Marcin meint, von da oben sieht alles winzig aus. Er schreibt: *Irgendwann müssen wir alle mal hierher, das würde euch echt gefallen. Ihr fehlt mir sogar schon ein bisschen, weil ich oft Dinge sehe, die ich euch zeigen will. Aber das müssen wir dann eben irgendwann nachholen.*«

Lia strahlt über das ganze Gesicht und auch noch so ansteckend, dass ich mitgrinse.

»Klingt gut.«

»Ja.« Langsam lässt sie das Handy sinken, ohne dabei den Blick von den Fotos zu nehmen, mit denen uns Marcin fast täglich versorgt. Dazu gibt es Mails, in denen er vor allem Lia erzählt, wie es ihm geht und was er so macht. Immer lässt er mich dann grüßen und fragt, was es Neues gibt. Aber ein Update aus meinem Leben würde Lias Antwortmail vermutlich sprengen. »Er sieht glücklich aus, findest du nicht?«

Auf dem nächsten Foto sieht man Marcin, wie er tatsächlich ziemlich zufrieden in die Kamera lächelt. Die Schwellung unter seinem Auge ist fast komplett verschwunden und selbst die Färbung lässt langsam nach. Aber die Spuren sind noch immer zu sehen.

Und wenn auch irgendwann nicht mehr in seinem Gesicht, dann doch in meinem Leben.

Richard meidet mich, in der Schule grüßt er nicht mal und wechselt sogar die Straßenseite, sobald er mich sieht. Mein letzter Stand ist, dass er sich tatsächlich selbst angezeigt und jede Menge Einsicht für sein Fehlverhalten geheuchelt hat. Sein Vater hatte bestimmt die besten Tipps für ihn. Die Sache an Silvester streitet er aber nach wie vor ab, behauptet felsenfest, nicht dabei gewesen zu sein. Auch wenn ich glaube, dass sein Vater genau weiß, dass dem nicht so ist. Und irgendwie reicht mir das.

Lia stupst mich sanft von der Seite an und holt mich aus meinen Gedanken, die mal wieder um Richard kreisen. »Wenn du so grübelst, schlägt dir das nur wieder auf den Magen.«

»Ja, ich weiß. Und ja, Marcin sieht echt happy aus.«

»Und du? Nervös?« Natürlich weiß sie, welcher Termin heute ist, weil Lia sich solche Dinge merkt.

»Ein bisschen. Aber das wird schon.«

»Gehen wir direkt von hier los oder musst du noch was holen?«

»Nee, alles schon dort. Dr. Winter wird mitkommen.«

Vor Lia ist es mir nicht unangenehm, den Namen meiner Therapeutin zu nennen. Anderen verkaufe ich sie manchmal noch als meine Hausärztin. Wieso hat mir niemand je gesagt, wie schwer es ist, offen über all die Dinge zu sprechen, die so tonnenschwer auf meiner Brust liegen?

»Das wird gut, Simon.« Lia legt ihre Hand auf meinen Unterarm, und ich habe keine Ahnung, ob es an ihrer Berührung oder ihrem Lächeln liegt, aber ich glaube ihr.

»Sagt Dr. Winter auch. Die Jungs aus der Wohngruppe wirken nett und mein Zimmer ist auch echt okay.«

Manchmal kann ich es noch immer nicht glauben, dass es so schnell ging. Obwohl die letzten Wochen in Super-Slow-Motion vergangen sind. Meine Eltern haben relativ gut reagiert, hielten meinen Auszug zuerst für eine schräge Idee, haben dann aber nachgegeben und irgendwie ist jetzt zwischen uns einiges entspannter. So, als wäre der Druck von uns abgefallen, eine perfekte Familie mimen zu müssen, in der sich alle mögen, obwohl das einfach nicht der Fall ist. Ich bin nicht der Sohn, den sie erwartet haben, und sie sind nicht die Eltern, die ich mir gewünscht habe. Manchmal, so bitter es klingt, ist das einfach so.

»Bringst du das zu Frau Waible?«

Lia deutet auf das Tablett mit dem Essen, und ich nicke, werfe schnell einen suchenden Blick in den Speisesaal und finde sie dort, wo sie seit ihrem Einzug immer sitzt. Inzwischen kenne ich mehr Gesichter, mehr Namen und mehr Geschichten, weil das Zuhören Spaß macht.

»Hallo, die Herrschaften.« Das Tablett stelle ich direkt vor ihr auf dem Tisch ab. »Der Kaffee ist ohne Koffein, wie immer, Frau Waible.«

»Ach Simon, ich habe Ottmar gerade erzählt, dass du die letzte Zeit in meiner Wohnung gewohnt hast.«

Sie nennt Herrn Kabitzke jetzt also schon beim Vornamen.

»Ja, aber heute ziehe ich um. In eine Wohngruppe.« Komisch, je öfter ich es sage, desto realer wird das alles.

»Schön. Und sag mal, gibt es Neuigkeiten von Marcin?«

»Ja, der lässt es sich ziemlich gut gehen da oben. Schickt immer Fotos, sodass wir ganz neidisch werden.«

»Hat er seine Mutter schon besucht?«

»Noch nicht. Dafür sammelt er wohl noch etwas Mut.«

Herr Kabitzke lächelt zufrieden und dreht sich wieder zu Frau Waible. »Heute Boule? Da kommst du auch, oder?«

»Natürlich. Aber nicht zu traurig sein, wenn ich gewinne.«

»Das werden wir dann sehen.« Herr Kabitzke zieht den kleinen Puddingbecher zu sich und stellt zufrieden fest, dass Lia die Tradition auch heute fortgeführt hat. »Es sind die Kleinigkeiten, die im Alter wichtig werden. Merk dir das, Simon.«

»Ist notiert. Ach! Bevor ich es vergesse.« Schnell eile ich noch mal zur Essensausgabe und schnappe mir das kleine Glas, das ich heute extra mitgebracht habe. »Das hier ist für Sie, Herr Kabitzke.« Damit stelle ich es vor ihm auf den Tisch. »Ich dachte, vielleicht möchten Sie das ja mal wieder zum Frühstück essen.«

Aber Herr Kabitzke sagt nichts, berührt nur vorsichtig mit zittrigen Fingern den rot-weißen Schraubdeckel, der auf dem Marmeladenglas angebracht ist. Frau Waible sieht etwas irritiert zu mir, dann zu Ottmar.

»Alles in Ordnung?«

Herr Kabitzke nickt, zieht ein Stofftaschentuch aus der Gesäßtasche und tupft sich über die Augen, bevor er sich räuspert. »Erdbeer-Mirabellen-Marmelade.« Als wäre das die Erklärung auf alle Fragen der Welt, sieht er zu mir. Und wer weiß, vielleicht ist das sogar so. »Danke, Simon.«

»Nicht dafür. Es sind schließlich die Kleinigkeiten, die wichtig sind.«

Als ich zu Lia zurückkehre, hat sie ihr Handy inzwischen weggepackt und beobachtet Herrn Kabitzke und Frau Waible, die sich jeweils eine Brotscheibe mit der Marmelade schmieren und dabei ziemlich glücklich aussehen.

»Was meinst du, sind wir beide das in der Zukunft?«

»Möglich. Könnte mir schlimmere Zukunftsvisionen vorstellen, als mit dir Erdbeer-Mirabellen-Marmeladen-Toast zu futtern.« Vor einigen Wochen noch absolut undenkbar. »Und heute Abend steht? Kino, dann irgendwo was essen?«

»*Jap*. Hannah freut sich schon, dich mal abseits der Nachhilfestunden zu sehen.«

»Weil ich sonst so streng bin.«

»Weil sie dich einfach mag.«

»Ich mag sie ja auch.« Dann die Frage, vor der ich mich immer ein bisschen fürchte, die aber vielleicht auch deswegen so wichtig ist. »Und wie geht es deiner Mama?«

Lia lässt ihren Blick noch einen Moment bei den Senioren und ihrer Marmelade hängen, bevor sie sich zu mir dreht und sich dem Ernst des Lebens zuwendet.

»Gerade hasst sie alles. Aber die Ärzte sagen, das ist normal. Es wird immer erst schlechter, bevor es besser wird.« Sie erkämpft sich ihr Lächeln zurück. »Zumindest will sie die fünfzehn Wochen diesmal durchziehen. Stand heute, mal sehen, was sie morgen sagt.«

Lias Probleme haben sich nicht in Luft aufgelöst, als ihre

Mutter in die Klinik gefahren ist. Manchmal habe ich sogar den Eindruck, sie haben sich verdoppelt, aber Lia zieht das so tapfer durch, dass ich manchmal ganz neidvoll zu ihr aufsehe.

»Nicht einfach, *hm?*«

»Das hat auch keiner behauptet. Aber es ist mir lieber als all die vermeintlich guten Tage daheim.«

»Same.«

»Zumindest muss keiner von uns mehr alles alleine durchziehen.«

Und das ist mit Abstand das Beste, was mir bisher passiert ist.

»Lia, Simon, kann ich euch mal eine Minute sprechen?«

Frau Schüble taucht hinter uns auf, die Tür zur Küche hält sie offen, und wir erhaschen einen Blick auf einen jungen Mann, vermutlich in unserem Alter. Seine dunklen Haare trägt er wie alle gerade, dazu schwarze Jeans und einen grauen Kapuzenpulli. Besonders glücklich scheint er nicht. Ein bisschen erinnert er mich an Marcin, oder zumindest an den ersten Eindruck, den ich damals von ihm hatte.

Bevor ich überhaupt irgendwas von Marcin wusste. So wie jetzt über den Jungen vor mir. Und obwohl mein Gehirn sofort eine Schnellschussmeinung haben will, schüttele ich sie ab.

»Das ist Tommi, er ist neu hier. Könnt ihr euch um ihn kümmern?«

Frau Schübles strenger Blick wandert zum Neuen im Bunde, der vermutlich lieber woanders als hier wäre. *I feel you, Tommi.*

»Das sind Lia und Simon, die sind schon eine Weile bei uns und können dir alles zeigen.«

Zumindest lässt Tommi sich zu einem kurzen Winken hinreißen. »Klar.«

Frau Schüble nickt, hebt mahnend den Finger. »Ich will keine Beschwerden hören, verstanden?« Diese Mahnung gilt nicht nur Tommi, sondern uns allen, und erst als wir nicken, verschwindet sie wieder, und ich erlebe ein merkwürdiges Déjàvu, bei dem ich diesmal auf der anderen Seite mitspiele.

»Hi.«

»Hallo.«

Tommis dunkle Augen sehen uns neugierig an, dabei kann ich genau erraten, welche Fragen sich in seinem Kopf zusammenbrauen. Er ist ich. An meinem ersten Tag hier.

»Und, weswegen seid ihr hier?«

104

Marcin

Von: Marcin.ferdinand@mail.de
An: Lia.mit.i@mail.de
Betreff: TODAY!!!!

Hi, Lia,
weißt du, wie gut die Straßenmusiker hier in Glasgow sind? Ich bin jedes Mal echt schockiert, dass sie nicht längst Superstars sind. Einige der Künstler habe ich auf unsere Spotify-Playlisten gepackt, weil ich denke, dass sie dir gefallen könnten.
Das Wetter ist etwas regnerisch, aber weißt du, sogar das finde ich hier genial. Es passt halt dazu, erfüllt irgendwie das Klischee, auch wenn die Kopfsteinpflasterstraßen dann extrem rutschig werden. Es ist einfach noch immer so saucool, hier zu sein.
In meinem aktuellen Hostel sind zwei Jungs aus Portugal, und mit denen ist es echt witzig, ihr Englisch ist schlecht, mein Portugiesisch noch schlechter, aber sie mögen Franz Ferdinand und das macht die Kommunikation irgendwie leichter.
Und wie geht es dir? Also wirklich? Du weißt ja, Safe Space hier.

Was macht Hannah? Bringt ihr Simon noch immer Fotosynthese bei? Glaube echt, dass er ein guter Nachhilfelehrer ist, auch wenn du sagst, dass die beiden zu viel lachen. Finde, Simon hat nach dem ganzen Mist ein bisschen Spaß verdient.

Und wie geht es deiner Mutter? In deiner letzten Mail klang das alles ziemlich unentspannt, aber hey, es spricht doch wirklich für sie, dass sie noch immer dort ist, also gib die Hoffnung bitte nicht auf! Einfacher gesagt als getan, ich weiß schon.

Und zu deiner Frage: Ja, der Rucksack ist noch immer das Beste an der ganzen Reise, so habe ich das Gefühl, ihr seid ein bisschen dabei. Falls du also eine 5-Sterne-Rezension dafür abgeben willst, meinen Segen hast du!

Irgendwann machen wir echt mal einen Trip hierher, das wird euch gefallen.

Wer weiß, vielleicht bekommen wir ja bald eine Anlaufstation hier.

Gestern habe ich sie angerufen, einfach so, beim hundertsten Versuch habe ich mich getraut. Danke noch mal fürs Mutmachen.

Wir treffen uns heute. Keine Ahnung, wie das wird, es ist so irre lang her, dass ich sie gesehen habe. Dabei weiß ich noch immer, wie ihre Umarmungen sich angefühlt und gerochen haben.

Schon klar, es kann auch schiefgehen. Aber weiß du, Lia, was, wenn mal nichts schiefgeht? Wenn es gut wird?

Das werde ich bald wissen.

Ich erzähle dir dann in der nächsten Mail, wie es gelaufen ist.

Bis bald, grüß Simon von mir, ja? Er soll sich nicht so einen Kopf machen wegen der Wohngruppe. Es wird gut.
Ich muss los. Meine Mutter treffen.
Bis ganz bald und schick mal wieder ein Foto, vermisse dich schon!

Xoxo Marcin

Danksagung

Auf dieser Seite anzukommen ist wie der Hafen, den man beim Schreiben ansteuert. Während ich mit Lia, Simon und Marcin unterwegs war, haben einige Leute mir den Rücken frei gehalten. Am meisten, wie immer, meine Familie. Mams, Paps, danke fürs Einfach-immer-da-sein.

Marc, du hast so viel Geduld mit mir, wenn ich in meine Geschichten voller fiktiver Menschen abtauche, deren Namen du dir immer merkst und nach ihnen fragst, als wären es Freunde. Danke.

Meine Monkeys, die mich aus meiner Schreibisolation reißen und daran erinnern, dass es außerhalb der Fiktion auch noch was zu erleben gibt. Ob nun die Käsereibe des Friedens, Sushireis oder eine Lektion in Physiotherapie. Euch möchte ich nie mehr missen, darauf eine Grappa.

Andrea, fürs Zuhören und Miträtseln, wie die Geschichten wohl ausgehen werden.

Laura, Team Superhero, deine DMs retten so manchen trüben Tag, deine GIFs ganze Wochen.

Judith, ohne ein Moingiorno und unseren Trash Talk würde mir inzwischen wirklich etwas fehlen. Ein bisschen bist du ja schuld an dieser Story, ich hoffe, sie gefällt dir.

Anne, Puppe, Kelly, für die zwanzig Minuten Podcast-Sprachnachrichten, das stets offene Ohr, die Spezi und die Erinnerungen, die wir teilen und sammeln.

Ein riesiger Dank gilt auch diesmal meinen wunderbaren Sensitivity Readern: Julia, Daniel, Christina, Pavel, Jenny und Paul, die den Text abgeklopft und an den richtigen Stellen kritisiert haben. Dank euch habe ich viel lernen dürfen und verstehe jetzt einiges besser. Eure Ehrlichkeit hat Simon, Lia und Marcin für mich so real gemacht, dass ich sie am liebsten festhalten will.

Mein fetter Dank gilt dem kompletten Team von cbt/cbj, die vom Cover bis zur Werbung (und allem dazwischen) alles für meine Buchbabys geben, immer wieder. Ein besonderer Dank gilt meiner wunderbaren Lektorin Martina Patzer. Du findest die Längen und bastelst meine schiefen Bilder in wunderbare Texte, weißt, was ich meine, wenn ich es nicht mehr weiß. Das verflixte siebte Buch haben wir geschafft, auf zum nächsten!

Last but never least: Danke an alle Leser*innen, Blogger*innen, Buchhändler*innen, die meine Geschichten lesen, genießen und weiterempfehlen. Ohne euch könnte ich das hier gar nicht machen, und ihr wisst nicht, wie sehr mich eure Nachrichten anfeuern, immer weiterzumachen. Vor allem dann, wenn die Zweifel übermächtig werden.

Einfach danke.

Triggerhinweis

In diesem Buch werden Themen wie Alkoholismus, Panikattacken, Trauer, Essstörungen und elterliche Vernachlässigung angesprochen.

© Notker Mahr

Autorin

Adriana Popescu, in München geboren, arbeitete als Drehbuchautorin fürs Fernsehen, schrieb für verschiedene Zeitschriften und studierte Literaturwissenschaften, bevor sie sich ausschließlich dem Schreiben von Romanen widmete. Mittlerweile harrt eine große Fangemeinde ihren nächsten Veröffentlichungen entgegen, die in mehreren großen Publikumsverlagen erscheinen.

Von Adriana Popescu sind bei cbj erschienen:

Ein Sommer und vier Tage (40337)
Paris, du und ich (40366)
Paris, Clara und ich (21593)
Mein Sommer auf dem Mond (31198)
Schöne Grüße vom Mond (22178)
Morgen irgendwo am Meer (31272)
Ein Lächeln sieht man auch im Dunkeln (31337)
Wie ein Schatten im Sommer (31439)

Mehr zu unseren Büchern auch auf Instagram